KB045432

자유로운 삶

1

A FREE LIFE by Ha Jin

A FREE LIFE

자유로운 삶

1

HA JIN

하 진 장편소설 | **왕은철** 옮김

시공사

이 책 속의 삶을 살았던
리샤와 웬에게

contents

한국어판 서문

내가 《자유로운 삶》을 생각하게 된 건 22년 전 일이다. 나의 미국 시인 친구가 매사추세츠 주의 월탐에 있는, '훌라 훌라' 라는 이름의 작은 식당에서 식사를 하곤 했다. 그런데 1991년 겨울 어느 날 저녁, 그녀가 식사를 하고 있는데, 식당 주인인 프랭키가 그녀에게 직업이 무엇이냐고 물었다. 그는 최근에 홍콩에서 온 이민자였다. 내 친구가 자기 직업을 시인이라고 하자, 프랭키는 흥분해서 자기도 시인이라고 했다. 그러더니 자비 출판한 시집 한 권을 그녀에게 건넸다. 시는 고전적인 형식의 중국어로 쓰여 있었다. 중국어를 모르는 내 친구는 나에게 그 시집을 줬다. 나는 감동했다. 작은 식당 주인이 미국에서 살아남기 위해 단조롭고 고된 일을 하면서도 시를 써왔다는 사실에 너무 감동했다. 그래서 나는 그런 이야기를 담은 소설을 쓰기로 결심했다. 나는 이민생활의 물질적인 측면이 아니라 형이상학적인 차원을 다루고 싶었다.

그러나 나는 내가 그 작업을 바로 시작할 수 없다는 걸 알았다. 이민생활에 대해 충분히 알지 못하기 때문이었다. 달리 말해, 내가 이민생활을 이해하고 그것의 깊이와 복잡다단한 면들을 제시하기 위해서는 그 과정을 스스로 거쳐야 했다. 그래서 나는 오랫동안 소설에 필요한 자료들을 모았다. 그리고 이 소설을 쓰는 일은 2004년이 되어서야 가능했다.

일부 독자들은 난 우와 나를 동일시할지 모른다. 그러나 이야기는 전체적으로 보아 자전적이 아니다. 만약 내가 난 우라면, 훨씬 더 운이 좋은 난 우다. 사실, 나는 난의 시인 친구인 딕 해리슨처럼 애틀랜타 소재의 에모리 대학교에서 거주작가로 8년간을 재직했다. 물론 나의 개인적인 경험들이 도처에 스며 있는 것은 사실이다. 그러나 그것은 주로 세부적인 묘사에서 그렇다. 나는 이야기를 최대한 믿을 만한 것으로 만들고자 했다. 그래서 가능한 한, 내가 친숙하게 알고 있는 것에 매달렸다. 그럼에도 불구하고, 내가 이 소설을 자전적이라고 주장하는 건 온당치 않다.

그러나 정신적인 면에서 나는 난 우와 내 자신을 동일시하며 그의 고통과 상실, 좌절, 우려, 두려움을 이해하는 편이다. 소설은 그가 이민을 와서 처음 12년 동안 겪었던 일을 묘사한다. 그 시기는 일반적으로 북미 이민자에게는 가장 어려운 시기다. 그러나 이 소설은 어려움과 고통에 관한 것만이 아니라, 본질적으로 하나의 찬사다. 소설은 고향으로부터 멀리 떨어진 곳에서 새로운 삶을 살기 위해 희생하고 모험을 감행하는 사람들에 대한 찬사다. 그리고 자유에 대해 지불해야 하는 값이 높다는 걸 알면서도 그 값을 기꺼이 지불하려고 하는 사람들에 대한 찬사다.

왕은철 교수의 수고 덕분에 이 소설이 한국 독자들을 찾아가게 되어 기쁘다. 이 소설이 한국에서도 난과 같은 사람들을 만날 수 있기를 기대해본다.

2014년 2월

하 진

1부

1

마침내 타오타오가 여권과 비자를 받았다. 지난 몇 주 동안, 그의 부모는 중국이 빗장을 완전히 걸어 잠그지 않는다 해도 사람들이 밖으로 나가는 것을 제한할까봐 애를 태웠다. 1989년 6월 4일 톈안먼 사건이 일어난 후, 유나이티드 항공을 제외한 모든 미국 항공사가 베이징과 상하이 노선을 취소했다. 핑핑은 기쁜 소식에 울음을 터뜨렸다. 그녀는 해파리냉채를 만들려고 썰어놓은 무가 담긴 그릇을 후다닥 씻고 앞치마를 벗었다. 그리고 남편인 난 우와 함께 여행사가 있는 우드랜드 쇼핑몰을 향해 출발했다.

비행기 표는 3주 전에 구입을 하지 않은 탓에 정상 가격보다 70퍼센트 비쌌다. 우 부부는 망설이지 않았다. 타오타오를 제때에 중국에서 안전하게 나오게 할 수만 있다면 그럴 만한 가치가 있었다. 그들은 보스턴에서 샌프란시스코까지 자신들의 왕복 비행기 표도 샀다.

핑핑도 난도 지난 3년 동안 핑핑의 부모와 함께 살던 타오타오를 데리러 중국에 갈 수 없는 형편이었다. 미국 대사관에서 비자를 받는 데 따르는 어려움은 차치하고도, 핑핑의 가족 중 아무도 여권이 없었기 때문에 아이는 혼자 비행기를 타고 와야 했다. 여름 방학을 맞아 부모 집에 막 돌아와 있던 중학교 물리 선생인 핑핑의 오빠가 조카를 지난에서 상하이까지 데려다주기로 했다. 그곳에서 타오타오는 미국 승무원에게 맡겨질 것이었다. 여섯 살이 채 안 된 아이는 동반자 없이 비행기를 갈아탈 수 없었다. 그래서 그의 부모가 샌프란시스코까지 가서 아이를 데려와야 했다. 올리브색 피부와 긴 머리에 가슴이 크고 얼굴이 가무잡잡한 여행사 직원이 유니언 광장 근처에 있는 호텔에 가장 저렴한 방을 예약해줬다. 보스턴으로 돌아오기 전에 세 사람은 그곳에서 첫날밤을 지내게 될 터였다. 여행 경비는 다 합해 3천 달러에 육박했다. 그들은 그렇게 많은 돈을 쓴 적이 없었다.

그들은 7월 11일, 이른 아침에 샌프란시스코에 도착했다. 그들은 날씨가 그렇게 쌀쌀할 줄 몰랐다. 살을 에는 바람에 행인들의 머리가 흩날렸다. 사람들은 바람에 눈을 가늘게 뜨고 다녀야 했다. 전날 밤, 폭풍우가 들이닥쳤던 모양이었다. 가게 간판이 너덜너덜해지고 젖어 있었다. 몇몇 신호등은 작동되지 않고 끝없이 깜빡거리기만 했다. 그러나 어떤 건물의 정면은 깨끗이 씻겨 반들반들했다. 거센 바람에 바다 냄새가 실려 있었다. 옷을 두툼하게 입지 않은 핑핑은 계속 몸을 떨더니, 호텔로 갈 때는 딸꾹질을 하기 시작했다. 난은 딸꾹질을 멈추게 하려고 아내의 목덜미를 만져주다가 느닷없이 등짝을 한두 번 때렸다. 전에는 그렇게 하면 딸꾹질이 멈췄는데 오늘따라 멈추질 않았다.

난은 유나이티드 항공에 두 번이나 전화를 걸어 타오타오가 정말로 탑승자 명단에 있는지 물어봤지만, 알 수 없었다. 아이의 이름이 컴퓨터 화면에 뜨지 않는다는 것이었다. 중국에서는 아직도 모든 게 혼란스러웠다. 운항이 취소된 다른 항공사 승객들이 이 비행기를 타는 바람에 완전한 승객 명단이 아직 나와 있지 않은 모양이었다. 여자가 상냥한 목소리로 난을 위로했다. "걱정하지 마세요, 우 씨. 아드님은 괜찮을 거예요."

"아이가 비행기에 타고 있다고 했어요." 난은 종종 중국어에 없는 치간음(th)을 발음하는 데 애를 먹었다.*

"그렇다면 타고 있겠지요."

"달리 확인할 방법은 없습니까?"

"미안하지만 없어요. 말씀드린 것처럼, 아이는 괜찮을 거예요."

하지만 아이의 부모에게는 '괜찮을 거'라는 것과 '괜찮다' 사이에는 엄청난 간극이 있었다. 그들은 아들이 정말로 비행기에 타고 있는지 알았으면 싶었다.

난의 처남은 전화로 타오타오를 미국 스튜어디스들한테 맡

*난은 여기에서 that을 [zat]으로 the를 [zer]로 발음하고 있다.

겼다고 했다. 그들 중 하나는 동양인인데 중국어를 조금 할 줄 아는 사람이라고 했다. 우 부부는 아들이 비행기에 타고 있기만을 바랐다.

그들은 호텔에 체크인을 하고 세 시간 후, 셔틀버스로 공항에 다시 갔다. 비행기는 12시 30분에 도착할 예정이었다. 국제선이었기 때문에 우 부부는 터미널에 들어갈 수가 없었다. 할 수 있는 거라곤 세관 밖에서 한없이 닫혀 있기로 작정한 것처럼 보이는 고동색 문을 바라보는 일밖에 없었다. 그들은 여러 차례 안내소에 가서 타오타오가 탑승자 명단에 있는지 물어보았지만, 아무도 확실하게 말해주지 못했다. 짙은 청색 제복을 입은 마르고 넓적한 얼굴의 여자가 나타났다. 그녀는 중국인처럼 보였지만 영어만 할 줄 알았다. 아들이 어디 있는지 알 수 있는 다른 방법이 있을지 모른다고 생각하고, 그들은 그녀에게 도와달라고 했다. 그러자 턱이 뭉툭한 그녀의 얼굴이 굳어졌다. 그녀는 고개를 저으며 말했다. "저 책상에 있는 여자가 당신을 도와줄 수 없다면 나도 마찬가지예요."

미칠 지경이 된 핑핑이 영어로 그녀에게 애원했다. "한번 확인해주세요. 우리 외아들이에요. 여섯 살밖에 안 됐고요. 저는 3년 동안 아들을 보지 못했답니다."

"앞서 말한 것처럼, 정말로 내가 도와드릴 수 있는 게 없다니까요. 나, 일해야 돼요."

난도 그녀한테 애원을 하고 싶었지만 여자가 짜증을 내는 것 같아 참았다. 난은 검다기보다는 하얀 그녀의 눈에 혐오감이 배어 있는 걸 보았다. 어쩌면 그들이 중국 본토 출신이어서 뼛속까지 공산주의자가 아니라면 적어도 속으로는 아직도 공산주의자일 거라고 생각하기 때문인 듯했다.

그는 핑핑의 몸에 팔을 두르고 중국어로 속삭였다. "조금만 더 기다려보자. 곧 나올 테니 미리 걱정하지 마." 그들은 자기들끼리는 중국어로 말했다.

난은 아내가 그 여자한테 통사정을 하는 게 싫었다. 핑핑은 서른세 살이지만 생기 있는 큰 눈, 반듯한 코, 고운 턱, 부드러운 자태로 인해 실제보다 열 살은 어려 보였다. 어쩌면 그 여자는 아내의 아름다운 모습을 질투하고 그녀가 괴로워하는 걸 즐기고 있는지도 몰랐다.

마침내 문이 열리고 승객이 쏟아져 나왔다. 대부분은 지쳐 보였다. 눈은 둔해 보였다. 여행 가방을 끄는 몇 사람은 걸음새도 불안정했다. 헐렁한 점퍼를 입은 키가 큰 흑인이 소리쳤다. "토니, 보고 싶었어!" 남자가 오른팔을 내밀었다. 그는 왼쪽 어깨에 검정 캔버스 천으로 된, 우쿨렐레* 케이스를 메고 있었다. 토니라고 불린, 코에 피어싱을 하고 머리카락을 가늘게 땋은 마른 여자가 그의 한쪽 팔에 얼굴을 묻었다. 하지만 그 광경을 제외하면 대부분의 승객은 비틀거리고 기운이 없어 보였다. 몇몇 동양인은 어떻게 해야 하는지 잘 모르는 것 같았다. 그들은 서 있는 사람들 중에 자신들을 마중 나온 사람이

*하와이에서 사용하는, 기타와 비슷한 작은 현악기.

있는지 두리번거리고 있었다.

5분도 안 되어 모든 승객이 세관을 통과했다. 문이 서서히 닫혔다. 난은 가슴이 철렁했다. 핑핑이 울음을 터뜨렸다. "아이를 잃어버린 거야! 그들이 잃어버린 거라고!" 그녀는 한 팔로 옆구리를 잡고 중국어로 소리쳤다. 그러고는 난의 팔목을 잡아당기며 말했다. "내가 위험한 짓 하지 말라고 얘기했건만 당신은 듣지 않았어!"

"괜찮을 거야. 내 말 믿어." 그러나 그의 목소리는 스스로에게도 설득력 없이 들렸다.

홀은 다시 조용해졌다. 거의 버려진 것 같았다. 난은 어떻게 해야 할지 몰랐다. 그가 핑핑에게 말했다. "조금만 더 기다려보자."

"오늘 중국에서 온 비행기는 한 대뿐이었어. 나한테 거짓말하지 마! 그 애가 비행기에 못 탄 게 분명해. 누군가가 아이를 데려다줄 수 있을 때까지 기다렸어야 했어. 서두르지 말았어야 했다고."

"맞아."

그때, 문이 다시 열렸다. 두 명의 스튜어디스가 걸어 나왔다. 키가 큰 금발 여자가 아이의 손을 잡고 있고, 호리호리한 다른 여자가 눈에 웃음기를 띠고 작은 빨간색 여행 가방을 끌고 있었다. "타오타오." 핑핑이 소리를 지르며 달려갔다. 그녀가 아이를 들어 올려 품에 안고 미친 듯이 입을 맞췄다. "우리가 얼마나 걱정했는지 아니? 너, 괜찮아?"

세일러복을 입은 아이가 미소를 지으며 울먹였다. "엄마, 엄마." 아이는 다른 사람들이 보는 게 부끄러운 것처럼 얼굴을 어머니의 가슴에 묻었다. 그리고 난을 쳐다보았다. 하지만 아이의 얼굴에는 알아보는 기색이 없었다.

"타오타오, 네 아빠야." 어머니가 말했다.

아이는 난을 다시 쳐다보더니, 자기보다 덩치 큰 친구를 소개받기라도 한 양 머뭇거리는 미소를 지었다. 그사이, 핑핑은 아들에게 입맞춤을 하고 등을 두드리고 머리를 쓰다듬었다.

두 명의 스튜어디스가 난에게 신분증을 보여달라고 했다. 그는 운전면허증을 꺼내 보였다. 그들은 그의 이름과 서류에 적힌 이름을 비교하더니, 가족 상봉을 축하한다고 말했다.

"아이가 약간 두려워하기는 했지만, 아주 얌전하게 잘 왔어요." 말레이시아인처럼 생긴 키가 작은 여자가 말했다. 그녀가 난에게 여행 가방을 건넸다.

그는 두 손으로 그걸 잡았다. "아이를 보살펴주셔서 정말 감사합니다."

"천만에요." 마스카라에 파마머리를 한 여자가 말했다. 그녀가 미소를 짓자, 얼굴에 주름이 조금 잡혔다. "가족 상봉을 보는 건 즐거운 일이니까요."

핑핑이 미처 무슨 말을 하기도 전에, 여자들은 이건 그냥 자기네가 늘 하는 일상적 업무를 한 것뿐이라는 듯이 자리를 떴다. "고마워요!" 핑핑이 마침내 소리쳤다. 그들이 고개를 돌리고 손을 흔들더니 문밖으로 사라졌다.

2

난은 지난 4년 동안 아들을 보지 못했다. 타오타오는 사진으로 봤을 때보다 가냘파 보였지만, 엄마의 짙은 갈색 눈과 멋진 코를 닮아 확실히 더 잘생겨 보였다. 그는 아내와 함께 아이의 손을 하나씩 잡고 버스 정류장을 향해 걸어갔다. 자동문이 나오자, 아이가 걸음을 멈추고 건물 밖으로 나가지 않으려 했다. 아이가 어머니에게 물었다. "언제 돌아가는 거예요?" 아이의 중국어에는 상하이 억양이 살짝 배어 있었다. 외할머니, 외할아버지하고 같이 산 탓이었다.

"뭐라고? 무슨 말을 하는 거니?" 핑핑이 말했다.

"외삼촌이랑 외숙모가 상하이에서 우리를 기다리고 있어요."

"정말?"

"네, 거기서 우리를 기다리겠다고 했어요."

"누가 그랬는데?"

"나한테 가서 엄마, 아빠를 데려오라고 했어요. 지금 당장 집에 가요."

"하루만 있으면 안 될까?" 난은 처남 내외가 타오타오에게 거짓말을 해 승무원들과 같이 비행기에 타도록 했다는 걸 깨달았다.

"싫어요, 집에 갈래요."

난은 애써 미소를 지으며 마음 아픈 내색을 하지 않으려 했다. "돌고래랑 고래 보고 싶지 않니?"

"진짜 고래요?"

"물론이지."

"어디 있어요? 여기에 있어요?"

"아니, 보스턴이라는 도시에 들를 건데, 거긴 고래와 돌고래가 아주 많단다. 고래 보고 싶지 않아?"

"그래, 집으로 가기 전에 몇 군데 들르는 게 좋겠다." 핑핑이 맞장구를 쳤다.

"괜찮겠어?" 난이 덧붙였다.

아이는 어정쩡한 태도였다. "그러면 외삼촌, 외숙모한테 우리 계획을 알리는 게 좋겠어요. 상하이 공항에서 아직도 기다리고 있을 거예요."

"내가 전화로 얘기하마. 그러니 걱정할 필요 없다." 아버지가 말했다.

그렇게 해서 타오타오는 부모와 함께 호텔로 가기로 했다. 버스 정류장으로 가면서, 난은 타오타오를 어깨에 태웠다. 그사이, 핑핑은 아들에게 비행기에서는 뭘 먹었으며, 멀미를 하지는 않왔는지 계속 물었다. 차 소리 때문에 어머니와 아들이 하는 말이 잘 들리지 않았다. 그래서 난은 그들의 대화를 다 들을 수는 없었다. 그는 마음이 혼란스러웠지만 행복했다. 아이가 드디어 온 것이었다. 그는 아이가 결국 미국인이 될 것이라고 확신했다.

하지만 자신은 어떠한가? 그는 자신의 미래에 대해서는 확신하지 못했다. 결혼생활은 말할 것도 없고 자신의 인생을 어떻게 해야 할지도 알지 못했다. 솔직히 그는 아내를 그렇게 많이 사랑하지 않았다. 그녀도 그걸 알았다. 핑핑은 그가 중국에 있는 옛 여자 친구 베이나를 아직도 못 잊고 있다는 걸 알았다. 난은 핑핑이 언젠가 집을 나가버릴 것만 같았다. 하지만 지금 그는 아들이 미국인으로 성장할 수 있도록 이 나라에서 살아야 한다는 걸 더욱 확신하게 되었다. 그는 타오타오가 수백 년 동안 자신들의 조국을 괴롭혔던 폭력의 악순환에서 벗어날 수 있도록 해줘야 했다. 이 아이만큼은, 마치 그들의 모든 실존이 거기에 달려 있는 것처럼, 중국인들이 길들여져 있는 끝없고 불필요한 고통을 당하지 않게끔 해줘야 했다. 어떻게 해서든, 아이는 이 나라를 자신의 나라로 삼고 부모의 삶과는 다른 삶을 살아야 했다. 난은 자신이 아이를 위해 하게 될 희생을 생각하니 슬프면서도 기뻤다.

버스에서 타오타오는 어머니의 무릎에 앉아 있었다. 금세 그들은 공항을 빠져나갔다. 그런데 아이가 놀랍게도 이렇게 말했다. “엄마, 베이징에서 큰 싸움이 났던 거 알아요? 수백 명의 인민해방군 아저씨들이 죽었어요.”

"수많은 시민들을 군인들이 쏴죽인 거야." 아버지가 아들의 말을 바로잡았다.

"아니에요. 나쁜 놈들이 군대를 공격하는 걸 내가 텔레비전에서 봤는 걸요. 탱크도 태우고 트럭도 뒤엎었어요. 할아버지는 그놈들이 흉악범들이라서 쓸어버려야 한댔어요."

"타오타오, 아빠 말이 맞아." 어머니가 끼어들었다. "인민해방군이 변해서 우리처럼 평범한 사람들을 많이 죽였단다."

그 말을 듣고 아이는 아무 말도 하지 않고 입술을 깨물었다. 화가 난 것 같았다. 입술이 조금 나와 있었다. 아이는 가는 도중 내내 조용히 있었다.

시간이 2시였다. 그들은 호텔로 바로 가지 않고 차이나타운에서 점심을 먹기로 했다. 난은 과일 가게에서 타오타오를 위해 레이니어 체리를 5백 그램 샀다. 타오타오는 그렇게 노란 체리를 본 적이 없었다. 체리 하나하나가 비둘기 알만큼 컸다. 핑핑은 물병에 담긴 물로 체리를 한 줌 씻었다. 아이는 몇 개 먹어보고 맛있어라 했다. 아이는 이종사촌 동생인 빈빈을 위해서 나머지는 아껴뒀다. 빈빈은 핑핑의 여동생의 딸이었다. 아이는 씨를 버리지 않고 재킷 바깥 호주머니에 넣었다. 살구나무 두 그루가 있는 할아버지네 앞마당에 심을 셈이었다.

그들은 차이나타운 깊숙이 들어가지 않고 부시 거리와 그랜트 거리의 교차로에 위치한 광둥 음식점에 들어갔다. 타일이 깔린 아치길 근처의 식당이었다. 뚱뚱한 중년 여자가 그들을 창가의 탁자로 안내했다. 그들이 앉자마자, 그녀가 홍차

주전자와 컵 세 개를 가지고 와서 그들 앞에 그냥 놓아두고는 그들을 조롱하듯 바라보았다. 왜 이런 곳에 와서 식사를 하는지 모르겠다는 표정이었다. 그녀는 그들이 한 푼이라도 아끼려고 먹는 것에까지 인색한 FOJ*들이라고 생각하는 게 틀림없었다.

메뉴판을 살펴보고 핑핑과 상의한 다음, 난은 두 종류의 요리와 수프 하나를 시켰다. 모두 큰 것으로 시켰다. 그는 '무 구 가이 팬'** 이나 '해물 두부 냄비 요리'가 어떤 것인지 전혀 몰랐지만, 저렴한 요리는 일부러 피했다. 온통 낯설게만 들리는 이름들이었다. '세 종류의 맛 좋은 원료가 들어간 수프'라는 요리도 말이 안 되기는 마찬가지였지만, 광둥어를 알지도 못하고 그 안에 뭐가 들어가는지 묻기도 창피해서 그냥 시켜버렸다. 그는 애매한 이름들이 싫었다. 있는 그대로 호칭하면 왜 안 되는 걸까? 이곳에 있는 중국인들은 모든 것이 화려하고 이국적으로 들리기를 원했다.

웨이트리스가 능글맞은 웃음을 웃으며 메뉴판을 거둬 떠났다.

"저건 뭐예요?" 타오타오가 카운터 위의 유리 뒤에 걸려 있는 돼지구이를 가리키며 어머니에게 물었다.

"돼지구이지."

"저건요?"

"오리구이란다. 먹어볼래?"

*비행기에서 내려 미국 땅에 첫발을 내딛은 외국인fresh off jet을 비아냥거리는 말.
**채소, 닭고기, 국수를 소스에 볶은 미국식 광둥 요리.

"나중에요."

"너무 기름기가 많아 좋지도 않아." 난이 말했다. 그러고 나서 난은 껄껄 웃었다. 타오타오가 숟가락도 제대로 사용하지 못할 정도로 어렸을 때의 일이 생각나서였다. 타오타오는 고기와 해산물을 너무 좋아해서 "내가 다 먹을 거야. 아무도 안 줄 거야"라고 말하며 정신없이 먹곤 했다.

난은 주변을 돌아봤다. 몇몇 사람이 국수와 만두를 먹고 있었다. 광둥 사람들은 점심을 가볍게 먹고, 그가 그런 것처럼 그렇게 많은 음식을 주문하지 않았다. 대기에서는 부추 튀김과 간장 냄새가 많이 났다. 난은 보통의 경우에는 중국 음식점에서 나는 그런 냄새를 좋아했다. 하지만 오늘은 어쩐 일인지 그 일상적인 냄새가 코를 자극했다. 그는 손이 약간 끈적거리는 것 같아 자리에서 일어나 화장실로 손을 씻으러 갔다.

그는 돌아오는 길에 〈아시아의 목소리〉라는 지역 신문이 식당 입구 옆의 철제 선반에 쌓여 있는 걸 보았다. 한 부를 집어들고 앉아서 신문을 폈다. 한 면이 최근에 베이징에서 촬영된 사진들로 채워져 있었다. 사진 중 하나에는 발가벗은 군인이 불에 탄 버스의 창틀에 철사로 매달려 있었다. 대롱거리는 군인의 발에는 아직도 구두가 신겨져 있었다. 그 군인 옆에는 직사각형 상자가 있었다. 상자에는 "이자는 다섯 명의 시민을 죽이고 총알이 떨어져 잡혔다. 인과응보다!"라는 두 줄의 글씨가 쓰여 있었다.

주문한 음식에 밥이 따라 나왔다. 김이 모락모락 나는 수프는 닭고기, 새우, 완두콩, 죽순으로 만든 것이었다. 두 가지 요리 다 맛있었다. 하지만 타오타오는 요리 속에 든 오징어가 마음에 들지 않는 모양이었다. 아이는 포타벨라 버섯을 더 달라고 했다. 어머니가 아들의 접시에 여러 개를 놓아줬다. "왜 큰 그릇에 안 주는 거예요?" 아이가 물었다.

"이곳 식당에서는 수프 그릇으로 작은 것만 써서 그래." 핑핑이 대답했다.

아이는 닭고기가 설익었으면 어쩌나 하고 두려워하는 것처럼 조심스럽게 깨물었다. 하지만 잘 익은 게 확실해지자 거침없이 먹었다.

점심을 반쯤 먹었을 때, 난이 타오타오에게 신문에 난 사진을 보여주며 말했다. "여길 보렴, 여기 이 시민들을 인민해방군이 죽였다."

"저리 치워! 애가 밥 먹는 중이잖아." 핑핑이 잔소리를 했다.

"나는 이 아이가 진실을 알기를 원하는 거야. 타오타오, 그들이 얼마나 많은 사람을 죽였는지 보렴. 탱크로 사람도 깔아뭉개고 자전거도 깔아뭉갰잖니."

그의 아내가 애원했다. "제발 편안히 점심 좀 먹게 놔두면 안 돼?"

"아빠, 저 사람이 군인 아저씨 아닌가요?" 아이가 목매달려 죽은 군인을 가리키며 말했다.

"맞다. 하지만 저 사람은 시민을 죽이고 벌을 받은 거란다. 그래도 싸다고 생각하지 않니?"

타오타오가 잠시 말없이 접시를 바라보다가 나직하게 말했다. "아뇨."

"어째서?" 난은 좌절감을 느꼈다. 그는 아들이 완고하고 구제할 도리가 없다고 생각했다. 그의 부얼부얼한 콧수염이 곤두섰다.

"그래도 사람들이 서로를 죽이면은 안 돼요." 타오타오가 나직하게 말했다.

얼떨떨해진 난은 한동안 어떻게 반응해야 할지 알지 못했다. 미간이 넓은 그의 눈이 아들을 응시했다. 그의 가슴속에서 뭔가가 흔들렸다. 그것 때문에 가슴이 꽉 차서 식욕까지 사그라져버렸다. 그는 남은 음식을 가까스로 다 먹고 찻잔에 차를 부었다.

"좀 더 먹지그래." 핑핑이 말했다.

"먹을 만큼 먹었어." 그는 한숨을 쉬며 이렇게 말하고 쉰 소리로 말했다. "이 아이는 너무 착해서 다시 돌아가면 절대 안 되겠어. 그곳에서는 살아남을 수 없겠어. 나는 어떻게 될지 모르지만, 이 아이는 미국인이 돼야 해."

"당신이 그렇게 말하니까 좋네." 그녀도 맞장구를 쳤다.

"엄마, 난 미국인이 되기 싫어요! 집에 가고 싶어요." 타오타오가 울부짖었다.

"알았어. 말 그만하고 어서 먹으렴. 당연히 너는 중국인이란다." 그녀가 말했다.

난의 눈이 눈물에 젖어 반짝였다. 그의 볼이 씰룩거렸다. 그는 고개를 돌려 창밖을 바라보았다. 관광객들이 둘씩 셋씩

짝을 지어 좁은 도로를 걸어가고 있었다. 몇몇 동양인은 목에 카메라를 걸고 있었다.

웨이트리스가 다시 와서 난 앞에 포춘쿠키 세 개와 셀로판지로 싼 이쑤시개 세 개, 그리고 계산서를 얹어 놓은 작은 접시를 놓았다. 점심값이 26달러밖에 안 나왔지만, 난은 팁으로 5달러를 놓았다. 그는 웨이트리스한테 FOJ도 지갑이 두툼할 수 있다는 걸 보여주고 싶었다. 전에 포춘쿠키를 본 적이 없던 타오타오는 세 개를 다 호주머니에 넣었다.

호텔에 들어가자 텔레비전에서 채플린 영화가 나왔다. 타오타오는 금방 영화에 빠져들었는데, 너무 심하게 웃는 바람에 재채기를 하면서 계속 헐떡거렸다. 아이는 우스운 장면이 나올 때마다 머리 위로 손을 저으며 침대에서 펄쩍펄쩍 뛰었다. 핑핑은 걱정이 되는지 아들에게 앉으라며 옆방 사람들한테 들릴지 모르니 너무 크게 웃지 말라고 했다. 하지만 콧수염을 붙이고 발을 흉하게 벌리고 다리가 굽은 수척한 땅딸보가 화면에 나타나 자기 동료 직원을 살찐 닭으로 상상하고 도끼를 들고 쫓아다니는 장면이 나오자, 타오타오는 다시 일어나서 뛰고 소리를 지르고 난리였다. 난은 아이의 마음이 그렇게 빨리 편안해졌다는 사실이 놀라울 따름이었다. 그는 그 모습을 보며 생각에 잠겼다. 사실, 아이에게는 부모가 있는 곳이 집이고, 행복하고 안전하다고 느끼는 곳이 집이었다. 아이에게는 국가가 필요하지 않았다.

난은 몹시 피곤했다. 그는 타오타오가 떠드는 소리에도 불구하고 곧 잠이 들었다. 텔레비전에서는 무성영화가 끝나자

〈톰과 제리〉가 나왔다. 타오타오는 모든 걸 이해하지는 못했지만, 만화영화를 보면서 대굴대굴 굴렀다. 핑핑은 아들이 너무 흥분해서 아프진 않을까 걱정이 되었다.

3

하이디 메이스필드의 집은 보스턴에서 서쪽으로 30킬로미터쯤 떨어진 우드랜드에 있는 2에이커 반에 달하는 원시림 한복판에 있었다. 이 고풍스러운 미국 초기 건축물의 남쪽 가까이에, 여름이면 여러 개의 창문에 그늘을 드리워 방들을 서늘하게 해주는 거대한 단풍나무가 있었다. 두툼한 가지에 그네가 걸려 있었다. 다리가 없는 작은 의자를 두 줄의 밧줄로 연결한 그네였다. 집 뒤쪽의 베란다와 시골길로 통하는 차도를 제외하고, 땅 전체가 손질이 잘된 잔디로 덮여 있었다. 뜰의 입구만이 낮은 자연석 벽으로 되어 있을 뿐, 나머지는 라일락에 둘러싸여 있었다. 메이스필드 가족은 여름에는 케이프 코드에 가서 지내다 왔다. 팰머스 근처에 그들의 해변 별장이 있었다. 그래서 우 가족은 우드랜드 집을 자기들만 사용할 수 있었다. 하이디는 우편물을 확인하고 각종 요금을 내려고 2주에 한 번씩 왔다. 그녀와 두 아이는 초등학교가 개학하는 9월 초에야 돌아올 터였다.

2년 전, 성형외과 의사였던 메이스필드 박사가 요트 사고로 사망했다. 그래서 그의 아내는 집안을 돌보고 아들과 딸을 보살펴줄 누군가를 필요로 했다. 그녀의 시누이인 진이 우 부부를 그녀에게 소개해줬다. 난은 진의 감독하에 병원 건물 수위를 한 적이 있었다. 하이디는 착실해 보이고 예의 바르고 깨끗하게 옷을 입은 젊은 부부를 보고 마음에 들었는지, 그 자리에서 바로 채용했다. 그녀는 집안일을 해주는 조건으로 우 부부가 다락에 있는 두 개의 방을 사용하게 해줬다. 핑핑은 요리와 빨래를 하고, 난은 아침에 아이들을 학교에 데려다주기로 했다. 그리고 아이들의 어머니가 너무 바빠 아이들을 태우러 갈 수 없게 되면, 그가 오후에 태워 오기로 했다. 집세를 안 받는 것뿐만 아니라 하이디는 핑핑에게 한 주에 2백 달러씩 줬다. 하이디는 부자였지만, 아이들에게 외식하는 습관이 생기지 않도록 음식점에 자주 데려가지 않았다. 그래서 주중에는 핑핑이 그들을 위해 아침과 저녁 식사를 준비했다. 집안일은 힘들지 않았다. 팻과 제시카, 두 흑인 모녀가 한 주에 한 번씩 와서 진공청소기로 마루를 청소하고 다락방에 있는 걸 제외한 모든 화장실을 청소했다. 어머니가 대부분의 일을 했고, 스무 살이 거의 다 된 딸은 앉아서 책을 읽었다. 톰이라는 사람도 그 집으로 일을 하러 왔다. 그는 우드랜드 소방서에서 야간 당직자로 일하는 소방관이었다. 그는 정기적으로 와서 잔디를 깎고 꽃과 나무들을 전지해줬다. 그는 겨울에는 차도에 있는 눈을 치우고 모래를 깔아줬다. 하이디의 집에서 일을 하면서 우 부부에게는 전혀 예상치 못한 큰 이득이 생겼다. 그들의 아들이 이제 이곳에 있는 아주 좋은 공립학교에 다닐 수 있게 된 것이었다.

놀랍게도 타오타오는 전혀 시차를 느끼지 않는 모양이었다. 아이는 하루 종일 계단을 오르내렸다. 몇 계단씩 건너뛰어 오르락내리락했다. 아이의 발소리가 집 안에 울렸다. 하지만 아이는 아직 밖으로 나갈 생각은 하지 않았다. 이따금 아이는 부엌이나 서재 창문으로 밖을 내다보았다. 지난밤에 아이는 멀리서 그들의 차를 알아보고 그들을 환영한다는 듯 자동으로 열린 차고를 보면서 놀랐다. 아이는 잔디를 보고도 아주 깊은 인상을 받았다. "엄마, 우리 집 주변이 온통 녹색 카펫이라고 할아버지한테 얘기해드려야겠어요."

"이건 그냥 잔디란다." 핑핑이 미소를 지었다. "나가서 볼래?"

"엄마도 같이 나갈 거예요?"

"아직도 무서워?"

"모르겠어요."

그녀는 아들이 손으로 잔디를 만져볼 수 있도록 밖으로 같이 나갔다. 그녀는 엷은 자주색 스커트를 입고 있었고, 타오타오는 흰 반바지에 밤색 가죽 신발을 신고 있었다. 아이는 발에 닿는 잔디의 감촉을 좋아했고 무슨 공을 쫓아다니기라도 하는 듯 뛰어다녔다. 아이의 다리는 탄탄했지만 아버지처럼 약간 밭장다리였다. 아이가 한동안 떠들고 나자, 핑핑이 아들을 영지의 북쪽 끝 너머 숲으로 데려갔다. 버섯이 있나 보기 위해서였다. 그녀는 겨드랑이에 두꺼운 책을 끼고 있었다. 독성이 있는 버섯과 먹을 수 있는 버섯을 구분하기 위해서는 책에 나온 그림의 도움이 필요했다. 어머니와 아들은 풀이 부드럽게 반짝이고 집과 나무의 그림자가 이곳저곳에 기다랗게 드리워진 잔디가 있는 뜰을 떠나 북쪽으로 갔다.

*

난은 아내와 아들이 숲 속으로 사라지는 모습을 바라보았다. 그는 나머지 여름 동안 이 집을 자신들만 쓸 수 있다는 사실이 기뻤다. 하지만 동시에 그의 마음은 여러 가지 근심 걱정으로 무거웠다. 그는 최근에 너무 많은 일이 벌어지는 바람에 아직도 정신이 얼떨떨했다. 6주 전, 야전군이 베이징의 시위자들을 향해 공격할 태세를 취하고 있을 때, 정치학 박사과정을 밟고 있는 브랜다이스 대학교 소속의 일부 중국 대학원생들이 모여 어떻게 하면 폭력을 막을 수 있을지 토론한 적이 있었다. 그들은 몇 시간 동안 얘기를 했지만 주로 울분만 토로하고 있었다. 그런데 느닷없이 난이 제안을 했다. 보스턴 지역에서 공부하는 고위층 자녀들, 특히 MIT에 다니는 자녀들을 일부 납치해 그들의 아버지에게 계엄령을 철회하고 수도에서 군대가 물러가게끔 하자는 제안이었다. 그는 군인들이 벨트와 곤봉과 헬멧으로 시민들을 때려 많은 사람들이 얼굴이 피와 눈물로 범벅된 모습을 텔레비전에서 막 보고 나서 화가 나 있었다. 그런데 놀랍게도 중국인 학생들은 그의 제안을 아주 심각하게 받아들이고 납치할 계획을 세우기 시작했다. 하지만 그들이 행동을 취하기 전에 베이징에서 학살극이 벌어졌다. 너무 늦어버려 그들이 아무것도 할 수 없는 상황이 된 것이었다. 그래서 그들은 워싱턴으로 가서 중국 대사관 앞에서 시위를 벌였다. 난도 같이 가서 추하게 생긴 벽돌 건물 앞에서 구호를 외쳤다. 그 안에 있는 대사관 직원들은 숨어서 얼굴을 감추고 있었지만, 창문의 커튼을 통해 시위자들에게 손을 흔들거나 승리 표시를 해 보였다.

워싱턴에서 돌아왔을 때, 그는 다른 일에 충격을 받았다. 하버드 대학교 동아시아 연구 센터에 객원연구원으로 있는 한송 때문이었다. 그는 난이 아주 잘 아는 친구로, 불발로 끝난 납치 계획에 적극적으로 가담했던 사람이었다. 총기상에 돌려줘야 하는 권총을 갖고 있었던 모양이었다. 들리는 말에 따르면, 그의 여자 친구가 톈안먼 광장에서 사라졌다고 했다. 군인들한테 죽임을 당해 어딘가에 집단으로 매장된 게 분명하다는 것이었다. 정신이 돌아버린 한송은 어느 날 밤, 밖으로 뛰쳐나가 워터타운에 있는 공원에 있던 노숙자 노인과 말다툼을 하다가 권총을 꺼내 노인의 머리를 쐈다. 난은 그 얘기를 듣고 동요했다. 실행에 옮겨지지는 않았지만 자기가 납치 음모에 가담했던 것도 그를 동요하게 만들었다. 그래서 그는 핑핑에게 다시는 정치에 관여하지 않겠다고 말했다. 정치학 대학원 과정도 그만두기로 결심했다. 그것은 그가 좋아한 적이 없지만, 중국에서 대학에 입학했을 때 그에게 할당된 전공이었다. 그렇게 할당되자, 그는 그 분야를 공부할 수밖에 없었다. 그래서 석사 학위를 이수했다. 그런데 지금 그 공부를 계속하기에는 그것에 너무 넌더리가 나 있었다.

대학원을 그만두기로 했지만 뭘 해야 할지 전혀 알 수 없었다. 들리는 말에 따르면, 미국 정부가 본국으로 돌아가지 않는 중국인 학생과 학자를 보호할 조처를 취할 것이라고 했다. 그렇다면 그도 합법적으로 여기에 있을 수 있게 된다는 말이었다. 하지만 두려운 건 학교를 벗어나면 대학의 재정 지원을 받을 수 없게 된다는 사실이었다. 그러한 독립적 상태는 그에게는 새로운 것이었다. 그는 중국에서는 늘 급료와 숙박 시설(보통 침대거나 기껏해야 방 한 칸이었다), 옷과 곡식과 식용유를 살 쿠폰, 의료 보장, 때때로 몇 개의 콘돔을 받는 작업 단위單位의 일원이었다. 그가 당국과 문제를 일으키지 않는 한, 그의 삶은 보장되었다. 그런데 이제는 혼자 벌어서 가족을 부양해야 할 참이었다. 그는 자신의 길을 자유롭게 선택해 살 수 있게 되었다. 하지만 그에게 어떤 선택의 여지가 있는가? 이 나라에서 살아남을 수 있을까? 미래가 너무 불확실하게 느껴졌다.

발광한 한송이 한 주 전, 정신병원에 수감되었다. 난은 그를 면회하러 가지 않았지만 처음부터 납치 계획에 대해 반대를 했던 다닝이 한송을 찾아가 재스민 차를 주고 왔다고 했다.

난은 그 얘기를 듣고, 정신병원에 수감된 사람도 따뜻한 물을 자유롭게 마실 수 있는지 궁금했다. 다닝은 난에게 한송이 후회하는 기색 없이 웃기만 하더라고 말했다. "진짜 정신병자더라고요. 웃는 걸 보니 머리끝이 쭈뼛해지더군요."

한송이 제정신이 아니어서 제대로 말을 못하는 게 얼마나 다행이냐 싶었다. 그렇지 않으면 납치 계획에 관련된 모든 걸 불어버렸을지 모르는 일이었다. 그렇게 되면 모두가 재판에 회부될지도 몰랐다.

핑핑과 타오타오는 통통한 노란 버섯을 달랑 하나만 따서 돌아왔다. 비단그물버섯이라 불리는 버섯이었다. 가물어서 숲에 버섯이 씨가 마른 모양이었다. 난은 그들이 샌프란시스코에서 돌아온 후로 아들이 중국에 돌아가겠다는 얘기를 한 번도 한 적이 없다는 걸 깨달았다. 타오타오는 빠르게 적응해가는 것 같았다. 아직 영어를 한 자도 읽을 줄 몰랐지만, 아이는 부모가 교회 바자회에서 사준 《브리태니커》 백과사전에 빠져 있었다. 아이는 그림들을 보면서 다양한 질문을 했다. 아이는 아버지를 시험하고 싶어 했는데, 한번은 심지어 수성과 토성 중 어느 것이 크냐고 묻기도 했다. 난은 확실히 알지 못하고 그냥 추측으로 "수성"이라고 해버렸다.

"땡." 아이가 환하게 웃으며 말했다. 아이는 틈만 나면 아버지를 놀려먹으려고 했다. 아이가 즐겨 하는 장난 중 하나는 난의 발가락에 기다란 고무줄을 묶어 잡아당겼다가 놓는 것이었다. 난은 아들의 장난이 싫지 않았다. 그것은 아이가 그를 아버지로 받아들이고 있다는 의미였다.

우 가족은 집을 통째로 쓰고 있었지만, 아래층에 있는 부엌을 사용할 때를 제외하고는 다락에 있었다. 위층에 있는 넓은 방에는 큰 침대와 난의 책상이 있었고, 북쪽 뜰이 내려다보이는 창문 밑에는 커피 테이블이 있었다. 벽의 두 면은 책으로 채워져 있었다. 대부분의 책은 주인집 소유였다. 난은 밤늦게까지 책을 읽는 습관이 있었다. 그래서 대개 그는 아내와 다른 방에서 잤다. 아이가 이제는 핑핑과 침대를 같이 썼기 때문에 난은 더더욱 혼자였다. 그는 다락에 있는 다른 방을 사용했다. 작지만 가구가 갖춰진 방이었다. 1인용 침대가 둘, 그 사이에 삼나무로 만든 작은 책상이 있었다. 메이스필드 집안은 이따금 이 방을 객실로 활용했다.

난은 잠이 들기 전, 로버트 프로스트의 시집을 펴고 읽기 시작했다. 그는 프로스트, 오든, 휘트먼, 이백, 두보를 좋아했다. 하지만 영어로 된 시는 완전히 이해할 수 없는 경우가 종종 있었다. 오늘 밤 그는 눈이 무거웠다. 이따금 글자가 뿌예지며 잘 보이지 않았다. 그가 〈고용인의 죽음〉*이라는 장시를 다 읽기 전에 시집이 손에서 미끄러져 카펫 위에 쿵 소리를 내며 떨어졌다. 그것에 아랑곳하지 않고 그는 잠이 들어 희미하게 코를 골기 시작했다. 탁자 위에는 아직도 등이 밝혀져 있었다.

* 로버트 프로스트의 시 〈The Death of the Hired Man〉.

*

다음 날, 우 가족은 타오타오에게 장난감을 사주려고 워터타운에 있는 쇼핑몰에 갔다. 아이는 자동차나 총, 자전거나 봉제 동물 인형에 관심이 없었다. 아이는 별을 볼 수 있는 큰 망원경을 원했다. 부모는 105달러를 주고 그걸 사줬다. 쇼핑몰에서 돌아오자마자, 타오타오는 기다란 상자를 열고 망원경을 조립하기 시작했다. 아이는 설명서를 읽을 수 없었지만 아버지가 도와주는 걸 마다했다. 난이 손잡이나 나사를 집을 때마다, 아이는 소리를 질렀다. "내려놔요!" 결국 아이는 마치 전에 그런 걸 갖고 있었던 것처럼 완벽하게 망원경을 조립했다. 그러고는 삼각대에 망원경을 앉힐 때까지 저녁을 먹으러 아래층에 내려가지도 않았다.

불행히도 그날 저녁은 날씨가 흐려서, 부모는 그와 함께 별을 보러 밖으로 나가지 않았다. 아이는 화가 났다. 저녁을 먹고 나서, 부모는 아들에게 위층으로 올라가서 종이와 비닐봉지를 거둬 화장실 쓰레기통에 버리고, 다시 내려와 어머니와 함께 그림책을 읽으라고 했다. 핑핑은 시립도서관에서 유아용 도서를 빌려놓고 있었다. 아이에게 영어를 가르치는 법을 익히기 위해서였다.

그녀와 난이 아들을 초등학교에 입학시키는 문제에 대해 얘기하고 있을 때, 갑자기 계단에서 쿵 하는 소리가 나더니 발소리와 덜커덩거리는 소리가 났다. 핑핑이 소리쳤다. "타오타오, 너 괜찮니?"

아무 대답도 없었다. 그때 놀랍게도 아이가 한쪽 귀퉁이가 찌그러진 빨간 여행 가방을 들고 부엌으로 들어왔다. "집에 가려고 짐을 싸고 있어요." 아이가 무뚝뚝한 얼굴로 말했다.

"뭐라고?" 어머니가 말했다.

"할아버지, 할머니한테 가겠다고요."

부모는 그 말을 듣고 몹시 놀랐다. 잠시 후, 그들이 껄껄거리며 웃었다. "그래, 갈 테면 가라." 난이 정색을 하며 말했다.

아이가 당황했다. "짐을 싸고 있다니까요?"

"그래, 빨리 싸렴." 핑핑이 재촉했다.

타오타오는 손에 든 여행 가방을 마루에 떨어뜨리고는 울기 시작했다. "할아버지, 할머니가 보고 싶어요."

그 말을 듣고 부모는 몹시 놀랐다. 그들은 아들이 자기와 함께 별을 보러 나가지 않는다고 억지를 부린다고 생각했던 것이다. 어머니가 아들을 일으켜 무릎에 앉히고 손가락으로 눈물을 닦아주며 부드럽게 아이의 몸을 흔들었다. 난이 말했다. "자, 구름이 없을 때, 별을 보러 가자꾸나, 괜찮지?"

"넌 이미 다 컸어. 이젠 집에 갈 수 없다는 걸 너도 알아야지. 우리는 여기에서 살아야 해. 중국 정부는 우리가 돌아가면 가만두지 않을 거란다. 엄마 아빠는 우리 집이 생길 때까지 열심히 일할 거야." 어머니가 덧붙였다.

아이는 코를 훌쩍이며 한동안 울었다. 어머니가 얘기하는 걸 대부분 이해하는 것 같았다. 아이는 연신 머리를 끄덕였다.

무슨 일인지, 그 일이 있고 나서, 아이는 별을 보러 가자는 말을 더 이상 하지 않았다. 망원경은 위층 층계참에 있는 창문에 기대져 있었다. 어쩌다 한 번씩, 아이는 그걸로 하늘을 쳐다보았다. 하지만 그것도 1~2분에 지나지 않았다. 곧 아이는 할아버지, 할머니가 보고 싶다는 말을 하지 않았다. 그의 부모는 아들이 말을 듣지 않을 때마다, 그를 속달로 중국으로 보내버리겠다고 위협했다. 아이는 그 말을 듣고 이후 몇 달 동안 겁을 먹었다.

4

핑핑은 사흘간 너무 행복해 몸마저 가볍게 느껴졌다. 기분이 너무 좋았고 얼굴에는 계속 핑크빛이 감돌았다. 요리를 하고 바느질을 할 때면, 중국 민요를 흥얼거리곤 했다. 쇼핑이나 우체국에 갈 때마다, 혼자 놔두면 없어지기라도 할 것처럼 타오타오를 데리고 다녔다. 타오타오가 뜰에서 놀고 있을 때조차 따라다녔다. 하이디의 집 뒤에 있는 블루베리 숲 너머에 높은 철조망 울타리로 둘러싸인 녹색 테니스장이 있었다. 고무로 코팅을 한 것처럼 탄력이 있는 테니스장이었다. 하지만 우 가족은 그곳에는 가지 않았다. 대신, 그들은 앞마당에 있는 농구 골대 밑에서 배구공을 찼다. 타오타오는 축구만 했다.

핑핑은 즐거운 날도 잠시라는 걸 알고 있었다. 여름이 곧 끝나고, 메이스필드 가족이 돌아오면 그녀는 집안일을 다시 하게 될 터였다. 게다가 타오타오는 9월 초부터 학교에 다닐 예정이었다. 아이에게는 힘든 일이 될지 몰랐다. 그녀는 하루에 대여섯 시간씩 아들과 함께 영어로 된 책을 읽었다. 아이는 텔레비전을 많이 봐서, '아 오(어머나)', '오키 도키(오케이)', 심지어는 '겟 로스트(꺼져)' 등과 같은 표현까지 따라 하기 시작했다. 아들과 같이 있으면서, 핑핑은 자신이 어떻게 살아야 할지 더욱 확신하게 되었다. 지난 몇 년 동안, 그녀는 중국으로 돌아갈 마음의 준비를 하고 있었다. 난이 중국으로 돌아가서 하얼빈에 있는 작은 대학인 그의 모교에서 강의를 할 계획이었기 때문이다. 하지만 그녀는 고향에 대한 꿈을 꿀 때마다 악몽을 꿨다. 깨끗한 화장실을 찾으려고 아무리 애써도 찾을 수 없는 악몽이었다. 난은 그녀에게 요즘 대도시에는 현대식 화장실이 있다고 말해줬다. 실제로, 중국에서는 공공시설을 현대화하려는 운동이 벌어지고 있었다. 그런 시설을 활용하려면 커피를 한 잔 사서 마시듯이 돈을 내야 했다. 난은 이렇게 농담했다. "미국에 공짜 점심이 없는 것처럼, 중국에는 공짜 화장실이 더 이상 없게 되는 거지." 그래도 핑핑은 화장실에 관한 악몽을 계속 꿨다. 하지만 타오타오가 오고부터, 악몽은 대부분 멈췄고 머리도 더 개운해졌다. 난이 어느 날 생각을 바꿔 중국으로 돌아간다고 해도, 그녀는 미국에서 혼자 아이를 키우며 살겠다고 생각했다. 그건 확실했다.

난은 1985년 여름, 혼자서 미국에 왔다. 1년 반 후, 핑핑이 가까스로 중국에서 떠나왔다. 하지만 관리들은 그녀가 돌아오지 않을까봐 타오타오를 데리고 가지 못하게 했다. 그래서 아이는 베이징에서 3백 킬로미터 이상 떨어진 성도省都인 지난 시에 있는 외갓집에 살게 되었다. 핑핑은 보스턴에 도착한 직후, 중국으로 돌아가기 전에 2만 달러를 저축하고 싶다고 말했다. 그 말을 듣고 난은 깜짝 놀랐다. 이미 은행에 3천6백 달러가 있었지만, 그 액수는 터무니없다고 생각했다. 그는 부자가 되는 데 관심이 없었다. 그는 타고난 자본가라며 그녀를 놀렸다. 그러나 핑핑은 재정적인 독립을 원했다. 그러기 위해서는 상당한 액수의 돈이 통장에 있어야 했다. 그래야 급료 인상 여부로 안달복달할 필요가 없을 터였다. 급료 인상은 관리들한테 굽실거려야만 가능했다. 많은 사람들이 그렇게 했다. 그래서 그녀는 이곳에 있는 동안 최대한 많은 돈을 벌어 저축하기로 마음먹었다. 브랜다이스 대학교에 있는 동포 학생들 사이에서 난은 학교를 1년 다니고 나서부터 부자라고 소문이 났다. 아내가 비자를 받는 데 필요한 돈을 벌기 위해서 그가 끊임없이 일했기 때문이었다. 베이징에 있는 미국 대사관은 3천 달러 이상의 은행 잔고가 있다는 증명서를 요구했다. 자연과학을 전공하는 대학원생들과 다르게, 난은 장학금을 받지 못해서 생활비를 스스로 알아서 마련해야 했다. 그는 공부할 시간을 아끼기 위해 한꺼번에 많은 양의 음식을 준비해서 그걸로 사나흘을 때웠다. 때로는 하루에 서너 시간만 잤다. 그는 너무 열심히 살아서 핑핑이 미국에 왔을 때쯤에는 몸무게가 9킬로그램 넘게 빠져 있었다.

2년 반이 지났다. 핑핑은 1년은 요양소에서 일을 했고 1년 반은 하이디를 위해 일을 했다. 난은 그사이 이런저런 일들을 했다. 우 가족은 결국 3만 달러를 저축했다. 그런데 지금, 그들은 미국에서 영원히 살려 하고 있었다. 그러니 그 액수는 그들에게 안정감을 주지 못했다. 난은 박사 과정을 그만두기로 결심했다. 핑핑은 그가 뭘 하려고 하는지 잘 몰랐다. 그녀는 남편이 자기를 사랑하지 않는다는 걸 알고 있음에도 그를 깊이 사랑했다. 그와 결혼하기 전, 그녀의 아버지는 그녀에게 난과는 안정된 삶을 살지 못할지 모르겠다는 말을 했다. 괜찮은 젊은이지만 천성이 비현실적이고 구제할 수 없을 정도로 몽상가이기 때문이라는 것이었다. 하지만 그녀는 그와 결혼한 것을 결코 후회하지 않았다. 그래도 이따금 가슴이 아팠다. 때로는 술을 마시기까지 했다(그러나 그녀는 미국 와인을 좋아하지 않았다. 그렇다고 그녀가 어렸을 때, 아버지가 마시던 술병에서 조금씩 훔쳐 마시던 향기로운 류저우 술을 여기에서 찾을 길도 없었다). 그녀는 난이 자기를 버리지 않을 거라는 걸 확신했다. 좋든 싫든, 그는 믿을 수 있는 사람이었다. 이제 타오타오가 왔기 때문에 난은 집안의 가장 역할에 더욱 충실하려고 했다. 그의 말에 따르면, 그는 "이 집안의 수레를 끄는 짐말"이 되려고 했다.

"곧 일을 찾아볼 셈이야." 어느 날 오후, 그가 핑핑에게 말했다. 그들의 아들은 다른 방에서 낮잠을 자고 있었다.

"어떤 일을 하려고?"

"나한테 선택의 여지가 있나?" 다시 한 번, 그의 목소리에 빈정거림이 묻어났다.

"그렇게 고약하게 말하지 마. 나도 언제든 일을 할 수 있잖아."

그는 그 말을 듣고 마음이 다소 누그러졌다. 그가 한숨을 쉬었다. "여하튼 일을 찾아보려고 해."

핑핑은 죄의식을 느끼며 가만히 있었다. 하이디가 여름에는 돈을 주지 않기 때문이었다. 그들은 최근에 수천 달러를 썼다. 저축한 돈을 축내며 집에만 있을 순 없었다. 하지만 그녀는 학교가 시작되기 전에 타오타오에게 기본적인 것을 가르치고 싶었다. 그래서 일을 찾아야 하는 건 난이었다.

보도에 따르면, 미국 정부가 중국으로 돌아갈 생각이 없는 중국 학생들에게 영주권을 주려고 한다고 했다. 난이 다니는 학과의 미국 국내 정책 전문가 니컬슨 교수는 난에게 미국이 중국 학생들을 틀림없이 이곳에 붙잡아두려 할 것이라고 말했다. "내 말 믿게. 어떤 나라든 중국의 젊은 정예 세대를 붙잡으려 할 테니까." 그건 어쩌면 사실일지 몰랐다. 실제로 캐나다와 오스트레일리아는 자기 나라에 살고 있는 중국 학생과 학자에게 영주권을 막 부여한 터였다. 핑핑과 난은 대부분의 이민자들처럼 수천 달러를 쓰고 영주권이 나올 때까지 몇 년을 기다릴 필요가 없다는 걸 알고 안도했다. 그래도 그들은 불안했다. 새로운 삶에 대한 정신적인 준비가 되어 있지 않았던 것이다.

5

가을 학기가 2주 후에 시작될 예정이었다. 등록을 하지 않으면, 난은 대학 도서관에서 더 이상 일을 할 수 없을 터였다. 그는 며칠 동안 일을 찾아봤지만 허사였다. 그는 병원 건물의 수위직이 마음에 들었었다. 시간당 겨우 4달러 65센트를 받았고, 수리를 담당하는 동료인 닉이 종종 창문이 없는 사무실에서 마리화나를 피우긴 했지만(닉은 마리화나 냄새를 없애기 위해 담배도 피웠다), 일이 그다지 힘들지 않고 책을 읽을 수 있는 시간도 났기 때문이다. 그는 수년 동안, 몸은 팔되 머리는 팔지 않겠다는 신조를 지켰다. 공부를 위해 머리는 온전하게 놔두고 싶었다. 그런데 이제는 더 이상 대학원에 미련이 없기 때문에 그리 까다로울 필요가 없었다.

여러 개의 구인광고를 보고 지원했지만, 아무런 기술이 없는 그에게 관심을 갖는 곳은 없었다. 중국 음식점도 여러 곳 가봤다. 하지만 그들도 그를 쓰지 않으려 했다. 그의 억양에 그가 중국 북부 출신이라는 게 드러났기 때문이다. 그는 남부 사투리를 쓸 줄 몰랐다. 그들이 이유를 설명해주지는 않았지만 난은 그것이 이유일 거라고 생각했다. 워터타운에 있는 난킹 빌리지의 사장은 광대뼈가 많이 나온 늙은 여자였는데 이렇게 말했다. "지난주에 왔더라면 좋았을 텐데. 막 웨이트리스를 채용한 참이라 어쩔 수 없구려. 저기 보이는 뚱뚱한 여자가 새로 채용된 웨이트리스라오." 그녀는 난을 마음에 들어 했고 살짝 존중해주기까지 했다. 그를 딱한 상황에 처해 있지만 언젠가 요직에 오를 수도 있는 가난한 학자 정도로 생각한 모양이었다. 난은 일자리를 더 찾아보았다. 그는 인근 대학에 있는 중국어 관련 학과들에 편지를 보내기까지 했다. 그중 한 곳은 '진주'가 자신들의 손가락을 빠져나가게 되는 걸 유감스럽게 생각하지만, 현재로서는 그를 채용할 수 없다는 편지를 보내왔다.

진주라니 엿이나 먹어라! 난은 속으로 이렇게 이죽거렸다.

그는 야간 경비원을 구한다는 워터타운의 공장에 아무 기대도 없이 전화를 했다. 돈이라는 남자가 받더니 와서 지원서를 쓰라고 했다. 난은 큰 기대를 하지 않고 공장에 갔다.

돈은 이탈리아 억양이 배인 영어를 구사하는, 정수리에 머리가 없는 중년의 관리자였다. 난이 외국 학생이고 서른 살이 넘었다는 걸 알고, 흥미가 당기는 모양이었다. 그들은 담배와 플라스틱 냄새가 진동하는 공장 사무실에 앉았다. 서쪽 방향으로 더러운 창문들이 나 있는 사무실은 형광등이 여러 개

켜져 있음에도 불구하고 침침했다. "이런 일을 해본 적이 있나?" 돈이 난에게 물었다.

"네, 월섬 병원에서 수위로 1년 반 동안 일한 적이 있습니다. 이건 제 옛 상사가 쓴 추천서입니다."

돈은 추천서를 읽어보았다. 하이디의 시누이인 진이 해고를 당하면서 자기가 부리던 직원 세 사람을 내보내야 했을 때 그를 위해 써준 추천서였다. 돈이 짙은 눈썹을 아래위로 움직이며 물었다. "그곳에서 왜 나오게 된 건가?"

"제 상사가 해고를 당했어요. 그래서 우리가 겟 레이드*된 거죠."

"겟 레이드?" 돈이 깜짝 놀라며 물었다. 다른 책상에 있던 젊은 비서가 킥킥거리며 두 사람을 향해 창백한 얼굴을 돌렸다.

난은 자기가 부사인 off를 빼먹어 '섹스를 했다'는 의미로 전달됐다는 걸 깨닫고 고쳐서 말했다. "미안합니다. 미안합니다. 그들이 다른 회사를 고용했어요. 그래서 그렇게 된 겁니다."

"알겠네." 돈이 미소를 지었다. "우선 신체검사부터 하고 오게."

"그게 뭔데요? 몸을 검사하는 건가요?"

"그렇지. 이 병원으로 가면 돼." 돈은 서류 위에 연필로 주소를 적어 난에게 내밀었다. "의사가 이걸 작성해주면 나한테 가져오고."

* '해고당하다'라는 의미의 숙어 get laid off에서 off가 빠진 get laid는 '섹스를 하다'는 의미로 쓰이는 비속어이다.

"좋습니다. 의료 보장은 되나요?"

"의료보험 말인가?"

"네."

"당연히 제공되지."

"가족 모두가 되나요?"

"물론. 자네가 돈을 더 낸다면."

난은 그 말을 듣고 기뻤다. 학교를 그만뒀으니, 그는 더 이상 학생 의료보험을 유지할 자격이 없었다. 가족을 위해 대안을 찾아야 했다. 그런데 건강 검진을 해야 한다는 게 신경에 거슬렸다. 그는 건강했고 그 일은 시간당 4달러 50센트였다. 그렇게 까다롭게 굴 필요가 없는 일이었다. 하지만 다시 생각해보니, 플라스틱 제품을 생산하는 공장이니 종업원들한테 소송을 당할 경우를 대비하는 것 같았다.

*

난은 월섬의 프로스펙트 가에 있는 병원에 갔다. 의사가 한 사람뿐인 최근에 개업한 개인 병원이었다. 비서도 없었다. 점심시간이기 때문에 그런지도 몰랐다. 난은 몸집이 큰 의사에게 서류를 건넸다. 의사는 아직 가구도 제대로 갖춰져 있지 않은 진찰실로 그를 안내했다. 검은 가죽 소파는 새것이었다. 플로어 램프도 마찬가지였다. 의사는 창백한 얼굴과 짧게 깎은 갈색 머리에도 불구하고, 난이 케임브리지에 있는 식당에서 본 적이 있는 일본 요리사를 생각나게 했다. 목에 건 안경이 가슴까지 내려와 있었다. 의사가 가슴에 청진기를 댔을 때, 난은 의사가 근시인지 원시인지 궁금해졌다.

의사는 그의 숨소리를 들어보고 가슴을 두드려보고 배를 만진 다음, 말했다. "좋아요. 바지를 벗으세요."

난은 깜짝 놀랐다. "모든 걸 다 봐야 하나요?"

"네." 그 남자가 라텍스 장갑을 끼며 씩 웃었다.

난은 벨트를 풀고 바지와 팬티를 내렸다. 그의 배 오른쪽에 피를 배불리 먹은 작은 거머리 모양의 흉터가 있었다. 의사가 흉터를 검지와 중지로 누르며 물었다. "이건 왜 생긴 거죠?"

"어펜딕스 때문에요."

"어펜더사이티스* 말인가보군요."

"네."

"그것 때문에 저렇게 큰 흉터가 생기면 안 되는데. 아직도 아픕니까?" 그가 더 세게 누르며 물었다.

"아니요."

"흥미롭군요. 잘 낫긴 한 것 같네요." 의사는 혼잣말하듯 말했다. 그런데 놀랍게도 의사가 난의 고환을 잡고 3초에서 4초 동안 문지르더니 세게 쥐었다가 두 번 잡아당겼다. 얼얼한 고통이 난의 배를 훑고 지나갔다. 그는 소리를 지를 뻔했다.

"무슨 문제라도 있나요?" 그가 가까스로 물었다. 의사가 그

*맹장염. 어펜딕스는 맹장을 가리킴.

의 물건을 유심히 바라보고 있었다.

“아니요. 성기는 정상이네요.” 의사가 부석부석한 눈을 들지도 않고 서류에 뭔가를 끼적이며 불만스럽게 말했다.

난은 너무 놀라서 더 이상 아무 말도 할 수 없었다. 그는 바지 벨트를 채우고 진찰실 밖으로 나왔다. 의사는 빠르게 서류를 작성해 그에게 건네며 능글맞게 웃었다. “다 됐습니다.”

병원에서 나오며, 난은 의사가 성기를 만져도 되는 건지 궁금했다. 그는 모욕감을 느꼈지만 어떻게 해야 할지 알지 못했다. 의사한테 다시 가서 신체검사에 어떤 것이 포함되는지 물어야 할까? 안 될 일이었다. “의사하고는 싸우지 마라.” 고향에 이런 격언이 있었다. 지금도 난은 서류에 어떤 항목이 있는지 알 수 없었다. 포켓 사전을 가져왔더라면 싶었다. 어쩌면 의사는 그저 그의 성기가 정상인지 보려고 했는지도 몰랐다. 그래도 고환을 그렇게 세게 잡아당겨서는 안 되는 일이었다. 난은 생각하면 할수록 화가 났다. 하지만 그는 참기로 했다. 중요한 건 직장이었다. 소란을 피우지 않는 게 더 나을 것 같았다.

스케이트보드를 탄 아이가 휙 지나가며 난하고 부딪힐 뻔했다. “눈 똑바로 뜨고 다녀, 이 새끼야!” 오렌지색으로 물들인 모호크 머리를 한 십 대 소년이 소리를 질렀다. 그 소리를 듣고 난은 상념에서 깨어났다. 그는 병원 뒤에 주차되어 있는 차를 향해 걸음을 서둘렀다.

6

난은 공장에서 하는 일이 마음에 들었다. 그는 모든 기계가 멈추고 작업장도 문을 닫는 밤과 주말에 근무했다. 래리라는 다른 경비원이 있었다. 마운트 아이다 대학에서 사망학死亡學을 전공하는 키가 껑충한 학생이었다. 그와 난은 교대로 근무했다. 난이 첫 출근을 한 날, 래리가 말했다. "더 이상 못 견디겠어요. 전 조만간 그만둬야 할 것 같아요." 사실, 창백하고 텁수룩해 보이기는 했다. 얼굴은 늘 땀에 젖어 있었다. 그러나 그는 교대 시간을 어긴 적이 없었다.

한 시간에 한 번씩, 경비원은 세 곳의 작업장과 창고를 돌아보고 모든 게 괜찮은지 확인해야 했다. 공장 안에 있는 벽들과 나무 기둥에 열여섯 개의 열쇠가 부착되어 있었다. 그는 순찰 시계를 갖고 다니며 각 지점에 가서 그 열쇠들을 시계에 넣고 돌려야 했다. 다음 날 아침 돈이 기록을 확인할 수 있게 하기 위해서였다. 시계에 시간별 기록이 잘되어 있는 한, 돈은 만족했다.

보통 한 바퀴 도는 데 15분쯤 걸렸다. 그러고 나면 난은 위층에 있는 실험실에서 하고 싶은 일을 할 수 있었다. 흑백텔레비전이 핑킹가위, 큰 가위, 자, 붉은색 매직과 파란색 매직, 다양한 색상의 방수천 묶음 등이 널린 기다란 작업대 위에 놓여 있었다. 그는 읽는 데 지치면 텔레비전을 봤다. 주말에는 옥상에 올라가 있곤 했다. 공장 뒤의 2층짜리 건물의 기단 가까이에 찰스 강의 지류가 흘렀다. 물은 녹색으로 썩은 것 같았다. 강은 아주 좁았다. 강폭이 30미터도 안 되지만, 수심은 깊었다. 때때로 낚시꾼 한두 명이 둑에서 낚시를 했다. 건물을 떠나서는 안 되는 난은 옥상에 앉아 그들을 바라보았다. 대개, 낚시꾼들은 배스, 송어, 농어, 담수어, 빙어를 잡았다. 하지만 물이 너무 오염되어 그들은 늘 잡은 것을 다시 던져버렸다. 10킬로그램쯤 되는 잉어도 마찬가지였다. 난은 어떤 사람이 그 잉어를 잡아 물가로 끌어내는 모습을 본 적이 있었다. 잉어는 토실토실한 몸은 가만히 둔 채 미끌미끌한 꼬리로 풀을 찰싹찰싹 쳐댔다.

순찰을 돌지 않는 시간을 이용해 난은 많은 것을 읽었다. 주로 시와 소설을 읽었다. 그는 책을 읽거나 텔레비전을 보지 않을 때는 생각에 잠겼다. 최근 인문과학과 사회과학을 전공하는 많은 중국 학생들이 미국에서 영원히 살아야 할지 모른다는 걸 깨닫고 전공을 바꿨다. 더 시장성이 있는 전공을 위해서였다. 난은 셰익스피어나 듀이나 토크빌에 관한 논문을 쓰던 일부 학생들이 경영 대학원이나 법학 전문 대학원에 가기로 했다는 걸 알았다. 더 놀라운 것은 어떤 경우에는 지도교수가 그들에게 전공을 바꾸라고 부추기고 추천서까지 써줬다는 사실이었다. 난의 지도교수인 피터슨 교수는 달랐다. 그는 난이 박사 과정을 그만두는 건 불행한 일이라고 말했다. 난이 열심히 공부하면 훌륭한 정치학자가 될 수 있을 것이라고 믿었기 때문이다. 피터슨 교수는 그를 만류하려고 하기까지 했다. 하지만 난은 생각을 바꾸지 않으려 했다.

난은 정치학 공부를 그만하기로 결심했지만, 내심 대학을 떠나게 된 게 유감이었다. 그는 시카고 대학교 클리퍼드 스티븐스 교수에게 편지를 써서 그의 지도하에 중국 시나 비교 시학 대학원 과정을 밟을 수 있을지에 대해 물어보았다. 하지만 그 유명한 교수에게서는 아무 답변도 듣지 못했다. 최근 대부분의 미국 대학원들은 중국에서 오는 지원자들로 넘쳤다. 설상가상으로 톈안먼 사건 이후로 중국어 문학과의 등록률이 너무 심하게 낮아져 많은 대학들이 중국 관련 프로그램을 축소시키기 시작했다. 그래서 당분간은 난이 중국 시를 공부할 수 있는 방법이 없었다.

4년 전, 그를 가르쳤던 중국 교수가 중국 측 미국학 대표단의 일원으로 미국에 온 적이 있었다. 그는 토머스 제퍼슨이 쓴 몇 편의 에세이를 번역했기 때문에 미국 정치사 전문가로 행세했다. 난은 그 교수가 하버드를 방문하러 왔을 때, 서머빌에 있는 할러데이 인으로 그를 만나러 갔다. 백피증에 걸린 사람처럼 눈썹도 없고 수염도 없는 노교수는 난에게 하버드 대학교 캐럴린 배로 교수를 만난 일에 대해 얘기했다. "나이 든 여교수가 아주 친절하더군. 나한테 자기 저서를 여섯 권이나 주더라고. 자네, 그 사람이 쓴 글에 관해 알고 있나?"

"논문 몇 편을 읽은 적이 있습니다. 정치 이론에 관한 저서로 아주 존경받는 학자지요."

"나도 그러리라 짐작했어. 나는 그 교수한테 접시를 선물로 줬지."

"무슨 말씀이세요?"

"좋은 도자기를 좀 가져왔는데 그 교수한테 그중 여섯 점을 줬어." 그는 미소를 지으며 입술을 오므렸다.

그 말을 듣고 난은 속이 상했다. 그의 옛 스승은 불편한 기색이라곤 전혀 없었다. 자신이 준 선물과 배로 교수가 준 책들이 적어도 금전적인 가치에 있어서 동등하니 본질에 있어서 별 차이가 없다고 생각하는 것 같았다. 다른 중국인 학자들도 똑같이 했을 것 같았다. 당시, 그는 아무에게도 얘기하지는 않았지만, 박사 학위를 이수한 후 많은 책을 쓰고 고국에 돌아가서 강단에 서겠다고 결심했다. 그리고 언젠가 미국에 다시 오게 되면, 미국 학자들한테 줄 선물로 자신의 책만을 가져오겠다고 다짐했다. 그는 책장 가득하게 책을 써서 스승이 겪은 것과 같은 치욕을 겪지 않으리라고 생각했다.

그러나 조국에 대한 자부심과 함께 부풀었던 그러한 야망은 이제 사라지고 없었다. 그는 조국에 돌아갈 수 없을지도 몰랐다. 그가 더 이상 학교에 있지 못한다면, 영어로 학문적인 책을 쓴다는 건 상상할 수 없는 일이었다. 설상가상으로 그는 이제, 시를 제외한 어느 분야에도 관심이 없었다. 하지만 그것도 현재로서는 불가능했다.

7

야간 경비원은 공장을 이탈하지 않아야 했다. 하지만 난은 래리가 가끔 물건을 사러 나갔다 오는 걸 보았다. 래리의 말에 따르면, 매 시간 순찰만 제대로 돌면 돈은 신경 쓰지 않을 거라고 했다. 그래서 난도 때때로 먹을 걸 가져오지 않았을 때는 살짝 나가서 햄버거나 볶음밥을 사 가지고 왔다.

어느 날 밤이었다. 그는 10시 순찰을 돌자마자, 24시간 열려 있는 근처의 리치 브라더스 슈퍼로 차를 몰고 갔다. 그는 간식으로 먹을 고기 통조림과 오이 절임, 프랑스빵을 집었다. 그리고 바쁘게 소량 계산대에서 계산을 하고 앞문으로 향했다. 그런데 자동문을 통과하다가, 근처에 있는 주류 판매점에서 막 나오던 삼십 대 커플과 거의 부딪힐 뻔했다. 밤색 머리가 어깨까지 내려온 근육질의 키 큰 남자는 한 손에 세 개의 비디오테이프를 들고 있었고, 야윈 얼굴에 호리호리한 몸매의 여자는 야구모자를 쓰고 뭔가가 반쯤 담긴 비닐봉지를 들고 있었다. 둘 다 검정 가죽점퍼와 아랫단이 닳은 청바지를 입고 있었다. 여자는 목이 올라온 청색 하이톱을 신었고 남자는 작업화를 신고 있었다. 난은 충돌을 피하려고 옆으로 비켰다. 여자도 그렇게 했다. "미안합니다." 그가 미소를 지으며 말했다. 그러자 그녀가 크고 축축한 눈을 굴리더니 그를 쳐다봤다.

난은 차가 있는 곳으로 걸어갔다. 그런데 이상하게 두 사람이 돌아서서 그를 향해 걸어왔다. 여자가 귓속말을 하자 남자가 고개를 끄덕였다. 그들이 가까이 오더니 남자가 신경질적인 목소리로 말했다. "어이, 친구. 우리랑 같이 갈래요?"

"왜요?" 난은 깜짝 놀랐다. 한 줄기 바람이 휙 불더니 몇 장의 종이를 위로 날려 두 줄로 늘어선 쇼핑 카트 너머로 떨어뜨렸다.

"재미로." 남자가 눈을 깜빡였다. 왼쪽 눈이 어디에서 얻어맞은 것처럼 검었다. 남자가 웃으려고 입을 벌렸지만 마른기침만 나왔다. 주변에 진동할 만큼 입에서는 술 냄새가 진하게 났다.

여자가 넌지시 웃었다. 여자의 잇새가 벌어진 모습이 보였다. 난이 고개를 저으며 말했다. "나는 할 일이 있어서요."

"한 모금 할래요?" 남자가 물었다.

여자가 쿠어스 맥주 캔을 따 한 모금 벌컥 마시더니, 난에게 내밀며 말했다. "음…… 시원하고 맛있네. 마셔요."

"고맙지만 사양하겠어요. 정말로 안 돼요."

"에이, 재미 좀 보고 싶지 않아요?" 남자가 이를 드러내고 웃자, 입 가장자리가 위로 올라갔다.

"무슨 재미요?"

"근사한 여자들하고."

난은 어안이 벙벙해 아무 말도 못 했다. 여자가 그를 향해 집게손가락을 구부려 까닥거렸다. 그는 여자가 그렇게 하는 게 싫었다. 자신을 고분고분한 개 정도로 여기는 듯한 몸짓이었다.

그녀가 꼬드겼다. "우리랑 같이 가요. 우린 동양 남자하고 해본 적이 없어요."

"안 돼요, 난 이제 가야 돼요!"

"이봐!" 남자가 그의 뒤에 대고 소리쳤다. "달아나지 마, 구크*. 싱싱한 보지가 싫어?"

두 사람이 웃었다. 난은 차에 시동을 걸고 주차장을 빠져나왔다. 그런데 놀랍게도 두 사람이 픽업트럭에 올라타더니 후진을 해 그를 따라오는 게 아닌가. 난은 가슴이 방망이질을 쳤지만, 그들을 못 본 척 서둘지 않고 차를 몰았다. "침착하자, 침착해야 해." 그는 백미러로 그들을 바라보면서 이 말을 되뇌었다. 그들의 트럭은 속력을 내지 않고 60미터쯤 거리를 두고 따라왔다. 흰 나방이 난의 차에 들어와 앞 유리에서 날개를 파닥이고 있었다. 그는 손을 내밀어 나방을 옆으로 치워

*황인종을 의미하는 비속어.

버렸다.

네 번에 걸쳐 방향을 틀어, 난은 공장 앞뜰로 들어갔다. 그가 차에서 뛰쳐나오자 픽업트럭도 주차장에 들어오고 있었다. 건물의 옆문을 향해 달려갔다. 손전등이 바닥에 떨어졌지만, 그는 주울 생각도 하지 않고 계속 달렸다. 열쇠구멍에 열쇠를 넣고 문을 열었다. 정신없이 들어가다가 점퍼 주머니가 손잡이에 걸려 소리를 내며 찢어졌다. 그는 찢어진 걸 보지도 않고 문을 잠그고 불을 껐다. 그리고 왼쪽으로 방향을 틀어 유리창이 뜰 쪽으로 난 컴컴한 창고로 갔다. 두 사람의 모습이 보였다. 어리둥절해하는 것 같았다. 트럭에는 시동이 걸려 있었지만, 헤드라이트는 꺼져 있었다. 그들은 야구방망이를 하나씩 겨드랑에 끼고, 뭘 방어하기라도 하듯 옆문을 바라보았다. 두 사람이 잠시 서로에게 귓속말을 했다. 그리고 남자가 맥주 캔을 난의 차 옆 유리에 던졌다. 그는 난이 떨어뜨린 기다란 손전등을 주워 건물을 향해 흔들었다.

여자가 양손을 동그랗게 모아 입 주위를 싸고 입구를 향해 소리쳤다. "나와, 이 병신 새끼야."

"우리가 들어가서 네놈을 박살낼 거야!" 남자가 소리치며 난의 차 옆구리를 발로 찼다. 그러고는 앞 유리에 침을 뱉고 코를 풀었다.

난은 두 사람의 모습을 뚫어져라 바라보았다. 귓가로 피가 몰렸다. 그는 그들이 자신을 보지 못하도록 더러운 유리창에서 얼굴을 뗐다. 분노와 두려움이 교차하면서 불안하고 숨이 찼다. 그는 속으로 이렇게 소리쳤다. '멍청한 새끼야, 내 차 차지 마! 대체 원하는 게 뭐야? 난 너희가 생각하는 것처럼 섹스에 미친 종자가 아니야. 가버려! 하려거든 니들끼리 해!'

하지만 그들은 가지 않으려 했다. 두 사람이 다시 귓속말을 했다. 다음에 뭘 할지 계획하고 있는 게 분명했다. 그들이 건물 안으로 들어오면 어떻게 해야 하지? 그는 그들이 들어오지 못하게 할 것이다. 무슨 수를 써서라도 막을 것이다. 컴컴한 데 숨어 있다가 철봉으로 내려칠 것이다. 그래, 들어오기만 하면 본때를 보여줄 참이었다. 가라, 가라, 가라! 하지만 그들은 움직이지 않으려 했다. 그들이 작정하고 그에게 해를 끼치려는 이유가 뭐지? 단지 그렇게 할 수 있다는 이유만으로? 그들처럼 희지 않고 노랗다는 이유만으로? 어떻게 그들은 그가 그들의 웃기는 짓에 동참할 것이라고 생각했을까? 미쳤다! 멍청하다! 그들은 잘못 짚었다. 천 달러를 준다고 해도 그는 그들에게 동참하지 않을 것이다. 그들이 안으로 들어오는 것도 용납하지 않을 것이다. 그들은 그에게 무모한 짓을 하지 않는 게 신상에 좋을 터였다.

그들은 꽤나 인내심을 갖고 기다리면서 공장을 쳐다보고 있었다. 저 인간들을 어떻게 쫓아내지? 문을 부수고 들어올 작정일까?

마침내 난이 유리가 하나만 달린 창을 밀어서 열고 소리쳤다. "당신들, 가지 않으면 경찰을 부르겠어."

"아, 그래?" 남자가 소리쳤다. "경찰들을 다 불러, 줄 서서 내

좆이나 빨라고 해."

그들이 큰 소리로 웃었다.

난이 다시 소리쳤다. "나한테 총이 있다. 지금 당장 떠나지 않으면 쏘겠다." 그가 철봉으로 철제 의자를 치자 둔탁하게 철커덩거리는 소리가 울렸다.

그러자 그들은 잠시 꼼짝 않고 서 있었다. 그러더니 픽업트럭으로 올라가서 문을 닫았다. 헤드라이트가 켜졌다. 남자가 엔진의 회전 속도를 올리고 길게 경적을 울린 다음, 도로로 접어들어 사라졌다. 널찍한 바퀴가 컴컴한 빗물 웅덩이를 지나면서 요란한 소리를 냈다.

난은 안도의 한숨을 쉬었다. 그들이 술 말고도 마약을 한 건 아닌지 싶었다. 그는 몹시 겁을 먹었다! 그들이 그를 잡았다면 은밀한 장소로 끌고 가서 그에게 못된 짓을 했을지도 모른다. 섹스 파티나 스튜디오로 끌고 가서 포르노를 찍으려고 했을지도 모른다. 그는 밤에 밖에 나갔다가 그 미친 여자한테 미소를 지었던 일이 후회스러웠다.

순찰 시계가 아직도 차 안에 있었지만 그는 오랫동안 그걸 가지러 갈 엄두를 못 냈다. 밤 11시가 되어서야 시계를 가져왔다. 다행히 차의 옆문은 몇 군데 움푹 들어간 걸 제외하면 크게 부서지지 않은 상태였다. 하지만 손전등은 부서져 있었다.

그의 동료인 래리는 장난감 데린저식 권총처럼 생긴 권총을 갖고 있었다. 난은 자기도 권총이나 칼을 구해야 하는 건 아닌가 싶었다. 하지만 그는 핑핑에게 한 약속을 생각해냈다. 경찰과 얽히는 것은 물론이고, 어떠한 종류의 폭력에도 기대지 않겠다고 약속했었다. 그래서 그는 무기를 소지하지 않기로 했다.

다음 날, 그가 그 사건에 대해 얘기하자, 아내는 몹시 놀라더니 그의 기분을 풀어주려고 그를 놀렸다. "꼴좋네. 그러니까 다시는 다른 여자한테 눈길 주지 마."

"그 여자한테 농을 친 게 아니라 그냥 웃었을 뿐이라니까. 그치들은 마약에 취했던 게 분명해."

"당신한테서 무슨 냄새를 맡은 게 분명해."

"무슨 냄새?"

"당신이 타고난 호색한이라는 거."

"그건 사실이 아니잖아."

"맞잖아." 그녀가 킬킬거리며 그의 찢어진 점퍼 호주머니를 계속 기웠다.

그날부터 난은 야간 근무를 할 때 밖으로 나가지 않았다. 그는 전기냄비를 갖고 가서 인스턴트 국수나 수프를 끓여 먹었다. 그러나 대개는 핑핑이 먹을 걸 챙겨줬다. 그녀는 바나나, 사과, 오렌지 등을 싸줬다. 그녀는 그에게 다시는 공장 밖으로 나가지 않겠다는 다짐을 받았다.

8

메이스필드 가족이 3주 동안 케이프 코드에 가 있다가 돌아왔다. 하이디의 아이들인, 일곱 살배기 네이선과 여덟 살배기 리비아는 타오타오를 보고 좋아했다. 특히 리비아가 그랬다. 소녀는 자기보다 나이가 어린 타오타오를 싸고돌려고 했다. 넓은 이마에 눈이 쑥 들어간 리비아는 나이에 비해 작고 야윈 아이였다. 소녀는 이웃에 친구들이 많아 종종 그들을 불러서 놀았다. 하지만 타오타오는 거기에 끼지 않으려 했다. 네이선과도 놀지 않으려 했다. 그는 대부분의 시간을 다락에서 보냈다. 리비아는 타오타오가 어머니와 같이 부엌에 있는 걸 볼 때마다, 영어 단어를 몇 개씩 가르쳐줬다. "네가 뭘 원할 때는 '생큐, 플리즈'라고 하거나 '캔 아이 해브 디스, 플리즈?'라고 하면 돼." 그러면 타오타오는 소녀의 말을 따라서 했다. 때때로 소녀는 손을 들고 손가락을 올리며 그에게 물었다. "이게 몇 개지?" 아이는 늘 정확하게 영어로 대답했다. 소녀는 모든 면에서 타오타오를 친구처럼 대했다. 소녀는 종종 핑핑과 하이디에게 말했다. "재는 정말로 영리해요. 그런데 왜 그렇게 수줍음을 타나요?"

우 가족은 따로 식사를 했다. 그들은 메이스필드 가족이 식사를 끝낸 다음에야 큰 부엌으로 들어갔다. 그건 핑핑이 오후에는 식사를 두 번 챙겨야 한다는 의미였다. 부모와는 달리, 타오타오는 어머니가 요리하기에 편한 미국 음식을 좋아했다. 아이를 따라, 부모는 전에는 손도 대지 않던 피자, 치즈, 스파게티, 마카로니, 핫도그 등을 먹기 시작했다. 난은 치즈를 처음 먹었을 때는 비누 맛이 나는 것 같더니만, 이제는 음미하며 먹었고, 맛이 어떤지 얘기할 줄도 알게 되었다. 아직도 그는 우유를 먹으면 소화가 안 되었다. 그래서 그의 아내는 그에게 아이스크림을 대신 줬다.

핑핑은 대부분의 저녁 시간을 타오타오에게 책을 읽어주며 보냈다. 수학도 가르쳤다. 수학이 아이에게는 더 쉬웠다. 어머니가 모든 걸 중국어로 설명해주었기 때문이다. 그녀는 중국의 직업학교에서 수학 선생 노릇을 했지만 국가가 정해준 교직을 싫어했다. 그런데 지금은 난이 근처에 있는 서드베리 시의 중고 서점에서 사온 두꺼운 교과서로 아들을 가르치는 게 행복했다. 그녀는 미국 수학책이 중국 것보다 훨씬 더 잘 쓰였다고 생각했다. 학생들이 스스로 터득하기에 더 자세하고, 더 종합적이고, 더 적절하게 돼 있는 것 같았다. 교과서는 정보로 가득했다. 중국 교과서보다 적어도 열 배는 정보가 많왔다.

타오타오는 어머니가 집에서 도와준 덕분에 학교에서 잘해 나가고 있었다. 하지만 책 읽기는 가장 낮은 단계였다. 난은 몇 번 학교에 갔다가 로린이라는 이름의 주근깨가 있는 여자 아이가 종종 타오타오에게 글을 읽어주는 걸 보았다. "이건 마이애미로 가는 점보제트기야." 그는 그 아이가 손가락으로 그림을 짚고 설명을 해주면, 아들이 열심히 듣는 모습을 보고 감동을 받았다. 난은 그 아이의 아버지가 보스턴 셀틱스 농구팀 선수라는 걸 알았다. 그는 학부모 교사 모임에서 로린이 아버지의 무릎에 앉아 있는 걸 본 적이 있었다. 그는 거인이었다. 하지만 어찌 된 일인지 로린은 작고 가냘팠다. 타오타오는 부모에게 로린이 자기한테 잘해주며 점심때는 자기 우유를 주기까지 한다고 말했다. 하지만 모든 학생들이 아이에게 친절한 건 아니었다. 몇몇은 아이를 콘헤드*라고 불렀다.

10월 중순, 어느 날 오후였다. 난과 핑핑은 타오타오의 생활 지도 선생인 가드너 선생과 면담을 하러 갔다. 교실은 벌써 비어 있었다. 작은 의자들은 작은 책상 밑으로 모두 넣어져 있었다. "앉으세요." 선생이 친절한 미소를 지으며 난과 핑핑에게 피곤한 목소리로 말했다. 그녀는 눈이 둥글고 얼굴이 통통한 사십 대 초반의 여선생이었다.

그들이 앞에 앉자 가드너 선생은 타오타오의 학업 성취도

*얼간이를 의미하는 속어.

에 대한 얘기를 시작했다. 그러는 동안 아이는 부모를 기다리며 복도에 웅크리고 앉아 있었다.

"타오타오의 읽기 반을 한 단계 올려서 배치했습니다." 선생이 말했다.

"올려주셔서 감사합니다." 난의 눈이 밝아졌다.

"저희는 아주 기쁘게 생각합니다." 핑핑이 덧붙였다.

"그런데 우 부인, 타오타오의 방광에 문제가 있는 건 아닌가요?"

"아뇨. 아이였을 때 잠자리에 오줌을 싼 적은 있지만, 그건 정상이잖아요."

"그런데 수업 시간에는 10분마다 화장실에 가요. 다른 학생들이 재미있어라 해요. 아이가 당황해하는 것 같은데, 걱정이 되네요."

"조바심이 나서 그럴지도 몰라요." 난이 끼어들었다.

"그럴 수도 있겠네요. 수학 시간에는 화장실에 그렇게 자주 가지 않거든요."

"제가 집에서 읽기 지도를 열심히 하고 있어요." 핑핑이 말했다.

"알고 있습니다. 아이가 많이 향상됐으니까요. 그래도 아이가 다른 아이들과 보조를 맞추는 게 쉽지는 않아요. 그래서 부모님을 오시라고 한 거예요. 타오타오를 2개 국어 병용 학급에 넣는 건 어떠세요? 저희 학교에서 곧 그런 반을 개설할 예정인데요."

"안 돼요! 아이를 외국인들만 있는 반에 넣고 싶지는 않습니다." 난이 반대했다.

"맞아요, 그럴 필요 없어요." 핑핑이 맞장구를 쳤다.

가드너 선생은 당황한 것 같았다. "이유가 뭐죠? 그런 반에 들어가면 아이가 더 편해질 텐데."

"우리 아이는 편해지려고 학교에 오는 게 아니라 공부를 하러 오는 겁니다." 난이 대답했다.

"우 씨, 저는 이해가 잘 안 되네요. 하지만 교육 문제를 아주 중요하게 생각하신다는 것은 알겠어요."

"곧 다른 아이들을 따라가게 될 겁니다. 아이한테 기회를 주세요." 난이 말했다.

"우리 아이를 쫓아내지 말아주세요." 핑핑이 애원하듯 말했다. "가드너 선생님, 타오타오는 선생님에 관해 좋은 얘기를 많이 했어요. 선생님이 그 아이를 내보내면 싫어할 거예요."

선생은 놀라서 그녀를 바라보다가 환하게 미소를 지었다. "아이를 쫓아내려고 하는 게 아니에요. 제 말을 오해하지 마세요. 그렇게 원하신다면, 아이를 2개 국어 병용 반에 넣지 않을게요."

선생과 만나고 난 후, 핑핑은 타오타오의 읽기를 더 열심히 도와줬다. 매주, 그녀는 시립 도서관에서 열 권 남짓한 유아용 책들을 빌려와 아들과 함께 읽었다. 그녀는 아이가 너무 피곤해 계속할 수 없을 때조차 큰 소리로 책을 읽어줘, 아이가 조각 그림 맞추기 놀이를 하거나 레고나 네이선이 빌려준 장난감 로봇을 갖고 놀면서도 들을 수 있도록 했다. 그녀는 자신이 읽는 걸 다 이해하지는 못했다. 언젠가 어머니와 아들이 윌리엄 왕과 성채를 정복한 기사들에 관한 이야기를 읽고 있을 때, 아이가 물었다. "엄마, '레이드 웨이스트*'가 무슨 뜻이에요?"

"똥과 오줌이 사방에 널려 있다는 뜻이야." 그녀는 이렇게 말하고 큰 소리로 계속 읽었다. "왕은 그 공격에 만족하고 신하들에게 하사……."

언젠가는 엘리자베스 여왕의 전기 축약본을 읽고 있었다. 그들이 여왕 폐하가 어떤 조신한테 화가 너무 나서 그를 손으로 때리는 대목에 이르렀을 때, 타오타오가 어머니에게 물었다. "'박스트 히스 이어스**'는요?"

"아무것도 들을 수 없도록 귓구멍을 막는다는 말이야."

"그런 것 같지 않은데요?"

"좋아. 그럼 여기에 표시를 해놓고 아빠한테 물어보자."

핑핑은 자신이 도서관에서 빌려 온 책 중에서 《블랙 뷰티》 축약본을 제일 좋아했다. 그녀가 한숨을 쉬며 이렇게 말했다. "내 신세가 이곳저곳 돌아다니며 사람들을 섬기는 저 말 신세구나. 마구가 채워져 있는 한, 달려가서 맘껏 놀 수도 없고 피곤해도 누울 수가 없고, 죽을 때까지 일하고 또 일을 해야 하고." 그녀의 눈에 눈물이 그렁거렸다.

*laid waste : 황폐해지다.
**boxed his ears : 뺨을 때리다.

타오타오는 어머니의 말이 무슨 뜻인지 완전히 이해하지 못했다. 그러나 난은 그 말을 엿듣고는 속이 상했다. 그녀의 삶이 낭비되었다는 건 알고 있었다. 핑핑이 어렸을 때, 그녀의 어머니는 딸에게 공주의 몸이지만 하녀의 팔자를 타고났다며 앞날이 험할 것이라고 했다. 핑핑은 그 말을 듣고 화가 났지만 감히 말대꾸를 하지 못했다. 그녀는 늘 자신의 부모처럼 의사가 되고 싶었다. 그녀는 아버지가 근무하는 병원에 종종 찾아가서 자원 봉사도 했다. 주사도 놓고 약도 달이고 침도 놓고 부항도 뜨고 주사기와 침을 삶기도 했다. 누구나 그녀를 칭찬했다. 많은 환자들이 그녀가 치료해주기를 바랐다. 사람들은 그녀의 손길이 자상하다며 언젠가 훌륭한 의사가 될 거라고 했다. 하지만 대학갈 나이가 됐을 때 그녀는 간호학교에 들어갈 수 없었다. 그녀에게는 기술학교에서 응용수학을 공부하는 일이 배당되었다. 그녀는 부모의 연줄로 대학이나 군대에 간 이웃 젊은이들이 몹시 부러웠다. 그녀는 속으로 자신을 위해 연줄을 대주지 못한 아버지를 원망했다. 하지만 조상이 지주였던 탓에 반동분자로 분류된 아버지가 감히 앞에 나서 주장할 수 없었다는 사실을 그녀도 알고 있었다. 지금, 그녀는 타오타오가 언젠가 의과대학에 진학하기를 바라며 열심히 공부를 시켰다. 아들이 의과대학에 들어가게 되면 마지막 한 푼까지 써서 그를 가르치리라 생각했다.

9

11월 초순이었다. 메이스필드 가족이 대부분의 시간을 로마에서 보내는 하이디의 여동생 로절린드를 방문하기 위해 이탈리아로 떠났다. 난은 그 기회를 이용해 다닝과 다른 세 명의 친구를 저녁식사에 초대했다. 하지만 다닝을 제외한 친구들은 너무 바쁘다며 거절했다. 사실이었다. 그들 중 두 사람은 최근 반체제 인사들이 중국의 민주화를 도모하는 지하 조직을 돕기 위해 설립한, 뉴턴에 있는 중국 문화 센터에서 야간 근무를 해야 했다. 하지만 난이 대학원을 그만둔 후로 대부분의 친구들이 그와 거리를 두기 시작한 것도 사실이었다. 어쩌면 다들 그를 실패자라고 생각하는지도 몰랐다. 핑핑은 남편에게 그들과 완전히 인연을 끊으라고 했다. "그치들은 친구가 아니라 유리할 때만 들러붙는 속물들이야. 그런 사람들을 어디에다 쓰겠어?"

하지만 다닝은 우 부부가 사는 곳에 늘 기꺼이 찾아왔다.

그는 서른다섯이 거의 다 된 남자로, 일곱 살짜리 딸이 중국에 있었다. 그의 아내는 2년 전에 미국에 왔다가 지난겨울 그를 떠났다. 그들은 자주 다퉜다. 그녀는 그에게 욕을 하고 소리를 지르며 조만간 '예쁜 노예' 노릇은 그만하겠다고 했었다. 자기 얼굴에 대한 자부심이 대단한 여자였다. 그러나 딱히 예쁘지도 않은 얼굴이었다. 긴 속눈썹에 반짝이는 눈 정도만 돋보였다. 코는 납작하고 입은 컸으며, 얼굴은 한쪽이 다른 쪽보다 컸다. 그녀는 사람들에게 어렸을 때 자신에게는 늘 유모가 있었으며 고향에서 부모와 살 때는 밥을 한 번도 한 적이 없었는데, 지금은 치욕적일 정도로 온갖 집안일을 도맡아하고 있다고 불평했다. 어느 날 밤, 그녀는 다닝과 다시 싸우다가 부엌칼로 그를 찔렀다. "억." 그는 등에 통증을 느끼고 비명을 질렀다. 피를 보자, 그녀는 칼을 떨어뜨리고 도망쳤다. 그들과 방 세 칸짜리 아파트를 같이 쓰던 룸메이트가 그를 병원으로 데려갔다. 다닝은 열두 바늘을 꿰맸다. 그의 아내는 며칠 동안 돌아오지 않았다. 그래서 그는 경찰에 신고했다. 칼에 찔렸다는 걸 신고한 게 아니라 그녀가 사라진 걸 신고한 것이었다. 그녀는 어디에서도 찾을 수 없었다. 그러나 몇몇 사람들이 차이나타운에 있는 밍 슈퍼마켓에서 그녀가 쇼핑을 하는 걸 보았다고 했다. 그녀가 지금은 광둥 출신의 부유한 사업가와 살고 있다는 소문이 돌았다. 핑핑은 다닝의 부인을 그다지 좋아하지는 않았지만, 그녀를 비난하지 않았다. 그녀는 난에게 이렇게 말했다. "다닝은 어째서 안니가 자기를 떠날 작정이었다는 걸 알아채지 못한 거지? 늘 이런저런 허풍을 떨더니 정작 자기 뒤뜰에 난 불은 보지 못했던 거로군."

"무슨 소리야. 좀 안쓰럽게 생각해줘." 난은 아내와 생각이 달랐다. "그는 영리한 친구야. 그런 문제에 대해 모르고 있었다고 우리가 어떻게 장담할 수 있지?"

"여하튼 그 사람이 안니를 찾을 수 있다면 좋겠어."

다닝은 아직도 그녀가 어디에 있는지 알지 못하고 있었다. 그녀는 그에게 소식 한 자 보내오지 않았으며 전화도 하지 않았다. 그런데 이상하게도 그는 혼자 사는 것을 즐기는 것 같았다. 서둘러 아내를 찾으려고도 하지 않았다. 그들의 딸은 베이징에 사는 부모가 돌보고 있었다.

저녁식사를 하기 전, 난은 다닝을 데리고 메이스필드 가문의 집을 구경시켜줬다. 그는 우선, 다닝을 데리고 테니스코트로 갔다. 푸른 잔디 위에 노란 공들이 이리저리 놓여 있었다. 해진 네트가 늘어진 걸로 보아 최근에 테니스를 친 적이 없는 것 같았다. 그들은 테니스장 울타리 너머에 있는 수영장에도 가보았다. 부드러운 바람을 맞아 물이 흔들리고 있었다. 흰 장난감 오리 두 마리가 구석에서 몸을 까닥이고 있었다. 오리들의 목이 밧줄로 쇠파이프에 묶여 있었다. 그곳을 지나 난과 다닝은 차고 옆에 있는 작업실에 들어갔다. 하이디가 도자기를 만드는 작업장이었다. 마루는 단단한 재목으로 되어 있었고, 천장에는 선풍기가 달려 있었다. 전기 히터도 있었다. 기다란 작업대에는 테라코타 그릇들이 쌓여 있었다. 창문 가까이에 물레와 작은 의자가 놓여 있었다. 밖에서 들어오는 햇빛에 먼지가 떠도는 게 보였다. 다닝은 깊은 인상을 받았는지 이렇게 말했다. "이걸 보니 정말 슬프네요."

"왜요?" 난이 놀라며 물었다.

"아무리 지독하게 일해도, 우리가 어떻게 이 사람들처럼 부자가 될 수 있겠어요?"

"하이디는 은행의 절반과 보험 회사를 갖고 있어요. 유서 깊은 뉴잉글랜드 돈이죠. 우리와 그녀를 비교하면 안 돼요."

다닝이 한숨을 쉬었다. "우리는 결코 이렇게 살지는 못할 거잖아요. 내가 이곳에서 뼈 빠지게 일해봤자 무슨 소용이겠어요."

"그녀의 가족은 수 세대에 걸쳐 이런 부를 축적한 거예요. 그리고 남편한테서도 많은 돈을 물려받았고요."

"난 포기해야 되겠어요. 아메리칸 드림은 나를 위한 게 아닌 것 같아요." 다닝의 콧구멍이 화난 것처럼 벌름거렸다.

"염세주의자는 나뿐인 줄 알았더니." 난이 껄껄 웃었다. 그는 자신이 오랫동안 돈을 버는 것에 관심이 없었다는 사실을 깨달았다. 어쩌면 이곳에 있는 엄청난 부를 보고 점점 희망을 잃어, 부를 거머쥐려는 이민자들의 갈망을 더 이상 갖지 않게 되었는지도 몰랐다.

저녁식사는 단출했다. 다진 돼지고기로 속을 채운 가지, 여러 가지 채소가 섞인 샐러드, 피단, 새우 튀김, 소고기와 배추로 속을 채운 만두가 전부였다. 다닝은, 차를 몰고 멀리 벨몬트까지 가야 되지 않느냐며 난이 만류하는데도 맥주를 마시고 싶어 했다. 난은 냉장고에서 여섯 병이 한 묶음으로 된 버드와이저를 꺼내 그중 하나를 땄다. 그들은 퇴창 너머로 앞마당이 내다보이는 부엌 식탁에 앉아 있었다. 꽃밭에 있는 국화와 금잔화는 모두 시든 상태였다. 어떤 것들은 고개가 꺾여 땅에 닿아 있었다. 이따금 나뭇잎이 떨어지는 게 보였다. 흰소나무 씨들이 늘쩍지근하게 맴을 돌며 떨어지고 떡갈나무 잎들이 유백색 빛 속으로 구불구불 떨어졌다. 박새 두 마리가 뜰 중앙에 있는 커다란 참피나무 가지에 매달린 유리 모이통에 든 해바라기 씨를 부지런히 쪼아 먹고 있었다. 다닝은 왕성한 식욕으로 음식을 먹으며, 가족이 모여 같이 밥을 먹으니 참 좋다는 말을 계속 했다. 그는 핑핑을 존중하는 것 같았고, 이따금 타오타오의 머리를 쓰다듬었다. 그는 다진 마늘을 접시에 담으며 난에게 물었다. "뭘 할지 결정했어요?"

"아뇨. 나는 돈이 있는 사람들이 할 수 없는 걸 해볼까 생각 중이에요. 당신도 메이스필드 가문이 얼마나 부자인지 봤잖아요. 내가 부자가 되는 꿈을 꾼다는 건 말이 안 되는 일이죠." 난은 핑핑을 쳐다보았다. 그녀는 놀란 것 같았고 얼굴에는 어두운 그림자가 드리워졌다.

"뭘 할 생각인데요?" 다닝이 만두의 반을 입에 넣고는 입을 다물고 씹었다.

"글을 쓸지도 몰라요. 글을 쓰는 사람이 되고 싶거든요."

"신문 기자요?"

"아니, 시인."

"와우, 대단한 이상주의자시네요. 몽상가고요! 존경스럽네요."

"비꼬지 마요. 그냥 시를 몇 편 써볼까 한다고 말하는 것뿐이니까요."

"그래도 존경스러워요. 자신한테 최선을 다하고 자신의 정열을 따르겠다고 하니까 말이에요. 솔직히 나는 물리학이 싫어요. 하지만 빌어먹을 학위를 이수하려면 논문을 마쳐야 해요."

"선택권이 있다면 뭘 하고 싶어요?"

"소설을 쓰고 싶어요. 나는 내가 다작을 하는 작가가 될 수 있다는 걸 알아요. 우리가 미국에서 경험한 것에 대해 한번 쓰고 싶어요."

"그걸 중국에서 출판하겠다는 건가요?"

"당연하죠. 중국어로 쓰는데 중국 말고 그걸 읽을 독자들이 어디에 있겠어요?"

"나는 소설을 쓰는 건 생각할 수 없어요. 나한테는 그렇게 긴 호흡이 없으니까요."

"돈은 어떻게 벌 셈이죠? 시를 써서 먹고살 수는 없잖아요."

"일을 하면 돼요."

아직 마음의 결정을 내리지 않았기 때문에 난은 자신의 계획에 대해 그 이상 얘기하는 게 망설여졌다. 그의 아내가 끼어들었다. "이 사람은 늘 마음이 부자랍니다."

“그게 대단한 거죠.” 다닝이 말했다.

“저는 우리가 이곳에 있는 다른 사람들과 비슷한 삶을 살았으면 싶어요. 돈도 벌고 집도 장만하고요. 그래서 하루하루가 매일 똑같을 수 있도록 말이죠.” 그녀가 생각에 잠겨 말을 이었다.

“그만해. 나는 열심히 일해 돈을 벌어올 거야. 당신도 알잖아.” 난이 그녀에게 말했다.

그렇게 말하자 그녀는 입을 다물었다. 그녀는 냉장고에서 과일이 담긴 그릇을 꺼냈다. 디저트를 먹기 시작할 때, 다닝이 말했다. “난, 중국 영사관에서 연락 온 적 없어요?”

“아뇨, 무슨 연락 말이죠?”

“당신이 납치 시도와 관련되었는지 조사하고 있다나봐요.”

“정말이에요? 그걸 어떻게 아셨어요?” 핑핑이 끼어들었다.

“부영사인 후가 지난주에 나한테 난이 했던 역할에 대해 묻더라고요. 나는 아무것도 모른다고 잡아뗐어요. 난이 인질을 잡자는 의견을 냈다는 사실을 아는 것 같았어요. 난이 그들의 표적인 게 틀림없어요.”

난은 너무 놀라서 잠시 아무 말도 못 하다가, 마침내 물었다. “나를 어떻게 하려는 속셈인지 알아요?”

“두려워하지 마요. 여기에서는 그들이 아무 짓도 못할 테니까요. 하지만 당신이 중국으로 돌아가면, 그때는 문제가 달라지겠죠. 그러니 그들의 손아귀에 들어가지나 마세요.”

“그들이 그 계획에 대해 어떻게 알게 됐을까요?”

"모르겠어요. 누군가가 밀고한 게 틀림없어요."

"유밍 왕이나 만유 조?"

"거기에 관여된 사람 중 하나겠죠. 하지만 밀고한 사람을 밝힐 길이 없어요. 그게 누구든, 자기만 빠져나가려고 밀고했을 거예요."

"내가 희생양이 됐다는 말인가요?"

"그렇죠."

난은 공포에 질려 눈을 깜빡거리고 있는 핑핑을 바라보았다. 그녀가 무의식적으로 타오타오의 머리를 쓰다듬었다.

"어떻게 해야 하죠?" 난이 물었다.

"진정해요. 다른 사람들 앞에서 정부에 비판적인 말을 하지 마세요. 편지도 마찬가지고, 고향에 전화를 할 때도 마찬가지예요. 고위 관리의 자식들이 다그치면, 경솔하게 한 말인데 다른 사람들이 그걸 심각하게 받아들일 거라고는 생각하지 못했다고 말해요. 그들에게 사과하는 것도 괜찮을 것 같아요."

"그건 못 해요."

"나도 알아요."

다닝이 떠나려고 할 때, 핑핑은 공식적인 조사가 진행되고 있다는 걸 알려줘 고맙다고 말했다. 다닝이 말했다. "오늘 내가 올 수 없는 상황이었다면, 전화로 알려줄 생각이었어요." 다닝이 얼굴을 한쪽으로 약간 기울이며 싱긋 웃었다. 그는 맥주를 세 병이나 마셨지만 조금 더 있다가 술을 깨고 가면 될 것을 그냥 가겠다고 우겼다. 그는 핑핑에게 지난 두 달 동안 집에서 요리한 음식을 먹지 못했다고 말했다. 그리고 골치 아픈 소식을 알려주게 되어 미안하다며 너무 겁먹을 필요는 없다고 말했다. 그는 난에게 앞으로 조심하고 격한 감정을 드러내지 말라고 충고했다. 그런 다음 녹이 슨 해치백에 올라타고 가버렸다.

그날 밤, 핑핑은 난이 공장으로 출근하는 11시 30분까지 잠을 자러 들어가지 않았다. 그들은 자신들이 처한 상황에 대해 얘기했다. 이제 난은 중국으로 돌아갈 수 없을 것 같았다. 이 나라에서조차 저자세를 취해야 할 상황이었다. 양쪽 집안이, 특히 그들의 형제들이 난 때문에 고통을 당하지 않는다면 운이 좋은 상황일 터였다.

최근에 난은 여권을 갱신하려고 중국 영사관에 여권을 부쳤다. 그는 관리들이 서류를 보류시켜 그를 골치 아프게 만들지 않을까 걱정이 되었다. 그는 관리들과 상대할 때마다 매번 무력감을 느꼈다. 중국에서 멀리 떨어져 살고 있음에도, 보이지 않는 손이 여전히 그의 삶을 조종하는 것 같았다.

그날 밤, 난은 근무를 하다가 부모에게 편지를 썼다. 그는 여기에 있는 가족들은 모두 잘 있으니 걱정하지 말고 잘 지내시라고 했다. 편지 중 일부는 이러했다. "머리카락 한 올을 봉투에 넣습니다. 봉투 안에 머리카락이 없으면, 누군가가 편지를 뜯어봤다는 말입니다. 그렇게 되면 알려주세요." 그는 자신의 편지가 검열을 당하는지 확인하고 싶었다. 만약 그렇다면, 그가 감시 대상 명단에 올랐다는 말일 터였다. 그는 열 명이 넘는 사람이 있는 자리에서 말도 안 되는 납치 얘기를 불쑥 했던 게 너무나 후회스러웠다. 이제 그것은 부메랑이 되어 그에게 돌아왔다. 자신이 처한 상황에 대해 생각하면 생각할수록, 그의 얘기를 들었던 사람 중 하나가 그를 밀고했다는 확신이 들었다. 그의 친구나 지인 중 상당수가 최근에 그를 멀리한 것도 이상한 일이 아니었다. 어쩌면 그들은 자신들에게 죄가 없다는 걸 필사적으로 증명하려고 하고 있는지도 몰랐다.

10

"미안하지만, 이번에 우리가 공장을 옮기게 됐네." 돈이 난에게 말했다. 그들은 사방이 유리벽으로 된 주 작업장의 가운데에 위치한 작은 사무실에 있었다. 인부 몇이 들어와서 커피를 마시며 연장으로 소음을 냈지만, 기계들은 모두 조용했다.

"공장 전체가 말인가요?" 난이 돈에게 물었다.

"그렇다네."

"어디로 가는데요?"

"피치버그 외곽에 있는 곳을 부지로 샀네. 원한다면 같이 가서 일해도 돼."

"그건 어렵겠어요. 제 아들이 이곳 학교에 다녀서요." 난은 더 이상 말을 하지 않고, 언젠가 한번 가본 적이 있는 피치버그를 떠올렸다. 1년 전, 그와 다닝은 뉴햄프셔 주 킨에 간 적이 있었다. 네 명이 헛간에서 운영하는 회사에서 조립한 싸구려 컴퓨터 두 대를 사기 위해서였다. 그들은 돌아오는 길에,

피치버그에서 점심을 먹었다. 그곳에는 숲에 둘러싸인 아름다운 빅토리아 양식의 주택들이 있었다. 우드랜드에서 가기에는 먼 거리였다. 적어도 한 시간은 걸리는 거리였다.

"여하튼 생각해보게나. 이곳은 1월 중순에 닫을 걸세." 돈이 누런 눈을 가늘게 뜨고 말했다.

"알겠습니다."

"칠면조 가져가는 것 잊지 말고."

"네, 그럴게요." 난은 근무를 막 끝낸 상태였다. 그는 돈이 확인할 수 있도록 사무실 문 뒤에 순찰 시계를 걸어 놓고, 엄청나게 큰 냉장고가 있는 곳으로 걸어갔다. 냉장고 옆에는 미국 국기를 들고 달리는 흑인 단거리 선수의 큼지막한 포스터가 테이프로 붙여져 있었다. 그녀는 막 경주에서 이겼는지 행복하고 도취된 표정이었다. 그런데 그녀의 반짝이는 다리 밑에 청색 잉크로 글씨가 한 줄 쓰여 있었다. "나를 따라잡을 수 있으면, 나한테 그걸 해도 좋아!" 인부 중 하나가 쓴 것일 터였다. 난은 냉장고 문을 열고 칠면조를 꺼냈다. 공장에서 직원들 모두에게 주는 선물이었다.

조금씩 눈이 내리고 있었다. 낮은 구름이 바람에 널을 뛰고 있었다. 소용돌이치며 내리던 눈은 아스팔트에 닿자마자 녹아버렸다. 도로는 서쪽에 있는 흐릿한 월섬 쪽으로 구불구불 뻗어 있었다. 난은 공장이 옮겨 간다는 소식에 마음이 착잡해 멍한 상태에서 차를 몰았다.

20분 후, 그는 집에 도착했다. 그는 부엌에서 팬케이크를 만들고 있는 핑핑에게 칠면조를 건넸다. 그리고 위층으로 올라가 아무것도 먹지 않고 잤다.

*

큰 칠면조를 보자 모두가 흥분했다. 그날 아침, 앞뜰에 들어온, 다리를 절뚝거리던 암사슴에 관해 리비아와 얘기하던 타오타오가 어머니를 향해 돌아서더니, 이렇게 큰 새를 어떻게 요리하느냐고 물었다. 아이는 학교에서 훈제 칠면조를 먹어본 적이 있었는데, 진짜 칠면조도 같은 맛일지 궁금해했다. 이제 아이는 읽기 수업에서 중간 단계로 올라갔고, 짧은 문장이긴 했지만 제법 유창하게 영어를 구사할 수 있었다. 부모한테 얘기를 할 때조차, 아이는 영어와 중국어를 섞어 썼다.

핑핑은 아이들이 아침 식사를 끝내자, 세 아이를 학교에 데리고 갔다. 그녀는 아이들과 함께 출발하기 전, 하이디에게 추수감사절까지 아직 이틀 남아 있긴 하지만, 그날 저녁에 칠면조 요리를 같이 먹으면 어떻겠느냐고 제안했다. "우리한테는 너무 커서요." 실제로 그 칠면조의 무게는 10킬로그램이 넘었다. 하이디는 흔쾌히 좋다고 했다. 어차피 추수감사절 저녁에 아이들을 데리고 시댁에 가야 하니 올해는 칠면조를 사지 않을 참이었다는 것이다.

네이선과 리비아는 난이 칠면조를 공짜로 가져온 게 놀랍기만 했다. 그들은 그가 일종의 경찰관 같은 공장 경비원이라고 생각했다. "와우, 굉장하다!" 네이선이 밴 안에서 거칠게 튼 입술을 핥으며 말했다. 그는 황갈색 머리와 매끄러운 피부를 가진 아이였다. 건강했지만 영리하지는 못했다. 과제에서 A를 받은 적이 없었고 반에서 늘 평균 이하였다. 쾌활하고 잘생긴 그는 핑핑이 할리우드 영화배우 시절의 로널드 레이건 대통령처럼 생겼다고 말할 때마다 입이 찢어져라 함박웃음을 지었다.

학교에서 돌아오자, 핑핑은 칠면조를 씻고 소금과 후추를 뿌려 냉장고에 넣었다. 그리고 타오타오가 풀 수학 문제를 내기 위해 위층으로 올라갔다. 난은 다른 방에서 큰 소리로 코를 골며 자고 있었다. 완전히 지친 게 틀림없었다. 핑핑은 그를 깨우지 않으려고 위층 화장실을 사용하지 않았다. 아침나절의 중반쯤, 그녀는 스타 마켓에 가서 고구마, 감자, 강낭콩, 호박파이, 채소를 샀다. 그러고는 돌아오자마자 칠면조를 굽기 시작했다. 그건 한 번도 해보지 않은 일이었다. 하이디가 칠면조에 어떻게 버터를 바르는지 보여주며 그녀를 도와줬다. 그것은 핑핑에게는 쉬운 일이었다. 그녀는 어떤 것이든 한번 맛을 보면 요리할 수 있을 정도로 요리 솜씨가 뛰어났다. 그녀는 비스킷을 만들려고 버터와 건포도를 밀가루에 섞었다.

곧 집 안이 고기 냄새로 가득해졌다. 하이디는 기분이 너무 좋은지 샤블리 와인이 담긴 잔을 들고 돌아다녔다. 담갈색 눈에서는 빛이 나고 볼은 연지를 바른 것처럼 발그레했다. 보통 그녀는 하루에 한 병씩 와인을 개봉했지만 술에 취하지는 않았다. 이 집 지하실에는 수백 개의 와인 병이 상자나 선반에 즐비했다. 어떤 것들은 20년 이상 된 것들이었다. 우 부부가 술을 마시지 않는 탓에 하이디는 지하실을 잠그지 않았다.

오후에 난은 핑핑에게 공장이 이주한다고 말했다. 석 달 전에 돈이 즉석에서 그를 채용한 것도 놀랄 일은 아니었다. 난이 미국인이었다면, 돈은 그때 그 일이 한시적인 일이라는 걸 알려줘야 했을 터였다. 난은 이제 어떻게 해야 할지 난감했다. 그는 야간 경비원으로 몇 년간 더 일하는 게 싫진 않았다. 하지만 피치버그로 날마다 통근을 하려면 그가 가진 구식 포드보다는 더 믿음직한 차가 필요할 것이다. 별로 생각해보지도 않고 핑핑과 난은 공장을 따라가지 않기로 의견을 모았다. 타오타오가 이곳에서 학교를 다니는 게 더 나았다. 게다가 난이 받는 급료는 한 주에 2백 달러도 안 되어서 세금과 기름값을 제하고 나면 남는 게 별로 없을 터였다. 당분간 메이스필드가에 있는 게 좋을 것 같았다. 그러면 적어도 핑핑이 버는 돈은 저축할 수 있을 것이다.

하이디가 거의 사용하지 않는 식당 탁자 위에 놓인 우편물과 고지서들을 치웠다. 식당의 넓은 마루청은 밟으면 삐걱거리는 소리가 작게 났다. 창문 사이에 있는 남쪽 벽에는 타원형 거울이 있었고, 그 밑에 탁자가 있었다. 한쪽 구석에는 영국 골동품 자기들이 놓인 마호가니 선반이 있었다. 문 가까이에는 고인이 된 메이스필드 박사가 인도에서 가져온 60센티미터 높이의 청동 코끼리상이 있었는데, 이제는 문 버팀쇠로 쓰이고 있었다. 천장이 낮은 식당은 처음부터 난에게 그가 언젠가 친구와 함께 방문한 적이 있는 세일럼에 있는 너대니얼 호손의 집 식당을 생각나게 했다.

핑핑은 연어 색깔의 식탁보를 식탁에 깔고 그 위에 음식을 차리기 시작했다. 저녁 식사는 보통 때보다 빠른 4시 반에 시작되었다. 두 가족이 앉았다. 하이디가 상석에 앉았다. 반쯤 채워진 와인 잔이 그녀가 직접 만들고 색칠을 한 접시 옆에 놓여 있었다. 다른 사람들은 우유나 오렌지주스를 마셨다. 네이선과 리비아는 칠면조와 비스킷과 군고구마를 좋아했다. 마치 그들의 어머니가 주말에 데리고 가는 레스토랑에서 나오는 음식보다 더 맛있기라도 한 것 같았다. 타오타오는 그레이비 소스를 좋아해 고기와 으깬 감자 위에 더 부어달라고 했다. 핑핑이 소스를 듬뿍 퍼줬다. 아이는 하이디가 좋아하는 가지볶음에는 손을 대지 않으려 했다. 하이디는 껍질이 바삭바삭한 가슴살을 잘라 접시에 놓고 맛있게 먹었다.

세 아이는 곧 식사를 마치고 나갔다. 리비아와 타오타오는 거실로 가서 크레용으로 그림을 그렸다. 아이들이 웃는 소리가 계속 들려왔다. 그러자 핑핑은 마음이 놓였다. 그날 아침 네이선의 침실에서 너덜너덜해진 《플레이보이》를 본 터라, 타오타오가 그를 따라 위층에 가지 않았으면 했던 것이다. 그녀와 난은 종종 하이디가 어째서 남편이 남긴 오래된 《플레이보이》, 《펜트하우스》, 《허슬러》나 다른 포르노 잡지를 버리지 않는지 궁금했다. 네이선이 그걸 보고 벌거벗은 여자들만 생각하게 되는 건 아닌지 걱정스러웠다. 매일 음탕한 생각으로 머리가 가득한데 어떻게 학교 공부에 충실할 수 있을까. 핑핑은 하이디가 그렇게 부주의한 이유를 알 수 없었다. 난은 하이디가 아들이 여자에 대해 더 알기를 바라서 그러는 게 아닐까 싶었다. 그의 아내는 생각이 달랐다. 도대체 그런 게 무슨 성교육이란 말인가! 오히려 도착에 더 가까웠다.

식탁에서 어른들끼리만 이야기를 나눌 때, 하이디가 핑핑에게 물었다. "중국에서 사는 것과 여기서 사는 것의 가장 큰 차이점이 뭐죠?"

난과 핑핑은 미소를 주고받았다. 그는 아내가 깨끗한 화장실을 필사적으로 찾는 꿈을 자주 꾸지만, 고향에 있는 많은 것들, 특히 그녀가 자란 작은 도시 외곽에 있는 산을 그리워한다는 걸 알았다.

"왜 그래요, 뭐가 그리 우스워요?" 하이디가 눈알을 굴리며 말했다. 양쪽 볼에 보조개가 깊게 패여 있었고 뺨은 발그스레했다. 그녀는 포크로 브로콜리 튀김을 집어 접시에 놓았다.

"여기에서는 날마다 샤워를 편리하게 할 수 있다는 거요." 핑핑이 말했다.

"중국에서는 어떤데요?"

"목욕탕에 가요. 타오타오를 업고 큰 대야를 들고 버스를 타고 시내로 가죠. 그리고 목욕을 하고 나서는 아이를 데리고 다시 오는 거예요. 아이는 피곤해서 내내 잠을 자고요. 다리가 더 이상 서 있을 수가 없을 정도로 힘들죠. 버스는 만원이지 자리는 없지 난리예요."

"목욕탕에 얼마나 자주 갔어요?"

"보통 일주일에 한 번 갔어요. 어디 가나 사람들이 너무 많아요."

"어디에 살았어요? 내 말은 어떤 집에 살았느냐는 거예요."

"방 한 칸에서 살았어요."

"간이 부엌과 화장실이 딸린 원룸 같은 거 말인가요?"

"아니, 그냥 방 한 칸에서요."

"정말이에요? 중국인은 대부분 그렇게 사나요?"

"일부는 그렇게 살아요."

"맙소사! 그렇다면 우리 집에 중국인을 백 명까지도 수용할 수 있겠군요." 하이디는 이렇게 말하고 킥킥거렸다. 그녀의 목구멍에서 거친 소리가 났다.

"그렇지 않아요." 핑핑이 얼굴을 붉히며 말했다. "난의 부모님은 방 네 칸짜리 아파트에 사세요. 제 남동생 집에는 큰 방이 세 개나 있고요."

"그냥 농담일 뿐이에요." 하이디가 다소 당황한 듯 미소를 지었다. 그녀는 잔에 든 와인을 흔들어 한 입 가득 마셨다.

난은 핑핑이 미국에서 사는 걸 좋아함에도 불구하고 하이디가 무심코 던진 말에 그렇게 예민하게 반응하는 것에 놀랐다. 핑핑과 그는 이따금 거친 말로 중국에 관해 불평을 하곤 했다. 하지만 핑핑은 다른 사람들이 조국에 대해 부당하게 폄

하하는 말을 하는 건 용납하지 못했다. 그는 자신과 아내가 중국과 완전히 단절하고 중국에 관한 모든 걸 자신들에게서 몰아낼 수 있으면 싶었다.

하이디가 난을 향해 물었다. "당신한테는 주된 차이점이 뭐죠?" 그녀는 졸린 것처럼 눈을 좁혔다.

"나는 중국에 있을 때는 날마다 누군가와 싸움을 하고 싶었어요. 버스 안이든 식당이든 영화관이든 어디를 가나 그랬죠. 거기에서는 살아남으려면 싸워야 하거든요. 하지만 이곳에서는 아무하고도 싸우고 싶지 않아요. 기백이 없어진 것 같아요."

"맞아요. 저 사람 중국에서는 진짜 싸움꾼이었어요." 핑핑이 끼어들었다.

"이해가 잘 안 되네요." 하이디가 보풀보풀하고 흰머리가 조금 섞인 머리를 흔들며 말했다. "여기서 더 평화롭다는 건가요, 아니면 더 억압받고 있다는 건가요?"

"잘 모르겠어요. 중국에서는 나쁜 사람들을 어떻게 상대해야 할지 알고 있었죠. 그들과 맞서거나 피하면 됐으니까. 그런데 여기서는 아무하고도 싸울 수가 없네요. 어느 정도까지 갈 수 있는지, 어디에서 멈춰야 하는지를 모르겠어요."

"이상하군요."

핑핑이 보탰다. "저 사람은 성격이 고약했는데, 지금은 신사가 됐어요. 중국 남자들은 비열하답니다. 자기들이 여자들보다 우월하다고 생각하죠. 아내를 식모처럼 대해요."

"상당수의 미국 남자들도 여자들을 학대하며 살죠." 하이디가 말했다.

난은 말없이 생각에 잠겼다. 이곳에서 싸우고 소리를 질러봐야 무슨 소용일까? 내가 시끄럽게 한들 누가 상관하겠는가? 소리를 크게 지르면 지를수록 나만 더 바보가 되는 거다. 나는 이곳에서는 절름발이 마찬가지다.

핑핑의 말이 이어졌다. "나는 난이 중국 친구들하고 어울리지 않게 된 것이 좋아요. 그들은 모이면 정치 얘기밖에 안 해요. 나라를 어떻게 구하고, 정부를 어떻게 운영하고, 타이완을 어떻게 가져오고, 어떻게 일본을 이기고, 미국을 어떻게 상대해야 하는지 등등 말이죠. 모두가 국무총리라도 되는듯 굴어요."

난이 아내가 하는 말이 전적으로 틀린 건 아니라는 걸 알고 얼굴을 찡그리자, 하이디가 킥킥 웃었다. 하이디는 와인을 한 병 다 마신 상태였다. 그녀는 저녁 식사 전에 핑핑한테 공장이 이사를 간다는 얘기를 들은 터라, 난에게 물었다. "다른 일을 찾아볼 셈인가요?"

"당연하죠."

"석사 학위가 있지 않나요?"

"네, 막 이수했어요."

"웨스트 옥스퍼드의 교장 선생한테 얘기해줄까요? 오랫동안 알고 지내는 사람이에요. 중국어를 가르칠 사람이 필요할지도 몰라요."

난은 자기가 관심이 있다는 걸 표시해야 할지 말지 망설였다. 그가 가진 학위는 중국어 학위가 아니었다. 사립학교에서는 그를 채용하는 건 아예 고려도 하지 않을지 몰랐다. 그는 전에 외국어 교사 자리를 찾아본 적이 있었는데 전공이 정치학이라는 이유로 거듭 거절을 당했다. 핑핑이 말했다. "하이디, 고마워요. 하지만 내 생각에 난은 아이들을 가르쳐서는 안 될 것 같아요. 이이는 우리 세대에서 가장 똑똑한 사람이에요. 중국에서는 공인된 시인이었고요. 사람들은 그를 학자로 알고 있어요."

난은 감동스럽기도 하고 부끄럽기도 하여 가만히 있었다. 그는 아내가 한 말을 생각해보았다. 그녀는 그들이 아직도 중국에 있는 것처럼 얘기했다. 그들은 지금 미국에 있었다. 그러니 타협을 해야 했다.

그는 핑핑을 쳐다보고 다시 하이디를 쳐다보았다. 그의 아내는 귀까지 빨개져 무표정한 얼굴을 하고 있었다. 술에 취한 하이디가 희미한 억지웃음을 지어 보였다.

11

추수감사절이 지나고 2주 후에 난의 부모가 보낸 편지가 도착했다. 아버지는 난한테 지나친 과대망상을 하지 말라며, 난의 것이 틀림없는 두꺼운 머리카락 한 올이 봉투 속에 들어 있었다고 적었다. 이걸 확인하고 나자, 난은 몹시 화가 났다. 사실 그는 편지에 머리카락을 넣지 않았던 것이다. 편지를 검열한 사람이 다른 머리카락을 집어넣은 게 틀림없었다. 이제 난은 자신이 감시자 명단에 올라 있다는 걸 확신했다. 가슴이 철렁했다. 그는 몇 주 전에 다닝과 했던 얘기를 떠올리며 자신이 이해하지 못한 것이 있는 게 아닌지 생각해보았다. 그는 당국과의 문제가 중국에 있는 형제들의 앞날에 영향을 미치진 않을까 두려웠다. 남동생은 관보의 기자였다.

아버지는 편지 말미에 추신으로 이렇게 썼다.

아들아. 이 말을 반복하는 것이 싫다만 다시 해야겠구나. 조국에 있을 때는 네가 부모한테 기댈 수 있지만, 미국에서는 너 혼자니 가능한 한 많은 친구를 사귀어야 한다. 친구 하나가 더 있으면 생존 수단이 하나 더 있는 것이라는 사실을 명심해라. 너무 젠체해서 너 자신을 고립시키지 말고 최대한 많은 사람을 사귀어라. 네가 어려울 때, 누가 너한테 손을 내밀지 모른다.

난은 노인네가 헛소리를 하고 있다고 생각했다. 이곳에서 우리는 혼자다. 우리가 살기 위해 친구들에게 기댈 수가 없는 상황이다. 게다가 여기에 있는 중국인은 모두 변해서 자기중심적이다. 그들은 다른 사람들과 시간과 자원을 공유하려고 하지 않을 것이다. 모두가 물속으로 가라앉지 않으려고 몸부림을 치고 있다. 이곳은 중국과 다르다. 중국에서는 문제만 일으키지 않고 다른 사람들보다 앞서 가지만 않는다면, 고위직 관리한테 붙어 편안하게 인맥을 쌓을 수 있다.

난은 아버지와 가까웠던 적이 없었다. 아버지는 그를 무시했다. 대학 강사였던 난이 가족을 위해 변변한 집도 얻지 못하고 아버지의 음료 연구소에서 빌린 방 한 칸에서 겨우 살아야 했기 때문이다. 노인은 종종 핑핑에게 난은 기껏해야 이류밖에 안 된다고 말했다. 하지만 핑핑은 그 생각에 반대했다. "그이가 아버님보다 나을 거예요. 언젠가는 교수가 될 사람이에요." 그녀의 시아버지는 그 말에 화를 내기는커녕 야유를 하며 난을 '타고난 패배자'라고 했다. 노인은 5년 전, 자신의 쉰여섯 생일 연회에 난을 참석하지 못하게 했다. 중요한 손님들을 초대했는데 눈치도 없고 멍한 난이 실수를 하지 않을까 두려워서였다. 더 싹싹하고 외향적인 난의 동생 닝이 아버지의 친구들을 접대했다. 그것이 난에게는 상처가 되었다. 난의 아버지는 관리들의 인맥 속에서 살아왔고 출세에 눈이 먼 사람이었다. 그는 아흔 명밖에 안 되는 부서의 장이고 퇴직할 나이가 거의 다 됐음에도 불구하고, 다양한 왕조들의 역사, 특히 명나라와 청나라의 역사를 어리석게 탐독했다. 치국책治國策이나 정치적 술수를 배우기 위해서였다. 난은 속으로 아버지를 '가망 없는 아첨꾼'이라고 생각했다.

*

고향에서 온 편지를 보고 핑핑도 마음이 산란했다. 그녀는 난에게 아버지를 용서하고 그 일로 속을 끓이지 말라고 했다. 그녀는 이렇게 말하기까지 했다. "아버님 말씀도 일리는 있잖아. 이런 식으로 계속 살 수는 없어."

"내가 할 수 있는 게 뭔데?" 난이 물었다.

"학교로 돌아갈 수도 있지."

"뭘 공부하란 말이야? 법이나 경영이나 컴퓨터를 전공하라는 거야?"

"그런 말이 아니잖아. 어째서 좋아하는 걸 할 수 없는 거지? 당신은 대부분의 사람들보다 영어로 글을 잘 쓰잖아. 그걸 활용하면 어때?"

"학비를 내려면 돈이 필요해. 요즘은 미국에 중국 학생들이 너무 많아서 학교에서 전처럼 많은 장학금을 주지 않아. 톈안먼 사건이 있었는데, 누가 무자비한 나라의 학생들을 입학시키고 싶겠어?"

"그래도 시도해본다고 손해 볼 건 없잖아."

그들에게는 약간의 저금이 있었다. 두 사람 다 손을 대지 않기로 약속한 돈이었다. 위급할 경우, 현금이 있어야 했다. 더욱이 지금은 아이까지 와 있었다. "나는 작가가 되고 싶어. 그래서 많은 책을 쓰고 싶어." 난이 중얼거렸다.

"중국어로?"

"당연하지."

"가망이 없을 거야."

"왜 그런 말을 해?"

"당신의 글을 어디에서 출판할 수 있겠어? 게다가 당신은 이 지역에 사는 중국 작가들과도 잘 지낼 수가 없어. 그중 몇몇은 진짜 악당들이니까. 당신은 달라. 그들은 절대 당신을 받아주지 않을 거야."

"당신은 걱정이 너무 많아서 탈이야. 누군가와 가까워져야 작가가 되는 건 아니야. 내 작품이 좋으면, 분명히 누군가가 그걸 출판해줄 거야. 내 문제는 먹고살기도 해야 한다는 거야. 정기적인 수입을 갖고 말이야. 그걸 어떻게 해결해야 할지 모르겠어." 그가 올리브 빛을 띤 녹색 스웨터의 가슴 자락을 움켜잡고 흔들며 말을 이었다. "이렇게 쓸모없다고 느낀

적이 없어. 나는 이곳에서는 어떻게 나 자신을 팔아야 하는지 모르겠어. 뭘 어떻게 팔아야 하는지 모르겠어. 그리고 나는 세일즈맨이 결코 못 돼. 어차피 나는 쓸모 없는 인간이야. 월급을 받는 일 같은 건 꿈도 꾸지 않는 게 좋을 것 같아."

핑핑은 아무 말도 하지 못했다. 난의 정신 상태가 그녀를 혼란스럽게 했다. 그가 시를 쓰는 데 탐닉하면 그들이 어떻게 제대로 살 수 있을까? 그녀는 그가 시에 재능이 있는지 어떤지도 확신할 수 없었다. 물론 그는 중국에 있을 때, 열 편 남짓한 시를 발표했다. 그러나 모두 작은 잡지에 발표한 것들이었다. 그녀는 그가 인문과학이나 사회과학의 어떤 분야든 공부를 하면 결국 학자가 될 가능성이 있다는 걸 알고 있었지만, 그는 학문에 관심을 잃은 상태였다. 그러나 여전히 몽상가였고 날마다 책을 많이 읽었다. 그가 미국에 온 후로 늘 일을 한 건 사실이었다. 하지만 뭔가 성취하지는 못하고 있는 것 같았다. 변변한 직장을 잡은 적이 한 번도 없었다. 브랜다이스 대학교에 다니는 중국 학생들 사이에서 난은 '미스터 왜건맨'이라는 별명으로 통했다. 그가 언젠가 파티에서 언어학에서 경제학 쪽으로 전공을 바꾸려고 하는 사람을 만류하는 과정에서 "별에 수레wagon를 매라"*는 에머슨의 격언을 인용했기 때문이다. 역사를 전공하는 허난 성 출신의, 눈썹이 활 모양으로 굽은 중국인은 난에게, 인종차별주의자였고 늘 중국인들을 경멸했던

*목표를 높이 가지라는 의미.

"소위 뉴잉글랜드의 현자라는 인간을 앵무새처럼" 따라 하지 말라고 경고했다.

난은 한숨을 쉬며 핑핑에게 말했다. "걱정하지 마. 방법을 찾아볼게. 반드시 타오타오가 우리보다 나은 삶을 살 수 있게 할 거야."

"맞아. 그게 우리가 여기에 있는 이유니까."

핑핑은 남편을 압박하지 않으려고 더 이상 말하지 않았다. 어떤 의미에서, 그녀는 그가 아직도 글을 쓰고 싶어 한다는 사실이 기뻤다. 그것은 아직도 그가 낙심하지 않았다는 의미였다. 그러나 동시에 그녀는 남편이 막다른 골목으로 치달을까봐 두려웠다. 그녀는 자신이 이곳에서 뭘 할 수 있는지 전혀 알지 못했다. 그녀와 비교하면, 난은 훨씬 더 능력이 있었고 자신의 길을 찾는다면 충만한 삶을 살 수 있을 터였다. 여하튼 그가 오랫동안 동요해서는 안 될 일이었다. 그를 의지하는 가족이 있었다.

12

"나는 당신의 친구야. 믿어도 돼." 이틀 후, 난은 핑핑에게 말했다.

그들은 난의 침실에 있는 하늘색 카펫 위에 앉아 있었다. 아들이 다른 방에서 텔레비전을 보며 이따금 깔깔거리는 소리가 들렸다. 핑핑은 난의 말이 무슨 뜻인지 이해했다. 아무리 노력해도 그가 그녀를 진심으로 사랑할 수 없다는 의미였다. 이러한 종류의 고백에 익숙해져 있던 그녀는 고개를 돌리고 눈물을 참으며 중얼거렸다. "그래도 나는 당신을 사랑해."

그가 한숨을 쉬었다. "아무도 나를 찾을 수 없는 곳으로 갈 수 있으면 좋겠어. 너무 피곤해."

"당신은 늘 우리를 두고 떠나려고 하지!"

"아냐, 그런 생각은 해본 적이 없어."

"좋아. 그럼 나와 이혼하고, 타오타오와 내 생활비를 대."

"당신도 알다시피, 나한테는 생활비를 댈 돈이 없어. 이혼하면 더 나빠질 거야. 당신이 돈 많은 남자와 결혼한다면 몰라도 말이야." 그가 억지 미소를 지어 보였다.

"나는 당신이 싫어! 당신이 나를 하인으로, 노예로 만들었어!"

그 말을 듣고 난은 입을 다물었다. 그는 더 이상 얘기를 할 수 없었다. 더 했다가는 그녀를 더 괴롭게 만들 터였다. 그녀가 상가에 있는 은행 옆의 변호사 사무실에 가서 이혼을 청구할지도 모르는 일이었다. 그는 그 문제를 다시 꺼낸 걸 후회했다.

그가 그녀를 사랑하지 않는 건 사실이었다. 하지만 그녀를 아내로서 늘 소중하게 생각했으며 품위 있는 남편이자 아버지가 되기로 결심한 것도 사실이었다. 그는 그녀가 자신을 헌신적으로 사랑한다는 걸 알고 마음이 아팠다. 그녀는 여러 차례에 걸쳐, 죽으면 편해질 것 같다고 말했다. 그러나 타오타오가 너무 어려 죽을 수도 없다고 했다. 그녀는 난이 무정하다고 원망했다. 그녀가 아무리 그를 즐겁게 해주고 위로하려고 노력해도, 그는 늘 무감각했다.

사실, 그는 감정적으로 지쳐 어떤 여자도 사랑할 수 없었다. 첫사랑인 베이나가 8년 전에 그를 버린 후로, 그의 마음은 무감각해져 있었다. 얄궂은 관계가 끝난 직후, 그는 핑핑을 만났다. 그녀도 해군 장교한테 실연당한 상태였다. 난은 곧 그녀와 결혼했다. 함께 보내는 시간이 좋은 데다 둘 다 데이트를 하는 것에 지쳤기 때문이었다. 또한 결혼을 하면 마음의 상처가 나을 것 같아서였다. 그렇게 되면 적어도 무정한 베이나를 마음 밖으로 몰아낼 수 있을 것 같았다. 그는 자신이 핑핑을 열렬히 사랑하지 않는다는 걸 알았다. 하지만 다른 여자를 찾아보기에는 너무 지쳐 있었다. 그녀와 결혼함으로써 그녀를 도와주는 것도 괜찮을 듯싶었다. 그리고 사랑은 결혼 후에 언제라도 생기고 자라날 수 있었다. 핑핑의 감정을 다치지 않게 하려고 그는 그녀에게 사랑한다고 말하고 평생을 같이 살고 싶다고 했다. 그녀는 그를 좋아했다. 자신이 지금까지 만난 남자 중 그가 가장 정직하고 지적인 사람이라고 했다. 하지만 그는 방심을 너무 많이 하고 마음이 너무 좋아 다른 사람들이 이용해 먹을 것 같다고도 했다.

그는 베이나를 마음속에서 몰아낼 수 있으면 얼마나 좋으랴 싶었다. 이따금 그는 과거의 한 장면을 떠올렸다. 당시, 그는 차가운 비에 흠뻑 젖어 서 있었다. 그의 손에 들린 카네이션 다발은 비를 맞아 더 생기가 돌았다. 아스팔트를 달리는 말발굽 소리가 멀리서 들렸다. 그 소리에 희미한 방울 소리가 섞여 있었다. 엄숙한 의식을 거행하기라도 하듯 북쪽에 있는 연락선에서 고동 소리가 울렸다. 그는 세 시간을 넘게 기다렸지만, 강렬한 눈빛의 그 여자는 결코 모습을 드러내지 않았다. 그는 그녀가 스물여섯 번째 생일을 맞아 다른 남자 친구와 함께 해변 리조트에 간 게 틀림없다고 생각했다. 얼마나 낙담했던가! 왜? 왜? 왜? 그는 몸부림을 치며 끝없이 자문했다. 피가 빠져나간 것처럼 갑자기 몸이 말을 안 들었다. 이틀 후에 만났을 때, 그녀는 통통한 입술에 알 수 없는 미소를 지으며 말했다. "비 오는 날 오고 싶지 않았을 뿐이야. 내가 우리 사이는 이제 끝났다고 얘기하지 않았던가?"

"그렇다면 어째서 생일 선물을 기대하고 있는 듯한 암시를 한 거지?"

"그런 뜻이 아니었어." 그녀가 낭랑한 웃음을 웃으며 허리까지 내려오는 머리를 흔들었다. "나는 '진짜 남자라면 독수리처럼 사납고 비둘기처럼 온순해야 하고, 그런 남자가 나한테 진짜 선물이 될 거'라고 말했을 뿐이야. 당신한테 뭘 기대하고 한 말은 아니었다고." 그녀는 누군가 위에 있는 사람에게 얘기를 하는 것처럼 별이 총총한 하늘을 쳐다보았다.

너무 넌더리가 나 더 이상 그녀의 말을 듣고 있을 수 없었던 난은 그 자리를 벗어나 그녀가 혼자 집으로 가는 버스를 기다리도록 놔뒀다. 그 후로 오랫동안 그는 멍한 상태에서 살았다. 종종 고통이 엄습해 오면 심장이 조이는 것 같았다. 나중에 그는 베이나의 새 애인이 그녀와 같은 안내소에서 일하는 일본어 통역사라는 걸 알았다. 그 남자는 종종, 재봉틀 공장을 대표해 일본에 출장을 가면 화려한 선물을 사 갖고 돌아온다고 했다. 남자는 그녀에게 빨간색 야마하 스쿠터를 사줬고, 그녀는 그걸 타고 출근함으로써 거리에 있는 사람들의 부러움을 사고 있다고 했다. 반면에, 난은 그녀에게 자전거도 사준 적이 없었다. 그는 그녀가 그런 식으로 물건에 마음을 빼앗길 것이라고는 생각하지 못했다. 그녀가 그의 마음을 훔쳐 짓이긴 후 그가 찾을 수 없는 어딘가에 버린 것 같았다. 그녀를 마음에서 차단하면 얼마나 좋으랴 싶었다. 그녀를 뇌리에서 몰아낼 수 있으면 얼마나 좋으랴 싶었다.

2년 후, 아들이 태어났을 때, 난은 우연히 만난 동창생에게서 베이나에 관한 자세한 이야기를 들었다. 그녀는 유엔의 영어 통역사 시험을 치르러 최근에 베이징에 갔는데 1차도 통과하지 못했다고 했다. 그러나 그것만으로도 난은 마음이 크게 동요되었고, 집에 와서 아내에게 아직도 전 여자 친구가 몹시 그립다고 고백해버렸다. 핑핑이 그를 몰아치자, 그는 그녀와 결혼한 건 사랑해서가 아니라 편리함과 동정심에서였다고 실토했다. "나는 베이나 외에는 어떤 여자한테도 강렬한 감정을 못 느껴. 그녀를 만나지 않았더라면 얼마나 좋았을까 싶어."

핑핑은 말없이 그의 얼굴을 외면했다. 눈물이 뺨을 타고 흘러내렸다. 그녀는 남편의 고백에 너무 화가 났다. 가득했던 젖이 다음 날 말라버릴 정도였다.

미국에 온 후로, 난은 1년 반 정도 혼자 살았다. 그는 바다 건너에 멀리 떨어져 있으면 아내에 대한 애정이 싹틀지 모른다고 생각했다. 실제로 가끔씩 그녀가 그립기도 했다. 그러나 그의 마비된 마음은 풀리지 않았다. 그는 베이나를 잊을 거라고 생각했지만, 그녀가 몇몇 미국 대학 응시료를 내는 걸 도와달라는 편지를 보냈을 때 도움을 줬다. 그러나 그녀는 그후 전혀 연락을 하지 않았다. 대학원 입학 허가서가 나오지 않은 건 분명했다. 그런데 그는 그녀가 그렇게 된 것마저 고통스러웠다.

이따금 한 번씩, 그는 여자들한테 끌렸다. 특히 빨간 머리 여자들한테 끌렸다. 하지만 그는 자신이 누군가를 열렬히 사랑할 수 없다는 걸 알았다. 욕망은 있지만 정열은 없었다. 그래서 그는 여자를 알려고 하지 않았다. 욕망에 관한 한, 그는 정상이고 강했다. 핑핑은 종종 그의 잠자리 기술이 좋다고 말했다. 하지만 그는 그것이 아내가 그와 같이 사는 이유가 아니라는 걸 알았다. 이유는 그들 사이에 태어난 아이였다. 그는 그것을 감사하게 생각했다. 그도 타오타오에게 온전한 가정을 갖게 해주고 싶었다. 이곳에서는 그나 그녀나 의지할 사람이 아무도 없었다. 그들은 같이 있어야 했다. 생존하기 위해서는 서로한테 의지해야 했다.

그는 아내를 열렬히 사랑할 수 있었으면 싶었다. 마음의 병이 그렇게 깊지 않았으면 싶었다. 피곤했다. 심적인 피로가 점점 더 깊이 그의 존재 속으로 파고들고 있었다. 하지만 이상하게도, 근래 들어 글을 쓰고 싶은 욕구가 종종 걷잡을 수 없어졌다. 그래서 그는 공장에서 일할 때, 여러 편의 시를 썼다. 좋은 건 없었다. 그래서 그는 그것들을 옆으로 치워놓고 프로스트의 《시 선집》을 읽으며 시간을 보냈다.

13

돈에게 공장이 이주할 예정이라는 얘기를 들은 후로, 난은 다른 일자리를 찾아보면서 시작詩作에 관한 책들을 읽고 있었다. 때때로 그는 밤에 시를 쓰려고 했다. 하지만 그가 종이에 옮겨 놓는 말들은 밋밋하고 지리멸렬한 것 같았다. 시작은 보통 괜찮았지만 나아가는 과정에서 시가 늘어졌다. 마치 목소리가 새어 나가는 구멍이 어딘가에 있는 것만 같았다. 난은 자신에게 시를 쓰는 데 필요한 팔팔한 에너지가 더 이상 없는 건 아닌지 두려웠다. 10년 전, 베이나와 사랑에 빠졌을 때, 그는 백 편 이상의 시를 아주 쉽게 썼다. 어떤 때는 하루에 두세 편을 쓰기도 했다. 그녀의 몸은 그의 주제가 되었다. 램프처럼 반짝이는 눈, 복숭아 같은 얼굴, 진주 같은 치아, 우아한 손, 민첩한 생각, 떨리는 입술, 무엇보다 두려움을 모르는 기질 등, 모든 것이 시의 주제였다. 하지만 그녀가 그를 버렸을 때, 그는 연애시를 써놓은 공책을 불태워버렸다. 그러한 강렬한 감정을 다시 느낄 수 있었으면 싶었다. 쓰고 싶은 욕망이 자주 그를 붙들었지만, 한 줄 한 줄 쓰는 게 너무 힘들었다. 자신도 없고 속도도 느렸다.

그는 지금 하는 일을 계속 할 수 있으면 싶었다. 몇 년만 더 습작 기간을 가졌으면 싶었다. 그사이에 많은 책을 읽고 시작에 필요한 기술 외에도 문학에 관해 더 많은 걸 배우고 싶었다. 하지만 그건 환상일 뿐이었다. 그는 다른 일을 곧 찾아야 했다. 그는 워터타운에 있는 스테이크 전문점에 가서 지배인에게 중국 식당에서 서빙을 한 적이 있다고 말했다. 대머리가 되어가는 지배인은 기다란 손가락으로 콧수염을 꼬며 그를 곁눈질로 바라보았다. 난은 거짓말을 할 때는 얼굴이 붉어졌다. 그래서 이틀 후, 남자한테 그를 채용할 수 없다는 말을 들었을 때는 차라리 마음이 놓였다. 이탈리아어가 많은 그 식당의 메뉴에 속으로 움찔하고 있었던 것이다. 그에게 익숙하지 않은 기다란 와인 목록은 말할 것도 없고, 메뉴를 한 번 쳐다본 것만으로도 머리가 아팠다. 난은 케임브리지의 하버드 광장 근처에 있는 약국에도 가봤다. 살이 찐 주인 남자는 그를 저녁 시간대에 고용하고 싶어 했지만, 영주권이 있어야 한다고 했다. 난은 노동 허가서를 보여줬지만, 주인은 이민국에 발각되면 수천 달러의 벌금을 물어야 한다고 말했다. 그는 영주권 외에는 아무것도 받아주지 않으려 했다. 난은 영주권을 신청해놓긴 했지만, 이듬해에나 그걸 받을 수 있었다. 그런 다음, 난은 곰팡이가 슨 가죽 표지의 큰 책들이 쌓인 창문에 구인광고가 기대져 있는 중고 서점에 들어갔다. 코안경을 쓰는 사십 대 여자는 풀타임이 아니라 일주일에 최대 열두 시간만 일할 사람을 찾고 있다고 말했다.

마침내, 크리스마스가 되기 일주일 전, 9번 도로와 가까운 뉴턴의 햄던 파크 아파트 단지의 경비원 자리가 났다. 관리인인 샌디가 난에게 와서 서류를 작성하라고 했다. 그는 다음 날 아침, 그곳에 갔다. 아파트 단지는 세 개의 동이 연결돼 있었다. 그 뒤에는 수영장과 두 개의 기다란 햇볕 차단막이 있는 주차장이 있었다. 다 합해서 약 120세대쯤 되었다. 모두가 현관을 같이 사용했고, 대부분의 입주자들은 퇴직자들이었다.

샌디는 머리가 희끗희끗하고 얼굴이 네모지고, 피부는 창백하고 눈은 작고, 몸집은 뚱뚱한 사십 대 남자였다. 난은 지하층에 있는 관리인 사무실의 철제 탁자를 사이에 두고 그 남자와 마주 앉았다. 샌디는 난에게 어떤 일을 하는지 설명해주고 몇 가지 질문을 하더니 이렇게 말했다. "여기서 일하면 벌이는 괜찮을 거야."

난은 믿을 수 없다는 듯 씩 웃었다.

"젊은 친구가 냉소적으로 웃는군. 내 말 못 믿겠나?" 관리인이 물었다.

"솔직히 안 믿습니다. 한 시간에 5달러를 버는데, 어떻게 벌이가 괜찮다고 할 수 있죠?"

"흠, 그보다 더 줄 수는 없네."

"여기서 돈을 많이 벌 수 없다는 건 알지만, 저한테는 의료보험이 필요합니다.”

“내 말 믿어, 다른 곳에 가서 이런 일을 하면 의료보험 혜택 같은 건 없을 테니까.”

“그건 사실입니다.”

“자네, 솔직한 게 마음에 드는군.”

“솔직히 말씀드리면, 제가 아무리 열심히 일을 해도, 저는 결코 사회보장번호 이상의 존재일 수는 없죠.” 난은 며칠 동안 마음속에 맴돌았던 말을 불쑥 뱉었다.

샌디가 놀라서 그를 바라보다가 얼굴이 누그러졌다. “나도 마찬가지야. 영리한 친구로군. 자네 말이 무슨 의미인지 알아. 여기 근무복이 있네. 출근하면 항상 이걸 입으라고.”

*

보통 햄던 파크에는 동시간대에 두 명의 경비원이 근무를 했다. 한 명은 현관에 있는 사무실에서 수위 일을 했다. 사무실이라고 해야 너무 작아서 의자 하나밖에 놓을 곳이 없었다. 다른 한 명은 건물 뒤에 있는 주차장을 순찰했다. 난은 뒤뜰을 관리하는 것이 좋았다. 앞 사무실에 있는 경비원은 지나가는 사람들을 유심히 살펴야 했다. 방문객은 모두 알려야 했다. 주차장 경비원은 덜 바빴다. 돌아다닐 수는 있었지만 앉아 있어서는 안 되었다. 눈이 오거나 비가 내리면, 주차장 전체를 덮고 있는 차단막 밑에 있을 수 있었다. 하지만 그렇게 많은 창문 아래에서 책을 읽을 수는 없었다. 주민들이 그가 책을 읽는 걸 보면 샌디에게 일러바칠 것이기 때문이었다. 그래서 그는 소형 영중사전을 갖고 다녔다. 이따금 그는 그걸 꺼내 연필로 표시해둔 몇몇 단어를 훑어보았다.

주차장 경비원은 주민들이 차에 짐을 싣고 내리는 걸 도와주게 돼 있었다. 주민들이 쇼핑을 하고 돌아오면, 그는 그들을 도와 식료품 봉지를 그들의 아파트까지 들어줘야 했다. 그건 난에게는 문제가 아니었다. 게다가 대부분의 사람들은 1달러나 2달러씩 팁을 줬다. 시간대가 좋으면, 10달러를 가외로 벌 수 있었다. 몇몇 중년 부부는 팁을 주는 게 아까워서 그의 도움을 받지 않으려고 했다. 싼 차들을 몰고 다니는 사람들이 특히 그랬다. 마리아라는 이름의 삼십 대 남미계 여자는 늘 그에게 물건을 들어달라고 했다. 주로 야간에 근무하는 경비원인 이반과 아주 가까이 지내던 그녀는 난에게도 '좋은 사람'이라며 가까워지려고 했다. 하지만 결코 팁은 주지 않았다. 기껏해야 술을 한 잔 권하는 정도였고, 그는 늘 거절했다. 짙은 적갈색 머리에 몸매가 좋은 여자였다. 그녀는 주차장에 올 때마다 손을 흔들어 난을 불렀다.

난은 주간 말고 야간에도 이따금 현관 사무실에 근무했다. 그런데 그는 입구에서 자신에게 눈이 쏠리는 걸 싫어했다. 밤 10시 이전에는 휴대용 사전을 들여다볼 엄두를 낼 수 없었다. 네 명의 다른 경비원이 있었지만, 그는 주로 이반과 팀과 같이 일하도록 일정이 잡혀 있었다. 팀은 캐나다 출신의 마른 흑인이었다. 예순쯤 되어 보였다. 콧수염이 희끗희끗하고, 오래전에 이혼해서 독신이었지만 두꺼운 반지를 끼고 다녔다. 그는 종종 난에게 자신의 은퇴 후 계획에 관한 얘기를 했다. 그는 또 다른 직업을 갖고 있었다. 로건 공항과 보스턴 시내를 왕복하는 셔틀버스를 운전하는 일이었다. 비밀스러운 표정을 지으며, 그는 자기가 두 곳에서 일하는 것은 토론토 교외에 짓고 있는 별장의 건축비를 벌기 위해서라고 말했다. 그의 말에 자부심이 어려 있었다. 그는 은퇴하면 그 별장에서 살 계획이라고 했다. 50만 달러 이상이 든다고 했다.

"언제 캐나다로 돌아가서 큰 집에 사실 건가요?" 어느 날 오후, 난은 작은 사무실의 유리문 옆에 서서 팀에게 물었다.

"한두 해 안에 이 일을 끝내고 가야지. 나는 이곳이 싫어."

"햄던 파크 말인가요, 아니면 보스턴 말인가요?"

"미국 말이야."

"하지만 캐나다에는 눈이 많이 오잖아요."

"괜찮아."

"이곳에 더 좋은 직장이 있지 않나요?"

"무슨 소리를 하는 거야!" 그가 깔깔거리고 웃으며 옅은 청색 셔츠의 소매를 걷어 올리고 팔뚝을 가리키며 말했다. "여길 보게나."

"뭘 보란 말이죠? 털 말인가요?" 팀의 팔은 난의 팔만큼이나 미끈했다.

"아니, 피부색 말이야."

“아, 당신이 유색인이란 말이군요.” 난이 말했다.

사실, 팀은 그리 검지 않았다. 기껏해야 커피색에 가까운 정도였다. “맞아. 흑인들은 이 나라에서는 쓰레기 취급을 당한다네.”

“하지만 여기에서 돈을 더 벌잖아요.”

“그렇지. 대신, 엉덩이가 부서질 정도로 일을 하잖나.”

“캐나다보다 여기에서 얼마나 더 벌죠?”

“중요한 건 숫자가 아니라 미국 달러의 구매력일세. 예를 들면, 화장지 한 묶음이 여기에서는 3달러고, 캐나다에서는 4달러야.”

“캐나다가 흑인들이 살기에는 더 좋은가요?”

“그렇다네. 그게 내가 캐나다 시민인 걸 자랑스럽게 생각하는 이유지.”

“소수 인종들이 그곳에서는 동등한 취급을 받나요?”

“물론 그렇지는 않아. 그래도 캐나다인들이 미국인들보다는 더 너그럽지.”

“중국인들은 어떤 취급을 받나요?”

“흑인들과 비슷해.”

난은 뭔가를 떠올렸다. “물어볼 게 있어요.”

“뭔가?”

“중국인도 유색인인가요?” 난은 ‘유색인’의 지원을 장려하는 구인광고를 보고, 자신이 유색인인지 아닌지 알 수 없었다. 그 말은 이상한 말이었다. 흰색도 색이 아닌가. 그런데 어째서 백인은 무색이라고 하지? 논리적으로 말하면, 모든 사람은 '유색인'이어야 한다.

"이곳에서는 어떤지 잘 모르겠네. 캐나다 사람들은 내 얼굴에 대고 '유색인'이라고 하지 않아."

"이봐요 팀, 당신은 피부가 검잖아요."

"내가 왜 자네한테 거짓말을 하겠나? 나는 검지만, 유색인이 아닐세. 유색인이라는 말은 캐나다에서는 좋은 말이 아니야."

"하지만 저는 제가 유색인이었으면 좋겠어요."

"어째서?"

"이곳에서는 유색인이면 직장을 잡기가 더 쉬우니까요."

"난, 그건 헛소리야! 흑인들은 아무도 원치 않는 쓰레기 같은 직장만을 가질 뿐이라고." 팀의 흐릿한 눈이 그를 빤히 쳐다보았다. 눈꼬리에 주름이 잡힌 게 불빛에 보였다.

난은 그 말에 응수하지 않았지만, 그것이 사실인지 궁금했다. 공무원이나 교직 광고를 보면 거의 항상 '유색인'에게 지원하라고 종용했다. 그는 자신이 지원해도 좋은 건지 궁금했다. 소방관이나 집배원으로 근무하면 좋을 것 같았다. 안정적인 직장이라면 어떤 것이든 좋았다. 급료만이 아니라 혜택과 안정감, 마음의 평화 때문이기도 했다. 반면, 팀의 말이 맞을 수도 있었다. 난은 우드랜드에서 흑인 집배원이나 소방관을 본 적이 없었다.

나중에 난은 팀과 했던 얘기를 곰곰이 생각해봤다. 그는 노인의 강인함이 우러러보였지만 불편하기도 했다. 팀은 나이가 많음에도 불구하고 풀타임으로 두 곳에서 일하면서, 쉬지 않는 기계처럼 돌아가고 있었다. 이곳 사람들은 부자가 된다는 환상에 사로잡혀 너무 열심히 일했다. 미국인들이 종종 일본인들을 일벌레라고 헐뜯지만, 대부분의 미국인들은 적어도 일본인들만큼 열심히 일했다. 더 열심히 일하는 게 아니라면 말이다. 이곳에서는 돈을 벌지 않으면, 패배자이자 하찮은 사람으로 간주된다. 사람의 가치는 소유한 자산과 은행 예금에 따라 정해진다. 〈돈은 중요하다〉라는 라디오 방송의 사회자는 전화를 건 사람들에게 노골적으로 묻는다. "당신의 가치는 뭐죠?" 거기에 "석사 학위가 둘 있어요"라거나 "나는 모범적인 노동자입니다"라거나 "나는 정직한 사람이에요"라는 식으로 답을 해서는 안 된다. 구체적인 숫자로 답을 하라는 거다. 텔레비전에는 나이가 아주 많은 사람들이 나와 "내가 백만장자가 된 거 같아요"*라는 말을 서슴없이 한다. 난은 언젠가 〈보스턴 헤럴드〉에서 한 남자가 자신의 직업을 '백만장자'라고 소개하며 여자들을 찾는 광고를 본 적이 있었다. 돈, 돈, 돈. 이곳에서는 돈이 신이었다.

*I feel like a million bucks : 기분이 아주 좋아요.

14

그와 함께 종종 같이 근무를 서는 다른 경비원은 삼십 대 중반의 이반이라는 남자였다. 최근에 러시아에서 이민 온 사람이었다. 이반은 땅딸막한 친구였다. 어깨는 넓고 배는 두툼했고, 교활한 미소를 가끔씩 지었다. 쭈글쭈글한 얼굴에는 상당한 힘과 교활함이 배어 있었다. 그는 차체가 작지만 네 사람이 탈 수 있는 흰 픽업트럭을 몰았다. 매일 밤, 그는 노트북 컴퓨터를 가져와 뭔가를 쳐 넣었다. 난은 그렇게 작은 컴퓨터를 본 적이 없었다. 그는 컴퓨터를 다루는 이반의 민첩함에 놀랐다. 이반의 말에 따르면, 컴퓨터를 사는 데 4천 달러가 넘게 들었다고 했다. 어느 날 밤, 대부분의 주민이 들어왔을 때, 두 사람은 얘기를 하기 시작했다. 이반은 자신이 6년 전에 왔지만, 벌써 부자가 됐다고 했다.

"여기에서 컴퓨터를 갖고 뭘 하는 거예요?" 난이 물었다.

"사업이요."

"어떤 종류의 사업 말인가요?"

"석유 운송업이죠."

"다른 나라로요?"

"유럽으로."

"이 일을 오랫동안 했나요?"

"네, 아주 오랫동안 했죠."

"그럼 부자겠네요?"

"그럼요." 이반이 씩 웃었다. 그러자 통통한 볼이 넓어지면서 큼지막한 부엉이를 연상케 했다.

"그렇다면 햄던 파크에서는 왜 일을 하는 거죠?"

"이것 봐요, 나는 여기에 그저 앉아 있기만 해도 돈을 벌잖아요. 러시아 회사들을 위해 큰 거래를 하면서요. 시간을 이렇게 활용하는 게 더 좋아요. 시간은 돈이에요."

"그건 맞아요." 난은 사람들이 가진 게 시간밖에 없는 중국에서는 월별로 돈을 받지 시간당으로 돈을 받는 사람이 아무도 없다는 걸 떠올렸다. 하지만 이곳에서는 시간을 팔아서 돈을 벌었다. 그가 이반에게 다시 물었다. "낮에는 일을 안 하나요?"

"당연히 하죠. 사업차 사람들을 찾아다녀요. 그래서 내가 대부분 밤에 이곳에서 일하는 거예요."

"벌써 이곳에 집도 갖고 있어요?"

"없어요. 내 아내와 나는 도체스터에서 아파트를 세내 살고 있어요."

"왜 집은 사지 않는 거죠?"

"집이 뭐길래요? 그건 그냥 숙소일 뿐이에요. 차와 마찬가지로 수단에 지나지 않는다고요. 화려한 게 필요 없죠. 내가 왜 집에 내 자본을 낭비해야 하죠? 한 가지 알려줄까요. 우리는 스위스에 아주 비싼 아파트가 있어요."

"정말인가요?"

"아름다운 제네바 호수에 있는 거죠. 유럽에 가본 적 있어요?"

"없어요. 얼마나 가죠? 당신 아파트 말이에요."

"비밀이에요. 투자하려고 사놓은 건데, 그곳의 부동산 가격이 급상승하고 있거든요."

"그렇게 빨리 이곳에서 부자가 될 수 있었던 비결이 뭐예요?"

"내 방식대로 했죠."

"그 비법을 알려줄 수는 없나요?"

"좋아요, 한 가지 충고를 해주죠." 이반이 헛기침을 했다. 그의 큰 눈이 희미한 사무실에서 반짝반짝 빛났다. "미국에서 부를 획득하려면 두 가지 방법밖에 없어요. 첫째, 다른 사람들의 돈을 이용하는 것이고, 둘째, 다른 사람들의 노동력을 이용하는 거예요. 나는 두 가지를 다 이용하고 있어요." 그가 바보처럼 웃었다.

난은 이반이 말한 것이 사실이라는 걸 알았지만 좌절감을 느꼈다. 언젠가 1년 반에 걸쳐 마르크스의 《자본론》을 읽은 적이 있었다. 그는 자본가들이 어떻게 부를 축적하는지 이해했다. 이론적으로, 모든 이익은 잉여노동, 노동자들의 피와 땀에서 나왔다. 이반은 자본주의의 본질을 본능적으로 포착한 게 분명했다. 하지만 어떻게 자신이 자본가처럼 행동한단 말인가. 투자할 자본이 없음은 물론이고, 다른 사람들의 돈이나 노동을 이용하는 자신의 모습을 상상할 수 없었다. 그건 착취일 것이었다. 하지만 이곳에서 성공하기 위해서는 그도 이반처럼 해야 하지 않을까? 어쩌면 그래야 할지도 몰랐다. 하지만 방법이 문제였다.

어떤 점에서 햄던 파크에서의 상황은 대단히 이례적이었다. 이반의 말이 사실이라면, 상사인 샌디 트립은 그가 감독하는 일부 경비원들보다 가난하다는 말이었다. 샌디도 그것을 알고 있는 게 틀림없었다. 그래서 팀과 이반에게 공손하게 대하는지도 몰랐다. 그는 일부 주민들이 불평을 했지만, 이반이 컴퓨터를 갖고 밤에 일을 하는 걸 제지하지 않았다. 난은 동료들보다 상사인 샌디를 더 좋아했다. 샌디는 직원들에게 엄격하지 않았다. 그리고 종종, 경비원들한테 그곳을 전적으로 맡겨주었다.

15

2월 하순이었다. 뉴욕 주재 중국 영사관에서 보낸 편지 한 통이 도착했다. 난이 이전 근무지인 하얼빈 사범대학이 발행한 허가서를 제출하지 않았기 때문에 여권을 갱신해줄 수 없다는 내용이었다. 편지는 난에게 학교 인사과에 연락해서 미국에서 학업을 계속할 있도록 허락을 받으라고 했다. 그렇게 해야 여권을 갱신해줄 수 있다는 것이었다. 난은 몹시 화가 났다. 그가 미국에 있는 걸 시기하는 이전 상사들이 그걸 허용해줄 리 없었다. 설상가상으로 그는 이곳 대학원을 그만뒀다. 만약 그들이 그가 현재 학생 신분이 아니라는 걸 알면, 바로 귀국하라고 명령할 터였다. 난은 하얼빈 사범대학과 영사관 사이에 공식적인 접촉이 있었는지 여부를 알지 못했지만, 영사관에서는 문제를 어렵게 만들 작정인 것 같았다. 관리들은 늘 서로 짜고 사람들을 위협하고 들볶았다. 그는 다닝에게 전화를 걸었다. 다닝은 최근에 여러 사람이 지난여름의 학생

운동과 관련된 문제로 여권을 갱신받지 못했다는 얘기를 들었다고 했다.

난은 난감했다. 이전에 있던 대학의 인사과 주임한테 편지를 쓸 수도 없었다. 그 교활한 주임은 언젠가 난에게 냉장고를 사달라고 했었다. 그러나 난은 역겨워서 그의 편지에 답장을 하지 않았다. 어쩌면 브랜다이스 대학교 학생으로 등록되어 있는 척하고, 학과장한테 도움을 요청해야 할지 몰랐다. 하지만 그것도 도박이었다. 그는 학과장과 가깝게 지낸 적이 없었다. 그리고 이곳에 온 후로 그녀에게 단 한 줄의 편지도 쓰지 않은 터였다. 그녀가 자신이 보낸 편지에 대꾸를 할지 여부도 잘 알 수 없었다. 햄던 파크의 주차장을 돌아다니며 그는 자신이 처한 곤경에 대해 생각해보았다. 비참했다. 영주권이 곧 나올 텐데 여권에 대해 왜 그렇게 신경을 써야 하지? 보이지 않는 손에 잡혀 있어야 하는 이유가 뭐야? 족쇄를 풀고 나와 자기 식으로 살면 안 되는 이유가 뭐야? 여권을 갱신하는 사소한 일로조차 엄청난 장애에 부닥쳐야 하는 중국인으로 태어났다는 건 얼마나 불행한 일인가! 당신이 중국인이라면, 하찮은 관리마저 당신을 괴롭히고 삶을 참을 수 없는 것으로 만들 수 있다. 어디를 가든, 권력자는 복종을 요구했다. 그는 자신이 미국인이라면 싶었다.

이런 생각을 하면서, 난은 그날 저녁 집으로 돌아왔다. 그는 배가 고팠지만, 메이스필드 가족이 식사를 마칠 때까지 부엌에 갈 수 없었다.

핑핑이 식탁을 치우고 가족을 위해 준비한 음식을 오븐에서 꺼냈다. 닭 한 마리, 테이터 탓츠,* 쌀죽이 주 요리였고, 여기에 오이와 상추 샐러드가 곁들여졌다. 오븐에 구운 닭고기를 좋아하지 않는 타오타오는 어머니가 잘라준 닭다리를 먹지 않으려 했다. 아이는 죽에 관해서도 투덜거리며 반밖에 먹지 않았다.

난은 음식을 버리는 걸 싫어했다. 그는 1960년대 초반, 3년 동안 기근이 들었을 때 겪어야 했던 고통스러운 배고픔을 잊지 않고 있었다. "너를 중국에 보내버려야겠다! 버릇이 너무 없구나!" 그가 아들에게 말했다.

"불싯(헛소리)!" 아이가 영어로 투덜거렸다.

"너, 뭐라고 했어?" 난이 벌떡 일어나 아들을 움켜잡았다.

"그러지 마!" 핑핑이 두 사람 사이에 끼어들며 말했다. "여기는 우리 집이 아니잖아!"

난은 자리에 앉아 타오타오를 잡아먹을 듯 쳐다보았다. "너, 어디에서 그 따위 말을 배운 거냐?"

어안이 벙벙해진 타오타오는 눈물이 글썽글썽했다. 핑핑이 말했다. "아빠한테 사과하렴."

하지만 타오타오는 아무 말도 하지 않으려 했다. 그러자 난은 더 화가 났다. 그가 호통을 쳤다. "비정한 각다귀 같으니라고! 나는 네놈을 위해 이 나라에서 죽도록 일하고 있다. 그런

*엄지손가락 한 마디 크기의 조그만 원통 모양 감자튀김.

데 네 놈은 고마워하기는커녕 매번 나를 경멸하고 모욕하고 있어. 네놈만 아니라면 나는 내일이라도 중국에 돌아갈 거다."

"그건 사실이 아니야." 핑핑이 말했다. "우리가 돌아갈 수 없는 건 우리 자신의 행동 때문이야. 우리가 결정한 일이니 얘 탓으로 돌리지 마."

"아니, 사실이야. 나는 언제라도 돌아갈 수 있어. 나는 저놈 때문에 내 인생을 여기에서 낭비하고 있어!" 그가 아들을 손가락으로 가리켰다.

"그렇다면 왜 영사관에서 당신 여권을 갱신해주지 않는 거지? 다른 사람을 탓하지 마. 우리가 여기에서 살기로 작정했으니 어떤 어려움이든 이겨내야 해. 타오타오, 아빠한테 사과해라."

아이가 중얼거렸다. "죄송해요."

"죄송하다는 말만으로는 부족해. 너무 늦었다." 난이 말했다.

핑핑이 일어나서 아이의 팔을 잡았다. "가자. 아빠 혼자 있게 내버려두자꾸나." 그러고는 아들을 데리고 나갔다.

"다시 한 번 욕을 하면 당장 중국으로 보내버릴 테다." 난이 타오타오의 뒤에 대고 소리를 질렀다.

어머니와 아들은 아무 말 없이 부엌을 나서 계단을 올라갔다.

난은 다시 먹기 시작했다. 더 이상 배가 고프지 않았지만 너무 화가 나서 끝없이 먹었다. 입에 들어가는 게 뭔지도 모른 채 먹고 또 먹고 또 먹었다. 그는 음식의 맛을 느끼지 못하면서도 맹렬하게 씹었다.

놀랍게도 그는, 자신이 얼마나 많이 먹는지 알지도 못한 채, 닭 한 마리와 대부분의 테이터 탓츠를 먹어치웠다. 이상하게도 배가 부른 것 같지도 않았다. 그는 넌더리가 났다. 화를 낸 것이 후회스러웠다. 그는 자책하기 시작했다. 타오타오의 말이 맞다. 너는 헛소리로 가득 차 있다. 너는 자신의 실패와 무능력을 자기희생으로 가장하고 있다. 너는 다른 사람들이 너를 동정하고 괴로움을 같이 나눠주기를 바라고 있다. 어리석고도 우스꽝스럽게!

사실, 그가 매일 화를 내는 건 대부분, 하고 있는 일에 대한 혐오감 때문이었다. 그가 그 일을 하는 건 주로 평균 이하의 의료보험 때문이었다. 그는 직장에 가면 주차장에서 계속 걸어 다녀야 했다. 일과가 끝나면 다리가 무겁고 뻣뻣했다. 그는 종종, 배가 더부룩한 채 집에 돌아왔다. 가족은 대부분의 경우, 그를 피했다. 그들은 그와 같이 식사를 하는 걸 피했다. 그러자 그는 더 화가 났다. 끊임없이 먹어댔다. 종종, 핑핑이 식탁에 놓아둔 걸 모조리 먹어치웠다. 그의 아내가 한번은 농담 삼아 그가 접시나 그릇까지 먹어버리지 않을까 두렵다고 말했다. 게걸스럽게 먹는데도 불구하고 그는 몸무게가 늘지 않았다. 전보다 더 초췌해 보이기까지 했다.

16

타오타오는 아버지를 자주 보지는 못했지만, 틈만 나면 그에게 장난을 치곤 했다. 아이는 아버지를 좋아했다. 그리고 이제 부모가 자신을 할아버지, 할머니한테 다시 보내버릴 수 없다는 걸 알았다. 3월의 마지막 토요일 아침이었다. 난이 야간 근무로 목과 어깨가 뻐근해져 돌아왔다. 그의 차가 뜰에 들어선 순간, 타오타오가 현관으로 뛰어가더니 안전문을 안에서 잠가버렸다. 그의 아버지는 그를 봤지만, 너무 지치고 기분마저 우울해 아들을 쳐다보지도 않고 비틀거리며 문을 확 잡아당겼다. 걸쇠가 툭 부러졌다. 아이는 아버지가 부서진 걸쇠를 살피자 꼼짝하지 않고 서 있었다.

하이디가 모든 걸 보았다. 그녀가 난에게 말했다. "왜 일부러 걸쇠를 부쉈어요?"

"미안합니다. 이미 부서져 있었습니다." 그는 이렇게 중얼거렸다. 그것은 사실이었다.

"하지만 타오타오가 당신이 오는 걸 보고 안전문을 잠그지 않았던가요?"

"그랬죠."

"음, 저걸 고쳐줘야겠어요."

"알겠습니다. 그렇게 하죠."

"밥 전화번호가 있으니 그 사람한테 전화하세요."

"네, 필요하면 전화를 하겠습니다."

밥은 지난해 봄에 걸쇠를 달아준 목수였다. 하이디는 난이 그에게 전화를 해 걸쇠를 새로 달 것이라고 생각했다. 하지만 난은 아침을 먹고 난 후, 고리의 나사를 풀었다. 그런 다음 그와 타오타오는 갈색 종이 봉지에 부서진 고리를 넣고 번화가에 있는 철물점을 향해 출발했다. 난은 딱 맞는 걸 찾을 수 있을지 확신하지 못했다. 아이는 가는 동안, 내내 혼이 났다. 아이도 이번에는 조용히 있었다.

모츠 철물점 판매원은 어렵지 않게 똑같은 걸 찾아줬다. 그는 난에게 아들이 있는 걸 보고 부러워했다. 걸쇠는 7달러도 채 안 나갔다. 그는 걸쇠만 필요했지만, 한 벌인 부속품을 다 사야 했다. 돌아올 때는 기분이 나아져 아들과 얘기를 하기 시작했다. 타오타오는 아버지에게 마크, 랠프, 빌리 등의 여러 친구를 사귀었다고 말했다. 읽기는 2단계로 올라갔고 수학 시험은 잘 봤다고 했다.

"로린은 어떠니?" 난은 아들에게 종종 책을 읽어줬던 연약하고 주근깨가 많은 소녀를 떠올리며 영어로 물었다.

"이사 갔어요."

"어디로 갔는데?"

"아버지가 셀틱스에서 은퇴를 해서 인디애나로 돌아갔어요."

"보고 싶어?"

"꼭 그런 건 아니에요."

"그 애는 네 친구였잖니?"

"괜찮은 애였죠."

"너를 많이 도와줬었지? 잊으면 안 된다."

아이가 조용해졌다. 난은 영어로 타오타오와 얘기하는 것이 얼마나 쉬운지 깨닫고 놀랐다. 어쩌면 지금부터 영어 실력을 향상시키기 위해 영어로 더 자주 아이와 얘기를 하는 게 좋을지도 몰랐다.

아버지와 아들은 걸쇠를 장착했다. 모든 게 몇 분밖에 걸리지 않았다. 하이디는 놀란 모양이었다. "밥은 지난번에 나한테 80달러를 달라고 했어요. 이게 이렇게 쉬운 일인지 몰랐네요."

바로 이것이 이 집의 주된 문제였다. 핑핑과 난은 오래전부터 그걸 알고 있었다. 사람들은 일을 맡기면 하이디에게 종종 터무니없는 수리비를 요구했다. 기술자나 배관공이나 목수가 일을 제대로 마무리하지 않아 곧 다시 와서 해야 하는 경우도 있었다. 하이디는 수리비가 얼마여야 하는지 전혀 알지 못했다. 겨울에는 포르투칼어만 할 줄 아는 기술자가 레인지를 고치러 세 번이나 왔었다. 버너 두 개만 고치면 되는 일이었는데, 매번 150달러의 수리비에 부품값을 요구했다. 한번은 어떤 방문판매원이 직경이 10센티미터인 쇠구슬도 빨아들일 수 있다는 강력한 진공청소기를 갖고 나타났다. 하이디는 그가 시연을 해 보이자 너무 놀라 천 달러를 주고 기계를 샀다.

하이디는 작은 것들을 고치는 난의 능력에 감탄했다. 그는 늘 엔진오일을 스스로 바꾸고 배터리도 직접 교체했다. 언젠가 한번은 네이선이 타는 자전거 뒷브레이크를 고쳐주기까지 했다. 지난겨울에는 부엌 옆의 욕실 변기가 새는 걸 막으려고 변기 안의 부속품을 다른 것으로 교체하기도 했다. 핑핑은 그의 손재주를 칭찬했다. 그는 중국에 있을 때는 솜씨가 없는 사람이었다. 대부분의 남자들이 할 수 있는 자전거 타이어의 펑크도 제대로 때우지 못할 정도였다. 이웃들 사이에서 그는 게으르기로 유명했다. 그는 집안일도 하지 않고 눈처럼 희고 예쁜 비둘기 네 마리만 키웠다. 비둘기에는 호각이 달려 날아오를 때마다 맑은 소리가 났다. 이웃 여자들이 여러 차례 핑핑에게 불평을 했다. 자기네 남편들이 난의 본을 받아 집안일을 하지 않는다는 거였다. 그들은 그녀에게 그더러 설거지를 하고 자기 속옷을 빨게 하라고 했다. 그녀는 그렇게 하겠다고 했지만, 그는 손가락 하나 까딱하지 않았다. 난의 어머니마저 그가 식용유 병이 넘어져 흐르는 걸 보고도 그대로 둔다고 말했을 정도였다.

미국 생활이 그를 바꿔놓았다. 이제 그는 연장을 좋아했다. 미국의 연장들은 다양했다. 단어 하나하나가 구체적으로 어떤 것이나 생각을 나타내는 엄청난 수의 영어 어휘처럼, 연장들도 저마다 쓰임새가 달랐다. 게다가 난은 아내를 위해 늘 심부름을 해주려고 했다. 물론 이따금 툴툴대는 경우도 있었다. 그런 경우는 주로, 넌더리가 나는데도 계속 다녀야 하는 직장 때문이었다. 그도 자신의 변화를 느낄 수 있었다. 그는 더 이상 허약한 책벌레가 아니었다. 그는 1달러를 벌기 위해 열심히 일하는 것을 더 이상 부끄럽게 생각하지 않았다.

17

난과 핑핑은 아들이 없을 때면 종종 싸웠다. 하지만 그들은 타오타오가 다 클 때까지 같이 살기로 했다. 난은 언젠가 핑핑에게 물었다. "그다음에는 뭘 할 거지?"

"수녀원에 들어가든지 자살하든지 해야지." 그녀는 소녀 시절부터 기다란 가운, 나부끼는 모자, 흰 장갑, 반짝이는 염주 등과 같은 수녀의 이미지에 매료돼 있었다.

"그럼 나는 스님이 돼야겠네." 난이 말했다.

"가끔 볼 수 있도록 같이 절에 들어가. 매주 나하고 조금씩 같이 있어주고."

난은 늘 그녀의 순진한 모습을 좋아했다. "스님들이 당신을 가만 놔둘 것처럼 얘기하네."

그녀가 그의 팔을 꼬집었다. "나, 심각하게 말하는 거야."

난은 더 이상 말하지 않았다. 아내의 사랑에 화답할 감정이 일었으면 싶었다. 그렇게 기진맥진하지 않고 삶에 넌더리가 나지 않았으면 싶었다. 여우 같은 베이나한테 그렇게 깊은 상처를 입지 않았더라면 싶었다.

핑핑은 남편의 냉담함을 더 이상 참을 수 없을 때면, 전화기를 집어 들고 누군가에게 전화를 했다. 난도 기분이 안 좋을 때는 그렇게 했다. 그는 다닝과 주로 얘기를 했고, 대부분 장시간 통화를 했다. 다닝은 그에게 핑핑에게 잘해주라고 했다. 기쁠 때나 슬플 때나, 가족을 위해 모든 걸 희생하고 그에게 전적으로 충성하는 그녀에게서 뭘 더 바라겠느냐는 것이었다. 더 좋은 여자를 어디에서 찾을 수 있느냐는 거였다. 그러니 복 받은 거라 생각하고 감사하라는 것이었다.

난과 달리 핑핑에게는 친구가 없었다. 그렇다면 그녀는 화가 날 때, 누구한테 전화를 했던 걸까? 난은 그게 종종 궁금하고 불안했다. 때때로 그녀는 전화가 걸리면 끊어버렸다. 한번은 그가 핑핑에게 누구한테 전화를 하는지 물었더니 이렇게 말했다. "당신이 상관할 일이 아니야. 전화를 하는 건 내 맘이니까."

4월 중순, 어느 날 저녁이었다. 두 사람이 다시 다퉜다. 핑핑이 마루 위에 찻잔을 떨어뜨렸다. 난은 아무 말도 하지 않고 젖은 카펫을 걸레로 닦았다. 그는 핑핑이 전에 그랬듯이 그의 책을 찢지 않을까 두려웠다. 그러나 그녀는 그가 아무 말도 안 하니까 더 화가 나는 모양이었다. 그녀는 방에서 뛰쳐나가 나무 상자 위에 있는 전화기를 집어 들더니 번호를 돌리기 시작했다. 그는 아내를 따라가 전화기 훅스위치를 눌러버렸다. 그녀가 노여운 눈길로 그를 노려보았다.

"누구한테 전화를 하는 거야?" 그가 물었다.

"상관 마!"

"아니, 오늘은 알아야겠어."

"어쨌든 당신은 관심 없잖아."

"부탁이야! 만나고 싶은 사람이 있으면 말리지 않겠어. 다만 알려달라고 하는 것뿐이야." 그는 수화기를 향해 손을 뻗었지만 아내의 손에서 그걸 빼앗을 수는 없었다.

"놔!"

"누구한테 전화를 하는지 얘기하기 전에는 못 놔."

"911에 전화를 했을 뿐이야."

"뭐라고! 미쳤군!" 그가 숨을 헐떡이며 말했다.

난의 목소리가 심상치 않자 핑핑은 전화기를 놓고 그를 노려보았다.

"그들이 앰뷸런스를 갖고 여기로 올 수도 있다고." 그는 아직도 믿을 수 없다는 듯 말했다.

"나는 그들에게 한 마디도 안 했는데, 어떻게 여기로 온다는 거지?"

"발신자 표시가 돼서 어디에서 전화를 했는지 안단 말이야."

핑핑은 그 말을 듣고 놀랐다. 그러더니 흐느끼기 시작했다. 난이 수화기를 올려놓고 아내를 한쪽 팔로 껴안았다. "울지 마. 아직 그런 일은 일어나지 않았으니까."

"그 사람들이 내가 전화를 한 걸 알 수 있으리라고는 상상도 못 했어. 그냥 당신이 질투하기를 바랐을 뿐이야."

그녀의 마지막 말이 그를 놀라게 했다. 하지만 조금은 기쁘기도 했다. 그는 미소를 지으며 말했다. "어린아이처럼 행동한 거로군. 좋아, 이제 그만 울고 다시는 911에 전화하지 마."

그녀가 머리를 끄덕이며 나직이 말했다. "나는 당신을 사랑하지만 밉기도 해. 당신을 떠나 다시는 보지 않았으면 좋겠어."

"나한테 시간을 좀 줘. 괜찮은 일자리를 찾으면 내 성격도 누그러지고 더 나은 사람이 될 거야."

"당신은 정말로 뭔가를 해서 자신과 가족을 먹여 살릴 생각을 해야 해요. 이런 식으로 계속 살 수는 없어."

"나도 우리가 하이디의 집에서 영원히 살 수 없다는 건 알고 있어. 방법을 찾아볼게."

"당신은 늘 말만 잘해."

"중국어만 잘하는 거지." 그가 얼굴을 찡그리며 말했다.

"우리가 처음 만났을 때, 당신이 했던 말 기억해?"

"내가 뭐라고 했는데?"

"당신은 '삶은 비극이지만, 삶의 의미는 우리가 그 비극을 어떻게 맞느냐에 달려 있다'고 했어."

"그건 헤밍웨이의 책에서 따온 유치하고 허접한 말이었을 뿐이야."

"하지만 나는 그 말 때문에 당신과 사랑에 빠졌는걸. 당신은 그때 완벽한 남자였어. 나에게 의미심장한 말을 한 남자는 당신이 처음이었어. 나는 다른 남자와 있으면 늘 화가 났어.

당신은 다른 남자들과 달랐어. 그런데 이제 보니, 기가 죽어 있네. 용기를 내서 자신을 찾아."

"나도 내가 표류하고 있다는 건 알아."

"길을 찾아야 해."

난은 아무 말 없이 고개를 끄덕였다. 그의 가슴이 고통과 감사의 마음으로 가득 찼다. 만약 그의 아내가 딴마음을 먹었다면, 이 가족은 오래전에 풍비박산이 났을 터였다. 그는 절망하지 않고 어떻게 잘살 것인지 길을 찾아야 했다.

18

핑핑은 부엌에서 하이디와 얘기를 하면서 하이디의 실내복을 수선하고 있었다. 탁자 위에는 그녀가 막 개어 놓은 빨래가 세 겹으로 쌓여 있었다. 밖을 보니 구름이 걷히면서, 빗물에 젖은 전선과 잎이 많은 가지들이 햇빛에 반짝이고 있었다. 라일락과 말채나무들이 작열하는 오후의 햇빛에 흰색과 분홍색이 섞인 꽃을 아래로 떨구고 있었다. 키가 작은 나무들 너머로 토끼 두 마리가 뛰어다니며 풀을 먹기도 하고 서로를 쫓아다니기도 했다. 핑핑과 난은 꽃가루 알레르기가 있었다. 난은 참나무와 말채나무에 유난히 민감했다. 핑핑은 무엇에 알레르기가 있는지 알지 못했다. 4월 하순이면 증상이 가장 심했다. 콧물이 줄줄 흐르고 코가 붓곤 해서 주머니에 늘 화장지를 갖고 다녀야 했다. 난은 영어로 "4월은 잔인한 달"이라고 말했다. 그러나 그의 아내는 그것이 시의 구절이라는 걸 알지 못했다. 지난 봄, 그들은 알레르기인 줄 모르고 감기에 걸렸다고 생각했다. 그래서 상점에서 살 수 있는 타이레놀, 아스피린, 다른 감기약을 먹어봤지만 아무것도 도움이 되질 않았다. 5월 중순이 되어서야 난은 이유가 뭔지 알아차렸다. 하지만 그때쯤엔 괴로운 계절은 거의 다 지나 있었다.

핑핑은 그날 아침에 비가 내린 것이 좋았다. 꽃가루가 비에 쓸려 공기가 하루나 이틀은 깨끗할 터였다. 그녀와 하이디는 어제 저녁에 있었던 싸움에 대해 얘기하고 있었다. 하이디는 여자들이 시동생인 에릭을 졸졸 따라다닌다며 난도 그러냐고 물었다.

"난은 여자를 좋아하지 않아요." 핑핑이 말했다.

하이디는 놀란 것 같았다. "뭐라고요? 그렇다면 남자를 좋아한다는 말인가요?"

"아니, 게이는 아니에요."

"그럼 뭐가 문제죠? 대부분의 남자들은 여자를 좋아하잖아요."

"마음이 문제예요."

"무슨 말인지 모르겠네요." 하이디가 최근에 파마를 한 머리를 흔들며 말했다. 그러자 머리가 평소보다 더 커 보였다. 볼은 분홍색을 띠면서 반짝이고 얼굴은 지난주보다 서너 살은 젊어 보였다.

"어떻게 말해야 할지 모르겠네요." 핑핑이 말했다. "그이는 중국에 있을 때는 예쁜 여자들을 좋아했어요. 그런데 지금은 늘 피곤하다고만 해요." 그녀는 너무 창피해 그가 자신을 사랑하지 않는다는 사실을 밝힐 수 없었다.

"여자가 너무 많으면 그런 남자들이 있어요."

"난이 연애를 한다는 말은 아니에요."

"어떻게 확신할 수 있죠?"

"그냥 알아요. 그이가 미국에 왔을 때, 나는 그이에게 다른 여자를 만나고 싶으면 만나되, 나와 타오타오를 잊지 말고 병에 걸리지만 말라고 했어요."

"그런 말을 했다고요?"

"네."

"그랬더니 어떻게 했는데요?"

"아무것도 하지 않았어요. 그이는 여자들을 쫓아다닐 시간도 없고 너무 피곤하다고 했어요. 열심히 공부해서 집에 돌아가고 싶다고요."

"마음에 문제가 있는 것 같네요. 내 생각에 그는 슈링크를 만나봐야 할 것 같아요."

"슈링크가 뭔데요?"

"정신과 의사라는 말이에요. 네이선은 아버지를 잃고 나서 매주 화요일 오후, 웰즐리에 있는 블루멘탈 선생님을 보러 가요."

"도움이 되던가요?"

"물론이죠. 많이 돼요. 아이가 이젠 많이 안정이 됐어요. 아주 우울해했거든요."

"난도 그 정신과 의사한테 가야 할지 모르겠네요. 그런데 비용은 얼마나 들죠?"

"경우에 따라 다르죠. 한 시간에 70달러예요."

"아."

하이디가 독서 안경을 쓰고 통신 판매 카탈로그를 뒤적이기 시작했다. 핑핑은 탁자 위에 실내복을 펴놓고 기울 곳이 또 있는지 살폈다. 그녀는 하이디가 그처럼 너덜너덜한 실내복을 버리지 않는 것이 인상 깊었다. 두 사람은 한동안 말이 없었다.

그날 오후 늦게, 핑핑이 네이선에게 블루멘탈 선생님이 화요일에 뭘 해주냐고 물었다. 그는 희끄무레한 눈을 깜빡이며 말했다. "아무것도 안 해요. 그냥 제가 하는 얘기를 듣고만 있어요."

"정말이니? 네 말을 듣는 것만으로 돈을 번단 말이니?"

"네. 물론 질문도 해요."

"어떤 질문?"

"오늘은 기분이 어떠냐? 스콧이 지난주에도 너를 괴롭히더냐? 이런 질문들을 해요."

"나도 그건 할 수 있겠구나." 그녀는 놀랐다.

그날 저녁, 핑핑은 난에게 하이디와 했던 얘기를 해주며, 정신과 의사를 한번 찾아가면 어떠냐고 말했다. 그는 빳빳한 종이봉투에 든 석사 학위증을 막 받고 기분이 좋아져 타오타오와 서양장기를 두려던 참이었다. 그는 핑핑한테 이렇게 말했다. "나는 정신 분석을 믿지 않아. 우리가 왜 그런 데 돈을 낭비해야 하지?"

"네이선의 말로는 그러면 기분이 훨씬 좋아진대."

"그렇다고 그 아이가 정말로 차분해진 건 아니잖아. 지금도 가끔 감정을 억제하지 못하는 게 안 보여?"

"나는 당신도 정신을 놓아버릴까봐 겁이 나."

"나는 이미 대부분 놓아버렸어." 그가 짧게 웃었다. "여기서 더 나빠질 수는 없지. 걱정하지 마. 나는 당신한테 얘기할 수 있잖아. 우리는 서로한테 정신과 의사인 거야."

"적어도 한번 가보기라도 하는 게 어때."

"그것이 도움이 된다 해도 하지 않겠어. 1달러를 버는 게 얼마나 힘든지 당신도 알잖아. 우리는 최대한 저축을 많이 해야 해. 이 나라에서는 돈 없이 아무것도 할 수 없어. 우리는 곧 이 집에서 나가야 해. 그러니 돈이 수중에 있어야 한다고."

사실, 난은 뒤죽박죽이고 스스로도 명확하게 알지 못하는 자신의 감정에 대해 핑핑에게 자주 얘기하지는 않았다. 다만 더 이상 어쩔 수 없을 때가 되면 그걸 아내에게 쏟아냈다. 이따금 그녀도 그렇게 했다. 그는 겉으로는 평온하고 점잖았다. 하지만 그는 열이 오르고 쓰러질 것 같았다. 그는 늘 자신을 추슬러가며 고된 일을 순조롭게 해나갔다. 이제는 책을 읽을 시간이 없었다. 일을 할 때, 틈이 나면 사전을 꺼내 보는 게 전부였다. 그는 공장에서 일하던 때가 그리웠다. 그때는 읽다가 피곤해지면 노루잠을 잘 수도 있었다. 그는 요즘, 사전 외에도 작은 메모장을 갖고 다녔다. 거기에는 영어와 중국어로 베껴 쓴 시들이 있었다. 그는 자신이 좋아하는 시행을 외우고 싶었다.

19

하얼빈 사범대학에 연락을 하지 않아서, 난은 여권 갱신에 필요한 허가서를 중국 영사관에 보낼 수 없었다. 그런데 여권 갱신 절차가 바뀌었다는 얘기가 있었다. 더 이상 전 근무지로부터 허가를 받을 필요가 없어졌다는 거였다. 그래서 난은 5월 중순, 중국 영사관에서 보낸 편지를 받았을 때, 봉투에 든 소책자를 만지작거리며 그 안에 여권이 들어 있을 거라고 생각하고 기뻐했다. 그러나 금색 글씨가 박힌 봉투를 열고 '취소'라는 주홍색 관인이 찍힌 걸 보고 어리벙벙해졌다.

그와 핑핑은 그것이 그가 납치 계획에 연루된 것에 대한 공식적인 복수라는 걸 알고 망연자실했다. 난은 충격도 충격이지만 화가 나서 몇 시간 동안 논리적으로 생각할 수가 없었다. 그러더니 취소의 의미가 서서히 와 닿기 시작했다. 이제 중국으로 돌아가는 문은 닫혔고 그는 나라가 없는 사람이 되었다. 어떻게 해야 할지 막막했다. 생각하면 할수록 더 화가 났다. 어째서 중국 영사관이 자신을 멋대로 휘두르게 놔두고 가만히 있었지? 어째서 그가 무자비한 나라의 충실한 종으로 있어야 하지? 당국이 사람을 희생시키고 고통스럽게 한다면 조국을 버려도 마땅한 게 아닐까? 가능한 한 빨리 귀화하는 게 낫지 싶었다. 어떤 수단을 동원해서든, 그는 가볍게 여행할 수 있도록 중국이라는 짐을 버려야 한다. 독립적인 사람이 되어야 했다.

그날 오후, 그는 혼란스러운 마음을 억지로 다잡고 햄던 파크에 출근했다. 그는 주차장을 순찰하지 않고 두 개의 총알구멍이 문에 난 주민의 SUV에 기대어 있었다. 이렇게 쉬면 안 되지만, 오늘은 개의치 않았다. 그가 이런 자세로 취소된 여권에 관해 생각하고 있을 때, 북쪽 아파트의 3층에 사는 마리아가 그를 불렀다. 그녀는 라틴계의 삼십 대 여자였다. 난은 마지못해 그녀에게 갔다. "뭘 도와드려요?" 그가 물었다.

그녀가 검은 속눈썹을 깜빡이며 환한 미소를 지었다. "전구가 나갔는데 갈아줄 수 있어요?"

"물론이죠."

따뜻한 날씨였다. 그녀는 청바지와 배꼽이 드러나는 핑크색 웃옷을 입고 있었다. 몸에 두르는 식으로 입는 옷이었다. 배꼽이 안으로 쏙 들어가 있었다. 그는 그런 배꼽을 본 적이 없었다. 직경이 5센티미터쯤 되었다. 그는 그녀를 따라 위층으로 올라갔다. 그녀의 넓적한 엉덩이가 자극적으로 흔들렸다. 그는 그녀의 균형 잡힌 허리를 바라보았다. 알맞게 탄 허리가 반쯤 드러나 있었다. 엉덩이를 감싼 바지는 앞에 있는 단추 하나로만 아슬아슬하게 고정돼 있었다. 난간이 거위 목처럼 휜 곳에서 그녀가 말했다. "어머니가 오실 예정이어서 집 안 청소를 좀 하려고요."

"어디에서 오세요?"

"뉴멕시코에서요."

부엌 전구가 나가 있었다. 북쪽으로 난 창문에서 햇빛이 쏟아져 들어왔다. 천장이 너무 높아, 높은 의자 위에 다시 의자를 놓고 올라가야 했다.

"넘어질지 모르니 조심하세요." 그녀가 작은 소리로 말했다.

"알겠어요." 그렇게 말했지만 그의 오른쪽 다리가 약간 흔들렸다.

부채꼴 모양의 갓이 전구를 싸고 있었다. 그는 나사를 풀고 유리 갓을 떼어내 마리아에게 건넸다. 백열등이 새까매져 있었다. "스위치 좀 내려줄 수 있어요?" 그가 말했다.

그녀가 스위치를 내리고 그에게 새 전구를 건넸다. "떨어지지 않도록 내가 잡아줄게요." 그녀는 이렇게 말하며 미소를 지었다. 고른 치아가 드러나 보였다. 그녀는 그의 양쪽 종아리를 뒤에서 잡고 그 사이에 코를 바짝 갖다 댔다. "냄새가 좋네요. 다리 튼튼하네요."

"팔도 튼튼해요." 그가 갓을 다시 달며 말했다. "스위치 좀 열어줄래요?" 그는 잘못된 동사를 쓴 걸 알아채고 멈칫했다.

"뭐라고요?" 그녀가 물었다.

“스위치 좀 켜달라고요.”

“네.”

불이 들어왔다. 그녀가 그에게로 다시 오기 전에 그는 오른손으로 냉장고 위쪽 모서리를 잡고 뛰어내렸다. 그가 타일 위로 뛰어내릴 때, 사전이 호주머니에서 튀어나와 마리아의 발치로 떨어졌다. 그녀는 그걸 집어 몇 장 넘겨보았다. “세상에! 사전 전체에 표시를 해놨군요.”

“거의 다 그랬죠. 틈이 날 때마다 영어를 공부해야 하니까요.” 그의 얼굴이 붉어졌다.

그녀가 사전을 그에게 다시 건네줬다. “나도 전에는 책을 읽었는데 지금은 시간이 없네요.”

그는 아무 말 없이 의자를 제자리에 갖다 놓았다. 그녀가 물었다. “와인 한 잔 드릴까요?” 그러고는 눈 한 번 깜빡이지 않고 강렬한 눈길로 그를 응시했다.

“고맙지만 사양하겠습니다.”

“난, 당신은 왜 늘 그렇게 예의를 차리죠?”

“그래야 하니까요.”

“그러지 말고 와인 마시고 좀 쉬어요. 지금 바쁘지도 않잖아요.” 그녀가 레드와인을 반 잔 따라 그에게 건넸다.

“고맙지만 안 되겠어요. 얼굴이 빨개질 거예요. 샌디가 그걸 볼 거고요.”

“당신은 대단히 진지한 사람이로군요. 여자 친구에게는 그런 식으로 말하진 않겠죠? 내가 무서워요?”

그가 다소 당황스러워하며 미소를 지었다. "나는 아무도 무서워하지 않아요."

"여자도요?"

"나한테는 아내와 아들이 있어요. 물론 일하지 않고 집에 있을 때는 긴장을 풀고 있죠."

"그러니까 당신은 여기에서는 프로답게 일하려 한다는 말이네요." 그녀는 이렇게 말하고 깔깔거리고 나서 말을 이었다. "나는 당신한테 가정이 있든 말든 상관없어요. 우리, 친구로 지내면 안 돼요? 그냥 친구로만요." 그녀는 와인을 조금 마셨다. 자신이 안절부절못하고 있다는 걸 감추려고 그러는지도 몰랐다. 그러면서 그녀는 그를 자기 쪽으로 끌어당기는 것 같은 눈길로 바라보았다.

"알겠어요. 그런데 정말 가봐야 해요." 그가 문을 향하며 말했다. "팀을 도와줘야 하거든요." 그는 너무 당황해서 팀이 폐에 문제가 있어서 직장을 그만뒀다는 사실을 깜빡했다. 팀은 다른 사람들에게 자신의 병이 폐기종이라고 했지만 샌디는 암이라고 생각했다. 일할 사람이 부족해지자, 샌디가 요즘 사무실에서 일을 해야 했다.

"도와줘서 고마워요, 난." 마리아가 낙담해서 말했다. "당신은 상냥한 사람이에요."

"도움이 되서 기쁘네요."

마리아한테 끌리지는 않았지만 가슴이 조금 뛰었다. 그는 그녀의 간절함과 호의적인 태도에서 외롭고 변덕스러운 여자를 보았다. 나쁜 여자는 아니었지만 그녀와 얽히고 싶지 않았다.

그날 이후로도 그녀는 계속 그에게 쇼핑백을 들어달라고 했지만 여전히 팁은 주지 않았다. 그는 그녀가 아무리 차갑게 대해도 늘 예의를 차렸다.

*

난은 마리아가 자신에게 '상냥한 사람'이라고 했을 때, 다른 여자와의 경험을 떠올렸다. 그녀는 브랜다이스 대학교 동료 대학원생이었던 모리스 포메의 여자 친구인 헤더 버트였다. 모리스는 늘 큼직한 미소를 얼굴에 달고 다니는 호리호리한 흑인이었다. 그는 수단 출신이었는데, 미국에 오기 전에 소르본 대학교에 다녔다. 영어와 프랑스어에 능통했고 여러 개의 아프리카어를 능숙하게 구사했다. 그는 차를 '운송 수단'이라고 하고 물을 '디하이드로 모녹사이드'라고 했다. 그에게는 여자 친구가 많았는데, 흑인도 있었고 백인도 있었다. 어떤 여자들은 영국과 프랑스에서까지 그를 만나러 왔다. 보통 그들은 며칠만 있다가 가서 다시는 오지 않았다. 헤더 버트는 다른 여자들과 달랐다. 그녀는 두 달에 한 번씩, 오하이오에 있는 영스타운에서 이곳까지 낡은 하늘색 차를 몰고 그를 만나러 왔다. 난은 모리스와 같은 건물에서 살았고 지도교수까지 같았기 때문에 헤더에 대해 아주 잘 알게 되었다. 그녀는 이십 대 후반이었다. 흰 얼굴에 솜털이 난 모습이 꼭 복숭아 같았다. 목소리는 거의 남자처럼 울렸다. 그러나 몸집은 가냘프고 작았다. 고작 152센티미터밖에 안 됐다.

그녀는 1986년 7월 하순, 모리스를 만나러 다시 왔다. 2주 동안 머물다가 그와 약혼할 생각이었다. 하지만 그녀가 아파트에 들어섰을 때, 모리스는 빈백 의자*에 앉아 입에 거품을 물고 아무도 알아들을 수 없는 말을 중얼거리고 있었다. 헤더에게 말을 걸지도 않았고, 그녀를 알아보는 것 같지도 않았다. 눈은 뿌옜고 동공은 거의 보이지도 않았다.

그날 저녁, 헤더는 갈 데가 없자 난의 아파트에 머물렀다. 눈은 충혈 돼 있었고 얼굴은 비틀려 있었다. 그녀는 거실에 있는 탁자에 앉아 난에게, 부족의 주술사인 모리스의 아버지가 수단에 있는 산에서 그를 부르고 있다고 말했다. "그는 제정신이 아니에요. 내가 하는 말을 알아듣지도 못해요." 그녀가 담배를 꺼내며 한숨을 쉬었다.

"그러니까 당신은 그가 아프리카에 있는 아버지와 소통할 수 있다는 말인가요?" 난은 모리스를 좋아하긴 했지만, 그가 그런 시늉을 하고 있는 건 아닌지 미심쩍었다.

"맞아요. 그럴 수 있어요." 그녀가 진지하게 대답했다.

"그걸 믿는단 말인가요?"

"네."

그녀는 난이 따라준 녹차를 한 모금 마시고, 자동차 정비공

*비닐 또는 모조 가죽 주머니에 폴리스티렌제 구슬을 넣은 말랑한 의자.

인 아버지가 흑인과 약혼하는 걸 반대하다가 결국 허락을 했다고 말했다. 하지만 몇몇 친구들은 아직도 이 약혼을 싫어한다고 했다. "그 애들은 나한테 '정말로 침대에서 흑인하고 같이 있는 게 괜찮단 말이야?' 하고 묻더라고요. 그래서 나는 '아무 차이도 없어. 그는 좋은 사람이야' 라고 말해줬죠. 그런데 지금은 개집에 있는 꼴이네요." 두 줄기 눈물이 그녀의 눈에서 흘러내렸다. 그녀는 페이퍼 타월로 코를 풀고 손을 들어 붉은 머리 한 가닥을 귀 뒤로 넘겼다.

"코너에 몰렸다는 뜻인가요?" 난은 한 번도 '개집에 있다'라는 관용구를 들어본 적이 없었다.

"내가 심각한 상황에 처해 있다는 뜻이에요."

모리스는 며칠 동안 헤더를 알아보지 못했다. 그동안 그녀는 난의 아파트에 묵었다. 아파트를 함께 쓰는 게리가 여름 동안 이스라엘에 가 있었기 때문에 게리의 방을 썼다. 난은 낮에는 도서관으로 일을 하러 갔다가 저녁에는 자신과 헤더를 위해 저녁을 요리했다. 때때로 그들은 밥을 먹고 나서 차를 마시고 아이스크림을 먹으며 몇 시간 동안 얘기를 했다. 그녀는 다소 차분해진 것 같았다.

어느 날 저녁, 그가 자려고 침대에 들었는데 헤더가 문을 두드렸다. "들어와요." 그가 말했다.

그녀가 들어와서 얼이 빠진 표정으로 그에게 물었다. "오늘 밤 당신과 같이 자도 될까요?"

"당신은 나를 그리 잘 알지도 못하잖아요."

"제발요!"

난은 놀라면서도 쾌감이 몰려오는 걸 느끼며 그녀에게 오라고 손짓을 했다. 그는 1년 동안 여자를 안은 적이 없었기 때문에 때로 성적 능력을 잃어버리지나 않을까 두려웠다. 그래서 그는 그녀를 소유하고 싶었다. 그녀는 잠옷을 벗고 침대로 들어왔다.

그녀는 한동안 그를 애무하더니 물었다. "러버* 있어요?" 그녀의 실크 팬티가 마루 위로 떨어졌다.

"과자 말인가요?" 그는 껌을 생각하며 물었다. 그는 그녀의 젖가슴을 계속 만지고 있었다.

그녀가 웃으며 말했다. "나는 당신의 유머 감각이 좋아요." 그녀는 그의 목에 팔을 두르고 그를 질식시킬 것처럼 그의 입술에 강렬하게 키스를 했다.

그렇게 그들은 사랑을 나누었다. 그들은 게리의 포르노 잡지에 나오는 69체위까지 시도했다. 난은 그것이 마음에 들지 않았지만, 그녀는 고통에 겨운 듯한 희열의 소리를 내며 절정에 다다랐다. 그는 자신이 아직도 정상적인 남자처럼 여자와 섹스를 할 수 있다는 사실이 기뻤다. 끝내고 나자 안도감마저 들었다. 곧 그는 잠에 빠졌다.

다음 날 아침, 그는 그녀를 깨우지 않고 일을 하러 갔다. 그는 부엌에 아침 식사를 챙겨 놓고 갔다. 흰 접시에 블루베리

*콘돔의 속어. 껌이라는 의미도 있다.

베이글과 두 개의 계란 프라이 반숙이 전부였다. 저녁에 돌아왔을 때, 그녀는 아무 말도 남기지 않고 가버리고 없었다. 그녀는 아침 식사를 마치고 설거지를 해놓고 갔다. 며칠 동안, 그는 콘돔을 사용하지 않아서 그녀가 임신했을지 모른다는 두려움에 걱정을 많이 했다. 동시에 그녀가 피임약을 복용하고 있었을지 모른다는 생각이 들기도 했다. 모리스를 보러 오기 전에 그를 위해 스스로 그렇게 대비를 했을 것 같았다.

그러다가 그는 자신이 성병에 걸렸을지 모른다는 생각을 했다. 몇 년 전, 중국 신문에서 미국인과 캐나다인 3분의 1 이상이 임질, 포진, 매독에 걸려 있다는 기사를 읽은 적이 있었다. 지난겨울, 어머니가 그에게 편지로 외국 여자들과 잠자리를 같이하지 말라고 경고했었다. 매독에 걸리면 코가 썩고 대머리가 되고 시력을 잃게 되며, 결국 그 균을 아내와 자식들과 손자손녀에게 전염시킬 거라고 했다. 어머니는 그에게 중국에서는 옛날에 가족이 매독에 걸리지 않게 하려고 매독에 걸린 사람이 사용한 젓가락과 그릇을 매일 삶았다는 말까지 했다. 난은 헤더와 하룻밤을 보낸 걸 후회했다. 생각할수록 더 후회스러웠다. 섹스를 하기 전에 헤더의 몸을 잘 살폈더라면 싶었다. 그녀가 이유도 없이 달아난 건 아니지 싶었다. 그는 모리스를 만났을 때, 그의 가느다란 목에 물집이 난 걸 보고 그것이 포진으로 인한 물집이 아닐까 걱정했다.

그는 3주 동안 심사가 복잡했다. 병원에 가서 검사를 받을까도 생각해보았다. 하지만 그러지 않기로 했다. 그런데 학기가 시작되기 직전에 헤더에게서 편지가 왔다. 한쪽으로 약간 기운 가느다란 필체였다.

난에게

잘 지내고 있기를 바라요. 집 주소를 몰라 학교로 보내요. 보스턴에 있을 때, 내게 편의를 제공해준 걸 고맙게 생각하고 있어요. 당신의 도움이 없었다면, 나는 그 위기를 극복하지 못했을 거예요. 내가 그곳에 있었을 때, 당신을 개인적인 문제 속으로 끌어들여 미안해요. 당신은 상냥한 남자예요. 그날 밤, 당신 때문에 나는 다시 여자가 된 것 같았어요. 하지만 솔직히 얘기하면, 나중에는 죄의식을 느꼈어요. 그래서 아침에 아무 말 없이 온 거예요.

난, 나한테 화내지 않았으면 좋겠어요. 우리는 둘 다 죄를 지었어요. 물론 그걸 사주한 건 나였지요. 지난 주말, 성당에 가서 고해성사를 했어요. 그랬더니 마음이 한결 가벼워졌어요. 나를 용서해주실 정도로 하느님의 품은 넓으니까요. 당신도 고해성사를 하는 게 좋을지 몰라요. 해보세요. 정말로 도움이 돼요.

나에 대해 나쁘게 생각하지 않았으면 좋겠어요. 나는 당신이 친절하고 너그러운 남자라는 걸 알아요. 좋은 마음으로 당신을 기억할게요.

1986년 8월 26일

헤더

그녀의 편지는 그를 당혹스럽게 만들었다. 아무도 그에게

'상냥한 남자'라고 한 적이 없었다. 그는 '상냥한 남자'가 어떤 것인지 알지 못했다. 남자란 강하고 격렬하고 용기로 가득한 존재여야 하지 않을까? 어떻게 그가 상냥할 수 있을까? 당황스러웠다.

그는 하룻밤의 사랑으로 남자 구실을 할 수 있는지를 확인하려고 했던 자신과 비슷하게, 헤더도 자신의 여성성을 회복하려고 필사적이었다는 걸 결코 생각하지 못했었다. 어떻게 여자가 남성성을 잃는 것에 대한 두려움과 흡사한 느낌을 가질 수 있을까? 어쩌면 이것은 헤더에게는 육체적인 것이라기보다 심리적인 문제였을지도 몰랐다. 결국 여자는 잠자리에서 발기 여부에 구애받지 않으니까 말이다. 그녀는 자신이 남자가 원하는 대상이 될 수 있는지, 아니면 다른 남자와 사랑을 나눌 수 있는지 확인하고 싶어 했던 게 분명했다.

난은 죄의식을 느낀 게 아니라 두려우면서도 다소 화가 났다. 그는 아내에게 미국에서 다른 여자를 만나지 않겠다고 약속했었다. 하지만 헤더는 다른 경우였다. 그는 사실, 그녀를 그리 좋아하지 않았다. 1년 동안 독신 생활을 하다보니, 자신이 잠자리에서 제대로 된 역할을 할 수 있을지 걱정한 나머지 저지른 일이었다. 헤더의 편지를 읽기 전까지, 그는 죄라는 생각은 전혀 하지 않았다. 그는 두 번에 걸쳐 월섬에 있는 성당에 간 적이 있었지만, 참회소 안에서 무릎을 꿇고 사제한테 고백을 하는 건 상상할 수 없는 일이었다. 그는 《웹스터 대학생용 사전》을 펼치고 간음과 성교의 차이가 뭔지 살펴보았다. 그는 하룻밤에 걸쳐 간음을 한 건 크게 신경 쓰지 않았다. 가장 걱정이 되는 건 헤더가 병에 감염돼 있는지 여부였다. 그녀의 편지는 차분해 보였다. 걱정하는 낌새도 없었다. 이건 그녀가 깨끗하고 건강한 여자라는 말이 아닐까 싶었다.

가을 내내, 그는 그 문제로 속을 끓였다. 그는 샤워를 할 때마다 성기를 자세히 살폈다. 그러나 비정상적인 것은 아무것도 찾을 수 없었다. 그의 몸은 아직도 원기왕성하고 괜찮았다. 시력과 청력은 전처럼 좋았다. 모든 것이 정상이었다. 첫눈이 오고 나서야 비로소 그는 그 걱정에서 벗어날 수 있었다.

20

이반은 햄던 파크에 근무하는 도중, 난에게 여자들에 관한 얘기를 가끔씩 했다. 그는 데이트를 하는 데 돈이 너무 많이 든다고 불평을 했다. 러시아에서는 데이트를 할 때, 비용을 여자들이 댔다고 했다. 난은 그 말이 사실인지 의심스러웠다. 이반은 1970년대 후반에 러시아군 초급 장교였는데 러시아 여자들이 제복과 견장에 사족을 못 썼다고 말했다. 난은 이반이 사업에 성공한 게 사실이라면, 여자와 데이트를 하는 데 들어가는 비용에 왜 그렇게 화를 내는지 의아했다. 제네바 호수에 저택까지 있다고 한 사람이었다. 그렇다면 벌써 백만장자일 터였다. 어느 날 밤이었다. 이반이 또다시 미국 여자들에 관해 얘기하자, 난이 물었다. "에이즈 걸리는 것 두렵지 않아요?"

이반이 떠들썩하게 웃었다. "많은 여자들을 만났지만 괜찮던데요."

"당신은 미국 여자들이 좋은가요?"

"특별히 그렇지는 않아요. 이따금 여자가 필요할 뿐이지."

"당신 아내는 어쩌고요?"

"내 아내는 파리에 살아요. 그러니 신경 쓸 필요 없어요."

"별거를 하는 건가요?"

"아뇨. 거기에서 사업을 하고 있어요. 프랑스 시민권자니까요."

"그러니까 당신 아내가 당신이 다른 여자와 만나도록 놔둔다는 말인가요?"

이반은 미소만 지을 뿐 대답하지 않았다. 얼굴에 깃든 표정으로 보아 그는 여자들을 잘 다루는 모양이었다. 그러자 "뻔뻔한 얼굴이 여자들을 다루는 큰 지렛대"라는 말이 떠올랐다. 그런데 가만 보니, 이반이 노트북 컴퓨터를 갖고 있지 않았다. "컴퓨터는 어디 있어요?" 그가 물었다.

"하드디스크가 나가서 집에 두고 왔죠."

"아직도 석유 수출 업무를 하고 있나요?"

"직업을 바꿨어요."

"지금은 뭘 하는데요?"

"특급 비밀이에요." 이반이 다시 웃었다. "그런데 난, 마리아가 별로예요? 당신 얘기를 아주 많이 하던데."

"괜찮은 여자지만, 나는 여자 생각을 하기에는 너무 피곤해요."

"영리한 사람이네. 마리아는 가끔 정신을 못 차리죠. 식욕도 대단하고. 저번에 같이 식사를 하는데 등심 스테이크를 두 개나 먹더라고요."

"술도 많이 마셔요."

"암고래처럼 말이죠."

"그녀와 사귀나요?"

"꼭 그런 건 아니에요. 지난 주말에 레스토랑에 같이 갔었죠. 다시는 안 그럴 거예요. 돈이 너무 많이 들어요."

이제 난은 이반이 단순한 야간 경비원인 자신과 별반 다르지 않다는 걸 깨달았다. 그러나 블라디보스토크에서 온 이 남자는 자신감이 넘치고 이곳에서 잘 사는 것 같았다. 그와는 달리, 이반은 아직도 재력가가 되는 꿈을 갖고 있었다.

며칠 후, 샌디가 난을 사무실로 부르더니 사전을 갖고 다니지 말라고 했다. 그는 개인적으로는 난이 일을 잘하기만 하면 상관없지만, 지난번 입주자 모임에서 누군가가 공개적으로 불평을 해서, 일을 할 때 사전을 보는 걸 금지할 수밖에 없다고 했다. "기분 나쁘게 받아들이지 말게. 관리인으로서 알려주는 것뿐이니까."

"알겠습니다." 난은 다시는 어떤 책도 갖고 오지 않겠다고 약속했다. 그에 관해 불평한 건 마리아가 틀림없었다. 그런데 왜 그랬을까? 자기와 시시덕거리지 않는다고? 아니면 데이트를 하거나 자주지 않는다고? 그에게 상처를 주려고? 그는 화도 나고 혐오감도 들었다. 그는 이제부터 그 여자가 주차장에 오면 피해야겠다고 결심했다.

21

톈안먼 사건 1주기가 다가오고 있었다. 하버드 대학교 옌칭 연구소 강당에서는 기념 학술 대회가 열렸다. 여러 명의 유명 인사들이 참석했다. 그중에는 유명한 역사학자들도 있었고 최근에 중국에서 빠져나온 학생운동 지도자들도 있었다. 난은 토요일 아침, 다닝과 함께 그곳에 가서 유명 인사들이 하는 얘기를 들었다. 그중에서도 난은 용 추라는 시인에게 특히 관심이 갔다. 그 시인은 20년 이상 미국에서 산 사람이었다. 그는 로드아일랜드에 있는 사립대학에서 학생들을 가르치고 있었다. 놀라운 것은 그가 미국에 살고 있음에도 불구하고 타이완과 중국 본토와 중국인 이민자들 사이에서 유명하다는 사실이었다. 난은 송나라 시대의 시풍을 반영하는 고풍스러운 그의 시를 읽고 감격했던 기억을 떠올렸다. "내가 타고 있는 암나귀는/ 처량한 내 신세를 모르고 즐겁게 달려가네." 시인은 이 시행으로 특히 유명했다.

학술 대회는 난이 생각했던 것만큼 흥미롭지는 않았다. 두 명의 학생 지도자들은 지하를 통해 중국에서 빠져나온 것에 대해 애기했다. 청중의 일부가 중국어를 몰랐기 때문에 젊은 여자 대학원생이 앞에 앉아 통역을 했다. 하지만 그녀는 목소리가 너무 작은 데다 수줍음까지 탔다. 그녀는 눈을 내리깔고 통역을 했다. 학생 지도자들의 말이 끝나자, 중국 철학 전문가인 예일 대학교 교수가 나와서 현 중국 사회가 유교적 가치를 되찾을 필요가 있다고 역설하기 시작했다. 그는 중국이 대중을 선도할 수 있는 종교를 갖고 있지 않기 때문에 도덕적 해이가 발생하고 혼란스럽고 파멸적인 상황에 처한 것이라고 진단했다. 난은 모든 게 지루하게만 느껴져 다닝에게 이렇게 말했다. "나는 여기에 있으면 안 되겠어요. 좀 질리네요!" 그는 오후에 있을 토론회는 참석하고 싶지 않았다.

교수의 연설이 끝나자, 만핑 류라는 이름의 유명한 반체제 인사가 연단에 올라가 연설을 시작했다. 오십 대 중반의 이 남자는 한때, 중국 사회개혁 중앙회의 수반이었다. 하지만 지난봄에 있었던 학생운동에 개입하면서, 중국을 탈출해 뉴욕에 살고 있었다. 그의 얼굴은 탄탄하지만 야위어 있었다. 목소리는 쇳소리가 나면서 울림이 컸다. 그는 공산당에 대적할 수 있는 다른 당이 아직 없고, 공산당이 없어지면 발생할 권력의 공백을 감당할 수 없기 때문에 공산당 내의 민주주의를 발전시킬 필요성이 있다고 말했다. 설득력이 있는 데다 때로 예리하기까지 한 그의 주장과 분석이 청중을 사로잡았다. 그는 중국의 희망은 공산당의 개혁에 있다는 점을 강조했다. 난은 류 선생이 발표한 글들을 읽은 적이 있어서 그의 생각은 익히 잘 알고 있었다. 하지만 오늘은 뭐라고 꼭 집을 수는 없지만 그의 말이 어딘지 석연치 않은 것 같았다. 물론 난은 그의 지식인으로서의 성실성을 의심하지 않았다. 류 선생이 진심에서 그런 말을 한다는 건 누구나 알 수 있었다. 난은 노인의 손을 계속 바라보았다. 젊은 여자의 손처럼 작고 가냘픈 손이었다. 그는 손짓을 하면서 연설을 했다. 그 손은 펜대를 굴리도록 태어난 학자의 손이었다.

연설이 끝나자, 시인인 용 추가 마이크를 잡았다. 그는 5년 동안 중국군에서 비행기를 몰았던 조종사였다. 중국군의 미그기를 몰고 타이완 해협에 출동했던 사람이었다. 예순이 다 되었지만 대단히 건강했고 농부처럼 그을고 탄탄한 얼굴을 하고 있었다. 한자리에서 보드카 한 병을 다 마셔도 취하지 않는다고 했다. 그의 시를 보면 중국 현대 시인들의 작품에서 찾아보기 힘든 남성적인 면이 있었다. 추 시인이 큰 소리로 말했다.

"톈안먼 민주화 운동은 인류 역사상 가장 위대한 사건입니다. 그 사건은 중국인들의 용기와 결단력을 보여줍니다. 혼자서 탱크들을 세운 웨이린 왕은 나라의 영웅입니다. 그는 세계인의 마음속에 강렬한 인상을 남겼으며 영원히 역사에 기록될 것입니다. 그는 두려움을 모르는 손짓으로 제 얼굴에서 모든 치욕을 없애줬습니다. 그는 이상을 위해 자신의 목숨을 바치려고 하는 위대한 중국인들이 아직도 존재한다는 것을 세계에 보여줬습니다. 그는 우리의 자부심이고 중국의 자부심입니다. 톈안먼 광장에서 자신의 목숨을 희생한 모든 영웅들도 마찬가지입니다. 그들이 행한 불멸의 행위들은 우리의 개인적 성취를 아주 사소한 것으로 보이게 만듭니다. 그것은 저를 아무것도 아닌 존재로 느끼게 합니다. 저는 이 자리에서, 제가 쓴 모든 시들이 톈안먼 광장의 희생자들이 흘린 피 한 방울의 가치도 없다고 선언하는 바입니다…….”

연설을 들으며, 난은 화가 났다. 대시인에 대한 환상이 와르르 무너졌다. 그는 추 시인이 애국심과 문학 작품이 똑같은 척도에 의해 판단돼야 하는 것처럼 국가적인 자존심과 시의 가치를 맞바꾸는 이유가 뭔지 궁금했다. 일가를 이룬 시인으로서 그는 시의 기능이 역사를 초월하고 정치를 능가하는 것이며, 시인은 자신이 사용하는 언어에 주된 책임이 있다는 걸 알고 있을 터였다. 그런데 그는 선전을 담당하는 관리처럼 열변을 토하고 있었다.

연설이 끝나기 전에 난은 다닝과 함께 강당을 나섰다. 다닝이 저녁을 먹고 가라고 했다. 다닝은 요즘 시롱이라는 이름의 여자와 사귀고 있었다. 베이징에서 온 객원연구원이었다. 그러나 난은 그날 저녁에 일을 해야 해 집에 가서 잠을 좀 자둬야 했다. 그래서 그들은 커피를 마시러 하버드 사이언스 센터로 갔다.

난은 카페에서 카페인이 없는 커피를 시키고 다닝은 모카 커피를 시켰다. "다음 달에 중국으로 돌아가려고 해요." 다닝이 자리에 앉으며 말했다.

"정말인가요? 강사 자리가 났어요?"

"인민 대학교에요."

"거기에 물리학과가 있어요?"

"컴퓨터학과에서 가르치게 될 것 같아요. 하지만 나는 가르치는 데 흥미가 없어요. 소설을 쓰고 있어요. 사실 좀 전에 《춘풍》에서 내 중편소설을 출판해주겠다고 연락이 왔는데, 가을에 나올 것 같아요."

"축하해요." 난은 그 잡지가 격월간으로 발행되는 지방 문예지라는 걸 알면서도 놀라웠다.

"고마워요. 소설을 쓰는 데 주력해보려고요."

"그럼 물리학 박사 학위는 어쩌고요?"

"월급을 받는 데 활용해야죠."

"잘됐네요. 놀랍고 부러워요. 이제는 제 길을 가는군요."

"어디를 가든, 나는 뼛속까지 중국인이에요. 나이도 들고 머리도 안 돌아가서 그런지 요즘은 고향 생각이 부쩍 많이 나더라고요."

"아직 서른다섯밖에 안 됐는데 뭘 그래요."

"그래도 이 나라에 있으니 빨리 늙는 것 같아요."

"솔직히 나는 국적에 대해 더 이상 걱정하지 않아요. 국적이란 외투 같은 게 아닐까 싶어요." 그의 친구는 난의 목소리에 진한 괴로움이 배어 있는 걸 보고 놀랐다.

"그렇지 않아요. 당신의 착각일 뿐이에요. 당신은 중국어는 아나운서처럼 할 수 있지만 영어는 결코 그렇게 하지 못할 거예요."

"언어와 국적은 다른 문제예요. 나는 좋은 사람이 되고 싶은 것뿐이에요."

"조국을 사랑하지 않고 그렇게 될 수 있을까요?"

"중국은 더 이상 내 나라가 아니에요. 나는 중국이 혐오스러워요. 시민들을 잘 속는 어린애로 취급하면서 진짜 개인이 되는 걸 방해하니까 말이죠. 나라는 복종만을 요구하는데, 나에게 충성은 쌍방 통행로예요. 중국은 나를 배반했어요. 그러니 나도 더 이상 국민이고 싶지 않아요."

"아직 미국 시민이 아니잖아요."

"나는 중국을 내 마음에서 몰아냈어요." 난은 얼굴을 찡그렸다. 그의 눈에 눈물이 고였다.

"당신은 화가 나 있을 뿐이에요. 아무리 노력해도 그렇게 할 수 없다는 걸 알고 있잖아요. 중국이 당신한테 깊은 상처를 줬다는 건 알겠어요. 그러나 화를 낸다는 건 아직도 정서적으로 조국에 묶여 떨어질 수 없다는 증거예요."

"더 화를 낼 수 있으면 좋겠어요. 진정한 시를 쓸 수 있도록 말이죠. 나는 가슴이 먹먹하고 절름발이가 된 기분이에요." 난이 가슴에 손을 대며 말했다.

"그건 당신이 뿌리로부터 스스로를 단절시키려고 했기 때문인 것 같아요."

"애국에 관한 헛소리는 작작해요. 애국주의는 당국이 휘두르는 마지막 회초리니까. 그들은 자기들이 좋아하지 않는 사람들을 그걸로 때리죠."

"좋아요, 그것에 관해서는 왈가왈부하지 않을게요. 우리는 지금부터 각자의 길을 가겠지만 친구로 남아 있어야죠."

"그래요, 영원한 친구가 됩시다. 행운을 빌어요."

"행복하게 잘 사세요. 아름다운 아내와 멋진 아들이 있잖아요. 나는 당신이 부러워요. 자신이 갖고 있는 걸 소중히 여겨야 해요."

"나는 핑핑하고 문제가 좀 있어요."

"나도 낌새는 챘지만 그것도 지나갈 거예요. 이 나라에 산다면, 가족의 안정이 전부잖아요. 그것은 거친 바다 속의 탄탄한 배 같은 것이죠. 대양을 건너려면 배 안에 있어야 할 테고요."

"그 말 기억할게요."

"그리고 방금 나한테 한 얘기를 다른 중국인들한테는 하지 마요. 문제가 더 심각해질 거니까요. 누가 밀고할지도 모르는 일이에요."

"당연히 다른 사람들 앞에서는 더 조심할 거예요."

카페에서 나오며 난은 자신을 하급 노무자로 만드는 현재의 일에 넌더리가 난다고 말했다. 다닝은 그에게 뉴욕에 있는 중국어로 된 시 전문지에서 편집자를 구하고 있다고 말해줬다. 그러나 급료와 근무 시간에 대해서는 아무것도 모른다고 했다. 난은 흥미가 당겼다. 그는 편집장의 전화번호를 다닝에게서 받아 적었다. 두 친구는 서로를 안아준 다음 헤어져 매사추세츠 가를 따라 서로 반대되는 방향으로 걸어갔다.

2부

1

난은 뉴욕으로 가기로 결심했다. 바오 유안이라는 편집장은 전화로 《신시행新詩行》이라는 계간지가 발행될 때마다 1천 달러밖에 줄 수 없는 상황이지만 방세를 낼 필요가 없도록 작은 방을 제공하겠다고 했다. 바오는 그가 브루클린이나 맨해튼에서 일자리를 찾는 걸 도와줄지도 몰랐다. 핑핑은 난의 결정을 지지했다. 그가 햄던 파크에서 일하는 걸 곧 그만두지 않으면 무슨 일이 날 것만 같아서였다. 뉴욕에 가면 기회가 더 많을지도 몰랐다. 편집을 하면서 돈을 많이 받지는 못하겠지만, 그걸 발판으로 뭔가를 새로 시작할 수도 있었다. 우 부부는 터프츠 대학교에서 인류학을 공부하던 상하이 출신의 대학원생이 월 가에 가서 부자가 되어 메디슨 가에 있는 큰 아파트를 소유하고 있다는 얘기를 들은 적이 있었다. 하지만 핑핑의 주된 관심사는 의료보험이었다. 난이 뉴욕에서 가족의 의료보험을 해결할 수 있을 것 같지 않았다. 하지만 의료보험이 없는 많은 이민자들도 그럭저럭 살아갔다. 그래서 그녀는 남편이 그 일을 맡도록 놔뒀다. 그것이 그가 난국을 탈출할 수 있는 유일한 기회일지도 몰랐다.

"아빠, 보고 싶을 거예요." 타오타오는 어머니와 함께 리버사이드에 있는 그레이하운드 버스 정류장에서 아버지를 배웅하며 이렇게 말했다.

"나도 그렇구나. 아빠 없을 때, 엄마 말 잘 들어라. 알겠지?"

"네. 그런데 언제 돌아오세요?"

"이달 말에 올게. 엄마 말 잘 듣고 필요한 거 있으면 아빠한테 알려라."

"알겠어요."

무릎이 나온 반바지를 입은 타오타오는 슬퍼 보였다. 아이는 어머니의 허리에 얼굴을 대고 있었다. 지난여름보다 5센티미터쯤 키가 크고 살도 약간 올라 있었다. 난은 버스 창가에 앉아 가족을 바라보았다. 타오타오가 그를 향해 손을 흔들었다. 핑핑이 미소를 지으며 그에게 손으로 입맞춤을 보냈다. 난은 가슴이 내려앉았지만 자신도 똑같이 했다. 그의 가족은 그가 보스턴에서 변변한 직장을 구하지 못한 탓에 같은 집에서 살지 못하게 된 것이었다. 그리고 이제는 의료보험이 없어져서 타오타오가 학교에서 운동하는 걸 피해야 할 터였다. 다치면 안 될 일이었다. 자신이 좀 더 좋은 아버지였으면 싶었다. 자신이 그런 실패자가 아니었더라면 싶었다. 자신이 좀 더 능력 있는 사람이 되어 돌아왔으면 싶었다.

난이 뉴욕에 가는 건 이번이 두 번째였다. 2년 전, 그는 중국에서 온 교사 파견단에 합류해 뉴욕에 온 친구를 만나러 갔었다. 중국 영사관 입구에 있는 늙은 수위는 난이 여권을 보여주고 친구가 거기에 묵고 있다고 했음에도 불구하고 그를 들여보내지 않으려 했다. 밖에는 비가 내리고 있었다. 수위는 방문객은 건물 안으로 들어갈 수 없다고 했다. 그래서 난과 그의 친구는 열 명 이상의 사람들로 이미 혼잡해진 입구에 서 있을 수밖에 없었다. 난은 화가 나서 수염이 희끗희끗한 수위에게 말했다. "당신은 내가 중국인이라는 사실을 부끄럽게 만드는군요." 노인이 입술을 한쪽으로 일그러뜨리며 말했다. "그렇다면 미국인이 되쇼. 그럴 수 있기라도 한 것처럼 말하는구려." 나중에 난과 그의 친구는 우산도 없이 가랑비를 맞으며 허드슨 강을 따라 걸었다. 그 일을 떠올리자, 난은 지금도 화가 났다.

그는 이번에는 포트 오서러티 버스 터미널에서 내려 C선 열차를 타고 브루클린으로 곧장 갔다. 그리고 유티카 가에서 내려 어렵지 않게 맥더너프 거리에 있는 목적지를 찾았다. 석조로 된 정면에 흰 페인트가 칠해진 집이었다. 초등학교 근처에 있었다. 《신시행》의 편집장인 바오 유안은 그를 따뜻하게 맞았다. 그는 삼십 대로 보였다. 어울리지 않게 수염을 기르고 머리를 어깨에 닿을 정도로 기른 남자였다. 그는 난의 여행 가방을 들고 말했다. "방이 준비되어 있어요."

그들은 다락으로 통하는 좁은 계단을 올라갔다. 바오는 위쪽이 좁고 비스듬한 문을 밀었다. 그러자 소리를 내며 문이 열렸다. 경사진 방의 마루에 매트리스가 깔려 있었다. 직사각형 커피 테이블이 지붕창 가까이에 있었고, 해지고 누르스름한 갓이 달린 램프가 그 옆에 있었다. 방에서 곰팡내가 진동했다. "지내는 데 괜찮으면 좋겠네요." 바오가 다물었던 입을 혀로 핥으며 말했다.

"괜찮겠어요." 난은 바닥에 카펫이 깔려 있는 게 마음에 들었다. 의자를 구할 필요도 없이 바닥에 앉을 수 있을 터였다.

"부엌과 화장실은 아래층에 있어요."

"네."

"이 집에 사는 사람들은 거실에 있는 전화를 같이 씁니다."

"좋아요. 저도 같이 쓰고 비용을 부담하죠."

"편집에 관해서는 오늘 저녁에 얘기하기로 합시다."

"좋습니다. 기대하겠습니다."

짐을 풀고 나서, 난은 식료품을 사러 밖으로 나갔다. 길옆에 쌓인 쓰레기가 발에 걸렸다. 플라스틱 병, 스티로폼 컵, 폐지 뭉치, 색이 바랜 맥주 깡통 등이 쌓여 있었다. 대기는 비가 온 탓인지 아직도 축축했다. 암갈색 물이 보도에 고여 웅덩이를 이루고 있었다. 그는 너무 커서 뛰어넘을 수 없는 웅덩이는 우회해서 갔다. 그는 맬컴 엑스 가를 따라 지하철역을 향해 걸어갔다. 한 시간 전에 그곳을 지나치면서 가게들이 있는 걸 보았기 때문이다. 그러고는 작은 슈퍼마켓에 들어가서 치즈와 바나나와 사워도우 빵을 샀다. 오는 길에 마티니와 XXX* 네온사인이 반짝이는 스트립 클럽을 지날 때, 배가 나온 흑인이 그에게 다가오더니 소리쳤다. "25센트짜리 하나만 줄래요?"

난은 고개를 젓고 옆구리에 종이 봉지를 끼고 걸음을 서둘렀다. 그는 그곳에 그렇게 많은 흑인이 살 것이라고는 예상치 못했다. 그러나 뉴욕에서 방 하나를 쓰는 데 한 달에 3백 달러를 내야 한다는 얘기를 들은 터라 자신만의 방이 있는 것만으로도 운이 좋다는 생각이 들었다

그날 저녁, 난과 바오는 부엌에서 차를 마셨다. 거실은 소란스러웠다. 다른 두 명의 입주자가 양키스 대 화이트 삭스의 야구 경기를 텔레비전으로 보고 있었다. 바오의 여자 친구인 웬디가 식탁에 같이 앉았다. 그녀는 머리가 희끗희끗하고 얼굴이 부석부석한 백인 여자였다. 바오보다 스무 살쯤 나이가 많아 보였다. 어머니라고 해도 될 정도였다. 난은 어째서 바오가 더 젊은 여자 친구를 사귀지 않는지 궁금했다.

바오는 난이 있을 때는 웬디에게 애정 표시를 하지 않으려고 했지만, 나이 차이가 나는 것엔 개의치 않는 것 같았다. 웬디는 바오가 끓인 보이차 대신 카페인이 없는 커피를 마셨다. 바오는 작은 그릇처럼 돌돌 뭉쳐져 있는 보이차 덩어리에서 한 조각을 떼어내 주전자에 넣고 끓였다. 차는 조금 쓴맛이

*로마 숫자 30에서 온 표현으로 '아주 강한'이라는 뜻. 주로 센 술, 진한 포르노영화 등을 나타냄.

났지만 난은 그게 좋았다. 이런 차를 마지막으로 마신 게 7년 전이었다. 국영 기업 권력 구조의 혁신에 관한 학회에 참석하느라 난징에 갔을 때였다.

바오는 난에게 잡지에 대해 얘기하면서 흥분하고 있었다. 잡지는 계간지인데 1년에 다섯 차례 발행될 때도 있다고 했다. "《신시행》의 영문 섹션 보신 적 있나요?" 바오가 짧은 수염을 긁으며 물었다

"네. 흥미롭더군요." 사실 난은 잡지 말미에 실린, 각 호의 3분의 1정도를 차지하는 번역문 부분이 그리 탐탁하지 않았다.

"다닝 애기로는 영어를 잘하신다고 하던데, 그 부분도 맡으실 수 있으세요?"

"그렇게 하겠습니다."

"간혹 가다 시도 좀 번역하면 좋겠어요."

"그러죠, 저도 시를 씁니다."

바오는 놀라며 난을 바라보았다. 눈꺼풀이 두툼한 눈에 의심스러운 표정이 감돌았다. 그는 소리를 내며 차를 마시더니 컵을 왼쪽 손바닥에 놓고 말했다. "우리는 막 3천 부를 발행했어요. 조만간 이익을 낼 수 있기를 기대해보죠."

"경영을 전적으로 자기 자본에 의존하는 상황인가요?"

"지금 당장은 아니에요. 다섯 달 전에 내가 이 잡지를 떠맡은 후로 이곳저곳에서 돈을 구걸해서 조달했지요. 약간의 기금을 확보해놓고 있어요. 하지만 내년에 돈이 떨어지면 어떻

게 될지는 잘 모르겠어요."

웬디가 하품을 하고 피곤한 목소리로 말했다. "자기야, 나, 자러 가. 너무 늦게까지 있지 마."

"그럴게." 바오가 말했다.

"곧 자러 올 거지?"

"응."

난은 바오가 그녀의 말뜻을 이해했는지 의심스러웠다. 웬디는 그들의 침실로 가면서 발을 약간 끌었다. 뒤에서 보니 펑퍼짐하고 더 나이가 들어 보였다. 바오가 난에게 말했다. "편할 때 시를 한번 보여주세요."

난의 두툼한 눈썹이 위로 올라가면서 얼굴이 환해졌다. "꼭 그럴게요." 그는 바오의 시를 몇 편 읽어봤다. 실험적인 시였다. 때로는 무슨 의미인지 알 수 없고 애매한 말들을 그냥 조합해놓은 것 같았다. 하지만 바오는 망명 생활을 하는 예술가, 작가들과 연결이 잘돼 있었다. 그가 도와주려고만 하면, 난은 괜찮은 출발을 할지도 몰랐다.

바오가 거실로 거다니 상하이에 있는 누이한테 전화를 걸었다. 난은 무더운 다락방으로 다시 올라갔다.

2

《신시행》에서 받는 급료로는 혼자 살기에도 충분하지 않았다. 그래서 난은 다른 일을 찾아야 했다. 토요일 아침, 그는 구직 면담을 위해 A선을 타고 맨해튼에 갔다. 그는 한 시간 반 정도 일찍 도착해 주변을 둘러보았다. 차이나타운과 리틀 이탈리아의 놀라운 점은 거리마다 다른 냄새가 난다는 사실이었다. 많은 음식들이 길거리에서 아주 적당한 가격에 팔리고 있었다. 난은 냄새를 좋아했다. 특히 팝콘과 후추를 친 양파 볶음과 이탈리아 소시지 냄새가 좋았다. 그러나 이따금 썩은 과일 냄새가 코를 찔렀다. 대부분의 여자들은 창백하고 호리호리하고 예뻤다. 향수를 뿌린 여자들도 많았다. 특히 옷가게에서 일하는 여자들이 그랬다. 커낼 가를 따라 걸으며, 그는 상하이나 광저우의 상업 지구에 와 있는 것 같은 느낌을 받았다. 중국어로 된 간판이 사방에 붙어 있었다. 보도를 따라 서 있는 가판대에서는 다양한 물건을 팔고 있었다. 자수를 놓은 슬리퍼, 값싼 장신구, 셔츠, 수건, 모자, 우산, 샤프, 명품 시계와 스위스제 군용 칼의 싸구려 복제품 등 다양했다. 그런데 모두가 중국산이었다. 해산물을 파는 가판대는 소란스러웠다. 다양한 물고기들이 진열돼 있었다. 연어, 도미, 대구, 병어, 농성어 등이 잘게 부순 얼음 위에 놓여 있었다. 고기들은 끈적끈적해 보였다. 신선하지 못한 것 같았다. 눈이 찌그러지고 비늘이 떨어져 나간 것들도 있었다. 게, 굴, 가재, 대합, 성게, 가리맛도 있었다. 고기는 다 죽어 있었지만, 어떤 가판대에는 '싱싱한 해산물'이라고 쓴 간판을 걸어놓고 z있었다.

첫 번째 면담은 중국 문화원에서 있었다. 앞문이 육중하고 철문처럼 어두운 색이었다. 난은 15분 일찍 도착해서 입구에서 서성거리며 공중전화기에 있는 전화번호부를 펼쳐보았다. 혹시 아는 사람의 이름이 나올까 싶어서였다. 그는 새로운 곳에 갈 때마다 전화번호부를 넘겨보면서 친구나 지인이 있는지 살펴보았다. 물론 그가 찾는 첫 번째 인물은 베이나 수였다. 그는 어디를 가든, 우연히 그녀를 만나는 상상을 했다. 그를 보면 아주 좋아할지도 몰랐다. 그를 꼭 껴안을지도 몰랐다. 그렇다, 그들은 언제든 새로 시작할 수 있었다. 오늘, 그는 낯익은 이름은 찾지 못했지만, 맨해튼에 중국인이 많이 살고 있다는 사실에 놀랐다. '웨이 장'이라는 이름은 여섯 명이나 되었다.

면담 시간이 되었다. 젊은 여자가 난에게 2층으로 가서 루리를 만나라고 했다. 놀랍게도 책임자인 루리는 이십 대 중반의 키가 큰 남자였다. 그는 머리를 묶어 아래로 늘어뜨리고 아주 기다란 청색 셔츠를 입고 있었다. 그래서 다리가 짧아 보였다. 몽골계 같았지만 반짝거리는 눈이 히피를 연상케 했다. 그의 뒤 벽에는 코르크 게시판이 있었다. 포스터도 붙어 있고 전단지도 붙어 있었다. 그가 손을 내밀었다. 난은 그의 손을 잡으며 우람하다고 생각했다. "베이징어를 잘하시네요." 루리가 통통한 아랫입술을 핥으면서 미소를 지었다. 그들은 이틀 전에 전화로 얘기를 한 사이였다.

"제 지원서를 검토해주셔서 감사합니다." 난이 말했다.

"지원해주셔서 감사합니다. 지금 하시는 일은 뭐죠?"

"문예지 편집을 맡고 있습니다."

"좋아요. 잡지 이름이 뭔가요?"

"《신시행》입니다."

루리가 고개를 숙이고 뭔가를 생각해내려고 했다. 그러더니 이렇게 말했다. "못 들어본 잡지네요."

"새로 출간된 잡지랍니다."

"그렇군요. 광둥어는 하실 줄 아나요?"

"아뇨."

"전혀 못 하시나요?"

"솔직히 말씀드리면, 그건 저한테는 외국어 같습니다. 하지만 배울 수는 있습니다."

"그러면 어렵겠는데요. 우리 학생 중 많은 사람들이 광둥어만 할 줄 알거든요. 당신은 그들이 이해할 수 있는 말로 모든 걸 설명해야 할 거예요."*

"그렇다면 저는 자격이 안 되는군요."

"그런 말은 아니에요. 모든 지원자들의 면접을 마칠 때까지는 결정을 내릴 수가 없죠."

"제가 그중 몇 순위인지 말씀해주실 수 있습니까?"

"그건 말씀드릴 수 없어요. 가만 있자, 당신에게 우리 전시회 무료 티켓을 한 장 드릴 수 있어요."

"네, 감사합니다."

다른 면접은 1시였다. 아직도 한 시간이나 여유가 있었다. 그래서 난은 맨 위층에 있는 중국 이민문화 박물관에 갔다. 하지만 전시회는 실망스러웠다. 너무 초라했다. 벽에는 몇십 장의 사진이 걸려 있었다. 예술품은 별로 없었는데, 그중 하나가 춤 캄이라고 불리는, 기타와 밴조의 잡종쯤 되는 악기였다. 원목으로 된 서랍장들과 초기 중국 이민자들이 입었던 화려한 옷들도 있었다. 신문, 활자, 주판, 붓, 원장元帳 등도 진열돼 있었다. 그중에서 가장 인상적인 것은 핑크색 화장지로 만든 큼지막한 대머리 독수리였다. 독수리는 유리상자 위에서 있었다. 자유에 대한 갈망을 상징하는 형상이었다. 가까이 가보니, 그것은 수백 마리의 종이새로 이뤄져 있었다. 불법 이민자들이 감옥에서 만든 것이었다. 그들을 미국으로 밀입

*중국 본토 출신인 난은 북방어를 근간으로 하고 베이징어 발음을 표준으로 삼은 표준말, 즉 보통화普通話를 쓰지만 미국 이민사회에는 중국 남부 및 홍콩, 타이완 등에서 사용되는 광둥어를 쓰는 사람이 많다.

국시키려는 낡은 배가 하와이에서 좌초했을 때, 연안경비대한테 붙잡힌 사람들이 만든 것들이었다. 작가들의 작품은 얼마 없었다. 그나마 맥신 홍 킹스턴, 에이미 탠, 기시 젠* 같은 동시대 작가들의 작품들이었다. 높은 창문 옆에 쓰레기통이 놓여 있었다. 천장에서 떨어지는 물을 받기 위해서였다. 조명이 형편없는 방 안에는 방문객 하나 없었다. 모든 게 실망스러웠다.

난은 가슴이 철렁해져 건물 밖으로 나왔다. 여러 가지 생각이 꼬리를 물고 몰려왔다. 어째서 그들은 그곳을 문화박물관이라고 할까? 예술품이라고 할 만한 것들이 왜 그렇게 없을까? 어째서 이민자들에게서는 피카소나 포크너나 모차르트 같은 예술가가 나오지 않은 걸까? 그것은 중국 이민 1세대는 덜 창조적이고 덜 예술적이라는 말일까? 그럴지도 모른다. 초기 이민자들은 가난한 사람들이었다. 상당수가 문맹이었다. 그들은 가족을 먹여 살리기 위해서 노예처럼 일해야 했다. 이 낯설고 차별적이고 두려운 땅에 정착하는 데 모든 힘을 쏟아야 했다. 고향을 떠나 뿌리 뽑힌 채 살아가는 것은 그들을 절름발이로 만들고 그들이 가진 원기를 고갈시켰을 게 틀림없다. 창조적인 면에 대해서는 말할 것도 없다. 두려워하고 지치고 혹사당하고 비참하고 살아남기에 급급했던 하급

*미국에서 활약 중인 중국계 작가들. 버클리 대학 교수를 역임한 맥신 홍 킹스턴은 자서전적 회상록 《여무사The Woman Warrior》로 전미도서평론가상을 받았고, 에이미 탠은 동명 영화로 친숙한 《조이럭 클럽The Joy Luck Club》의 저자이다.

노동자들한테서 어떻게 자유로운 천재성이 발휘될 수 있었겠는가! 한가로운 시간이 없는데 어떻게 예술이 번창할 수 있겠는가.

그런 걸 생각할수록 난은 마음이 혼란스러워졌다.

3

난은 그런 생각 때문에 마음이 슬펐다. 문화원에서는 그를 고용하지 않을 게 확실했다. 그런 생각을 하면서 난은 펠 가에 있는 딩스 덤플링스라는 만두 가게에 들어갔다. 그곳의 주인은 지쳐 보이는 하워드 딩이라는 사람이었다. 그는 다리를 꼬고 카운터 뒤에 앉아 〈뉴욕 타임스〉를 읽고 있었다. 하지만 눈을 들어 난을 보더니 기민하고 지적인 표정으로 변했다. 그는 일어나서 난과 악수를 했다. 그는 오십 대임에도 등이 곧고 머리도 검었다. 염색을 해서 머리가 그렇게 검은 건지도 몰랐다. 키는 180센티미터쯤 되었다. 하지만 몸의 다른 부분은 가냘팠다. 가느다란 눈, 가느다란 코, 가느다란 턱, 가느다란 팔다리, 가느다란 손. 그는 난과 몇 분간 얘기하고 나서, 희끄무레한 표지에 '레스토랑 실용 영어'라는 제목이 붉은 글씨로 쓰여 있는 책자를 건넸다. 그러고는 난에게 말했다. "자네는 영어가 꽤 유창하지만 이런 곳에서 사용되는 말과 표현에 익숙해질 필요가 있겠군."

"그 말은 저를 고용하시겠다는 말씀인가요?"

"그렇다네, 나는 자네가 마음에 들어." 하워드의 말씨는 부드럽지만 분명했다. "한 가지만 더 묻겠네. 직원이 너무 자주 바뀌는 게 싫어서 묻는 건데, 뉴욕에 얼마나 있을 건가?"

"잘 모르겠지만 한두 해 있을 것 같아요."

"잠깐 일할 사람은 고용하고 싶지 않아. 불과 석 달 전에 들어온 사람들이 두 사람이나 벌써 그만둬서 말이야."

"대학생들이라서 그랬나요?"

"그렇다네. 다들 메릴랜드로 돌아갔지."

"저는 더 오래 있을 겁니다. 학교에 다니지 않거든요. 걱정하실 필요 없어요."

"좋군. 그 말을 들으니 마음이 놓이네. 전에 서빙을 해본 적이 있나?"

"없습니다."

"중국 식당에서 일해본 적은?"

"없습니다."

"솔직해서 좋군. 버스보이*로 시작하는 게 어떤가?"

"좋습니다." 난은 마음과 달리 자기도 모르게 얼굴을 찡그렸다.

"낙담하지 마시게나. 이곳에서는 모든 사람이 밑바닥에서

*설겆이나 그릇 치우는 일을 하는 웨이터의 조수.

시작하니까. 나는 직원들한테 늘 공정하게 대한다네. 부엌에서 요리사를 거들어주는 일도 할 수 있을 걸세. 영어가 괜찮으니까, 때때로 다른 사람을 대신해 서빙을 할 수도 있을 거고. 정말로 능력이 있다면 언젠가 매니저가 될 수도 있어. 나는 시내에 다른 식당들이 있어서 손이 많이 필요하거든." 하워드가 난을 물끄러미 쳐다보았다.

"알겠습니다. 버스보이로 시작하죠."

"주방 일을 돕는 것도 자네가 할 일이라는 걸 잊지 말게."

"사장님은 제가 모든 걸 알기를 바라시는 것 같네요."

"바로 그걸세."

난은 신문사에 지원을 한 걸 떠올렸다. 그러나 이러한 기회를 놓쳐서는 안 될 일이었다. "언제부터 출근하면 되나요?"

"내일 아침 10시부터."

"네, 정시 출근하겠습니다."

말은 그렇게 했지만, 정말로 그 일을 자신이 원하는 건지 확신할 수 없었다. 그는 신문사에 오늘 전화를 해서 그곳에서 근무를 할 승산이 있는지 알아볼 참이었다.

그는 커낼 가를 건너 모트 가로 갔다. 많은 사람들이 장에 모여 있었다. 그중 상당수는 곡예사, 점술가, 고리 던지기 놀이꾼, 장난감 총을 쏘는 사람, 타로 점쟁이, 붉은 망토를 두르고 불을 먹는 요술쟁이 주변에 몰려 있었다. 인도에서는 사람 다리만큼이나 두툼한 소시지, 유리 오븐 속에서 돌아가고 있는 큼지막한 프레첼, 꼬챙이에 꿰여 지글지글 끓는 케밥, 펄

펄 끓는 단지 속에서 깐닥거리는 라비올리 요리 등 많은 음식을 팔고 있었다. '인내'라는 글씨가 앞면에 새겨진 검은 티셔츠를 입은 젊은 남자 세 명이 의자 위에 다리를 벌리고 앉아 있는 사람들에게 쿵후 마시지를 해주고 있었다. 의자 등받이 끝에는 손님들이 얼굴을 받치고 쉴 수 있도록 고리가 부착돼 있었다. 장터가 끝나는 부분에 중국인 화가 두 명이 캔버스 의자에 앉아 있었다. 한 사람은 삼십 대 초반이었고 다른 사람은 중년이었다. 두 사람 다 시카고 불스 농구팀 모자를 쓰고 있었다. 나이가 많은 쪽이 소리쳤다. "초상화 필요한 사람 없습니까?"

그들에게 관심을 갖는 사람은 거의 없었다. 살이 찐 비둘기 한 무리가 근처에 내려 앉아 구구구 소리를 내면서 태연하게 걸어 다니며 빵부스러기와 팝콘을 쪼아 먹고 있었다. 난은 두 사람 사이에 놓인 커다란 초상화 모형을 바라보았다. 아래쪽에 '흑백 20달러, 컬러 40달러, 액자 8달러'라고 값이 붙어 있었다. 이런 식으로 어떻게 먹고살까 싶었다. 중년의 화가가 우툴두툴한 턱을 기울이며 난에게 물었다. "초상화 필요하세요?"

"아닙니다." 난은 고개를 저었다.

남자가 미소를 지으며 속삭였다. "그냥 앉아봐요. 돈 안 받을 테니까."

"그럴 수는 없어요." 난은 그의 제안에 깜짝 놀랐다.

"제발 도와줘요. 사람들의 관심을 끌려면 일을 하고 있어야 해요. 부탁이니 앉아요."

"잘 그려주면 10달러를 드릴게요. 어때요?"

"좋아요. 일단 앉아봐요."

젊은 남자가 그에게 접의자를 건넸다. 난이 앉자마자, 사람들이 그걸 보려고 모여들기 시작했다. 나이 많은 화가가 목탄 연필을 놀리더니 몇 번 만에 난의 얼굴 윤곽을 스케치했다. 그런 다음, 그는 숱이 많은 난의 머리와 넓은 이마를 그리기 시작했다. 그러면서 때때로 냅킨으로 들창코에서 계속 흘러내리는 콧물을 닦았다. 그가 고개를 들고 난을 바라보더니 고개를 숙이고 빠르게 종이를 긁었다.

"고향이 어딘가요?" 난이 젊은 화가에게 물었다.

"우한입니다. 후베이 예술학교에서 학생들을 가르쳤죠."

"교수였다는 말인가요?"

"저분은 교수였고 나는 강사였죠."

"거리에서 초상화를 그려주며 먹고살 수 있나요?"

"쉽지는 않지만 몇 년 동안 이 일을 해오고 있어요."

나이 든 화가가 눈을 들어 인상을 쓰며 말했다. "얘기를 많이 하지 마세요. 가만히 있지 않으면 초상화가 당신과 비슷하지 않게 돼요."

난은 말을 멈추고 눈길을 돌렸다. 멀리 보이는 옥상 위로 나무가 두 그루 있었다. 그 너머로 큰 제트비행기가 솜털구름 사이로 소리 없이 날아가고 있었다. 그는 나무가 화분에 있는 것인지 아니면 옥상 위의 화단에 있는 것인지 궁금했다. 갈매기 세 마리가 날개를 펴고 하늘을 날며 고통에 겨워하는 갓난애처럼 소리를 지르고 있었다. 난 주변에 몰려든 사람들이 초상화에 대해 한마디씩 했다. "정말 닮았네요." 어떤 여자가 말했다.

"대단하네요." 다른 사람이 맞장구를 쳤다.

"20달러면 괜찮네요."

"나도 그려달라고 해야겠어요."

"그래요, 20달러밖에 안 하잖아요."

"저 코 좀 봐요. 영락없이 저 사람 코예요."

"여봐요, 좀 웃어요." 주전자 손잡이처럼 귀가 돌출된 남자가 난을 향해 소리쳤다.

"나는 사진을 찍는 게 아니에요." 난은 이렇게 말하며 일부러 정색한 얼굴을 했다. 그러면서 손으로는 가방 끈을 만지작거리고 있었다.

20분 후, 초상화가 완성되었다. 난은 초상화 속의 자기 얼굴을 보고 깜짝 놀랐다. 그림 속 그는 기차나 배를 놓쳐 너무 황망한 나머지 어디로 가야 할지, 뭘 해야 할지 몰라 하는 사람처럼 절망적인 표정을 짓고 있었다. 눈은 먼 곳을 응시했고, 입은 무슨 고뇌나 고통을 억누르고 있는 것처럼 꾹 다물려 있었다. 어찌할 바를 모르는 지친 남자의 얼굴이었다. 화가가 그의 마음 상태를 제대로 짚어냈다. 난은 그걸 보며 가슴이 아팠다. 그는 눈앞이 뿌예졌지만, 볼을 씰룩이며 얼굴을 찡그리기만 했다. 나이가 많은 화가가 몸을 굽히고 초상화 오른쪽 하단에 날짜와 장소를 적어 넣었다. 그가 손을 비비며 말했다. "다 됐어요." 젊은 화가가 이젤에서 초상화를 떼어내어 둘둘 말아 난에게 건넸다.

난은 나이가 많은 화가에게 10달러를 주고 겨드랑이에 초상화를 끼고 그곳을 떠났다. 그는 기차 안에서 그걸 어떻게 해야 할지 망설였다. 그렇게 슬픈 얼굴을 누가 보고 싶어 할까 싶었다. 그것은 사람들에게 불길한 걸 떠올리게 할 것 같았다. 그걸 아내나 아들에게 보여줄 수는 없었다. 타오타오는 비웃을 것이고 핑핑은 실망할 터였다. 그래서 그는 유티카 가에서 내렸을 때, 쓰레기통에 그걸 던져버렸다.

웬디의 집에 들어서자, 〈노스 스타 타임스〉에서 온 편지가 그를 기다리고 있었다. 신문사의 보조 편집자 자리에 다른 사람을 고용했다는 통지였다. 그들이 광고를 내기 전에 이미 누굴 뽑을지 정해 놓았을지 모른다는 생각이 들자, 난은 화가 났다. 그와 같은 지원자는 그저 들러리로 필요했던 게 틀림없었다. 이제 다음 날부터 딩스 덤플링스에서 일을 시작하는 것 외에는 다른 대안이 없었다.

4

딩스 덤플링스는 맵지 않고 약간 달콤한 맛이 나는 상하이 요리를 주로 취급했다. 그곳에서는 국수도 팔았고, 돼지고기, 생선, 새우, 게살, 소고기 등을 다양한 채소와 함께 섞어 속을 채운 여러 종류의 만두도 팔았다. 테이블이 열두 개밖에 안 되는 작은 식당이었지만 소문이 자자했다. 각 테이블에 깔린 유리 밑에는 그곳에서 파는 음식의 질과 적절한 값을 칭찬하는 〈뉴욕 타임스〉 기사가 끼워져 있었다. 다른 중국 음식점과 달리, 테이블마다 간장, 식초, 고추기름 병 사이에 설탕 그릇이 있었다. 식당 벽은 전체가 거울로 도배되어 반짝였다. 거북이, 황새치, 가재, 게, 홍어 등의 바다 생물들이 거울에 그려져 있었다. 거리 쪽으로 난 창문에는 두 개의 커다란 바구니를 물지게로 지고 있는 뚱뚱한 소년의 모습이 그려져 있었다. 한쪽 바구니에는 황금 동전이, 다른 쪽 바구니에는 은괴가 들어 있었다.

난이 할 일은 지하에 있는 부엌에서 설거지를 하는 일이었다. 요리사와 버스보이 외에 세 명의 웨이터, 웨이트리스가 있었다. 친친이라는 타이완 출신 여자가 그들을 감독했다. 친친은 붙임성이 좋지만 너무 말이 많고 웃음이 헤펐다. 그녀는 종종 핑크색 드레스를 입고 베이지색 펌프스를 신었다. 밝은 색깔의 옷을 입으니, 혈색 나쁜 얼굴이 더 검어 보였다. 그녀는 기회가 있을 때마다, 중국 출신인 웨이터와 웨이트리스들을 놀렸다. 그녀는 그들이 뼛속까지 빨갱이들이며 아직까지 적군赤軍의 분위기를 벗지 못했고, 재산을 공유하고 다른 사람들의 배우자와 아이들을 공유하는 꿈을 꾸고 있다고 말했다. 친친과 달리, 두 명의 웨이트리스와 한 명의 웨이터는 노란 티셔츠와 검은 슬랙스를 입고 적갈색 앞치마를 두르고 있었다. 난도 같은 옷을 입었지만 대부분의 시간을 지하실에서 보냈다. 손님이 너무 많을 때면 위층으로 올라가 식탁을 치우기도 했지만 보통의 경우, 웨이터와 웨이트리스가 아래로 가져온 그릇을 씻었다.

주인인 하워드는 식당에 거의 나타나지 않았다. 그래서 식당은 친친의 손에 맡겨졌다. 그녀는 하워드의 먼 친척이었는데, 작은 바의 감독도 겸하고 있었다. 보통 손님들은 그 자리에서 와인이나 맥주를 주문해서 바는 거의 이용하지 않았다. 하워드는 시내에 있는 다른 식당들도 소유하고 있었다. 하나는 월드 트레이드 센터에 있는 것이고, 다른 하나는 현대 미술관 근처의 55번가에 있는 것이었다. 최근 그는 퀸스에 막 개업한 식당에 매여 있었다. 그는 대단한 부자였다. 매년 조지 부시 대통령으로부터 백악관 만찬에 초대를 받을 정도였다. 그러나 만찬에 참석한 적은 없었다. 그는 언젠가 종업원에게 이렇게 말했다. "너무 비싸. 미국에 공짜 식사가 있다고 생각하나? 그런 기금 모임 만찬에 참석하려면 1만 5천 달러를 내야 해. 더욱이 나는 공화당원도 아니잖아."

난이 딩스 덤플링스에서 일한 지 일주일이 지났을 때, 건장한 몸집의 흑인이 나타났다. 그가 식당을 향해 걸어오자, 친친이 웨이트리스들을 향해 소리쳤다. "조심해요! 검둥이 귀신이 오니까!" 한 달 전, 식당이 2인조 흑인 강도한테 털린 적이 있었다. 한 사람은 로널드 레이건의 가면을 쓰고, 다른 한 사람은 리처드 닉슨의 가면을 쓰고 있었다. 경찰은 아직도 그 사건을 수사 중이었다.

놀랍게도 흑인이 중국어로 말했다. "동지들, 걱정하지 마요. 나는 깡패가 아니라 여러분의 친구예요."

당황한 그들은 아무 말도 못 하고 서로를 바라보았다. 그러자 난이 웃음을 터뜨렸고, 다른 사람들도 따라서 웃었다. 눈이 약간 튀어나오고 단발머리 밑으로 굴렁쇠 모양의 귀걸이를 늘어뜨린 호리호리한 마이유가 손님을 계단 근처의 둥근 테이블로 안내했다. 키가 185센티미터쯤 되는 남자가 어깨를 반듯이 펴고 양손을 테이블 위로 맞잡았다. 머리는 반백이었고 짙은 곤색 양복에 고대의 동전 무늬가 있는 넥타이를 하고 있었다. 노란색 셔츠에는 커프스단추가 달려 있었다. 그가 마이유를 향해 미소를 지었다. 그러자 큰 입과 단단한 이가 드러나 보였다. 마흔이 넘은 게 분명했지만 얼굴에 있는 주름이 그를 남성적이고 아주 잘생겨 보이게 했다. "안녕하세요, 날씨가 정말 화창하죠?" 그가 웨이트리스에게 말했다.

"네. 뭘 드시겠어요?" 이렇게 말하는 마이유의 부드러운 눈이 흔들렸다.

"양저우식 볶음밥과 삼미 수프 주세요." 그는 이곳을 오래 드나든 손님처럼 표준 중국어로 말했다.

"어떻게 중국어를 할 줄 아세요?" 손을 허리에 대고 서 있던 헹 첸이 끼어들었다. 헹은 마이유의 남편이었다. 그들은 작년, 미국에 오기 직전에 결혼한 사이였다.

"베이징 외국어 대학에서 3년 동안 공부했어요." 그는 부엌으로 가는 마이유의 미끈한 허리가 움직이는 모습을 바라보며 이렇게 말했다.

"지금은 뭘 하십니까? 중국어를 가르치나요?" 난이 그에게 물었다.

"아뇨, 가르치는 일은 오래전에 그만뒀어요. 그건 끔찍한 직업이더라고요. 이 나라에서는 그래요. 돈도 제대로 못 받고 지루하기까지 하거든요. 지금은 탐정 일을 하고 있지요."

"탐정이라고요?" 안경을 쓴 아이민이 가느다랗게 땋은 머리를 만지작거리며 끼어들었다.

"그래요, 고객들이 다른 사람이나 회사에 대한 정보를 찾는 일을 도와주죠."

마이유가 다기를 갖고 돌아왔다. 흑인이 그녀를 곁눈으로 쳐다보며 말했다. "아름다우시네요. 완전히 낙아웃인데요."

그녀는 낙아웃(끝내주는 미인)이라는 말은 알아듣지 못했지만, 얼굴을 붉혔다. 그녀는 인상을 찌푸리고 있는 남편을 흘깃 쳐다보았다.

"내 이름은 데이비드 켈먼이에요. 당신 이름은 뭐죠?" 남자가 그녀에게 물었다.

"마이유예요."

"여기에 써줄 수 있어요?" 그는 안주머니에서 금박을 입힌 펜과 감청색 주소록을 꺼내며 말했다. 그러고는 그녀가 글을 쓸 수 있도록 주소록을 펼쳐주었다.

그는 그녀가 써준 글씨를 쳐다보았다. "'마이유우'라는 이름, 참 아름답네요."

"마이유우가 아니라 '마이유'예요."

"다시 한 번 해볼게요. '만유'. 맞나요?"

"비슷하네요."

"이름을 써줘서 고마워요. 집에 가서 사전을 찾아보고 익혀야겠어요. 다음번에 올 때는 당신 이름을 정확하게 발음할 거예요. 이건 내 명함이니, 도움이 필요하면 기브 미 어 링."

그런데 그녀는 그의 말을 듣고 깜짝 놀란 것 같았다. 그녀는 얼굴이 빨개진 채 그를 바라보았다. 그녀의 남편인 헹 첸이 끼어들었다. "저 사람에겐 당신 같은 사람에게 걸어줄 반지따위 없소!"*

"뭐라고요?" 잠시 당황한 것 같더니 켈먼이 이내 얼굴을 다시 누그러뜨리며 웃었다. "이것 참 우습게 됐군요! 당신은 내가 약혼반지나 결혼반지 얘기를 한다고 생각했나요? 그런 터무니없는 오해를 하다니! 하지만 이 매력적인 아가씨한테 그럴 수 있다면 좋겠네요."

난이 동료 직원들에게 설명했다. "도움이 필요하면 전화를 하라는 뜻이었어요."

"맞아요." 켈먼이 여전히 껄껄 웃으며 말했다.

"고마워요." 마이유가 중얼거렸다. 그녀는 돌아서서 그가 주문한 것을 가지러 갔다. 아직도 헹은 켈먼에게서 치켜뜬 눈을 떼지 못했다. 그녀가 그의 옆을 지나갈 때, 그는 자칭 셜록 홈스라는 인간과 얘기를 너무 많이 하지 말라는 뜻으로 턱을 흔들었다.

난은 부엌으로 돌아가서 채소와 고기를 자르는 일을 다시 시작했다. 오늘은 주방장 보조가 비번이어서 난이 부엌의 허드렛일을 도맡아했다. 그는 주방장이 어떻게 요리를 하는지 보고 싶었기 때문에 그 일을 하는 게 좋았다.

그날 이후로 켈먼은 일주일에 세 차례씩 딩스 덤플링스에 왔다. 그가 올 때마다 식당 안은 그의 웃음 소리로 가득했다. 난은 그가 좋았지만 좀 무모하다고 생각했다. 그는 마이유와 공개적으로 시시덕거렸다. 남편의 화난 눈은 아예 못 본 척했

*전화하라는 give me a ring의 ring을 반지로 오해하고 화를 낸 것.

다. 켈먼은 웨이트리스한테 열심히 말을 건넸다. 그녀는 처음에는 말을 하는 걸 꺼렸지만, 그가 와 있을 때마다 얼굴에 화색이 돌았다. 헹은 그를 보는 게 싫었지만, 정기적으로 찾아오는 손님을 쫓아낼 수는 없었다. 그는 몸집이 큰 남자를 상대할 힘과 배짱도 없었고, 그 남자가 때로 식당 전체에 들리게 하는 이야기를 가로막을 정도의 영어 구사력도 없었다. 어느 날, 켈먼이 가고 나자 헹이 폭발했다. 그는 자기 아내가 미국화되어 뻔뻔스러워졌다고 비난했다.

친친은 그를 나무라며 너그러운 마음을 가지라고 했다. 그녀는 달걀형 얼굴을 계속 흔들며 얘기를 했다. 그녀의 얼굴에 젊음의 마지막 자취가 어른거리고 있었다. 그녀가 종업원들에게 말했다. "당신들은 공산주의자들한테 세뇌를 당했어요. 그래서 남자와 여자 사이의 일을 너무 심각하게 생각해요. 남편은 자신의 아내가 다른 남자들한테 매력적으로 보이면 자부심을 가져야 해요. 헹, 당신은 마이유가 켈먼과 몇 마디 했다는 이유로 그와 바람을 피우고 있다고 생각하는 건가요? 그렇다면 틀렸어요. 솔직히 말하면, 나는 켈먼이 단골손님이 된 것이 좋아요. 여기에 예쁜 여자들이 더 있으면 좋겠어요. 그렇게 되면 여러분 모두가 팁을 더 받을 수 있게 되잖아요." 친친은 이 대목에서 갑자기 말을멈추고 얼굴이 못생긴 아이민을 쳐다보았다. 아이민은 두꺼운 안경 뒤에서 눈을 번쩍이며 친친을 응시하고 있었다.

하지만 헹은 노여움을 가라앉힐 수 없었다. 그는 켈먼이 식당에 와 있을 때마다 눈에 띄게 예민해지고 까다롭게 굴었다. 그래서 친친은 마이유와 헹의 근무 시간대를 엇갈리게 편성했다. 그렇게 해서 난이 이따금 낮에 대리로 손님 시중을 들게 되었다. 그는 버스보이로는 한 시간에 4달러를 벌었는데, 팁이 생기자 기분이 좋았다. 그와 달리, 웨이터와 웨이트리스는 한 시간에 1달러 50센트만 받았다. 팁을 받기 때문이었다.

난은 아침에 출근하기 전에 핑핑에게 전화를 했다. 그녀가 전화를 할 때도 있었다. 특히 어려운 일이 생겼을 경우에 그랬다. 그녀는 최근에 전화로 물건을 주문하는데, 신용카드를 사용하지 못한 일이 있다고 했다. 어머니의 메이든 네임*을 대지 못해서 그랬다고 했다. 3년 전, 그들이 은행에 공동 계좌를 개설하려고 했을 때, 여직원이 난에게 어머니의 메이든 네임이 뭐냐고 물은 적이 있었다. 난이 그 질문에 당황해서 조부모가 살았던 시골 마을의 이름인 "펭코우"라고 했다. 핑핑은 직원에게 똑같은 질문을 받자 "제 어머니도 같은 성이에요"라고 했다. 은행 직원이 "어떻게 그럴 수 있나요?"라고 묻자, 난은 이렇게 설명했다. "중국에서는 흔한 일입니다. 인구가 10억이나 돼도 성은 백 개 정도밖에 안 되니까요." 그때부터 그들의 어머니는 '펭코우'라는 같은 성을 갖게 되었다. 하지만 그 이름은 전에는 인간의 성인 적이 결코 없었을 터였다.

이따금 한 번씩, 난은 시간이 없어 핑핑에게 전화를 하지

*결혼 전 성.

못하고 출근하는 경우가 있었다. 그러면 그녀가 정오쯤 식당으로 전화를 했다. 동료 직원들이 그의 아내가 난이 없으니까 잠을 못 이루나 보다며 그를 놀려댔다. 그들은 그에게 두 사람이 같이 자랐는지 물었다. 그는 한번은 무표정한 얼굴로 이렇게 말했다. "당연하죠, 우리는 어렸을 때 약혼했어요. 그래서 내가 마누라 손에 쥐여 사는 거예요."

그들은 재미있어라 했지만 사실 여부는 알지 못했다.

5

3주 후였다. 하워드는 다른 버스보이를 고용하고 난을 주방장 보조로 승진시켰다. 주방 보조였던 사람이 쿠바계 중국 여자와 결혼하기 위해 마이애미로 떠났기 때문이었다. 급료도 시간당 1달러가 올랐다. 주방장인 장은 많은 도움을 필요로 했다. 난이 할 일은 주로 고기와 채소를 자르고 닭고기 조각을 튀기고 만두피를 입히는 일이었다. 난은 주방장이 어떻게 요리를 하는지 세밀하게 살폈다. 장은 그에게 모든 메뉴와 각 요리의 원료를 기억해뒀다가, 필요한 것들을 그릇이나 쟁반이나 스티로폼 용기에 모아 요리를 할 수 있게 하라고 했다. 이따금 장은 난에게 볶음밥이나 국수를 만들어보라고 하고 옆에 서서 감독을 했다. 그는 난에게 다양한 소스들을 어떻게 섞는지도 가르쳐줬다. 난은 바쁘지 않으면 위층으로 올라가서 종업원들하고 얘기를 했다. 주방장은 늘 지하층에 머무르며 난에게 "위에 있는 잡년들하고 너무 말을 섞지 말라"고 했다.

종업원들은 주방장을 싫어했다. 부분적으로는 그들이 다른 방식으로 돈을 벌기 때문이었다. 주방장은 시간당으로 돈을 받았다. 난과 친친도 마찬가지였다. 그러나 웨이터와 웨이트리스는 주로 팁에 의존했다. 장사가 잘되면, 주인과 종업원들은 좋아라 했지만, 주방장은 끝없이 요리를 해야 하기 때문에 투덜거렸다. 늙은 주방장은 종종 혈액 순환이 잘되도록 주먹으로 다리를 치곤 했다. 그는 난에게 하루에 열 시간 이상씩 부엌에 서서 오랫동안 일한 탓에 치질이 생겼다고 말했다. 일이 너무 많아질 때마다, 고통과 가려움이 심해 참을 수 없는 지경이 된다고 했다. 그는 난에게 이렇게 말했다. "이 일에 종사하는 많은 사람들이 이런 엉덩이 문제로 고생한다네. 조심하게. 나처럼 되지 말고."

마침내 난은 왜 차이나타운 곳곳에 치질에 관한 광고물이 붙어 있는지 이해하게 되었다. 그는 아무리 피곤해도 잠자리에 들기 전에 샤워를 했다. 그리고 잘 때는 베개를 머리 밑이 아니라 발밑에 두고 잤다. 장시간 서서 일하는 데서 생기는 또 다른 직업병인 정맥류 질환을 예방하기 위해서였다. 그는 하워드의 만두 가게 중 하나를 관리하는 일에는 관심이 없었지만, 요리하는 법은 배우고 싶었다. 자신이 좋은 웨이터가 될 것 같지도 않았다. 웨이터를 하게 되면, 음식이 가득 담긴 쟁반을 어깨에 얹고 좁은 계단을 오르락내리락해야 할 터였다. 설상가상으로 웨이터는 손님들 앞에서 늘 미소를 머금어야 했다. 손님 중에는 못된 사람들도 있었다. 그들은 서비스가 좋지 못하다는 이유로 팁을 남기지 않았다. 그래서 난은 자신에게는 기질상, 손님을 상대할 필요가 없는 부엌일이 맞는다고 생각했다. 주방장은 난을 좋아하는 것 같았다. 그는 바쁘지 않을 때면 난에게 요리하는 방법과 만두소를 만드는 법을 가르쳐줬다. 그는 종종 이렇게 말했다. "자네는 운이 좋은 거야. 나는 이 일을 시작했을 때, 첫해에는 냄비 가장자리도 못 만져봤네."

난은 뉴욕에 있는 중국 음식점에서 직장을 구하는 일이 어렵다는 얘기를 많이 들었다. 웨이트리스들은 그에게 광둥어를 하지 못하는 사람은 직장을 구하기가 어렵다고 얘기해줬다. 딩스 덤플링스는 차이나타운에서 주인이 광둥어를 할 줄 모르는 몇 안 되는 식당 중 하나였다. 헹은 웨이터들이 나비넥타이를 해야 하는 식당에서 근무를 한 적이 있는데, 나비넥타이를 하면 숨을 제대로 쉴 수도 없다고 했다. 친친도 전에 다른 식당에서 근무를 한 적이 있었다. 그녀는 주인들이 어떻게 중국 종업원들을 착취하고 굴욕을 주는지에 대해서 얘기했다. 백인이 대부분인 술집 주인들에게도 혹사를 당한다고 했다. 그와는 대조적으로 하워드는 좋은 주인이었다. 급한 일 때문에 한 시간 늦었다고 급료를 깎지도 않았다. 난은 이런 곳에서 일하게 되어 운이 좋다고 생각했다.

6

《신시행》의 발행 부수가 최근 몇 개월 사이에 9퍼센트 줄었다. 바오는 걱정이 되어 자신과 난을 포함해 다섯 명이 참여하는 편집 회의를 소집해, 잡지에서 다루는 범위를 넓혀서 사회적 문제에 관한 기사를 싣고 광고를 몇 개라도 받아야 하는 것은 아닌지 논의했다. 북미에는 상당수의 반체제 중국인들이 있어서 정치에 관련된 글을 잡지에 기고하려 한다는 것이었다. 하지만 바오를 제외한, 참석자 모두가 그 생각에 반대했다. 《신시행》은 문학적인 잡지로 있어야 한다는 이유에서였다. 바오는 잡지를 회생시킬 다른 방법이 없다고 불평했다. 그래서 그들은 타협안으로, 각 호에 두세 편의 소설을 싣기로 했다. 하지만 현재로서는 작가들에게 원고료를 줄 수 없는 형편이었다.

바오는 뉴욕에 거주하는 반체제 인사들을 많이 알았다. 어느 토요일 아침, 그와 난은 만핑 류 선생을 만나러 갔다. 그는 브루클린의 노스트랜드 가 근처에 사는 유명한 정치경제학자였다. 그들은 그 학자가 잡지를 인정해주기를 바랐다. 지난 6월, 하버드 대학교에서 류 선생을 만난 적이 있는 난은 그를 다시 만나고 싶었다. 눈과 입이 푹 꺼진 모습의 류 선생이 문을 열고 말했다. "누추하지만 들어오게나." 그의 아파트는 방이 두 개밖에 없고 1층이었다. 그러나 작은 뒤뜰에는 시든 해바라기와 국화가 있었다. 채소를 받쳐주는 일종의 삼각대도 있었다. 삼각대는 나뭇가지들을 위쪽에서 묶어 만든 것이었는데 채소는 하나도 없었다. 거실 겸 서재에는 책들이 일렬로 놓여 있었다. 창문 곁에 있는 작은 책상 위에는 원고가 흩어져 있었다. 류 선생은 예리한 글만이 아니라 성실성 때문에 중국인 사회에서 존경받는 인물이었다. 1989년 6월, 야전군이 베이징 시민을 공격하기 시작했을 때, 그는 큰 화환을 사서 직접 톈안먼 광장에 갖고 갈 참이었다. 하지만 친구들이 그가 울부짖고 뿌리치는데도 불구하고 그를 붙잡았다. 며칠도 안 되어, 그는 수배자 명단에 올랐다. 다행히 그는 아내와 함께 중국 남부로 도망쳤다가 홍콩으로 밀입국했다. 미국에 있는 다른 반체제 인사들과 달리, 그는 외부 단체가 주는 재정적 원조를 거절하고, 중국어로 발행되는 신문과 잡지에 글을 써 생활을 했다. 그의 아내도 잘 적응하고 있었다. 그녀는 맨해튼 시내에 있는 선물 가게에서 일을 했다.

바오와 난이 앉아서 부탁을 하자, 류 선생은 그들의 잡지를 위해 기꺼이 몇 자 써주겠다고 했다. 그는 잠시 생각에 잠기더니 작은 책상으로 가서 만년필 뚜껑을 열고 카드에 무슨 말인가를 적어 바오에게 건넸다. 거기에는 이렇게 쓰여 있었다. "나는 《신시행》에 참여한 젊은 작가들을 대단히 좋아합니다. 그들의 노력이 꽃을 피우고 그들의 작품이 오래 사랑받길 기원합니다."

바오와 난은 고맙다고 말했다. 그때 류 선생의 아내가 그들에게 차를 대접하기 위해 끓인 물 주전자를 갖고 들어왔다. 하트 모양의 얼굴에 억세어 보이는 여자였다. 지친 기색의 그녀는 지난 밤 늦게까지 일을 해 피곤하다며 차를 부어주고는 방으로 들어갔다.

류 선생은 난이 몇 년 전에 《정치경제학 저널》에 발표한 글을 읽은 기억이 난다고 말했다. 그는 난이 그 분야를 떠났다는 얘기를 듣고 말했다. "이해하네. 이곳에서의 삶은 고단하지. 살아남는 게 우선이야."

"그것 때문만은 아닙니다." 난이 말했다. "저는 다시는 정치에 관여하지 않을 생각입니다. 적성이 맞지 않아서요."

"그렇군."

바오가 끼어들었다. "난은 시를 쓰고 있답니다."

"좋네. 모든 길은 로마로 통하니까." 류 선생이 말했다. "중국은 다양한 인재를 필요로 하네."

난은 노인의 말을 어떻게 받아들여야 할지 몰라 침묵을 지켰다. 류 선생은 자기가 아직도 관리인 것처럼 말했다.

곧 화제는 이곳에서의 삶으로 넘어갔다. "최근에 차를 한

대 샀네." 류 선생이 말했다.

"새 차인가요?" 바오가 물었다.

"아닐세. 내가 어떻게 새 차를 살 수 있겠나?"

"얼마 주고 사셨어요?"

"4백 달러 줬지. 상당히 괜찮은 도요타일세. 내 친구가 몰아보더니 천 달러도 더 주고 산 자기 차보다 낫다고 하더군."

"운전하실 수 있으세요?"

"최근에 면허를 땄다네."

"아주 용감하시네요." 난이 끼어들었다. "저는 뉴욕에서는 운전을 못 할 것 같아요."

"나는 운전을 해야 하네. 그러지 않으면 팔다리가 없는 것 같은 기분이야. 여기에 사는 한, 나도 스스로 먹고살 방도를 찾아야지. 운전면허증은 자립의 수단이라네. 차를 정말로 잘 몰게 되면, 식당에서 음식 배달을 해볼 참이야."

"그러시면 안 돼요. 시력이 안 좋으시잖아요." 바오가 말했다.

노인이 껄껄 웃었다. "낮에 컴퓨터 부속을 나르는 일은 할 수 있을 거야. 여하튼 고속도로를 달리면 자유를 느낀다네. 재미있고 신나지! 내 차 좀 구경해보겠나?"

"네, 그러죠." 바오가 맞장구를 쳤다.

난이 나가면서 말했다. "선생님, 지금부터 저희는 《신시행》에 단편소설을 두세 편 실을 예정입니다. 좋은 소설을 보시면 저희한테 추천해주세요."

"기억해두겠네. 사실, 내 아내가 자정향紫丁香이라는 필명으로 소설을 썼었지. 지금은 너무 일을 많이 해서 그럴 수 없지만, 언젠가 다시 쓸 수 있을 걸세."

바오가 말했다. "쓰시면 저희한테 먼저 보여주세요."

"그러지. 아내에게 그렇게 말해두겠네."

난은 중국에 있을 때 그러한 필명을 가진 작가의 중편소설을 읽은 적이 있었다. 그것은 그에게 일종의 르포르타주 같았지만, 그녀는 여하튼 작가로서 이름이 있는 사람이었다.

세 사람은 건물 밖으로 나왔다. 길에는 많은 차들이 세워져 있었다. 어떤 것은 움푹 들어가고 녹슬어 있었다. 양쪽 헤드라이트가 깨진 차도 있었다. 난은 이리저리 둘러보며 류 선생의 차가 어떤 것인지 궁금해했다. 노인은 그들을 거리 아래쪽으로 데려갔다. 그의 입에는 두툼한 파이프가 물려 있었다. 담배 연기가 그의 머리 주변으로 흐트러졌다.

"이걸세." 그가 마침내 앞쪽 범퍼가 찌그러진 해치백을 가리키며 말했다.

난은 자세히 살펴봤지만 차가 무슨 색깔인지 알 수 없었다. 차는 찌그러지고 페인트를 다시 칠한 것 같았다. 짙은 갈색처럼 보였지만, 밝은 오렌지색 페인트가 곳곳에 남아 있었다. "괜찮은 차네요." 바오가 가까스로 말했다.

"좋은데요." 난도 맞장구를 쳤다.

"한번 타보겠나?" 류 선생이 물었다.

바오가 난을 바라보며 말했다. "저희는 가야 할 것 같아요. 난이 오후에 출근을 해야 해서요."

"그렇다면 기차역까지 데려다주겠네."
"괜찮으시겠어요?"
"당연하지. 사실 운전이 아직 서투르긴 하다네. 그렇지 않다면 집까지 데려다줄 수 있을 텐데 말이지."
그들은 차에 올랐다. 난은 뒤에 타고 바오는 앞에 탔다. 좌석은 찢어져 노란 스펀지가 곳곳에 드러나 있었다. 담뱃불에 탄 곳도 있었다. 담배와 달짝지근한 냄새가 역하게 났다.
"연식이 얼마나 됐나요?" 바오가 류 선생에게 물었다.
"10년 이상 된 차라네."
시동을 켜자, 차가 덜덜거리면서 고통에 사로잡힌 동물처럼 캑캑거리기 시작했다. 지나가던 사람이 그 소리를 듣고 고개를 돌렸다. 난은 불안했다. 그는 주행거리판을 바라보았다. 0이 일곱 개 연속해서 있었다. "주행거리는 얼마나 되나요?" 그가 류 선생에게 물었다.
"잘 모르겠네. 20만쯤 될 걸세."
"네?" 바오가 소리쳤다.
"그냥 짐작해봤을 뿐이네. 이런 일본차는 한없이 굴러가잖나."
차가 자갈길을 달리는 것처럼 덜컹거렸다. 난은 차가 덜컹거리는데도 불구하고 곧 생각에 잠겼다. 류 선생은 전에는 운전사와 비서가 딸린 호화로운 삶을 살았지만, 여기에서는 인생을 다시 시작해야 했다. 그는 하청을 받고 글을 쓰는 사람처럼 신문이나 잡지에 기고를 하고 천한 일을 하는 것도 마다

하지 않았다. 그래도 그는 아주 쾌활해 보였고 망명 생활을 선택한 것을 후회하지 않았다. 난은 그가 애처롭기도 했고 존경스럽기도 했다.

마침내 그들이 노스트랜드 가 역에 도착했다. 난은 차에서 내린 다음에도 여전히 몸이 덜덜 떨렸다. "대단한 경험이었습니다." 그가 류 선생에게 말했다.

"다음에는 집까지 데려다주겠네." 노인이 담배로 누레진 이를 드러내며 씩 웃었다.

"안녕히 가세요, 류 선생님." 바오가 말했다.

"젊은이들도 잘 가게나."

그들은 고물 자동차가 배기가스를 길게 내뿜으며 다른 차들의 행렬에 합류하는 걸 바라보았다. 그들은 몸을 돌려 역으로 들어갔다. 난이 물었다. "저분이 가끔 중국으로 돌아가겠다는 말씀 안 하시나요?"

"당연히 하시죠. 그러나 가까운 미래에 그럴 수 없다는 걸 깨달으셨을 겁니다. 그래서 스스로 먹고사는 법을 배우려고 하시는 거죠."

"대단한 분이네요."

"흥미로운 분이기도 하죠."

난은 바오의 경솔한 발언이 마음에 걸렸지만 더 이상 아무 말도 하지 않았다. 그들은 서로 다른 차를 타야 해서 헤어졌다. 난은 시내로 가고, 바오는 다시 돌아가야 했다. 난은 일을 하러 가면서 류 선생과 만났던 것에 대해 곰곰이 생각해보았다. 그와는 달리, 류 선생은 자신이 겪은 모든 불행을 망각한 것처럼 자신의 좌절당한 삶을 비통하게 여기지 않았다. 노인은 대학과 재단의 지원을 받는 다른 반체제 인사들과는 너무 달랐다. 난은 속도 상했다. 류 선생은 새 삶을 시작하기에는 나이가 너무 많았다. 그래서 이 땅에서 잘 살 수가 없을 터였다. 그것이 마음에 걸렸다. 제아무리 독립을 하려고 발버둥을 쳐도, 류 선생은 중국 사람이었다. 그의 삶은 중국 정치에 영향을 받았다. 그는 늘 그것의 일부였던 것이다. 그가 그처럼 이상한 일들을 하려고 생각하고 있다는 사실 자체가 미국에 오래 머물 생각이 없다는 말이었다. 어쩌면 그는 이따금, 잠을 자다가 이전의 삶에 대한 꿈을 꾸는지도 몰랐다.

그와 달리, 난이 그런 삶을 살고 그런 차를 타고 다닌다면 경멸과 조롱만 돌아올 터였다. 그는 이곳에서 자신의 길을 찾아야 했다. 추방자나 망명객이 아니라 이민자로 살아야 했다. 그는 아직 젊었다. 싸워야 했다. 그는 자신의 전쟁터가 어디인지 알 수 있으면 싶었다.

7

난과 달리, 바오는 일을 하지 않고 회고록을 집필하고 있었다. 그는 그것이 출판되면 부와 명성을 거머쥘 수 있다고 생각했다. 그가 잡지를 직접 편집하지 않고 난을 고용한 것은 그러한 이유에서였다. 그는 글쓰기와 그림에 집중하며 예술가의 삶을 살기로 작정한 것 같았다. 다락에 있는 난의 방 맞은편에 있는 그의 작업장에는, 아직 완성되지 않은 구아슈* 여러 점이 벽에 기대어 있었다. 바오는 난에게 손가락이나 팔레트 나이프를 사용해 그림을 그리는 걸 포함하여 새로운 기법을 다양하게 시도하고 있다고 했다. 다른 사람들이 그에게 무슨 일을 하냐고 물으면, 그는 "그림을 그리고 글을 쓰지요"라고 대답했다. 어떤 의미에서 난은 그것이 감탄스러웠지만, 바오가 웬디를 이용하고 있다는 생각을 지울 수 없었다.

*아라비아 고무를 섞어 만든 불투명한 수채물감으로 그린 그림.

설상가상으로 바오는 알코올 중독자였다. 그는 가끔 싸구려 와인 병을 들고 난의 방에 와서 같이 마시자고 했다. 보통의 경우, 난은 그 제안을 거절했다. 바오는 웬디가 낮에는 친구들을 만나거나 지역 활동에 참여하러 나가 얘기할 사람이 없으니 외로워하는 것 같았다. 와인을 반병쯤 마시면 그는 말이 많아졌다. 그러나 말이 분명치 않아 알아듣기 힘들었다. 그는 머릿속에 떠오르는 아무 얘기나 했다. 아홉 살 때 부모의 돈을 훔쳐 친구들에게 사탕과 얼음과자를 사줬다는 얘기도 하고, 친구들과 함께 과수원에 들어가서 과일과 수박을 서리해서 실컷 먹은 얘기도 했다. 언젠가 한번은 술에 취해 아이에게 젖을 물린 적이 없기 때문에 웬디의 젖가슴이 아주 팽팽하며, 아이를 낳은 적이 없기 때문에 성기가 탄력이 있다고 자랑하기까지 했다. 난의 전임자였던 중국인 여자한테 빠졌다는 얘기까지 털어놓았다. 어느 날 밤에는 그가 따라준 캘리포니아산 샤르도네를 난이 마시지 않겠다고 하자, 화를 내기도 했다. "시를 쓰고 싶으면, 주성酒聖인 이백처럼 술을 좋아해야 해요." 그는 난에게 이렇게 말했다. 하지만 난은 다음 날 아침에 출근하기 전까지, 들어온 원고를 읽어야 해서 술을 마실 수 없었다. 게다가 그는 술이 시를 술술 나오게 하는 영감의 원천이라는 생각을 믿지 않았다. 그는 그것이 작가 지망생들이 대는 핑계에 불과하다고 생각했다.

어느 날 바오가 난에게 그가 쓴 회고록의 일부를 보여주며 읽어보라고 했다. 19쪽에 달하는 육필 원고로 고등학교 화학 선생이었던 그의 아버지가 문화혁명 초기에 시골에서 분뇨를 수거하고 쓰레기차를 끌고 다녀야 했던 경험을 묘사한 것이었다. 아버지가 당하는 치욕 때문에 바오는 날마다 다른 학생들한테 모욕을 많이 받은 모양이었다. 글은 거칠고, 스토리는 너무 설명으로 일관하고 있어 평범했다. 구체적이고 세밀한 것이 빠져 칙칙하고 둔한 느낌이었다. 난은 다 읽고 나서 바오에게 말했다. "아직 완성이 된 것 같지는 않네요. 놀라운 내용은 아니어도 좀 더 새롭고 독특하게 만들 필요가 있을 것 같아요."

"나는 여기에 온 힘을 쏟고 있어요."

그런데 놀랍게도 바오가 그 글을 《신시행》에 실을 수 있게 번역해달라고 했다. 내키지 않았지만, 난은 그리하겠다고 했다. 번역은 지루한 작업이었다. 일주일이나 걸렸다. 그는 번역을 하면서, 사기를 당하기라도 한 것처럼 욕을 하며 이마를 쳤다. 상투적인 표현과 재치 있지만 피상적인 조소로 가득한 현란한 글을 갖고 씨름하느니, 삽으로 도랑을 파는 게 나을 듯싶었다. 번역이 마침내 끝나자 숨통이 트이는 듯했다.

영어로 번역된 원고를 보고, 바오는 너무 좋아했다. 그는 난에게 절까지 하며 저녁을 사겠다고 했다. 그는 그걸 거의 이해하지 못했지만, 번역문을 몇 번이고 읽고 또 읽었다. 웬디는 그걸 읽고 영어가 능숙하다며 난을 칭찬했다. 부드럽고 우아하고 약간 구식이지만, 주제에 딱 맞는다고 했다.

최근 들어 바오는 난에게 고향이 그립다는 말을 자주 했다. 그는 돌아가서 부모를 만나고 싶다고 했다. 그러나 그에게는 항공권과 가족과 친구에게 줄 선물을 살 돈이 없었다. 난은 그에게 그런 건 잊어버리라고 했다. 바오도 반체제 인물이어서 이미 감시 대상 명단에 올라 있었다. 중국 당국의 관행을 보면, 입국을 거부당하거나 경찰에 체포당할 게 뻔했다. "모험을 할 가치가 없어요." 난이 말했다.

"시민권이 있으면 얼마나 좋을까요." 바오가 한숨을 쉬었다.

"그게 무슨 차이가 있죠?"

"미국 시민이면 중국 경찰이 해를 끼치지는 않을 거요. 웨이푸 카이에 대해 알고 있나요?"

"알죠. 중국에 들어갔다가 체포됐던 사람이잖아요."

"그런데 그들이 그 사람을 한 달 후에 풀어줬어요. 그 사람은 최근에 미국의 인권 재단으로부터 큰 기금을 받았어요. 3만 달러나 받았더라고요. 미국 여권을 갖고 있으니 중국 정부가 건들 수 없었던 거죠. 그렇지 않았다면 적어도 5년형은 받았을 텐데."

"그 사람이 돌아온 건 모르고 있었네요."

"2주 전에 만났는데 건강이 좋아 보이더군요. 나도 미국 시민권자라면 좋겠어요."

"그러면 돌아가보려고요?"

"당연하죠."

난은 "다른 나라 시민이 되어야만 중국에서 제대로 대접을 받는다"는 중국인 이민자들 사이에서 유행하는 말을 떠올렸다.

8

딩스 덤플링스 직원들은 팁을 얼마 주느냐에 따라 손님들을 평가했다. 아이민과 마이유는 몇몇 미국인 손님들이 요구하는 게 너무 많고 불평이 많다고 종종 투덜댔다. 그들은 만약 이 식당이 이탈리아 식당이나 프랑스 식당이라면, 미국인들이 그렇게 퉁명스럽게 굴지 않을 것이라고 했다. "그 사람들은 싸니까 여기로 오는 거예요." 아이민이 이렇게 말하고 얇은 입술에 주름을 잡았다.

"아니면 우리가 싸든가요." 마이유가 덧붙였다.

몸이 비대한 백인 여자와 반다이크 수염을 기른 젊은 흑인 남자가 일주일에 두 번씩 찾아왔다. 그들은 늘 완탕 수프와 베이징식 라비올리, 생선 만두를 주문했지만 팁은 결코 1달러 이상 주지 않았다. 보통은 식탁에 잔돈만 놓고 갔다. 그들이 올 때마다 웨이트리스들은 그들의 시중을 들지 않으려 했다. 그래서 친친은 아이민과 마이유에게 번갈아가며 시중을 들게 했다. 때때로 가족 전체가 식사를 하러 왔다. 꼬마들은 식탁 밑으로 들어가고 아이들은 층계참 옆에 있는 화장실을 사용하다가 위층에 있는 작은 연회장으로 몰래 들어가기도 했다. 중년 게이 두 명이 매주 수요일 저녁에 와서는 다른 사람들이 보고 있는데도 껴안고 애무하고 난리였다. 어느 날 오후, 백인 부부가 네 딸과 함께 들어왔다. 딸들은 생김새가 비슷했다. 약간 창백하긴 했지만 모두 예뻤다. 가족은 한 달에 한 번씩, 말쑥하게 생긴 아버지가 월급을 받은 직후, 여기에서 식사를 한다고 했다. 그들이 부자가 아닌 건 분명했다. 그러나 그들은 매너가 좋았다. 난은 여섯 살쯤 된 막내딸이 자기 어머니에게 디저트로 호두 쿠키를 먹고 싶다고 하자, 안 된다고 말하는 소리를 엿들었다. 아이는 더 이상 투정을 부리지 않았다. 식사를 마치면, 남자는 팁으로 10달러를 놓고 갔다.

"그들은 늘 똑같은 돈을 줘요. 아주 좋은 사람들이에요." 아이민이 코에 주름이 잡히게 미소를 지으며 난에게 말했다.

다른 손님들과 비교하면, 가장 너그럽게 팁을 주는 사람은 데이비드 켈먼이었다. 그는 보통, 손님들이 별로 없는 오후 중반에 나타나 마이유에게 시중을 들게 했다. 그는 친친에게 옷이 예쁘다고 칭찬하고 나서 다정하게 서로를 놀렸다. 그러나 그들은 마이유가 음식을 갖다주면 하던 말을 멈췄다. 그는 마이유에게 많은 얘기를 했다. 언젠가 한번은 모두가 있는 곳에서 그녀에게 브로드웨이 쇼를 같이 구경하고 근사한 자리에 가서 재미있게 보내자고 했다.

"저는 결혼한 몸이에요." 그녀가 선웃음을 치며 말했다.

"십 대처럼 보이는데 정말이오? 그래도 상관없소." 그가 다른 손님들이 쳐다볼 정도로 큰 소리로 말했다.

난은 유쾌하고 편해 보이는 켈먼을 좋아했다. 켈먼은 부자처럼 보였다. 양복점에서 맞춘 재킷은 단추에도 그의 이름 첫 글자가 새겨져 있었다. 게다가 켈먼은 아무것도, 누구도 두려워하지 않고 점잔도 빼지 않았다. 그가 마이유에게 다시 말했다. "당신 남편이 된 행운안 대체 누구요?"

"말하지 않을래요."

"안 하는 게 좋을 거요. 그렇지 않으면 내가 그자의 목을 졸라버릴 테니까." 그가 껄껄 웃으며 말했다.

마이유가 이 남자한테 끌린 건 분명했다. 그녀가 켈먼을 좋아하자 그녀의 남편은 종종 화를 냈다. 그녀와 그가 일하는 시간대가 같을 때 특히 그랬다. 헹은 분노로 눈을 이글거리며 화를 냈다. 난은 그가 화를 내는 모습을 보면서, 자기 자리를 찾지 못하는 사람에게 종종 나타나는 절망감을 엿보았다. 난은 좌절감과 혼란과 절망감에 부인이나 여자 친구한테 화풀이를 하는 그런 남자들을 많이 만났다. 그들은 모두 거의 예외 없이 다른 사람들 앞에서는 과묵해 보이지만, 속으로는 언제 터질지 모르는 화약고였다. 난은 직관적으로 헹과 마이유의 결혼생활이 난관에 봉착했다는 걸 느꼈다.

곧 켈먼이 발길을 끊고, 이어서 마이유가 일을 그만뒀다. 소문에 따르면, 그녀는 집을 나가 그 흑인과 살고 있다고 했다. 아무도 감히 헹한테 사실인지 확인하려고 하지 않았다. 그렇게 했다가 그가 길길이 날뛸까 두려워서였다. 그러나 그의 아내가 그를 버리고 나갔다는 것은 공공연한 비밀이었다. 헹은 전보다 한숨이 많아지고 더 과묵해졌다. 그러다가 이따금 이유 없이 다른 종업원들을 향해 소리를 질렀다.

주인인 하워드는 마이유가 떠난 자리를 메우려고 여러 사람을 면접했다. 그는 한 주 전에 뉴욕에 온 스물네 살 먹은 야팡 가오를 채용했다. 푸단 대학교를 졸업한 그녀는 영어를 유창하게 했다. 그녀는 여기에서 오랫동안 일한 사람처럼 모든 사람을 향해 미소를 지어 보였다. 약간 오동통한 얼굴은 선해 보였고, 주먹코와 작은 송곳니는 그녀를 발랄하게 보이게 했다. 난은 그녀의 상냥함을 보고 그녀가 행복한 유년 시절을 보낸 게 틀림없다고 생각했다. 하워드가 그녀를 채용한 주된 이유는 그녀가 다른 종업원들이 할 줄 모르는 상하이 사투리를 할 줄 알아서였다. 식당 요리가 상하이 요리였던 것이다. 40년 전, 하워드도 그곳에서 살았다. 그래서 야팡을 면접할 때, 그는 그쪽 사투리를 사용했다. 난의 귀에는 낯설면서도 멋있게 들리는 사투리였다. 하워드는 지원자에게 영어로 이렇게 말했다. "고향 말을 다시 하니까 너무 좋구먼!" 하워드는 야팡에게 《레스토랑 실용 영어》까지 한 권 줬다. 그때부터 그는 그녀를 '고향 사람'이라고 불렀다.

야팡 가오가 일을 시작하기 전에 적응을 해야 했기 때문에 하워드는 며칠 동안 난에게 손님 시중을 들게 했다. 그리고 그녀가 일을 시작하자, 난은 부엌으로 돌아갔다. 그때부터 계속, 그는 주방장 감독하에 요리를 했다. 그는 요리하는 게 좋았다. 원료가 맛있는 요리로 변해가는 걸 보는 건 즐거운 일이었다. 그는 하워드가 언젠가 자신을 주방장 자리에 앉힐지 모른다고 생각하고 열심히 요리를 배웠다.

나중에 보니, 야팡은 상하이에 있는 자신의 모교에서 대학원 공부를 하고 있는 난의 동창생들을 알고 있었다. 그녀와 난은 종종 얘기를 하며 잘 지냈다. 두 사람은 중국이 그렇게 큰 나라임에도 불구하고 또 그렇게 좁다는 데 놀라고 있었다. 조국을 떠나온 많은 사람들이 서로에 대해 알고 있었다. 난의 동창들은 대부분 중국을 떠났다고 했다. 외국어를 할 줄 알면 외국에 나가려고 하는 게 대세였다. 어떤 사람들은 체코슬로바키아, 폴란드, 헝가리, 러시아, 남아프리카까지 갔다. "미국에 오는 허가를 학과에서 받는 데 3년이나 걸렸어요." 야팡이 난에게 말했다. 그녀는 상하이에 있는 기술대학에서 영어를 가르쳤다고 했다.

"왜 그렇게 오래 걸렸죠?" 그가 물었다.

"학과장이 내 나이가 너무 어려서 연장자인 동료들한테 기회를 먼저 줘야 한다고 했거든요."

"그럼 당신은 운이 좋다고 생각하는 건가요?"

"그럼요. 상하이에 있는 미국 영사관에서 비자를 받으려고 얼마나 많은 사람들이 줄을 서 있는지 몰라요. 어떤 사람들은 인터뷰 전날에 가서 기다리기도 해요. 그런데 대부분은 비자를 못 받아요."

"사람들은 자기들이 미국에 왜 오려고 하는지 잘 모르는 것 같아요."

"아뇨, 다들 너무나 잘 알고 있어요. 더 좋은 삶을 위해서죠."

"그러나 이곳에서 사는 것도 쉽지는 않아요."

"그래도 자유가 있잖아요."

"자유란 그것을 활용하는 법을 모르면 의미가 없는 거죠. 우리는 너무 오랫동안 억압을 받고 갇혀 있어서 사고방식을 바꾸고 진짜 자유를 얻는 것이 힘들어요. 우리는 회피와 부정으로 얼룩진 삶에 길들여져 있잖아요. 개인적인 취향과 자연스러운 욕구들이 대부분, 신중함과 두려움에 억제당해왔지요. 외적인 압박보다는 우리 스스로 갇혀 있는 폭압의 굴레에서 벗어나는 게 더 어렵죠. 간단히 말해, 우리는 우리 안에 있는 어린아이를 잃어버린 거예요."

"와우, 당신은 철학자처럼 감동적으로 말하네요."

헹 첸이 평상시의 침묵을 깨고 말했다. "난은 시인이기도 해요."

"정말이에요?" 야팡이 반짝이는 눈을 깜빡거리며 자기도 모르게 윗입술을 핥았다.

"시를 쓰려고 하는 건 사실이에요." 난이 시인했다.

"그건 당신이 아직도 마음이 젊다는 거예요."

헹이 다시 끼어들었다. "난은 마음이 젊고 아주 낭만적이기도 한 사람이에요. 더 인상적인 것은 술도 안 마시고 담배도 안 피운다는 거죠. 대단히 깨끗한 사람이고 모범적인 남편이랍니다."

난은 자신을 '실패자'나 '기러기 아빠'라고 하고 싶었지만, 대화를 계속하고 싶은 생각이 들지 않아 이렇게만 말했다. "내려가서 군만두를 만들어야겠어요." 그는 부엌을 향해 걸음을 서둘렀다.

9

난은 9월 말에 가족을 만나러 보스턴으로 돌아갔다. 핑핑과 타오타오는 그를 보자 너무 좋아했다. 하지만 하이디는 그를 보고 냉담하게 반응했다. 핑핑이 하이디에게 직장을 잡으러 남편이 뉴욕에 갔을 뿐이라고 여러 차례 말했지만, 하이디는 그가 핑핑과 타오타오를 버리고 나갈지 모르고, 그렇게 되면 그들을 떠맡아야 할지 모른다고 생각하는 것 같았다. 난은 하이디에게 전화로 식당에서 요리 실습이 끝나면 바로 돌아가겠다고 약속했었다. 그는 요리사가 되는 훈련을 받고 있다는 걸 그녀에게 보여주기 위해, 메이스필드 가족과 자신의 가족을 위해 완탕 수프, 레몬 치킨, 새우 만두 등으로 된 저녁을 직접 요리했다. 그의 요리는 대성공이었다. 리비아는 완탕을 너무 좋아해서 난에게 어떻게 만들고 삶는지 가르쳐달라고 했다. 난은 핑핑에게 소로 뭘 넣었는지 설명했다. 그러자 그녀는 리비아에게 벌링턴에 있는 중국 식품점에 가서 피를 사다가 어떻게 완탕을 만들고 요리하는지 가르쳐주겠다고 약속했다. 난과 핑핑은 하루나 이틀만 지나면 리비아가 흥미를 잃을 것이라는 걸 알았다. 리비아는 끈기 있게 뭘 계속하는 적이 없었다.

난은 주말에만 있을 수 있었다. 월요일 아침이면 그레이하운드 버스를 타고 돌아가야 했다. 그는 핑핑과 같은 침대에서 자지 않았다. 그러나 그들은 타오타오가 다른 방에서 낮잠을 자는 동안, 사랑을 했다. 그녀는 나중에 한숨을 쉬며 난이 너무 보고 싶었고 그가 없으니 불리한 점이 많다고 했다. 혼자서 할 수 없는 것들이 너무 많다고 했다. 그녀가 물었다. "같이 살 수는 없는 거야? 당신이 집에 없으니 불안하고 밤에 잠을 설치게 돼."

"나도 뉴욕에서는 잠을 잘 못 자. 너무 시끄러워서."

"하이디가 나한테 우리가 별거 중이냐고 물었어."

"곧 돌아올게. 솔직히 나는 편집 일에는 별로 관심 없어. 하지만 식당 일을 하는 건 그 일을 배울 좋은 기회이기 때문이야. 잠시만 집을 떠나 있는 거니 이해해줘. 알겠지? 몇 달 만 지나면 진짜 요리사가 되어 돌아올게."

"타오타오도 당신을 보고 싶어해."

"알아."

"뉴욕에서 좋아하는 여자를 만나면 같이 시간을 보내도 좋지만, 병에 걸리지는 말고 돌아와."

"별 소리를 다 하네! 다른 여자를 만나기에는 너무 피곤해.

당신 하나로도 충분해."

그러자 그녀는 더 이상 말하지 않았다. 난은 자신이 미국으로 오기 전에도 그녀가 똑같은 말을 했다는 걸 떠올렸다. 어찌 된 일인지, 그녀는 늘 그가 여자들을 매료시킬 수 있다고 생각했다. 그러나 그는 자신이 전혀 매력적이지 않다고 생각했다. 여자를 밝히기에는 너무 말이 없고 내성적이었다. 게다가 그는 연애나 달콤한 말에 능숙한 적이 없었다. 미국에 오기 전, 그는 미국 대학에는 온갖 종류의 기이한 과목이 있다는 말을 들었다. 그는 브랜다이스에 등록하고 교과과정표를 보면서, 연애술과 관련된 과목이 있는지 살펴보았다. 그런 과목이 있었다면 수강 신청을 했을 것이다.

난은 핑핑의 머리카락 끄트머리를 아직도 만지작거리고 있었다. 그녀는 뒤 창문 쪽을 향해 옆으로 누워 있었다. 그는 사랑을 나누고 나면 아직도 가슴이 먹먹했다. 이런 먹먹함이 그를 우울하게 했다. 그는 그녀가 자신의 그런 마음 때문에 상처를 받고 있다는 걸 알았다.

난이 알지 못했던 건 핑핑이 때때로 그와 잠자리를 같이하는 걸 싫어한다는 것이었다. 성행위는 그녀를 비참하고 초라하게 만들었다. "창녀보다 못해." 그녀는 이렇게 스스로를 꾸짖었다. 그를 사랑하고 가정을 유지하기 위해 엄청난 노력을 하고 있음에도 불구하고, 그녀는 자신을 사랑하지 않는 남자와 성행위를 하는 것이 모욕적이라는 느낌을 늘 지울 수 없었다. 바로 그것이 그녀가 그를 잃는 걸 두려워하면서도, 그가 다른 여자와 잠을 자는 걸 별로 꺼려하지 않는 이유였다. 그녀는 그가 자신이 어떤 기분인지 이해할 수 있으면 싶었다.

*

다음 날 아침, 난은 타오타오와 같이 시립 도서관에 가서 책을 빌렸다. 돌아오는 길에 난은 다소 방심한 상태로 운전을 했다. 부자는 타오타오의 학교 친구들에 관한 얘기를 했다. 아이는 이제 수학 경시대회 팀에 소속되어 앞으로 있을 토너먼트를 위해 준비를 하고 있었는데, 그게 싫다고 했다. 아이는 토너먼트가 지식보다는 얼마나 빠르게 반응하느냐에 관한 것이라고 했다. 옛 시립 공동묘지 부근에서 사고 때문에 차가 막혔다. 픽업트럭과 흰 스테이션 왜건이 충돌한 사고였다. 난은 그쪽으로 가다가 오렌지색 철탑이 있는 새 길로 방향을 틀었다. 그런데 그의 차가 임시방편으로 택한 그 길에서 나오다가 오른쪽 옆구리로 쿠페형 자동차의 앞쪽 고무범퍼를 스쳤다. 아주 약하게 스치는 바람에 난은 그랬다는 것도 알지 못했다. 그는 계속 차를 몰았다.

앞쪽이 뭉툭한 쿠페형 자동차가 경적을 울리며 그를 따라왔다. 난은 그걸 교통 체증 때문에 내는 짜증이라고 생각해 무시하고 계속 차를 몰았다. 잠시 후, 그 차가 그의 차를 따라잡더니 다시 경적을 울렸다. "차 세워!" 운전자가 아직도 무슨 일인지 알지 못하는 난을 향해 소리를 질렀다.

그는 과속방지턱 앞에서 차를 세우고 밖으로 나왔다. 아들은 안에 그대로 있었다. 트렌치코트를 입은 땅딸막한 남자가 쿠페형 자동차에서 나오더니 그를 향해 달려왔다. 놀랍게도 남자는 경찰 배지를 꺼내 난에게 보여줬다. 단추가 열린 코트를 보니, 경찰복을 입지 않은 경찰이었다. 경찰의 매 같은 눈이 번득였다. "경찰이다. 내 차를 치고 달아나는 이유가 뭐야?"

"언제…… 제가 언제 그랬다는 겁니까?"

"방금 그랬잖아. 잡아뗄 생각하지 마!"

"무슨 일이 있었는지 정말 모르겠습니다만."

"부인하지 마. 당신은 범죄를 저질렀어. 알겠어?" 그가 자기 옆구리를 치며 말했다. "이건 총이야." 사실이었다. 그는 비번이었음에도 권총을 차고 있었다. 그러고는 명령했다. "운전면허증 내놔!"

"왜 그러십니까?"

"말했잖아. 내놔!"

난은 고개를 돌려 아직도 차 안에서 무슨 일이 일어났는지 알지 못하고 있는 타오타오를 바라보았다. 그는 운전면허증을 경찰에게 건넸다. 경찰은 거기에 적힌 정보를 적기 시작했다. "운이 좋은 줄 알아. 다음번에는 서지 않으면 발포할 테니까."

난은 갑작스레 의기소침해지면서 자기연민에 빠졌다. "지금 그래 주세요. 제발 죽여주세요!"

"내키면 그렇게 해줄 수 있지." 경찰은 고개를 들지 않고 뭔가를 계속 적으며 말했다.

"나를 여기에서 죽여주세요. 이런 비참한 삶에 질렸으니 제발 죽여줘요!"

그 말이 진심이란 데 놀란 경찰관이 난의 얼굴을 바라보며 나직하게 말했다. "돌았군!" 그는 이렇게 말하고 공적인 목소리로 덧붙였다. "허세 부리지 마! 너처럼 남의 재산이 어떻게 되든 신경을 쓰지 않는 이상한 인간들은 질리도록 봤어."

이때, 타오타오가 나와서 자기 아버지 옆에 섰다. 경찰이 난에게 운전면허증을 돌려주며 말했다. "이건 취소됐다. 넌 더 이상 운전할 수 없게 됐어. 엿 됐다고!"

"그냥 나를 죽여주면 안 됩니까? 고통이 없게 내 목숨을 끝내주세요. 이 암울한 삶에 질렸으니, 제발 쏴 죽여주세요!" 난은 눈물을 애써 참았다. 그의 얼굴은 고통으로 일그러져 있었다.

"진정해. 우리 모두에게는 져야 할 십자가가 있어. 미국에서 확실한 건 죽음과 세금밖에 없지. 운전할 때는 더 조심해야 해. 아이가 타고 있을 때는 특히 그래." 그는 타오타오를 힐긋 바라보았다. 아이의 얼굴에도 눈물이 흐르고 있었다. 그는 아무 말 없이 돌아서서 가버렸다.

차를 타고 돌아올 때, 타오타오가 말했다. "아빠, 경찰한테 그런 식으로 얘기하면 안 돼요."

"왜?"

"죽을 수도 있으니까요."

난은 아들에게 앞이 보이지 않고 자신을 무용지물로 만드는 이러한 삶보다는 죽는 게 낫다고 말하고 싶었지만, 그 충동을 억제했다. 수치심이 몰려왔다. "다시는 그러지 않으마." 그가 다짐했다.

그 사건은 그를 깊숙한 곳까지 흔들어놓았다. 그는 면허증이 실제로 취소되었는지 어쩐지 알지 못했다. 취소됐다면 어떻게 다시 딸 수 있지? 당분간 면허증 없이도 살 수는 있겠지만 결국 보스턴으로 돌아오면 없어서는 안 될 터였다. 그는 하이디한테는 조언을 구하고 싶지 않았다. 불필요한 의심을 사게 될까봐 두려워서였다. 그는 마지막 수단으로, 그날 밤 라디오 방송국에 전화를 해서 지미라는 가명으로 토크쇼 진행자에게 그것에 관해 물어봤다.

전화가 연결되었다. 진행자는 난에게 방송으로 이렇게 말했다. "지미, 그건 그런 식으로 처리되지 않아요. 비번인 경찰관은 면허증을 취소할 권한이 없어요. 교통 위반에 딱지를 끊을 수도 없고요. 따라서 당신 면허증은 아직 유효해요. 걱정하지 마세요."

"문제가 생기지 않도록 제가 뭘 해야 하나요?" 그는 가슴이 쿵쾅거렸다. 라디오에 나온 게 처음이었다.

"경찰서에 가서 고소를 할 수 있어요. 그 경찰이 어디 소속인지 아세요?"

"모릅니다."

"그걸 알아내 고소를 하세요. 우리는 이런 식의 경찰 폭력이 임퓨너티 상태로 그냥 넘어가게 둬서는 안 돼요. 비번일 때, 총으로 사람들을 위협하는 건 포학한 짓이에요. 시간이 다 된 것 같네요. 여러분은 〈법에 관한 토크쇼〉를 듣고 있습니다.

우리의 무료 장거리 전화번호는 1-800-723……."

난은 '임퓨너티(처벌 받지 않음)'라는 말을 이해하지 못했다. 그는 고소까지 할 생각은 없었다. 그 경찰이 어디 소속인지 찾아낼 길도 없었다. 그는 면허증이 아직 유효하다는 사실이 기뻤다.

10

헹 첸이 며칠 동안, 딩스 덤플링스에 나타나지 않았다. 그래서 난이 그를 대신해 일을 했다. 위층 직원들은 헹에 관한 얘기를 자주 했다. 이따금 난도 대화에 끼었다. 그들은 헹이 너무 창피해서 여기에서 계속 일을 할 수 없는 게 아닌가 생각했다. 그의 아내가 그를 차버렸다는 걸 누구나 알기 때문이었다. 중국 본토에서 온 젊은 여자들이 남편을 버리고 백인 남자나 중국계 미국인한테 가는 일이 최근에 잦았다. 그런데 헹의 경우에는 적어도 그보다 열다섯 살이나 많은 흑인한테 마이유를 뺏긴 것이었다. 친친은 그런 이유로 그가 더 굴욕감을 느꼈을 게 분명하다고 생각했다. 그는 켈먼이 여자들에게 매력적이라는 걸 알았다. 기댈 수 있는 강한 어깨를 필요로 하는 여자들에게는 특히 그랬다. 켈먼은 여자 친구에게 일주일에 몇 차례씩 꽃을 사주고 영화관이나 극장, 박물관이나 음악회에 데려갈 그런 남자였다. 그와 대조적으로, 헹은 이곳에서 자기 자리를 찾아야 하는 사람이었다. 그는 일만 했다. 그러니 마이유에게는 싫증나는 존재였음이 분명했다. 그녀는 전에는 유망한 역사학자였던 남편이 점점 더 자기보다 무능해져가는 걸 참지 못했다. 더 문제였던 건 중국 본토에서 온 일부 남자들의 성격이 고약해졌다는 것이었다. 전에 갖고 있던 우월감을 잃어버린 탓이었다. 특히 고향에서 그들의 세대를 대표하는 존재였던 대학 졸업생들이 그랬다. 이곳에 온 그들은 다른 사람들처럼 바닥에서부터 시작해야 했다. 그들은 그처럼 격렬한 변화에 마음의 준비가 되어 있지 않았다. 게다가 그들이 전에 누렸던 특권적인 삶이 미국 땅에 뿌리를 내리는 데 필요한 활력과 정력을 박탈해버렸다. 결과적으로 이민은 그들의 기를 꺾어버렸다. 틀림없이 헹도 그랬다.

헹은 언젠가 난에게 자기 부모가 급한 용건이 없어도 2주마다 수신자 부담으로 전화를 한다고 말한 적이 있었다. 자식들이 뉴욕에서 큰돈을 버는 것은 고사하고 대학 문턱에도 가보지 못한 마을 사람들에게 과시를 하기 위해서라고 했다. 그의 부모는 2백 가구가 사용하는 유일한 전화가 있는 마을 사무실에 가서 전화를 했다. 그런데 매번, 전화비로 적어도 50달러가 들어갔다. 그래서 그와 마이유는 전화요금 때문에 싸우는 일이 잦았다. 헹은 난에게 어떤 면에서는 자기 잘못이 크다고 말했다. 언젠가 그는 크고 고풍스러운 저택 옆에 있는 차도에 세워진 신형 재규어에 기대어 찍은 사진을 보낸 적이 있었다. 집이나 차가 자기 것이라도 되는 것처럼 사진을 찍어 보낸 것이었다.

친친이 큰 눈을 굴리며 다른 직원에게 농담 삼아 말했다. "공산주의를 지지하는 당신네 본토인들은 남편과 아내를 다른 사람들과 공유하는 데 익숙해져 있는 게 틀림없어요. 그러니 헹에게도 그건 별일이 아니겠죠. 마이유가 타이완 사람하고 결혼했다면 조심했어야 할 거예요. 죽이려고 했을 테니까요."

"헹은 남자도 아니에요." 아이민이 말했다.

"그를 비난하지 마세요." 난이 끼어들었다. "여기에서 버티는 건 힘든 일이에요. 어떻게 그가 마이유가 원하는 모든 걸 갖고 있는 켈먼과 경쟁할 수 있겠어요?"

"켈먼은 겉으로 보이는 것만큼 부자일 리가 없어요." 친친이 말했다.

"하지만 그는 자기 사업도 갖고 있고 자신감도 넘치잖아요." 난이 카운터에 있는 통에서 휴지를 뽑으며 말했다. "마이유는 자신의 처지가 불안하니까 안정을 원했을 거예요."

"헹이 잠자리에서 제구실을 못했는지도 모르죠." 아이민이 엄지손가락 손톱을 이로 뜯으며 말했다.

"그는 이미 바닥으로 떨어졌어요. 거기에 또 발길질까지 할 필요는 없잖아요." 난이 발끈했다.

"내 생각에 헹은 성교육을 제대로 못 받아 마이유를 만족시키지 못한 게 분명해요."

"아이민, 당신은 정말로 입이 험하네요." 친친이 말했다.

그런데 이상하게 야팡은 그런 얘기가 오가는 동안, 아무 말도 하지 않고 있었다. 그녀는 오늘따라 창백해 보였다. 아이민이 물었다. "야팡, 헹에 대해 어떻게 생각해요? 남자로 보이나요?"

"굶주린 늑대죠."

"왜 그렇게 화를 내요?" 친친이 말했다.

"미친 호색한일 따름이에요."

"그가 호색한이라는 걸 당신이 어떻게 알아요?" 아이민이 물었다.

"그냥 알아요."

난은 야팡의 말에 놀랐다. 그녀는 나머지 사람들보다 헹에 대해 더 많이 알고 있는 것 같았다. 난이 주말에 보스턴에 갔을 때, 그와 그녀 사이에 무슨 일이 있었는지도 몰랐다. 무슨 일이 있었을까? 헹은 왜 일하러 오지 않은 걸까? 야팡이 그렇게 화를 내는 이유가 뭘까?

난은 부엌에서 부추를 다듬으며 여자 종업원들과 했던 얘기를 곰곰이 생각해보았다. 헹이 왜소하고 약했지만, 마이유가 그를 버리고 나간 건 섹스 때문이 아닐 것 같았다. 그는 브랜다이스 대학교에 다닐 때, 1년 반 동안 룸메이트였던 게리 짐머맨을 떠올렸다. 게리는 마르고 가난한 친구였다. 한쪽 다리가 다른 쪽 다리보다 짧아 절름거리기까지 했다. 왼팔을 마음대로 쓸 수도 없었다. 그러나 그에게는 여자가 끊이지 않았다. 이스라엘 사람이었던 그는 때로 두 여자와 더블데이트를 하기도 했다. 그가 퀸사이즈 침대에서 두 여자와 함께 난리법석을 떨어 옆방에 있는 난이 새벽녘까지 잠을 못 잔 때도 있었다. 게리는 낭랑한 목소리를 제외하고 특별한 구석이 없었다. 그러나 그는 영어를 유창하게 했고 미국에서 자연스럽게 살았다. 그의 태도와 자신감이 주변 여자들에게 매력적이었던 것이다. 그에게 히브리어를 배우고 그가 장애인인 것을 동정하는 여자들에게는 특히 매력적이었다. 그와 달리, 헹은 이곳에 와서 무기력해지고 작아졌다는 게 문제였다. 영어도 거의 못하고, 희망도 없고 자신감마저 없는 그가 어떻게 켈먼과 대적할 수 있겠는가.

11

그날 밤, 식당 일이 끝나고 난과 야팡은 같이 지하철역을 향해 걸어갔다. 그녀는 허리를 꽉 조인 개버딘 피코트를 입고 있었다. 보슬비가 내리고 있었다. 커낼 가에 생긴 더러운 웅덩이에 네온사인 불빛이 어려 있었다. 웅덩이는 차가 통과할 때마다 사라졌다. 맨홀에서 가느다란 김이 올라오고 있었다. 대부분의 가게가 닫혔지만, 아직도 인도에는 사람들이 많았다. 도로 건너편에서 한 중국 남자가 자전거를 타고 있었다. 그는 세찬 바람을 맞으며 맞은편에서 오고 있었는데, 흰 레인코트 뒷자락이 펄럭이면서 그를 유령처럼 보이게 했다. 그는 멀리 볼 수 없어서 그런지 자전거 앞바퀴만 바라보며 달리고 있었다. 손잡이에 아직도 김이 나는 비닐봉지가 걸려 있었다. 배달부였다. 난은 고개를 돌려 배달부의 뒷모습을 바라보았다. 그는 한 블록 떨어진 거리의 모퉁이를 돌아 사라졌다.

지하철 플랫폼에서 야팡은 난에게 헹이 다시 일하러 오지 않을 것 같다고 말했다. "왜요?" 그가 물었다.

"감히 못 올 거예요."

A선 열차가 끽 소리를 내며 멈추고 승객들을 토해냈다. 난은 그걸 탈 수도 있었지만 야팡이 내리는 킹스턴에서 서지 않기 때문에 그녀와 함께 C선 열차를 기다렸다.

플랫폼이 조용해진 다음, 그가 그녀에게 다시 말했다. "나는 아직도 헹이 일하러 오지 않는 이유를 모르겠어요. 누가 두려운 걸까요?"

"나죠."

"당신이라고요? 왜요?"

"다시 나한테 접근하면 내가 칼로 찌를 테니까요."

"무슨 일이에요?"

"그 사람이…… 강제로 섹스를 하려고 했어요."

"뭐라고요? 그런 사람이 그럴 수 있어요?"

C선 열차가 오더니 소리를 내며 멈췄다. 난과 야팡이 차에 탔다. 승객은 몇 명밖에 없었다. 일부는 졸고 있었다. 난과 야팡은 구석에 앉았다. "어찌 된 일이죠?" 그가 그녀에게 물었다.

"나를 속였어요."

"어떻게요? 참견하려는 게 아니에요. 나는 그가 그렇게 위험한 사람일 거라고는 생각하지 못했어요. 정말로 약한 사람이잖아요."

"사흘 전, 하워드 사장의 딸들이 식당에 와 일을 해줄 때 헹첸과 내가 하루 쉬었잖아요. 마침 우리가 같은 지역에 사니까, 그가 나한테 저녁에 영화를 보러 가자고 했어요. 나는 그에게 어떤 영화가 좋으냐고 물었죠. 그랬더니 그가 '성인영화 본 적 있느냐?'고 묻더군요. 그래서 나는 본 적 없다고 했죠. 나는 그가 포르노영화를 두고 한 말이라고는 생각하지 못했어요. 아이들이 이해하기에 너무 심각한 영화 정도로 받아들였던 거죠. 여하튼 그는 나를 근처에 있는 영화관에 데리고 갔어요. 그런데 미국인들이 섹스를 하는 영화였어요. 그런 걸 전에 본 적이 없던 나는 너무 놀랐어요. 솔직히 말하면 끌리기도 했어요. 그런데 어둠 속에서 헹 첸이 내 몸을 더듬기 시작했어요. 어떻게 저항해야 할지 모르겠더라고요. 너무 수치스러워서 아무 소리도 내지 못했죠. 나중에 우리는 그의 아파트로 갔어요." 그녀가 흐느끼며 코를 풀었다. 그녀가 갑자기 나이 들어 보이고, 볼 아래쪽에 주름이 나타났다. 그녀가 말을 이었다. "나는 흥분해 있었어요. 나는 그걸 하는 방식이 그렇게 많다는 걸 몰랐어요. 헹 첸은 자기가 그걸 잘하니 어떻게 하는지 가르쳐주겠다고 했어요. 나는 그의 접근을 막으려고 했지만 그가 애원했어요. '우리 모두는 이 나라에서 떠돌이예요. 그러니 서로를 도와야 해요. 이건 내가 굶어 죽게 된 마당에 당신 찬장에는 음식이 가득한 것과 같아요. 섹스는 당신이 비참함과 외로움을 잊는 걸 도와주고 행복하게 만들어줄 수 있어요.' 갑자기 그가 말이 많아지고 불쌍해져 나는 마음이 움직였어요. 그가 가엾어서 그냥 하자는 대로 놔뒀어요. 그는 거친 짐승 같았어요. 나를 물어뜯기도 하고 꼬집기도 했어요. 그리고 자정이 넘을 때까지 나를 놔주지 않았어요. 혼자서 집으로 돌아가기에 너무 늦어버린 거죠. 그래서 거실에서 잤어요. 그가 침대를 같이 쓰자고 했지만 나는 거절했어요. 그리고 새벽녘에 그의 아파트에서 몰래 나왔고요."

난은 무슨 말을 해야 할지 몰라 가만히 있었다. 헹이 그녀를 유혹할 계획을 세운 건 틀림없지만, 그녀는 자발적으로 그의 침실로 들어갔다. 그녀의 이야기를 듣고 난은 속이 상했다. 그는 상처를 받은 사람들이 다른 사람들에게 상처를 준다는 사실을 깨달았다. 그는 겉으로 보기에 소심한 헹이 그렇게 대담하고 야비할 수 있으리라고는 상상하기 힘들었다.

"어떻게 해야 하죠?" 야팡이 그에게 물었다.

"모르겠어요."

"이런 일이 고향에서 있었다면, 오빠나 오빠 친구들한테 그를 패주라고 할 수 있었을 거예요. 그런데 여기에는 아는 사람이 없어요. 사실, 당신한테만 이 얘기를 하는 거예요. 당신은 믿을 수 있는 좋은 사람이니까요. 그가 나를 강간한 건가요?"

난은 놀라서, 손가락 끝으로 눈가를 만지다가 손을 내리고 말했다. "사실은 그런 것 같네요. 그러나 그걸 증명하기는 어려울 것 같아요. 당신이 그와 함께 영화를 보러 갔고 스스로 그의 방에 들어갔으니까요. 그는 두 사람이 데이트를 했고 합의하에 잤다고 할 거예요. 그렇게 되면 당신의 말과 그의 말이 대치하게 되겠죠."

그녀가 다시 흐느꼈다. 이번에는 더 큰 소리였다. 난은 그녀의 어깨에 손을 대고 속삭였다. "그렇게 슬퍼하지 마요. 이곳에서는 강해져야 해요. 많은 모욕을 견뎌야 해요. 때때로 잇몸에서 떨어져 나온 이를 삼키기도 해야 하고요."

"그러나 나는 내 동포가 나한테 이렇게…… 이렇게…… 할 거라고는 생각하지 못했어요." 그녀가 숨을 헐떡이며 말했다.

"그와 같은 남자는 감히 백인들이나 흑인들은 건들 생각도 못 하고 중국인들한테는 그럴 수 있죠." 그는 그녀의 어깨에서 손을 떼고 한숨을 쉬었다.

"오늘밤 나하고 같이 있어줄 수 있어요?" 흐릿해진 눈으로 그녀가 물었다. "너무 외롭고 무서워요. 이곳에서는 아무도 나에게 신경을 써주지 않아요. 오늘밤에는 룸메이트들이 안 들어와요. 아파트가 텅 비어 있어요. 나하고 같이 가줘요. 당신한테 잘해줄게요."

"야팡, 당신은 감정이 너무 흔들려 제대로 생각을 못 하고 있어요. 당신은 좋은 여자이니 곧 이 일을 극복할 거예요. 나는 당신 집에 갈 수는 없어요. 그건 당신을 이용하는 거나 마찬가지일 거니까요. 그리고 당신은 나중에 나를 경멸할 거고요."

그녀가 고개를 숙이고 끄덕였다. "당신이 나를 오해한 것 같아요. 나는 당신한테 거실에 있어달라고 한 말이었어요. 누군가 아파트에 있어주면 좋겠어요. 무서워서 그래요."

"그렇다면 앞에서 내가 한 말을 용서해줘요. 그래도 나는 당신을 따라갈 수는 없어요."

"알겠어요."

"전적으로 신뢰하지 않으면, 당신한테 있었던 일을 누구한테도 얘기하지 마세요. 꼭 해야겠거든 집으로 전화를 해서 형제들한테 얘기해요."

"그럴 수는 없어요. 그랬단 부모님한테 알릴 테니까요. 지금까지 나는 늘 모든 게 잘돼간다고 했거든요."

"그럼 얘기하고 싶으면 나한테 전화해요."

"고마워요. 그럴지도 모르겠어요."

그녀는 킹스턴 스루프 가에서 내렸다. 그녀는 갑자기 몸이 무거워진 것처럼 발을 지척거리며 걸어갔다.

그날 밤, 난은 속으로 야팡이 한 얘기를 되짚어보았다. 그녀와 같이 가주지 못한 것이 마음에 걸리고 다소 후회스럽기까지 했다. 그러나 그는 그녀와 너무 깊이 얽힐 것이 두려웠다. 그의 인생은 이미 진구렁이었다. 이 시점에서 다른 여자와 얽혀서는 안 될 일이었다. 그는 자신과 가족의 생존에 집중해야 했다. 생각하면 할수록, 핑핑이 종종 했던 말이 그를 더 괴롭혔다. 핑핑은 낯선 사람들보다는 동포들과 섞이는 것이 더 위험하다고 했다. 이곳에 사는 대부분의 동포들은 필사적이었고, 서로에게 해를 끼치는 걸 망설이지 않을 것이었다. 헹 첸에게는 야팡을 단순히 이용하는 것 이상의 이유가 있었을 게 틀림없었다. 아내의 배반은 그를 여성 혐오자로 만들었는지도 몰랐다. 아니, 꼭 그런 건 아닐지 몰랐다. 그가 아직도 여자를 원하는 건 확실했다. 어쩌면 그는 너무 구석에 몰리고 필사적이어서 어쩔 수 없이 젊은 여자를 성급하게 유혹하게 됐는지도 모를 일이었다. 하지만 소송과 보복을 당할 것이 두려워, 조국에서 막 도착한 여자만 먹잇감으로 삼았는지도 모를 일이었다.

야팡은 난에게 전화를 하지 않았다. 그녀는 그에게 공손했지만 거리를 두었다. 난은 자신이 그녀의 자존심에 상처를 줬다는 걸 알았다. 그가 궁지에 처한 자신을 내버려뒀다고 생각하는지도 몰랐다. 그는 그녀가 아이민이나 친친과는 얘기를 많이 하는 걸 보았다. 때때로 그는 야팡이 자신을 생각에 잠긴 눈으로 바라본다는 걸 알았다. 하지만 그가 대화에 끼면, 그녀는 침묵을 지켰다. 야팡은 그와 얘기하는 걸 피하는 것처럼 보였다. 하지만 그녀는 그가 준 《신시행》을 아주 재밌게 읽고 있다고 말했다.

12

류 선생이 전화를 해서 자기 아내 샤오야가 단편소설을 다 썼다며, 《신시행》에 싣고 싶은지 여부를 물었다. 싣겠다면 바로 보내주겠다고 했다. 난이 말했다. "당연하죠. 읽어보고 싶습니다. 내용이 어떤 건데요?"

"뉴욕의 지하 공장에서 열심히 일하는 중국 여자에 관한 걸세."

"좋네요. 게재할 수도 있겠어요."

"우편으로 보낼까?"

"그러실 필요 없습니다. 제가 내일 아침 인쇄소에 갈 때 들르겠습니다. 그렇게 되면 우편요금도 절약하실 수 있고요."

"그렇게 배려해줘서 고맙네. 그럼 내일 보지." 류 선생은 목소리가 잘 나오지 않는 것처럼 피곤한 목소리로 말했다.

난은 바오에게 샤오야의 소설에 관해 얘기했다. 그들은 그녀가 자정향이라는 필명을 사용한다는 전제하에 그걸 싣는 게 좋겠다고 생각했다. 하지만 소설을 읽어보기 전까지는 최종적인 결정을 내릴 수 없었다. 바오는 소설을 게재하는 게 잡지를 위해 좋은 것이라는 말을 계속했다. 소설을 실으면 잡지의 판매 부수가 늘어날지 모른다는 것이었다.

다음 날 아침, 난은 류 선생의 집을 찾았다. 아파트를 찾는 데 상당한 시간이 걸렸다. 주변에 똑같이 생긴 건물이 있었기 때문이다. 마침내, 그가 그곳을 찾아 입구에 들어설 때, 어떤 여자가 중국어로 비명을 지르는 소리가 들렸다. 무슨 소리인지 알아들을 수 없었다. 흑인이 계단통에서 뛰쳐나오다가 난과 거의 부딪힐 뻔했다. 난은 그가 지나가도록 옆으로 비켜섰다. 남자의 샛노란 풀오버 스웨터 앞면에는 커다란 글씨로 '모든 게 싫다'는 말이 쓰여 있었다. 그는 난을 향해 고개를 끄덕이더니 사라져버렸다. 난은 127번 아파트로 갔다. 여자의 목소리가 이제야 분명하게 들렸다. 샤오야의 목소리였다. "나는 돈을 벌려고 초주검이 될 정도로 일을 했는데, 당신은 그걸 아무렇게나 버렸어요." 그녀가 소리쳤다.

"그럴 생각은 아니었어." 류 선생의 다소곳한 목소리가 들렸다.

"돈 내놔요."

"당신도 알다시피, 나는 빈털터리잖아. 나한테 돈이 있다면 당신이 다 가져도 좋아."

"주식은 이제 그만둬요. 내 말 알아듣겠어요?"

"인생은 모험이야. 우리……."

"닥쳐요! 다시는 하지 않겠다고 약속이나 해요."

난은 들어가야 할지 말지 망설였다. 그가 결심을 하고 문을 두드렸다. 류 선생이 나오더니 그를 보고 깜짝 놀랐다. 노인이 씩 웃으며 말했다. "들어오게나." 그가 난을 모임으로 안내하는 것처럼 팔을 펼쳤다.

"죄송합니다. 이 시간대면 불편하지 않으실 것 같아서 들렀는데." 난이 말했다.

"걱정하지 말게. 말다툼을 조금 했을 뿐이야. 그렇지, 여보?" 그가 샤오야에게 물었다. 그녀는 아직도 화가 난 것 같았다. 얼굴이 붉으락푸르락했다.

그녀는 난이 오랜 친구라도 되는 것처럼 말했다. "내가 어렵게 번 돈으로 저이가 주식을 했답니다. 어제만 해도 2천 달러 이상을 잃었어요."

"알았어, 알았어." 그녀의 남편이 말했다. "그런데 주식시장이란 따고 잃는 게 정상인 전쟁터와 같소. 많은 게 운에 달렸다고. 난, 그렇지 않나?"

주식에 대해 전혀 모르는 난은 깜짝 놀랐다. 그는 억지로 이렇게 대답했다. "맞을 겁니다. 잃고 따는 건 매일 일어나는 일이니까요."

"처음부터 모험을 해서는 안 돼요." 그녀가 말했다. "내가 선물 가게에서 얼마나 열심히 일하는지는 아무도 몰라요. 지난주에는 58시간을 일했어요. 밤에 돌아올 때면 발이 퉁퉁 부어 있어요. 그런데 저이는 내가 번 돈을 집에서 물 쓰듯이 쓰고 있다고요."

"알았어. 다시는 안 할게." 그녀의 남편이 말했다.

난은 소설을 받고 같은 필명을 사용하겠다는 그녀의 약속을 받아냈다. 돌아오는 길에 그는 류 선생의 집에서 있었던 일을 생각해보았다. 노인이 주식을 한다는 사실이 놀라웠다. 모든 사람이 류 부부를 가난하다고 생각했다. 하지만 류 선생은 막 수천 달러를 잃었다지 않은가. 그게 어떻게 가능하지? 그가 아무도 모르게 재정 원조를 받았다는 말인가? 그럴지도 몰랐다. 그렇지 않다면 그런 식으로 돈을 낭비하지 않았을 터였다.

그러나 다시 생각해보자, 꼭 그런 건 아닌 것 같았다. 류 선생은 이미 독립적인 사람으로 이미지를 굳히고 있었다. 누군가에게 돈을 받았다면 틀림없이 소문이 났을 터였다. 반체제 인사들의 사회는 좁았고 모든 사람의 눈이 반체제 인사들을 위한 기금에 쏠려 있었다. 다른 사람이 눈치채지 못하게, 노인이 재정 원조를 받았을 리는 없었다. 난은 류 선생의 자립이 아내의 노동과 희생을 기반으로 한 것이라는 걸 깨달았다.

13

바오는 빌리지에 사는 유명한 시인 샘 피셔를 알았다. 그가 《신시행》의 자문 위원을 맡아달라고 하자, 시인은 동의했다. 잡지 뒤표지 안쪽에는 그의 이름이 다른 사람들의 이름과 함께 나열되어 있었다. 바오는 피셔에게 시 몇 편을 부탁했다. 시인은 너그럽게 서너 편을 보내주겠다고 했다. 어느 일요일 아침, 바오와 난은 시를 받으려고 시인을 찾아갔다.

피셔는 웨스트 10번가에 있는 노란 벽돌 건물에 살고 있었다. 그는 고개를 약간 숙이며 바오와 난을 맞더니 아파트 안으로 들어오라는 몸짓을 했다. 그는 졸린 것 같았지만, 아래로 숙인 눈은 강렬해 보였다. 상대를 쳐다보면 마음속을 꿰뚫어볼 것만 같은 눈이었다. 정수리는 완전히 벗어지고, 관자놀이 쪽의 머리카락은 두 개의 작은 뿔처럼 위로 뻗쳐 있었다. 그의 집은 다소 혼잡했다. 벽에는 책장이 줄지어 있고 사진들이 많았다. 젊은 남자들이 벌거벗은 채로 서로 다른 자세를 취하고 있는 사진들도 있었다. 엉덩이를 깔고 앉아서 커진 물건을 손으로 잡고 자위행위를 하는 십 대 소년의 사진도 있었다. 샘 피셔는 세련된 사진작가이기도 했다. 그는 정기적으로 수집가들에게 사진을 팔았다. 게다가 그는 선불교 신자였다. 복도 벽에는 티베트 사원에서 사용하는 것과 같은 기다란 뿔나팔이 걸려 있었다. 그는 손님을 거실로 안내했다. 거실에서는 숲에서 나는 듯한 냄새가 났다. 바닥은 반들반들한 마루로 되어 있었다. 그가 남자 친구를 향해 차를 갖다달라고 소리쳤다.

놀랍게도 젊은 중국인 남자가 다기와 네 개의 잔이 담긴 쟁반을 들고 들어왔다. "창사 출신의 민 니우라네." 피셔가 그를 손님들에게 소개했다.

그들은 중국어로 그의 남자 친구에게 인사를 했다. 그리고 난은 다시 샘과 영어로 얘기를 하기 시작했다. 그는 차를 따르는 젊은 남자를 유심히 살폈다. 민은 다소 여성적인 모습이었다. 얼굴은 말쑥하고, 부드러운 턱에는 수염이 없었다. 이십 대 중반쯤 되어 보였다. 그와 샘이 어떻게 연인이 될 수 있었을까? 샘은 그보다 적어도 서른 살은 더 나이가 많을 게 분명했다.

유리로 된 커피 테이블에는 두 권의 샘 피셔 전기가 놓여 있었다. 하나는 다른 것보다 두 배는 두꺼워 보였다. 아주 뜨거운 재스민차를 조금씩 마시던 바오가 책을 가리키며 샘에게 물었다. "어느 것이 더 진실한 거죠?"

"양쪽 다 아니라네. 이건 마르크스주의자의 시각에서 본 거고, 저건 프로이트의 시각에서 본 거지. 흥미롭긴 하지만, 그들이 묘사한 사람은 내가 아닐세." 그가 눈을 빛내며 웃었다. 그러더니 일어서서 서재로 갔다.

난이 민 니우를 향해 물었다. "미국에 온 지 얼마나 됐나요?"

"지난가을에 왔어요."

"뭘 하세요?"

"뉴욕 주립대 대학원생이에요."

"과학을 공부하나요?"

"아뇨, 아시아 역사를 공부해요."

"그래요? 어느 시대를 공부하세요?"

"아직 모르겠어요. 고대 중국의 동성애에 관한 논문을 쓸지도 모르겠어요."

샘이 종이를 몇 장 갖고 돌아와 바오에게 건네며 말했다. "이걸 싣게나."

영어를 읽을 줄 아는 것처럼, 바오가 그걸 보고 눈을 빛내며 말했다. "도와주셔서 감사합니다."

"선생님 시를 싣게 되면 저희 잡지가 돋보일 것 같습니다." 난이 덧붙였다.

샘은 말없이 고개를 끄덕였다. 누군가가 문을 두드렸다. 민이 나갔다가 비틀스식 헤어스타일을 하고 광대뼈가 큰 껑충한 젊은 남자를 데리고 들어왔다. "안녕. 어서 와서 내 친구들이

랑 인사하게나." 샘이 그 친구를 보고 손을 흔들며 소리쳤다.

"딕 해리슨입니다." 남자는 자기 소개를 한 후 바오와 난과 악수를 했다. 그는 샘 맞은편에 앉았다. 민이 그 앞에 찻잔을 놓아줬다. 민이 차를 따르려고 하자, 딕이 그걸 못하게 하고 샘에게 물었다. "우리 외출하기로 했죠, 아닌가요?"

"맞아, 라이 라이에서 점심식사를 하기로 했지." 그가 바오와 난을 향해 말했다. "같이 가겠나?"

민이 중국어로 속삭였다. "오늘은 저이가 기분이 좋은 상태랍니다."

"저 친구가 나에 대해 뭐라고 했나?" 샘이 물었다.

"선생님 기분이 좋다고요." 난이 말했다.

"맞네, 오늘은 기분이 좋군. 점심 먹으러 가세나."

"샘, 나는 과제가 있어서 같이 못 갈 것 같아요." 민이 말했다.

"그럼 집에 있어. 별 수 없지."

난은 딩스 덤플링스에 전화를 걸어 친친에게 한 시간쯤 늦을 것 같다고 얘기했다. 네 사람은 건물을 나서 동쪽으로 향했다. 그들이 스마트 리더스라는 이름의 작은 서점을 지나칠 때, 눈썹을 물결 모양으로 그린 젊은 여자가 샘을 향해 손을 흔들며 소리쳤다. "피셔 선생님, 잘 지내세요?"

"잘 지낸다네."

여자는 그에게 손으로 키스를 보내고 책으로 가득한 카트를 끌고 사라졌다. 그때, 이마의 머리선이 V자형인 젊은 남자가 서점에서 나오더니 샘을 보고 말했다. "와우, 피셔 선생님이시네. 잠깐만 기다려주세요. 들어가서 책 한 권 사올 테니 사인 좀 해주실래요?"

"그러죠."

그 남자가 서점으로 달려 들어갔다. 네 사람은 기다리고 서 있었다. "거리에서 가끔 이럴 때가 있다네." 샘이 바오와 난에게 말했다. 그는 재미있어라 하는 것 같았다. 그는 손을 맞잡아 배에 대고 있었다.

금세 그 남자가 '오—오—오—'라는 제목의 시집을 갖고 돌아왔다. 그의 엄지손가락이 표지와 속표지 사이에 들어가 있었다. "사인 좀 해주세요. 그러면 전 오늘 하루 무척 행복할 거예요."

"그럽시다." 샘은 그 남자가 건넨 펠트펜을 들고 사인을 하기 시작했다. 난은 그가 배가 불룩한 부처를 그리는 모습을 바라보았다. 샘은 부처를 그리고 나더니 머리 주변에 여러 개의 별을 그리고 "하 하 하!"라고 썼다. 그리고 후다닥, 그림 밑에 사인을 했다.

그 남자는 그림과 서명을 보고 말했다. "멋지네요. 감사합니다." 그가 손을 내밀자 샘이 잡고 흔들었다.

그들은 6번가에 있는 라이 라이로 향했다. 그곳은 딕의 말에 따르면, 샘이 좋아하는 국숫집이었다. 샘은 바지주머니에 손을 넣고 걸으며 이따금 한 번씩, 인도에 놓인 뭔가를 발로 찼다. 맥주 깡통이나 조약돌도 찼고, 담뱃갑이나 종이컵도 찼다. 다시 한 번 방향을 틀자 음식점이 나왔다. 그런데 그들이 안으로 들어가기 전에 비대한 몸집의 남자가 샘에게 아는 체를 했다. "피셔 선생님, 새로 나온 책을 재미있게 읽고 있습니다. 선생님 팬입니다."

"그래서?" 샘은 짜증이 난 것 같았다. "나한테 당신 뒷구멍에 그 짓이라도 해달라는 거요?"

"아니, 아니에요." 그 남자가 물러서며 말했다. 그러나 그의 얼굴에는 미소가 어려 있었다.

난은 샘이 그런 말을 하는 걸 듣고 깜짝 놀랐다. 딕이 설명했다. "저게 샘이에요. 사람들은 그를 잘 알아서 기분 나빠 하지 않아요."

"빌어먹을!" 샘이 툴툴거렸다. "5분마다 한 번씩 잡고 난리야! 저 자식이 내 책을 샀다면, 다른 문제겠지만!"

모두들 웃으면서 라이 라이로 들어갔다.

14

국숫집은 사람들로 가득했다. 베트남 사람처럼 생긴 젊은 웨이트리스는 테이블이 두 개만 있는 안쪽 방으로 그들을 안내했다. 그녀는 아는 체하는 미소를 지으며 샘에게 물었다. "오늘은 뭘 드시겠어요?"

"내 친구들한테 먼저 물어봐요." 샘이 말했다.

"그러죠." 그녀가 바오에게 물었다. "뭘 드시겠어요?"

"쇼군 국수로 주세요."

난도 같은 걸 주문했다. 그는 일본 국수를 먹어본 적이 없어서 한번 먹어보고 싶었다. 딕과 샘은 팟타이를 주문했다.

그들은 음식이 나오길 기다리며 종교에 관한 얘기를 했다. 샘은 달라이 라마를 개인적으로 안다며 자기 사부가 달라이 라마의 먼 친척이라고 했다. "불교도세요?" 난이 그에게 물었다.

"매일 명상을 한다네."

"우리는 가을마다 앤아버에 간답니다." 딕이 끼어들었다.

"왜요?" 바오가 물었다.

샘이 신비로운 미소를 지어 보였다. "내 사부님의 사원이 거기에 있어서 해마다 기도를 하러 간다네."

"사부님의 강론을 듣기도 하고요." 딕이 덧붙였다.

국수와 팟타이가 나왔다. 싸한 냄새가 풍겼다. 난은 그들이 불교도들과 관련이 있다는 게 흥미로웠다. 그는 국물에서 새우를 떠내 깨물었다. 맛은 좋았지만 약간 말랑말랑하게 느껴졌다. 그가 샘에게 물었다. "불교를 공부하는 이유가 있나요?"

"안정을 찾게 해주니까. 변비에도 도움이 되고."

난은 깔깔깔 웃었다. 그러나 바오는 당황한 것 같았다. 딕이 말했다. "마음이 맑아지기도 하지요."

"선생님의 사부가 선생님한테 뭔가 금하는 건 없나요?" 난이 물었다.

"아니, 우리는 자유롭네." 샘이 말했다. "우리 쪽 불교 지파에서는 무엇이든 할 수 있네. 마약, 섹스, 결혼, 술 등 아무거나 말일세. 폭력 외에는 다 되지."

"급진적이죠." 딕이 거들었다. "그래서 많은 사람들이 우리를 못마땅하게 생각해요."

"나는 그들이 우리에 대해 어떻게 생각하든 신경 안 쓰네." 샘이 쌀국수 가락을 입에 넣으며 말했다. "티베트가 언제 여행객들한테 개방될지 아나?" 그가 난에게 물었다.

"모르겠어요."

"내년에 갈 수 있으면 좋겠는데. 중국 영사관에서 허가를 받으려고 해봤지만, 번번이 거절을 당했네."

"선생님이 리스트에 올라 있어서 그럴 것 같네요." 난이 말했다.

"나는 미치광이 유대인이라 모든 정부의 리스트에 올라 있다네."

"미국 정부도 포함되나요?"

"그렇다네. 내 FBI 서류는 수레로 한 짐일 걸세. 나는 그들의 적이야."

바오가 끼어들었다. "선생님이 중국에 가면 무슨 일이 일어날지 아세요?"

"알지. 비밀경찰이 내 뒤통수에 총알을 박을 테고, 정부에서는 내가 자살했다고 하겠지."

그들 모두가 웃었다. 점심식사가 끝나자, 샘이 더치페이는 안 된다며 계산을 했다. "내가 자네들 셋을 합한 것보다 더 많이 벌잖나."

하늘이 흐려지면서 비가 올 태세였다. 그들은 거리 모퉁이에서 작별 인사를 했다. 샘은 난을 껴안으며 그의 볼에 큰 소리가 나게 입을 맞췄다. 난은 깜짝 놀라고 약간 당황했다. 딕 해리슨은 난에게 전화번호를 적어주며 자기도 시를 몇 편 보낼지 모르겠다고 말했다. 그들은 다시 만나기로 약속했다.

난과 바오는 지하철역으로 향했다. "샘이 당신을 진짜 좋아하는 것 같아요." 바오가 난을 곁눈질하며 말했다.

"무슨 소리 하는 거예요. 나는 게이가 아니라, 여자가 좋아요. 계속 여자 생각만 한다니까요."

사람을 혼란하게 만드는 입맞춤에도 불구하고, 난은 샘 피셔를 만난 게 아주 감동적이었다. 그는 피셔에게서 아무것도, 누구도 두려워하지 않는 자유로운 영혼과 완전한 개인을 보았다. 난은 샘의 시를 읽은 적이 없었지만 그의 성격이 좋았다. 자신이 게이라면 샘을 더 자주 보는 것도 마다하지 않을 것 같았다.

바오는 그에게 민 니우에 관해 더 얘기해줬다. 민은 후난대학교에서 영문학을 전공했다. 그는 샘에게 그의 시를 좋아한다는 편지를 쓴 적이 있는데, 그걸 계기로 서신이 오가며 가까워졌다. 샘은 후원자를 자처하며 그가 비자를 받는 걸 도와주고 뉴욕 대학 등록금까지 내줬다. 민은 미국에 들어와 샘과 같이 살면서 집사 역할을 했다. 실제로 그는 샘을 위해 요리를 하기도 하고 때로는 비서 역할을 하기도 했다. 바오는 언젠가 샘의 아파트에서 식사를 한 적이 있는데, 민은 한 시간도 안 되어 네 개의 요리와 수프까지 내놓았다. 그날 저녁 그가 요리한 건 모두 맛있었다. 샘은 민에게 상당한 급료도 줬다.

난은 감동을 받았다. "민 니우는 대단한 행운아군요."

"당신이 원한다면 그를 대신할 수 있다는 생각이 드는데요." 바오가 난을 향해 윙크를 했다.

"그건 아니죠. 나는 샘 피셔만큼 유명한, 아름다운 여자 시인을 위해 일하고 싶어요. 아는 사람 있어요?"

"내가 당신한테 공짜로 정보를 줄 것 같아요?"

두 사람이 웃었다. 나이 든 여자가 지나가다 고개를 돌리고 그들을 바라보았다. 그들은 웃음을 멈추고 뉴욕 시단에 대해 얘기를 나눴다.

15

핑핑은 딩스 덤플링스로 전화를 해서 난에게 바로 돌아오라고 애원했다. 하이디와 싸워서 나갈 생각을 하고 있다고 했다. 자초지종은 이랬다. 네이선이 새로 산 계산기를 찾을 수 없자, 핑핑이 위층으로 가져가 타오타오가 그걸 사용하도록 한 것이 아닌가 의심을 했다는 것이다. 그래서 하이디가 올라와서 핑핑에게 네이선의 계산기를 가져갔느냐고 물었고, 핑핑이 가져가지 않았다고 했다. 핑핑이 하이디와 함께 2층에 있는 네이선의 방으로 갔더니, 계산기가 책상 뒤의 창문턱에 놓여 있었다. 그러자 핑핑이 하이디의 면전에 대고 아무리 가난할망정 훔치지는 않는다고 쏘아붙인 모양이었다.

핑핑의 말을 듣고 하이디는 할 말을 잃었다. 사실이었기 때문이다. 핑핑은 그들의 옷을 세탁할 때, 호주머니 속에 지폐나 동전이 있으면 어김없이 하이디한테 돌려줬다. 때로는 30달러나 40달러가 나올 경우도 있었다. 그래도 하이디는 주인이었다. 그녀는 미안하다는 말도 없이 그냥 나가버렸다. 그러자 핑핑은 더 화가 났다. 아직 하이디한테 말은 하지 않았지만 그만둘 생각이었다.

난은 그녀에게 지금 당장 나갈 생각은 하지 말라고 했다. 타오타오에게 더 좋은 학교가 있을 것 같지 않아서였다. 그들은 학년이 끝날 때까지 우드랜드를 떠날 수 없는 처지였다. "내가 곧 돌아갈게." 그가 말했다.

"언제?"

"돌아가기 전에 처리해야 할 일들이 있어. 주인한테 알리지 않고 갈 수는 없잖아."

"알았어, 가능한 한 빨리 돌아와."

난은 오후 내내 멍한 상태였다. 오이를 썰다가 손톱 끝을 자르기도 했다. 그는 하이디한테 화가 났다. 그가 없다는 이유로 핑핑한테 함부로 하고 있는 것 같았다. 어쩌면 그녀는 그의 아내와 아들이 자기 집에서 영원히 나가지 않을 것이라고 생각하고 그들을 쫓아내려고 일을 어렵게 만들고 있는지도 몰랐다.

일과가 끝나갈 무렵, 난은 친친에게 집에 긴급한 상황이 생겨 돌아가야 하기 때문에 이번 주에는 더 이상 나오지 못하겠다고 말했다. 동료 직원들은 그가 며칠만 쉬고 다음 주에 나올 것이라고 생각했다. 그도 그들이 그런 식으로 생각하게 하고 싶었다. 배수진을 치고 싶지는 않았다.

하지만 《신시행》 일은 그만두기로 했다. 그에게 편집 일은 즐거운 일이 아니었다. 그가 잡지의 편집을 계속하면 바오가 조만간 그의 회고록 전체를 번역해달라고 할지도 몰랐다.

다음 날 아침, 그는 바오에게 자신의 결심을 얘기하려고 아래층으로 내려갔다. 그들의 침실 가까이 갔을 때, 웬디가 자기 남자 친구를 호되게 나무라는 소리가 들렸다. 그녀는 몹시 화가 난 것 같았다. "넌 빈대야!" 그녀가 소리쳤다.

"나한테 그런 말 하지 마!" 바오가 소리를 질렀다.

"넌 기생충처럼 살고 있어. 더 이상은 못 견디겠어. 나가."

"2달러밖에 안 되는 걸 갖고 그러네."

"2달러밖에 안 된다고? 나는 연금으로 한 달에 7백 달러밖에 안 받는데, 넌 전화요금은 말할 것도 없고 술값으로 2백 달러 이상 썼어. 감히 그걸 2달러밖에 안 되는 돈이라고 해?"

"하지만 당신은 집세도 받잖아."

"그건 대부금으로 나가는 거야. 더 이상 왈가왈부하지 마. 나는 결심했어. 이 집에서 나가."

"알았어, 알았어, 나간다고."

"잘됐네. 너의 게이 친구도 데리고 나가."

"빌어먹을! 난은 게이가 아냐!"

"나한테 헛소리 하지 마. 다 안다고."

"나하고 결혼하고 싶지 않다는 거야?"

"너한테 질렸어. 넌 영주권을 따려고 나를 이용하고 있을 뿐이야. 더 이상 널 도와줄 수 없어. 나가."

"좋아, 나도 당신처럼 늙은 여자는 싫어." 그가 냉정하게 말했다.

난이 노크를 했다. 그는 웬디가 한 말에 화가 나서 그녀를 노려보았다. 그녀는 그의 거친 눈길을 보고 깜짝 놀라 퇴창 쪽으로 갔다. 단풍나무 우듬지에서 찌르레기 몇 마리가 날개를 파닥이고 있었다. 그중 한 마리가 부리에 화장지 가닥을 물고 있었다. 난은 웬디의 볼이 붉어지는 걸 보았다. 그녀는 그에게 친절했다. 그는 그녀가 앞문을 고치는 걸 도와주기도 했고 뒤뜰에 울타리를 치는 걸 도와주기도 했었다. 그런데 갑자기 그녀가 그에 대한 험담을 하기 시작한 것이었다. 가슴이 너무 아팠다.

"집에 가려고요." 그는 바오에게 말했다.

"영원히 말인가요?"

"네. 집에 문제가 생겨서요. 바로 돌아가야 해요."

"그래요, 나도 곧 나가려고 해요. 저 썩어 빠진 년한테 넌더리가 났어요." 그가 여자 친구를 가리키며 말했다.

난은 웬디를 바라보았다. 그녀는 바오가 중국어로 한 욕을 알아듣지 못했다. 난과 바오는 잠깐 잡지에 관한 얘기를 했다. 바오는 다음 호를 위한 기금을 확보하지 못한 상태였다. 지금이 난이 떠날 적기인지도 몰랐다. 속으로 난은 바오를 경멸하지 않을 수 없었다. 예술가가 되려고 한다면 달라야 했다. 그는 우선 자족적인 사람이 되고 싶었다. 지금이 그의 삶을 새롭게 시작할 때였다. 뉴욕은 그와 같은 사람을 위한 곳이 아니었다. 그는 가족한테 돌아가 그들과 함께 노력해야 했다.

16

알고 보니 전화로 모든 얘기를 다 한 게 아니었다. 타오타오와 리비아도 관련이 있는 얘기였다. 며칠 전, 두 아이가 부엌에서 숙제를 같이하고 있었다. 핑핑은 집 밖에서 나무 쓰레기통 뚜껑을 고치고 있었다. 두 아이는 이제 아주 가까워져 있었다. 리비아는 종종, 타오타오가 자신의 가장 친한 친구 중 하나라고 했다. 그러나 타오타오는 숙제가 끝나도, 리비아의 친구들과 같이 놀지 않으려 했다. 핑핑은 여러 차례에 걸쳐 타오타오에게 리비아와 너무 가깝게 지내지 말라고 말했다. 그러나 아이는 리비아가 주변에 있을 때면 활기가 넘쳤다. 하이디는 타오타오가 영리하고 잘생긴 건 인정했지만, 아이를 그다지 좋아하지 않았다. 핑핑은 쓰레기통 뚜껑에 부착된 경첩 구멍에 두 개의 못을 박은 다음, 몇 차례 열었다가 닫으며 더 이상 헐겁지 않은지 확인했다. 그 일이 끝나자, 그녀는 부엌으로 들어가려고 했다. 그때 두 아이가 얘기하는 소리가 들렸다. 그녀는 걸음을 멈추고 아이들의 말에 귀를 기울였다.

"내 생각에 네 아빠는 안 돌아오실 것 같아." 리비아가 심각한 어조로 말했다.

"틀렸어. 우리 아빠는 뉴욕에서 일하고 계실 뿐이야."

"얘, 어른들은 늘 거짓말을 해."

"우리 아빠는 거짓말쟁이가 아니야."

"네가 그걸 어떻게 알아?"

"우리 엄마가 그러셨어."

"네 아빠는 네 엄마한테도 거짓말을 한 거야. 네 아빠는 두 사람을 버리고 나간 거야. 들은 얘기가 있단 말이야."

"이 거짓말쟁이야!"

"나한테 화내지 마. 나한테 아빠가 없기 때문에 나는 네가 아빠를 잃는 걸 원치 않아."

"너는 더 이상 내 친구가 아니야."

"너에게 상처를 주려고 한 말이 아니었어. 우리 엄마와 엄마 친구들이 한 얘기를 그냥 했을 뿐이야."

핑핑이 들어가서 리비아에게 말했다. "달리 할 일이 없는 야비한 여자들이나 그런 소리를 하는 거란다. 그들은 남이 잘못되기를 바라지."

리비아가 놀라면서 몸을 움츠렸다. 핑핑의 말이 이어졌다. "그런 허튼소리 믿지 마라. 얘 아빠는 요리사 실습을 하고 있단다. 너, 저번에 아저씨가 요리한 완탕 먹었잖아?"

"먹었죠. 맛있었어요. 중국 음식점에서 먹은 것보다 훨씬 맛있었어요." 리비아는 다소 마음이 누그러진 것 같았다.

"우린 당분간만 떨어져 있는 거란다."

"나한테도 그렇게 말씀하셨어." 타오타오가 덧붙였다. "언젠가 우리 가게를 열겠다고 하셨어."

리비아가 고개를 떨궜다. 그녀가 눈물이 글썽한 눈으로 핑핑에게 말했다. "우리 엄마 친구들은 모두 다, 아줌마와 아저씨가 갈라섰다고 하세요. 우리 엄마는 아줌마 식구들이 우리 집에서 언제까지고 살까봐 걱정하고 있어요. 솔직히 저는 괜찮아요." 그건 사실이었다. 리비아는 자기가 150센티미터 이상 크지 않을 거라는 혼버거 박사의 말을 반박한 유일한 사람인 핑핑을 좋아했다. 그녀의 어머니조차 그 독일인의 말을 믿었었다.

핑핑이 말했다. "험담일 뿐이야. 아저씨는 타오타오와 나를 두고 나갈 사람이 아니야. 아저씨는 좋은 사람이란다."

그렇게 말은 했지만, 핑핑은 전보다 더 마음이 혼란스러웠다. 그녀는 소문 뒤에 어떤 논리가 도사리고 있는지 알 수 있었다. 난이 뉴욕에서 그의 마음을 훔친 여자와 눈이 맞으면 어쩌나? 여자한테 빠져 타오타오와 자신을 버리고 나가면 어쩌나? 그런 일이 중국에서 일어난다면 망연자실하지 않을 수 있었다. 그녀는 그곳에서는 완전한 사람이었고 혼자서 무엇이든 할 수 있었다. 하지만 이곳에서는 많은 걸 그에게 의존하고 있었다. 타오타오에게도 아버지가 필요했다. 그들이 이민을 하기로 결정하기 전, 그녀는 그들이 중국으로 돌아가면 그와 이혼하고 아이를 혼자 키울 생각까지 했다. 그녀가 몇 년 동안 악착같이 돈을 모은 건 그런 이유에서였다. 하지만 이곳에서는 난과 떨어져 살 수 없었다. 무슨 수를 써서라도 같이 살아서 타오타오에게 안전하고 편안한 가정을 마련해줘야 했다. 게다가 최근에는 난이 자기를 떠날지도 모르며 다른 여자와 살 수도 있다는 생각을 더 이상 참을 수 없었다. 그런 일이 벌어지면 질투로 돌아버릴 것 같았다. 그래서 지금 당장, 그를 오라고 해야겠다고 생각했다. 그가 뉴욕에 있으면 있을수록, 문제가 생길 가능성이 더 많았다.

17

난은 돌아와서 핑핑과 얘기를 나누고, 서둘러 나가지는 말자고 했다. 놀랍게도 하이디는 그들을 내보낼 결심을 하고 있었다. 그러나 반년은 더 살아도 좋다고 말했다. "여하튼 올여름에는 집을 봐줄 사람이 필요하니까요. 하지만 8월 이후에는 더 이상 당신들의 도움이 필요 없을 것 같아요. 알아들었죠?" 그녀의 얼굴 표정은 딱딱했다. 우 부부는 조금 더 살게 해줘 고맙다고 말했다.

난은 뉴욕으로 돌아가야 할지 망설이다가 돌아가지 않기로 했다. 이제 그도 전문가처럼 요리를 할 줄 알았다. 그는 하워드에게 전화를 걸어 자신의 결심을 알렸다. 하워드는 알겠다며 마지막 주 급료를 보내주겠다고 했다. 마지막 급료를 받을 수 있을 것이라고 예상치 못했던 난은 감동을 받았다.

그날 밤, 그와 핑핑은 함께 잠자리에 들었다. 그런데 콘돔이 모두, 구멍이 뚫렸거나 가위로 잘려 있었다. "우리 아들이 한 짓이 분명해." 그녀가 킥킥거리며 말했다.

난은 타오타오가 그가 집을 떠나 있는 것을 못마땅하게 생각했다는 걸 깨닫고 나무라지 않기로 했다. 그는 미소를 지으며 아내에게 말했다. "얘가 섹스에 대해 어떻게 아는 거지? 나는 열세 살 때까지 전혀 몰랐는데."

"이곳 아이들은 조숙하잖아. 그 애는 생물학에 관한 소책자들을 읽어서 아기가 어떻게 만들어지는지 잘 알고 있어."

"그렇다고 해도 그런 것에 관심을 갖기에는 너무 어려."

"우리가 그 아이를 사랑하고 잘 키운다면 상관없어."

그는 더 이상 아무 말도 하지 않고 사랑을 하기 시작했다. 핑핑이 곧 절정에 올랐다. 하지만 그녀는 아들이 깰까봐 소리를 지를 수가 없었다. 그녀는 난의 가슴팍을 혀로 핥으며 울먹이는 소리로 그 없이는 살 수 없다고 말했다. 그녀는 그를 집에 영원히 잡아두고 싶었다!

다음 날, 난은 〈보스턴 글로브〉와 〈세계일보〉에 난 구인광고를 훑어보기 시작했다. 그가 원하는 건 요리사 자리였다. 그는 두 중국 식당에 가서 면접을 보고, 네이틱에 있는 제이드 카페에 보조 요리사로 취직을 했다. 일은 돌아오는 월요일부터 시작하기로 했다.

3부

1

1991년 초여름의 어느 날, 난은 〈세계일보〉에서 조지아 주에 있는 식당을 판다는 광고를 봤다. 가격은 2만 5천 달러였다. 광고에 따르면, 연 매출이 10만 달러가 넘어 상당한 이익이 난다고 했다. "당신의 가족에게 이상적입니다"라는 광고 문구가 붙어 있었다. 난은 신문을 가져와 핑핑에게 보여줬다. 그들은 밤늦게까지 얘기를 했다.

그들은 몇 달 동안 어디로 이사 가야 할지 고민중이었다. 보스턴 지역에 있어야 하는지, 생활비가 싼 다른 곳으로 가야 하는지, 아직 결정하지 못하고 있었다.

지난 3년 동안 그들은 집세를 한 푼도 내지 않으며 일을 계속했기 때문에 꽤 많은 돈을 저축한 상태였다. 그들은 은행에 두 개의 양도성 예금을 갖고 있었다. 다 합하면 5만 달러였다. 그러나 현금이 그렇게 있어도, 매사추세츠에 집이나 가게를 살 수는 없었다. 모든 것이 비쌌다. 난은 제이드 카페에서 시간당 10달러를 벌었다. 그런 급료로는 은행에서 대출을 받을 자격이 되지 못했다. 그는 조지아, 플로리다, 미시시피, 앨라배마에 있는 중국 식당들은 가격이 괜찮다는 얘기를 들었다. 난은 신문 광고를 유심히 보면서 그 얘기가 틀리지 않다는 걸 확인할 수 있었다. 제이드 카페에서 넉 달 동안 요리사로 일하면서, 그는 이제 경력이 있는 요리사가 되어 있었다.

하지만 타오타오의 학교 문제는 어떻게 해야 하지? 보스턴 지역을 벗어나도 문제는 없을 것 같았다. 핑핑은 수학 공부를, 난은 영어 공부를 도와줄 수 있을 터였다. 영어로 말을 할 때는 실수를 하긴 했지만, 난은 문법을 손바닥 보듯이 훤하게 알았다. 문제의 핵심은 그들이 남부로 깊숙이 들어가서 살 것이냐 여부였다. 남부에서는 인종차별이 아직도 만연하고 KKK단이 백주대낮에도 활개를 친 다는 얘기를 들은 터였다. 그런데 또 한편으로 그들은 남부에 사는 중국 이민자들이 자기네가 누리는 삶의 질에 대해 자랑을 늘어놓는 기사를 읽은 적이 있었다. 루이지애나에 사는 어떤 여자는 자기 집 뒤뜰에 예순네 그루의 떡갈나무와 단풍나무가 있는데, 그건 그들이 북부 캘리포니아에 살 때는 꿈도 꾸지 못했던 것이라고 자랑을 했다. 어떤 사람들은 남부의 기후를 칭송했다. 중국의 고향 날씨와 비슷하다고 했다. 여름에도 건조하지 않고, 겨울에는 눈보라는 말할 것도 없고 눈도 오지 않는다고 했다.

그날 밤, 우 부부는 조지아에 있는 식당 주인에게 연락을 하기로 결심했다. 다음 날 아침, 난이 전화를 걸자, 목소리가 가냘픈 남자가 받았다. 난이 식당에 관심이 있다고 하자, 남자가 목소리에 활기를 띠면서 자기가 주인인 왕 씨라고 했다.
"여기서 돈을 많이 버실 거라고 장담할 수 있다오."

"그렇다면 왜 팔려고 하시는데요?"

"우리 부부가 나이가 들어 더 이상 식당을 운영할 수가 없어서 그렇다오. 친구들과 친척을 만나러 타이완에 종종 가는데, 우리가 없는 사이에 이 식당을 맡아줄 사람을 찾기가 힘들구려."

"얼마나 오래 식당을 운영하셨죠?"

"20년이 넘었소. 솔직히 가족이 하기에는 이상적이고 아주 안정적인 곳이지. 우리가 할 수만 있다면 팔지 않을 거라오."

"하지만 지금은 경기가 침체기잖아요. 이곳 매사추세츠에 있는 식당 중 상당수가 망했는데요."

"알고 있소. 이곳에도 망한 곳들이 있지. 우리도 손님이 줄었고. 하지만 우리는 괜찮소. 내 말 믿구려. 경기는 회복될 거요. 앞서 말한 것처럼, 이곳은 아주 안정적인 곳이라오."

난은 애틀랜타 교외의 주거 환경은 어떤지 물었다. 왕 씨는 그에게 아주 살기 좋으며 아이들을 키우기에도 안전하다고 했다. KKK단에 대해 들은 적은 있지만 직접 본 적은 한 번도 없다고 했다. 게다가 애틀랜타 지역에는 수십만 명의 아시아계 이민자가 살고 있다고 했다. 애틀랜타 지역은 정착을 위해 막 개방된 처녀지나 다름없다는 것이었다. 실제로 왕 씨가 살고 있는 귀넷 카운티는 이 나라를 통틀어 가장 빠르게 커가는 카운티 중 하나라고 했다. 한 해 걸러, 새로운 초등학교나 중학교가 세워진다고 했다. 아직도 교실은 학생들로 붐비고, 학교마다 일부 학생들이 트레일러에서 수업을 받아야 할 정도였다. 그런 얘기를 들으니 고무적이었다. 난은 조지아로 내려가 식당을 한번 보고 싶었다. 그는 왕 씨에게 제이드 카페 사장한테 허락을 받는 대로 내려가겠다고 말했다.

난이 왕 씨와 나눈 얘기를 해주자, 핑핑은 좋아라 했다. 계약이 성사되면, 그들이 자기 사업을 갖게 되고 결국 자기 집까지 갖게 된다는 의미였다. 그녀는 난에게 그 주에 당장 조지아에 다녀오라고 했다. 식당이 괜찮고 그 지역이 사는 데 적합하다고 판단되면, 계약금을 주고 오라고 했다. 부근의 집값이 얼마나 하는지도 알아보라고 했다. 아시아계 이민자들이 살고 있다면, 안전한 곳일 게 분명했다.

2

사흘 후, 난은 남부로 출발했다. I-95 고속도로를 따라 버지니아까지 가서 리치먼드에서 I-85로 바꿔 탔다. 그는 너무 지쳐서 더 이상 운전을 못해 잠을 자야 할 때까지, 열네 시간을 내리 달렸다. 그는 노스캐롤라이나 주 리지웨이 근처에 있는 휴게소 주차장에 차를 세워 놓고 그 안에서 잤다. 나무들이 이슬에 젖고 엷은 안개가 피어오르는 새벽녘에 그는 다시 출발했다. 노스캐롤라이나 주 더럼에 들어서자, 진홍색 오토바이가 보였다. 그걸 보자 베이나가 타던 야마하 스쿠터가 떠올랐다. 그는 가속기를 밟고 속력을 냈지만 차는 원하는 만큼 빨리 나가지 않았다. 오토바이를 탄 사람의 흰 헬멧이 앞서 가는 차 속으로 사라져버렸다. 난은 한숨을 쉬고 머리를 세차게 흔들며 예전 여자 친구를 머릿속에서 몰아내려고 했다.

도로 공사 중인 곳이 많아서 캐롤라이나를 지나는 데 하루가 꼬박 걸렸다. 그는 저녁때가 되어서야 조지아 주 챔블리에 도착했다. 그곳은 애틀랜타 북동부에 위치한 교외 도시였다. 그는 뷰퍼드 고속도로변에 있는 더블 해피니스 인에 묵기로 했다. 베이징어를 유창하게 하지만 억양이 다소 딱딱한 한국인이 경영하는 여관이었다. 난은 너무 피곤해서 샤워를 하고 난 뒤 아무것도 먹지 않고 바로 잠자리에 들었다. 핑핑이 커다란 여성용 핸드백에 음식을 잔뜩 싸준 게 차 안에 있었지만 그냥 잤다. 핑핑은 조지아에는 그런 것들이 없기라도 하듯, 라면, 할라,* 비엔나소시지 두 개, 어육포, 마카다미아 쿠키, 오리고기 육포, 피스타치오, 클레멘타인** 등을 두루두루 챙겼다. 오트밀죽과 차를 끓여 먹을 수 있도록 커피포트까지 챙겨줬다.

다음 날 아침, 난은 왕 씨를 만나러 갔다. 금궈金锅 식당은 애틀랜타에서 북동쪽으로 25킬로미터쯤 떨어진 릴번에 있었다. 인적이 별로 없어 보이는 쇼핑몰인 비버 힐 플라자의 서쪽 끝에 있었다. 쇼핑몰에는 여러 개의 점포와 작은 슈퍼마켓이 들어서 있었다. 그중에는 포목상, 세탁소, 사진관, 전당포, 헬스장도 있었다. 몇몇 점포에는 '전세 있음'이라는 표지가 붙어 있었다. 난은 그걸 보고 착잡한 생각이 들었다. 빈 곳이 있다는 것은 식당이 임대 계약을 쉽게 연장할 수 있다는 의미임과 동시에 장사가 그리 잘 안 된다는 의미도 됐다.

손이 쭈글쭈글하고 키가 크고 수염이 듬성듬성 난 왕 씨

* 유대인이 안식일에 먹는 빵.
** 감귤의 한 품종.

는 난이 생각했던 것보다 훨씬 나이가 많아 보였다. 등은 너무 굽어 척추후만증이 걸린 것 같은 느낌을 줬다. 목과 팔에는 기미가 많았다. 그는 난에게 얘기를 하면서, 심한 관절염으로 고생하는 것처럼 오른쪽 무릎을 계속 문질렀다. 허리를 펴려고 했지만 자세는 그대로였다. 왕 씨는 얼굴을 찡그리며 해가 갈수록 허리 아픈 게 더 참을 수 없어진다고 말했다. 탈장도 생긴 것 같았다. 난은 식당 일을 하는 사람들이 흔히 그런 두 가지 병에 걸린다는 걸 알고 있었다. 노인과 부인은 난을 보고 좋아하며 가게를 보여줬다. 난은 부엌에 들어가 레인지, 오븐, 저장실, 냉장고, 자동세척기, 화장실, 조명 등을 살펴보았다. 모든 기구가 제대로 작동을 하는 것 같았다. 그러나 홀은 다소 초라해 보였다. 탁자 여섯 개와 갈색 노가하이드*로 싸인 칸막이좌석 여덟 개가 있었다. 벽은 거의 전부가 말을 그린 그림으로 채워져 있었다. 뛰는 말도 있고, 풀을 뜯는 말도 있고, 뒷발로 일어선 말도 있고, 꼬리를 위로 쳐들고 까부는 말도 있었다. 뒤쪽 구석에서 몽골 음악이 흘러나왔다. 벽에 그려진 말들과 어울리는 음악이었다. 식당에는 웨이트리스가 한 명뿐이었다. 얼굴이 거무스름한 말레이시아 출신의 젊은 여자였다. 태미라는 이름의 그 웨이트리스는 광둥어와 영어를 구사할 줄 알았지만 베이징어는 할 줄 몰랐다. 난은 메뉴판을 펼쳐보았다. 스무 가지 정도의 음식이 나열돼 있

*실내 장식이나 여행용 가방류 따위에 쓰는 모조 가죽.

었다. 대부분이 포장용 요리였다. 5달러가 넘는 음식은 메뉴에 없었다. 광고에 얘기한 것처럼 연 10만 달러 소득을 올릴 것 같지는 않았지만, 식당은 상태가 좋았다.

난이 부엌에서 나올 때, 비행사 안경을 쓰고 회색 셔츠를 입은 젊은 남자가 이쑤시개를 물고 들어왔다. 난은 그가 지나가도록 옆으로 비켰다. 그는 말없이 곧장 안으로 들어갔다. 곧 주걱으로 냄비를 긁는 소리가 난의 귀에 들려왔다.

"전에 얘기했던 것처럼, 당신과 같은 가족이 운영하기에 이상적인 곳이라오." 왕 씨가 난에게 말했다.

"부인이 영어를 할 줄 아나요?" 줄무늬가 있는 면 스커트를 입은 땅딸막하고 허리가 굵은 왕 씨의 부인이 물었다.

"그럼요, 무엇이든 할 수 있죠. 그런데 손님이 별로 없네요. 많지 않은가 보죠?"

"오늘은 적네요." 그녀가 말했다.

"요리할 줄 아오?" 왕 씨가 난에게 물었다.

"제가 요리사입니다."

"잘됐구려. 그러면 차이가 크지. 장담하건대 당신은 곧 부자가 될 거요."

"글쎄요, 전 잘 모르겠는데요."

"나는 부엌에 있는 요리사한테 한 시간에 8달러를 준다오. 전에는 내가 요리를 했지만 지금은 나이가 많아서 더 이상 그럴 수가 없어서 말이오. 당신이 부인과 같이 이곳에서 일하면, 모든 수입이 고스란히 당신 호주머니로 들어가게 될 거요."

"요리사를 고용하고 있다는 말씀인가요?" 난은 깜짝 놀랐다. 그는 이런 식당에서 요리사 급료를 감당할 수 있을 정도로 수입이 날까 싶었다. 그는 안경을 낀 남자를 가족이나 친척이라고 생각했던 것이다.

"그렇다오. 가서 내가 저 사람한테 얼마 주는지 물어보구려. 그래서 우리가 이곳을 더 이상 갖고 있을 수 없는 거요. 대부분의 수입이 저 사람 호주머니로 들어가니까. 내가 저 사람만 먹여살리고 있는 격이라오."

그의 말은 고무적이었다. 요리사를 고용할 수 있을 정도라면 식당이 잘된다는 말이었다.

노부부는 멀리서 온 손님에게 적어도 점심은 대접해야 하지 않겠느냐며 먹고 가라고 했다. 난은 그 제안을 받아들이고 왕 씨와 함께 테이블에 앉았다. 그는 주인에게 뜨거운 차를 따라주고 자기 잔에도 따랐다. 그리고 그들은 그곳 생활에 대해 얘기하기 시작했다. 노인은 귀넷 카운티에는 훌륭한 공립학교들이 있다고 했다. 자기네 이웃집 딸이 버크마르 고등학교를 졸업하고 듀크 대학교 의예과에 다닌다고 했다. 고무적인 말이었다. 왕 씨는 그에게 애틀랜타 지역의 다른 카운티들과 비교해 귀넷 카운티는 부동산 세금이 훨씬 적다는 말도 해줬다. 그래서 아시아나 남미 이민자들이 이곳에 살기를 선호한다는 것이었다.

10분 후, 왕 부인이 조심스럽게 걸어오더니 군만두가 담긴 그릇, 깍지완두와 죽순을 섞어 튀긴 가리비와 새우가 담긴 접시, 쌀밥, 나무젓가락 두 개, 그릇 두 개가 담긴 래커 칠이 된 쟁반을 탁자 위에 놓았다. "당신도 내키면 조금 드시구려." 그녀가 남편에게 말했다.

"그러지. 마침 나도 배가 고픈 참이었소." 그러나 노인은 군만두 하나만 집으며 요즘은 점심을 먹지 않는다고 말했다.

난은 젓가락을 떼어 먹기 시작했다. 음식은 질이 썩 좋은 건 아니었다. 군만두에서는 너무 오래 사용한 기름 맛이 났다.

그는 왕 씨에게 임대차 계약, 각종 세금, 수도 및 전기 요금, 채소와 고기와 해산물과 양념을 배달해주는 업체의 서비스에 대해 물었다. 그사이, 손님이 셋 들어왔다. 한 사람은 포장 요리를 주문했고, 중년 부부 두 사람은 태미를 따라 구석에 있는 칸막이 방으로 갔다. 눈이 큰 웨이트리스가 할 말이라도 있는 것처럼 그를 계속 쳐다봤지만, 난은 아무 말도 하지 않았다.

점심을 마치고, 난은 다음 날 아침 다시 오겠다며 왕 부부와 작별했다. 그는 주로 로런스빌과 뷰퍼드 고속도로와 지미 카터 대로를 따라 릴번과 노크로스에 있는 여러 개의 주거 지역을 천천히 돌아다녔다. 그는 많은 집들에 세일 표지판이 붙어 있는 걸 보았다. 대부분은 앞면이 벽돌로 되고 침실이 네 개인 새 집들이었다. 가격은 12만 달러에서 13만 달러 사이였다. 그러나 최근에 개발했거나 아직도 건설 중인 구역 밖의 집들은 더 오래된 것들이라 어떤 집은 8만 달러 이하까지 내려갔다. 그는 벽돌 건물을 10만 달러 이하의 가격에 팔 거라고는 생각하지 못했다. 보스턴 지역에서는 방 세 개가 있는 엇비슷한 형태의 집이 적어도 세 배는 비쌌다.

난의 차에는 에어컨이 없었다. 그는 옆자리에 놓인 펩시를 연거푸 들이켰다. 날씨가 덥고 습했다. 차에서 나올 때마다 뜨거운 바람이 얼굴을 덮쳤다. 너무 습해서 숨을 쉬는 것도 힘들었다. 그는 난생처음으로 습하다는 말을 몸으로 느꼈다. 보스턴에서는 사람들이 "너무 습하다"고 말하면 그걸 느낄 수가 없었다. 그런데 드디어 그는 건조한 더위와 습한 더위의 차이가 뭔지를 몸으로 이해할 수 있었다. 그러나 그의 가족이 이곳에 산다면 습한 날씨는 문제가 되지 않을 것 같았다. 이곳은 집 안 곳곳에 에어컨이 있었다. 그는 중국에 살 때, 한여름에 한 달 동안 지난 시에 있었던 적이 있었다. 거리를 걸을 때면, 셔츠와 바지가 땀으로 흠뻑 젖었다. 밖이나 안이나 덥긴 마찬가지였다. 찌는 듯한 삼복더위는 견디기 힘들었다. 그러나 조지아의 습기와 더위는 큰 문제가 되지 않을 것 같았다. 더 고무적인 것은 많은 아시아계 이민자들이 애틀랜타 북동부에 살고 있다는 사실이었다. 6~8킬로미터 반경에서 난은 중국 교회 하나와 한국 교회 둘을 보았다. 틀림없이 이곳은 안전하고 살기 좋은 곳이었다.

그날 밤, 그는 아내한테 전화를 해서 자신이 보고 들은 것을 애기해줬다. 핑핑은 감동하면서 다음 날 왕 씨와 바로 계약을 하고 계약금을 지불하라고 했다. 계약금은 총액의 20퍼센트 이하로 하라고 했다. 또한 그녀는 장사가 잘되면 1~2

천 달러는 별 차이가 없으니 많이 깎지 말라고 했다.

전화를 끊기 전에 핑핑이 영어로 말했다. "아이 미스 유! 아이 러브 유!" 천리만리 밖에서 들으니 그 말이 더 자연스럽게 들렸다. 그는 오랫동안 아내가 그렇게 정열적으로 말하는 소리를 듣지 못했다.

"아이 러브 유, 투." 난은 말은 그렇게 했지만, 자신의 감정에 확신이 없었다. 그는 핑핑에게 강렬한 느낌을 갖지 못했다. 하지만 그는 자신이 그녀에게 애착을 갖게 됐고 두 사람이 서로 떨어질 수 없는 사이가 됐다는 걸 알았다. 더 중요한 건 그들의 자식이 그들을 필요로 한다는 것이었다. 조지아로 이사를 하게 되면, 그들 두 사람은 전보다 더 남편과 아내처럼 살아야 할 것이었다. 어떤 의미에서 그는 그것이 싫지 않았다. 핑핑과 같이 있으면 마음이 평화로워지기 때문이었다. 그래도 요즘, 그는 종종 베이나를 생각했다. 그가 어디를 가든, 그녀가 따라다니며 그를 공상에 젖게 만드는 것 같았다. 밤에 눈을 감으면, 베이나의 발랄한 얼굴이 떠올랐다. 그를 골리거나 얘기를 하려는 것 같았다. 그러면 그녀의 머리에서 나는 풀 내음이 맡아졌다. 그는 핑핑을 똑같이 사랑할 수 있으면 싶었다. 그래서 변덕스럽기 그지없는 바람둥이에 불과한 마음속 여자를 핑핑이 대신해줬으면 싶었다.

다음 날 아침 11시쯤, 난은 금궈에 다시 갔다. 그러나 바로 들어가진 않았다. 그는 식당에서 약간 떨어진 곳에 차를 세우고 손님이 얼마나 드는지 보려고 차 안에 있었다. 보슬비가 내리면서 앞 유리를 흐릿하게 만들었다. 날씨는 덥지 않았다. 그래서 주차장에 잠시 머물며 라디오에서 흘러나오는 설교를 듣는 것도 괜찮았다. 라디오 속의 남자는 마태복음에 관해 설교를 하면서 '새 술을 새 부대'에 담아야 할 필요성에 대해 설명하고 있었다. 거칠고 쉰 목소리에도 불구하고 그 남자가 달변이고 정열적인 게 인상적이었다. 그사이, 30분이 안 되어 다섯 사람이 금궈에 들어갔다. 그중 셋은 인근의 공사장에서 일하는 멕시코 노동자들이었다. 단골손님들 같았다. 밖으로 나올 때, 그들의 손에는 저마다 스티로폼 상자에 담긴 음식과 높다란 음료수 컵이 들려 있었다.

난이 왕 부부에게 식당을 사고 싶다고 말하자, 그들은 안도하는 것 같았다. 그리고 흥정이 시작되었다. 난은 말을 그린 벽화와 칸막이 안에 있는 포마이카 탁자가 마음에 들지 않는다는 이유로 3천 달러를 깎는 데 성공했다. 누군가와 흥정을 해 값을 깎은 것은 그의 인생에서 이번이 처음이었다. 그는 자부심을 느꼈다. 자신이 진짜 사업가가 된 것 같았다. 그가 저축한 돈은 2만 5천 위안쯤 되었다. 그것은 그가 중국에서 받는 연봉의 서른 배쯤 되는 돈이었다. 난은 큰돈을 만질 때마다 위안으로 계산해보는 습성이 있었다. 그런 습성이 그를 절약하게 만들었다. 그러나 때로는 그런 습성에서 벗어날 수 있으면 싶었다. 그는 이곳에 사는 사람들이 얼마나 많이 저축하느냐만이 아니라 더 중요하게는 얼마나 많이 버느냐에 따라 부자가 된다고 생각했다. 그리고 미국에서는 미국인처럼 살아야 한다고 생각했다.

"언제 와서 인수를 할 거요?" 왕 씨가 웃으며 난에게 말했다.

"한 달 안에 올 겁니다."

"너무 오래 걸리는구려. 2주 정도 후는 어떻소?"

"노력해보겠습니다. 큰 문제는 안 되겠죠. 집에 가서 바로 연락 드리겠습니다."

난은 계약금으로 2천2백 달러짜리 수표를 써줬다. 전체의 10퍼센트에 해당하는 액수였다. 왕 부부는 십 대 후반부터 지금까지 거의 10년 동안 자신들을 위해 일해온 태미를 계속 써달라고 부탁했다. "좋습니다." 난은 그렇게 약속했다. 여하튼 그도 일손이 필요했다. 그들은 그녀가 팁을 다 가져가기 때문에 시간당 1달러를 준다고 했다.

그날 오후, 난은 주간 고속도로를 타고 북쪽으로 향했다.

3

그는 이틀 후에 우드랜드에 돌아왔다. 핑핑은 식당과 애틀랜타 교외에 대해 듣더니 너무 좋아라 했다. 그들은 왕 씨가 타이완 출신이라는 걸 알고 기뻤다. 일반적으로 말해, 타이완 사람들이 규칙과 법을 무시하기 일쑤인 본토 출신들보다 더 신뢰할 만하기 때문이었다. 우 부부는 본토 출신의 동포들한테 사기를 당한 몇몇 사람들을 알고 있었다.

그런데 난과 핑핑은 어디에 살 것인지를 깜빡 잊고 생각해보지 못했다. 난은 릴번 북쪽에 위치한 노크로스에 아파트 건물이 있는 걸 보았다. 그런데 그는 주택에 관한 정보는 아무것도 가져온 게 없었다. 그래서 다음 날, 금궈에 전화를 해서 왕 부인에게 근처에 적당한 집이 있느냐고 물었다. 부인은 난에게 아파트 관련 책자를 우편으로 보내주겠다고 했다. "마침 밖에 막 도착한 책자들이 있네요."

그는 식당 입구 옆에 있는 붉은색 철사 선반에 여러 종류의 소책자와 팸플릿이 있던 걸 떠올리고 부탁했다. "바로 좀 보내주시겠어요?"

"오늘 중으로 바로 보내줄게요."

모든 것이 순조롭게 되어가는 것 같았다. 우 부부는 이사할 계획을 세우기 시작했다. 타오타오도 어떤 장난감과 책을 가져가고 어떤 걸 유니테리언 교회가 운영하는 시립 도서관 뒤의 중고품 할인점에 기증해야 할지 결정해야 했다.

가장 처치 곤란한 것은 난의 책이었다. 대부분이 상자에 넣어져 하이디의 차고에 딸린 작은 헛간에 보관돼 있었다. 몇 년 전, 아직도 중국으로 돌아갈 생각이었을 때, 그는 돌아가면 자기 서재를 꾸밀 셈으로 중고 책을 마흔 상자 이상 모았다. 그러나 그들이 메이스필드가에서 살기로 했을 때, 난은 워터타운에 책들을 놓고 와야 했다. 그는 집주인인 버돌리노 씨한테 얘기해서 지하실 방을 월세 65달러에 빌려 2년 동안 3천 권을 거기에 보관했었다. 나중에 그는 자기가 월세로 내는 돈이면 그런 책들을 다시 살 수 있다는 걸 깨달았다. 핑핑은 그가 더 이상 중국으로 돌아갈 수 없게 됐으니 책을 없애라고 했다. 난은 몇 상자에 달하는 책을 도서관과 서점에 갖고 갔는데, 그걸 원하는 곳이 없었다. 책들이 너무 전문적이라는 이유에서였다. 일반 독자 중 누가 러시아어로 된 안나 아흐마토바의 《시 모음집》이나 한스 모르겐타우의 《국가 간의 정치》를 읽으려고 하겠는가. 난은 가슴이 아팠다. 그는 아무 곳에도 보낼 수 없게 되자, 더러운 눈 더미가 있는 인도 위

쓰레기통 옆에 몇 상자의 책을 그냥 버렸다. 그다음 주에 그는 세 상자를 더 내다버렸다.

이후 한 달 동안, 그는 비참했다. 거의 아플 지경이었다. 그 책들을 갖고 있을 방법이 있었으면 싶었다. 아무리 노력해도 모든 책을 다 버릴 수는 없었다. 다행히 중국으로 돌아가는 친구가 오더니 열세 상자를 골라서 가져갔다. 난은 그 친구가 책을 싸는 걸 도와주고 뉴저지까지 차를 몰고 가서 그 책들을 배편으로 톈진 시로 보내는 것까지 도와줬다. 그리고 남은 열한 상자의 책을 헛간에 보관할 수 있게 해달라고 하이디에게 부탁했다. 이제 우편요금을 절약하기 위해서 다시 한 번 그중 일부를 버려야 했다. 미국에는 도시마다 도서관이 있었다. 그가 수백 권의 책을 갖고 있어야 하는 이유가 뭔가? 그는 조심스럽게 책을 훑어본 다음, 그중 3분의 2에 해당하는 일곱 상자만 남기고 나머지는 버리기로 했다.

다른 건 짐을 꾸리기가 쉬웠다. 우 부부는 소지품이 많지 않았다. 핑핑은 아이들과 함께 케이프 코드에 가 있는 하이디에게 전화를 걸어 곧 이사를 해야 한다는 사실을 알렸다. 하이디는 흥분한 것 같았다. 안도해하는 것도 같았다. 이틀 후, 그녀가 우드랜드에 돌아왔다. 그녀는 지금까지 쓰던 매트리스를 그들이 갖고 갈 수 없게 되자, 핑핑에게 매트리스를 사라고 1천 2백 달러(백 달러짜리 열두 장이 봉투에 들어 있었다)를 줬다. 그녀는 핑핑에게 떠나기 전에 다락방을 깨끗이 청소해달라고 했다. 리비아도 어머니와 함께 돌아와 있었다.

그녀는 오는 길에 타오타오에게 루빅큐브를 선물로 사다줬다. 어른들이 얘기를 할 때, 아이들은 거실에 있었다. 리비아는 타오타오에게 어떻게 큐브의 퍼즐을 맞추는지 설명해주고 있었다. 리비아는 11시에 치열교정의한테 가서 교정기를 조정해야 했다. 그래서 몇 분 후, 하이디가 딸을 불렀다.

"타오타오, 꼭 연락해." 리비아는 어머니를 따라 밴으로 가면서 말했다.

"응." 아이가 머리를 끄덕였다.

"내가 네 친구라는 거 잊지 마." 리비아는 손톱을 짧게 깎은 가녀린 손을 흔들었다. 너무 커 보이는 그녀의 플립플랍이 차도에 닿으며 또닥또닥 소리를 냈다.

"알았어. 큐브 고마워."

하이디의 밴이 떠날 때, 우 가족은 손을 흔들었다. 타오타오는 아직 다 맞추지 못한 퍼즐을 맞추기 위해 거실로 돌아갔다.

*

애틀랜타의 아파트 관련 책자가 도착했다. 수백 개의 아파트가 나열된 두툼한 책자였다. 전세 가격이 보스턴 지역보다 훨씬 쌌다. 핑핑과 난은 동쪽 교외에 있는 주택 광고가 실린 여러 쪽을 접어놓았다. 그러나 실망스럽게도 릴번에 있는 건 하나밖에 없었다. 그리고 가격도 너무 비쌌다. 그래서 그들은 인근에 있는 아파트를 찾아보기 시작했다. 그들은 드칼브 카운티에 있는 릴번에서 북쪽으로 10킬로미터쯤 떨어진 도시인 스톤 마운틴 근처가 훨씬 더 저렴하다는 걸 알았다. 난은 두 곳에 전화를 해봤다. 그는 어렵지 않게, 귀넷 카운티의 피치트리 테라스에 있는 방 세 칸짜리 아파트를 세내기로 했다. 지도에 따르면, 그곳은 식당에서 차로 25킬로미터밖에 떨어지지 않은 곳이었다. 난은 서재가 있었으면 싶었다. 그래서 방이 세 개 필요했던 것이다. 핑핑은 식당이 걸어갈 수 있는 거리에 있기를 바랐다. 그러나 난은 그녀에게 보스턴과 달리, 애틀랜타는 여러 방향으로 퍼져 있어서 돌아다니려면 차를 타야 하니, 피치트리 테라스에 사는 게 좋겠다고 말했다. 월세도 550달러로 적당했다.

유피에스 밴이 짐을 실러 왔다. 다 합해 서른다섯 상자였다. 운전사는 턱이 네모지고 얼굴이 햇볕에 그을린 키가 큰 여자였다. 그녀는 근육질 팔과 봉긋한 가슴이 드러나 보이는 짧은 소매의 셔츠를 입고 갈색 제복을 입고 있었다. 난은 그녀가 짐을 싣는 걸 도와줬다. 그는 그녀가 무거운 상자들을 들어서 밴에 있는 선반에 쌓는 일을 쉽게 해내는 걸 보고 감탄했다. 힘줄이 불거진 손으로 여자가 일하는 모습이 보기 좋았다. 그녀의 탄탄한 몸에서 에너지가 발산되는 것 같았다.

짐을 다 싣자, 그녀가 짐이 안전하게 도착할 테니 안심하라고 했다. 그러고는 종이끼우개 판에 달린 볼펜으로, 서류 하단에 X자를 쓰고 그에게 서명을 하라고 했다. 그는 서명을 하고 그녀에게 짐을 조심스럽게 다뤄달라고 했다. 그러나 그는 짐에 전자레인지, 고기 굽는 오븐, 컴퓨터, 텔레비전이 들어 있다는 말은 하지 않았다. 그는 그녀에게 팁으로 10달러를 줬다. 숨을 약간 헐떡거리던 그녀의 얼굴이 환히 빛났다. 그녀는 유피에스 본부로 가면 모든 물건에 '취급 주의' 딱지를 붙이겠다고 약속했다.

난은 그녀가 갈색 밴에 올라타고 뜰을 빠져나가는 걸 바라보았다. 튼튼하고 독립적인 그 여자가 마음에 들었다.

4

7월 6일, 토요일 아침이었다. 우 가족은 4시에 일어났다. 핑핑은 전날 밤, 자동차 뒷좌석에 담요와 베개를 넣어뒀다. 하이디가 얘기한 대로, 그녀는 모든 문과 창문이 닫혔는지 확인하고 부엌 식탁에 열쇠를 놓고 현관문을 잠갔다. 밖은 아직도 축축하고 쌀쌀했다. 차고 앞에 세워 둔, 짐으로 가득한 포드를 향해 걸어가자니 몸이 덜덜 떨렸다.

I-95에는 차가 별로 없었다. 희미한 안개가 도로 양쪽의 대지를 덮고 있었다. 흐릿한 공기가 그들의 차에서 나온 불빛에 흔들리며 연기처럼 지나가는 것 같았다. 길가의 잡목들은 검고, 바위 투성이 강둑처럼 단단해 보였다. 핑핑은 행복하고 들떠 있었다. 난이 자신을 온전히 사랑하지 않는다는 걸 알면서도, 그리고 툭하면 차멀미를 하면서도, 그녀는 그와 같이 있으면 희망적이고 안전하다는 느낌을 받았다. 조지아로 이사를 가는 건 그가 그녀와 같이 살면서 타오타오를 키우려 한

다는 의미였다. 같이 있기만 하면 어디에 가든 상관없지 싶었다. 움직이면 움직일수록 강해질 터였다. 사람은 뿌리가 뽑히면 죽는 나무와는 달랐다. 더욱이 하이디의 집에서 사는 데 질려가던 참이었다. 마침내 우리도 우리 것이라고 할 만한 것을 가질 수 있게 됐다 싶었다.

그녀는 차분해 보이는 난을 바라보았다. 사실, 그는 요즘 기분이 더 좋은 것 같았다. 그는 낡은 차가 조금 흔들리고 다른 차를 추월할 수 없음에도 불구하고 안정되게 운전을 했다. 그들 앞으로 보이는 아스팔트는 끝이 없고 불가사의해 보였다. 하지만 핑핑은 그것이 그들을 새로운 삶으로 안내하고 있다고 확신했다. 그녀는 난이 열심히 일할 것이며 그들이 남부럽지 않은 삶을 살 것이라는 걸 알았다.

그들이 코네티컷 주 뉴런던을 지날 때, 갑자기 해가 나더니 동쪽 하늘을 빨갛게 물들였다. 더 많은 차들이 고속도로에 나타나고 바닷물이 희미하게 반짝이는 모습이 보였다. 핑핑은 타오타오에게 해와 바다를 바라보라고 했지만 아이는 툴툴거리기만 했다. 아이는 너무 졸려서 눈을 뜨지 못했다. 계속 졸기만 했다.

차에 짐이 너무 많이 실려 있어서, 난은 처음에는 핑핑에게 운전대를 맡기지 않으려 했다. 가끔씩 그녀가 그의 목덜미를 닦아주며 긴장을 풀어줬다. 그녀는 그가 긴장하고 있다는 걸 알 수 있었다. 대형 화물차가 지나갈 때는 특히 그랬다. 강력한 여진에 그들의 차가 약간 흔들렸다. 그들이 스탬퍼드에 다가가면서 이런 일이 더 빈번해졌다. 그러나 그녀는 마음만은 편안했다. 세 사람이 같이 있는 한, 어디에서 삶을 시작하든 두렵지 않았다.

그들은 뉴욕의 혼잡한 차량 행렬에 갇히고 싶지 않았다. 그래서 난은 코네티컷 경계선을 벗어나자마자 I-287로 들어섰다. 서쪽으로 15킬로미터쯤 가자, 허드슨 강이 나타났다. 거대하고 고요하고 바다처럼 넓은 강이었다. 먼 곳을 응시하는 거대한 펭귄처럼 동쪽 둑에 서 있는 등대가 보였다. 서쪽 기슭에 있는 수많은 흰 집들은 햇빛에 흠뻑 젖어, 강변 언덕의 숲 속에 서 있었다. 물 위에는 왜가리와 갈매기가 떠 있었다. 멀리서 요트 한 척이 흰 거품을 일으키며 나아가고 있었다. 요트 여러 척이 남서쪽에 정박해 있었다. 돛이 날개처럼 파닥이고 있었다. 그러한 작은 배들 말고는 이 넓고 거대한 강을 교란하는 건 아무것도 없었다. 타판지 다리의 아래쪽 끝 가까이에 붉고 작달막한 배 한 척이 정박해 있었다. 낚싯대가 드리워져 있었다. 두 사람이 배에 앉아 담배를 피우고 맥주를 마시고 있었다. 난은 바깥쪽 길로 노선을 바꾸고 경치를 더 음미하려고 속도를 줄였다. 이처럼 깨끗하고 평온한 곳에 살 수 있으면 싶었다. 강은 거대하고 넓었지만 바다와 다르게 폭풍우나 태풍에 요동치지 않을 터였다. 기슭의 언덕들은 가까이서 보면 모든 나무의 우듬지가 또렷이 보일 듯 선명했다. 얼마나 아름다운 곳인가! 이곳에 사는 운 좋은 사람들은 누굴까? 이곳의 평화와 고요를 즐길 수 있다니 그들은 얼마나 운이 좋은가. 다시 태어나 어디에서 살지를 선택할 수 있다면, 이곳을 후보지로 삼아도 될 것 같았다.

"양쯔 강보다 아름답네." 핑핑이 말했다.

"황허 강보다 아름답네." 난이 맞장구쳤다.

두 사람 다 웃었다. 그때, 난이 경적을 울렸다. "그러지 마. 다른 차들이 당황하잖아." 핑핑이 만류했다.

곧 그들은 뉴저지에 접어들었다. 날씨가 더워지고 있었다. 길가의 풀이 더운 바람에 흔들리고 있었다. 그러더니 언덕이 나타나기 시작했다. 대부분은 수풀이 많고 사람들이 살지 않는 곳이었다. 핑핑은 졸렸지만 난이 졸지 않도록 억지로 얘기를 계속했다. 그는 그녀에게 경치를 감상하면 졸릴 일은 없으니 걱정하지 말고 낮잠을 자라고 했다.

차가 I-78로 들어섰음에도 도로는 여전히 울퉁불퉁했다. 집과 건물이 빼곡히 들어선 곳들이 보였다. 우 가족은 댈라웨어 강의 유료 다리를 통과한 후, 점점 심해지는 더위를 피할 겸 첫 번째 휴게소에서 점심을 먹었다. 2시 30분쯤, 그들은 다시 출발했다. 타오타오는 펜실베이니아의 거대한 들판에 어떤 곡식이 심겨 있는지 계속 물었다. 아버지는 아들에게 옥수수와 콩이라고 말했다. 기복이 심한 풍경이 난에게는 인상적으로 다가왔다. 인구 밀도도 낮아 대부분의 농가는 버려진 것 같았다. 농장에는 사람들이 거의 보이지 않았다. 젖이 불룩한 얼룩 암소들이 초원에서 한가로이 풀을 뜯고 있었다. 걸어 다니거나 누워 있는 말이나 망아지가 멀리 보였다. 땅은 풍요롭고 잘 보존돼 있었다. 어떤 목초지는 철조망으로 둘러싸여 있었다. 그걸 보면서 난은 6년 전, 미국에 처음 왔을 때 받은 인상을 떠올렸다. 그는 중국 친구들에게 보내는 편지에서 미국의 자연이 놀라울 정도로 풍요롭다고 말했다. 미국 땅에 비하면, 중국 땅은 지나치게 많이 사용해 고갈된 것 같았다.

그들은 I-78에서 I-81로 바꿔 탔다. 핑핑과 난은 자기들에게 백 에이커의 농장이 있으면 어떤 걸 심을 것인지 얘기하기 시작했다. 난은 사과와 배 농장을 하고 싶다고 했고, 핑핑은 수익이 더 짭짤한 채소 농장을 하고 싶다고 했다. "그러면 일이 너무 많아지잖아." 난이 말했다.

"우리는 아직 늙지 않았으니, 할 수 있어." 핑핑이 대답했다. "이곳에서는 많은 일을 기계로 하잖아."

그들은 농장에 살게 되면 자식들을 많이 낳고 적어도 침실이 여섯 개쯤 있는 큰 집을 짓자고 했다.

뒷좌석에서 조그만 목소리가 끼어들었다. "난 형제가 있는 거 싫어요." 루빅큐브를 부지런히 만지작대던 타오타오가 영어로 우는소리를 했다. 그러자 부모가 웃었다.

"걱정하지 마라. 그냥 '바람 쏘는 얘기'*란다." 난이 아들에게 말했다.

"뭘 쏜다고?" 핑핑이 물었다.

"'바람 쏘는 얘기'란 건 '그냥 해보는 소리'라는 뜻이야."

*shoot the breeze : 수다를 떨다, 잡담하다.

땅거미가 질 무렵, 그들은 메릴랜드 끝을 통과해 40분도 안 되어 웨스트버지니아의 한쪽을 가로질렀다. 버지니아와 웨스트버지니아의 경계를 지나자마자, 그들은 그날 밤을 윈체스터에 있는 에코노 로지에 묵기로 했다. 일단 방에 들어가자, 핑핑은 버너에 국수를 삶기 시작했다. 그사이, 기진맥진한 난은 창문 옆에 있는 침대에서 코를 골며 잤다. 타오타오가 텔레비전을 켜자, 어머니가 볼륨을 낮추라고 말했다. 아이는 〈심슨네 가족들〉을 보고 있었다. 아들이 웃을 때마다, 핑핑이 말했다.

"아빠가 깨지 않게 소리를 줄이렴."

저녁이 준비되자, 핑핑이 난을 깨우며 그런 자세로 오래 자지 말고, 밥을 먹고 나서 샤워를 하고 자라고 했다. 녹초가 된 상태에서 그는 일어나 앉아 국수를 넣은 수프와 햄 통조림을 먹기 시작했다.

그날 밤, 난은 핑핑이 놀랄 정도로 심하게 코를 골았다. 그녀는 남편이 후두를 다치지 않을까 걱정되어 그의 몸을 오른쪽으로 돌려 코를 덜 골게 했다. 그녀와 타오타오는 다른 침대에서 잤다. 난이 코를 고는 소리와 에어컨이 돌아가는 소리에도 불구하고, 어머니와 아들은 곤히 잤다. 모텔에서는 간단한 아침 식사를 제공했다. 그들은 크림치즈를 바른 베이글과 멜론 한 접시를 먹었다. 난은 커피를 두 잔이나 마셨다. 그러고 나서 그들은 버지니아를 가로지르기 시작했다.

난은 창밖으로 보이는 농장과 산들이 좋았다. 초원 위의 동물들도 편안하고 유순해 보였다. 그는 핑핑에게 여러 번이나

버지니아에 사는 건 어떠냐고 물었다. 그녀는 좋겠다고 말했다. 그에게 가장 인상적인 것은 광활한 땅이었다. 거대하고 풍요로운 땅이 사람을 작아 보이게 만들었다. 붉거나 검은 지붕을 한 농가, 헛간, 트럭 모두가 장난감처럼 보였다. 길가에 차가 주차되어 있고 그 안이나 근처에 운전사와 사람들이 이따금 보이는 걸 제외하곤 사람들은 거의 보이지 않았다. 난은 죽으면 그렇게 넓고 인간에 의해 오염되지 않은 곳에 묻히고 싶었다. 이곳은 정말로 원시의 땅이었다.

난은 피곤해지자, 핑핑에게 운전대를 맡기고 눈을 한숨 붙였다. 가장 좋았던 지역은 버지니아 중부였다. 정오 무렵, 가벼운 소나기가 내리며 기온이 떨어졌다. 공기가 더 깨끗하고 부드러워졌다. 모든 것이 햇빛 속에 깨끗해진 것 같았다. 녹색 언덕이 앞에도 솟아 있고 차의 양쪽에도 펼쳐져 있었다. 안이 보이지 않을 정도로 녹음이 짙었다. 아직도 비구름 밑에 있는, 멀리 보이는 거대한 산들은 남색을 띠고 있었다. 고속도로에는 차들이 많지 않았다. 이따금 대형 화물차가 지나갈 뿐이었다. 모든 자동차들이 조용해진 것 같았다. 경적 소리도 들리지 않았다. 차들은 배가 지나가듯, 반짝이는 아스팔트 위를 부드럽게 미끄러지고 있었다.

I-77로 들어서 애팔래치아 산맥의 등줄기를 지나 노스캐롤라이나로 접어들자, 풍경이 변했다. 차가 샬럿이 있는 남쪽으로 향하면서 땅의 색깔이 더 밝고 붉어졌다. 2차선 도로 위로 더 많은 차들이 나타나기 시작했다. 샬럿을 지나 I-85를 따라가

자, 땅콩과 담배 밭이 보이기 시작했다. 군턱이 늘어지고 군데군데 털이 빠진 젖소들이 꼬리로 엉덩이를 한가롭게 치면서 풀을 뜯고 있었다. 그리고 과수원들이 나타났다. 복숭아나무의 울창한 우듬지에 복숭아가 수북이 달려 있었다. 가지들이 과일의 무게에 아래로 휘어져 있었다. 이따금, 과수원 가장자리에 여러 채의 이동식 주택이 놓여 있었다. 이동식 주택은 텅 비어 있는 것 같았다. 모두가 복숭아를 따려고 과수원 안으로 들어간 게 분명했다. 난과 핑핑은 오두막이나 작은 집을 지나칠 때마다 저런 집에 살면 원이 없겠다고 말했다. 이동식 주택에 사는 것도 괜찮을 것 같았다. 그들은 타오타오에게 어떻게 생각하는지 물었지만, 아이는 아무 대꾸도 하지 않았다. 어쩌면 아이는 그보다 더 좋은 걸 원하는지도 몰랐다.

5

저녁 무렵, 그들은 조지아의 귀넷 카운티에 도착했다. 피치트리 테라스는 스톤 마운틴 고속도로를 막 벗어난 곳에 있어서 찾기 쉬웠다. 난은 벽돌 건물 앞에 주차를 하고 아파트 열쇠를 갖고 있는 여자를 찾아갔다. 핑핑과 타오타오가 차 밖에서 기다리고 있는데, 주차장에서 롤러스케이트를 타던 몇몇 흑인 소년과 멕시코 소년이 이사 온 사람들이 누군지 보려고 다가왔다. 그들은 핑핑과 타오타오에게 말을 걸지 않고 호기심 어린 눈으로 쳐다보기만 했다. 몇 명은 풍선껌을 씹고 있었다. 그들은 서로를 팔꿈치로 찌르며 얘기를 했다. 핑핑은 그들이 무슨 말을 하는지 다 알아들을 수 없었다.

"일본인은 아니네." 이 하나가 빠진 소년이 말했다.

"그걸 네가 어떻게 알아?" 다른 소년이 물었다.

"저건 좋은 차가 아니잖아."

"미국 차잖아. 무슨 말인지 알아?" 반바지를 입은 덩치 큰 소년이 말했다. 그러고는 포드사 로고가 떨어져 나간 차의 뒷바퀴를 발로 찼다.

"그래, 일본인들은 여기에 살려고 하지 않지."

"그렇다면 중국인들인가봐."

"아냐!"

다소 겁을 먹은 타오타오가 어머니에게 달라붙었다. 날씨가 어두워지고 있었다. 축축한 공기가 답답하고 숨이 막혔다. 커다란 나방들이 주차장의 주황색 불빛 주변을 날고 있었다. 가로등 기둥과 나무 우듬지 너머의 하늘에 별들이 떼를 지어 떠 있었지만, 구름과 스모그에 일부가 가려져 있었다. 서쪽에 있는 고속도로에서 차들이 굴러가는 소리가 들렸다.

난은 20분 후, 빼근한 목을 손으로 문지르며 열쇠를 갖고 돌아왔다. 그들의 아파트는 1층이었다. 통로에는 방향제 냄새가 진동했다. 핑핑은 숨을 참으며 걸어갔다. 난은 계약금을 주기 전에 아파트가 몇 층에 있는지 물었더라면 싶었다. 전세가 그렇게 싼 것도 놀랄 일은 아니었다. 그는 2주 전에 이곳에 왔을 때 살 곳을 둘러보지 않은 자신을 탓하지 않을 수 없었다. 핑핑은 그에게 걱정하지 말라고 했다. 안전하게 이곳으로 왔으니, 그것만 해도 이미 축하할 일이라고 했다. 그들은 더러운 방들을 돌아다녔다. 곰팡내가 코를 간질였다. 방 하나와 거실의 카펫은 군데군데 물에 젖어 있었다. 바퀴벌레들이 다리를 천장으로 향하고 죽어 있었다. 난은 전에 살던 사람이 두고 간 전화기를 집어 들었다. 놀랍게도 번호를 손으로 돌리는 전화기였다. 생각할 시간도 없었다. 그들은 바로 차에서 짐을 내려야 했다. 핑핑과 난은 가방과 꾸러미를 끌고 들어와, 바닥이 더럽긴 하지만 물기가 없는 방에 갖다 놓았다.

타오타오는 아파트에 하나밖에 없는 의자에 앉아 소리 없이 울고 있었다. "왜 그러니?" 핑핑이 물었다.

"진짜 집에 살래요!" 아이가 입술을 깨물며 울부짖었다.

"좋은 집이잖니. 얼마나 넓은지 보렴." 실제로 방이 세 개나 되는 아파트였다.

"이건 내가 원하는 집이 아니야. 지독하게 더럽고 축축해요."

"걱정하지 마. 우리가 깨끗하고 편안하게 만들 수 있으니까. 손은 그런 데 쓰라고 있는 게 아니겠니? 이틀만 지나보렴. 아주 좋아질 거란다."

"오늘밤은 어디서 자요?"

사실, 그게 문제였다. 그녀는 아직 해결책을 찾아내지 못했다. 그들에게는 매트리스가 없었다. 방바닥은 하나같이 더러웠다. 벽은 방음이 제대로 안 돼 사람들이 얘기하는 소리가 다 들렸다. 설상가상으로 그들이 들어왔을 때부터 누군가가 걸어 다니는 소리가 끝없이 났다.

그들은 배가 고팠다. 핑핑이 요리할 채비를 했다. 요리를 하는 건 통조림이 있어서 어렵지 않은 일이었다. 토마토 수프가 스토브에서 보글보글 끓자, 그녀가 양귀비씨 빵과 상추를 꺼냈다. 난이 안초비 튀김 통조림과 양념이 된 죽순 통조림을 땄다. 15분 후, 그들은 안쪽 방의 바닥에 펼친 핑크색 시트 위에 앉아 저녁을 먹었다. 그들은 저녁을 먹으면서 어디에서 잘지 얘기를 했다. 결국 당장 깨끗이 청소할 수 있다는 이유로 욕실의 리놀륨 바닥을 닦고 거기서 자기로 했다. 저녁을 먹고 나서, 핑핑은 난이 설거지를 하는 동안 종이타월로 욕실 바닥을 닦기 시작했다.

그녀는 바닥에 담요를 폈다. 그들은 변기와 욕조 사이의 좁은 틈에 같이 누웠다. 타오타오를 가운데 두고 누워 가족은 잠을 이루려고 애썼다. 두툼한 이불을 두 개나 덮었음에도 불구하고, 핑핑과 타오타오는 잠을 잘 수 없었다. 그러나 난은 곤히 잤다. 혼자 잘 때처럼 심하게 코를 골지는 않았다. 그는 지치면, 머리가 베개에 닿자마자 잠이 들었다. 지치지 않을 때는 잠시 책을 읽었다. 그러면 한 시간이 안 되어 잠이 들었다. 오늘밤 그는 너무 피곤한 나머지 축축하고 좁은 욕실 안에서도 깊이 잤다. 누군가 옆집에서 변기 물을 내릴 때마다, 오른쪽 어깨에 닿은 변기가 울렸지만 그는 깨지 않았다. 그사이, 핑핑과 타오타오는 옆에서 몸을 뒤척였다. 그들이 중앙냉방장치를 조절할 수 있으면 싶었다. 냉방장치는 방을 얼려버릴 것처럼 끝없이 돌아갔다. 설상가상으로 바닥은 딱딱하고 곰팡내가 났다. 핑핑은 바퀴벌레나 생쥐가 몸 위를 기어 다니지 않을까 두려웠다. 그녀는 밤새도록 자다 깨다를 반복했다. 그녀는 깰 때마다 타오타오를 다독이며 잠을 재웠다.

다음 날 아침, 그들은 아파트가 안전할지 확신이 서지 않아 은행부터 찾아갔다. 계좌를 개설하고 가져온 수표를 입금

하기 위해서였다. 턱이 우묵 들어간 젊은 여자가 업무를 처리하는 동안, 난과 핑핑은 인내심을 갖고 기다렸다. 타오타오는 엄마의 무릎에 앉아 있었다. 보스턴에서는 그런 일을 처리하는 데 길어야 20분이면 충분했을 것이다. 그러나 여기는 남부였다. 여자는 그들이 그렇게 많은 액수의 돈(5만 달러)을 예치한다는 사실에 놀라며 이따금 그들을 쳐다보았다. 핑핑은 그녀의 눈길이 뭘 의미하는지 이해했다. 그들은 그렇게 많은 돈을 가질 수 있는 사람들로 보이지 않았던 것이다. 이 여자는 그 수표에 녹아든 희생과 노동을 상상할 수 없었던 것이다. 핑핑은 가족 중 누구에게도 새 옷을 사준 적이 없었다. 그리고 늘 슈퍼마켓에 가면 가장 싼 걸 골라서 샀다.

은행에서 볼일을 마치자, 그들은 쇼핑센터에 있는 매트리스 킹에 갔다. 핑핑은 2단짜리 싱글 매트리스를 세 개 사겠다고 우겼다. 그러나 난은 최소한 하나는 둘이 편안하게 잘 수 있도록 더 큰 걸로 사자고 했다. 하지만 그녀는 퀸사이즈나 킹사이즈 매트리스는 원하지 않았다. 쇼핑에 관한 한, 늘 그녀에게 주도권이 있었다. 난은 값을 비교하는 데 능숙하지 못한 데다, 싫어하는 일을 하면서 벌어들인 돈에 대해 약간의 혐오감을 느끼곤 했다. 배가 벨트 위로 불룩 튀어나온 판매원은 핑핑에게 미소를 지으며 말했다. "벌레가 생기지 않도록 매트리스에 약품 처리를 해드리겠습니다."

"그렇게 하는 데 얼마나 드나요?" 그녀가 물었다.

"하나에 99달러입니다. 약품 처리를 하지 않으면 이 기후에서는 오래 못 가거든요."

"흠…… 좋아요, 좋아." 그녀는 그가 아주 공손하다는 사실이 마음에 들었다. 북동부에서는 판매원들이 그녀가 도둑질이라도 할 것처럼 졸졸 따라다녔다. 아무도 그녀에게 이 판매원처럼 공손하게 대한 적이 없었다.

배달료까지 합해 총액이 962.82달러였다. 핑핑은 판매원에게 백 달러짜리 지폐 열 장을 건넸다. 그는 깜짝 놀랐다. 현금을 만지기가 머뭇거려지는 모양이었다. 그는 돈을 받아 뒤쪽에 있는 사무실로 가서 지폐가 진짜인지 확인했다. 그러더니 잠시 후 다시 나와 핑핑에게 거스름돈과 영수증을 줬다. 그는 그날 당장, 매트리스를 배달해주겠다고 했다.

그 후 그들은 메모리얼 드라이브에 있는 커다란 중고 할인점에 들러 소파, 의자 세 개, 책상, 육각형 식탁을 샀다. 그들은 물건 값으로 170달러, 배달료로 25달러를 냈다. 그러고 나서 백화점에 들러 전시 상품이어서 다소 싸게 파는 진공청소기를 샀다.

그들은 돌아오자마자 창문을 열고 환기를 시키고 젖은 카펫을 말렸다. 난은 진공청소기를 콘센트에 꽂고 바닥을 청소하기 시작했다. 거실에는 뒤뜰 쪽으로 난 안전문이 있었다. 호랑가시나무들에 둘러싸인 뒤뜰의 좁은 잔디밭에는 풀들이 자라고 있었다. 하지만 핑핑은 누군가가 살그머니 들어올까봐 안전문을 계속 닫아놓았다.

그날 오후, 매트리스와 가구가 거실의 안전문을 통해 들어왔다. 핑핑이 매트리스를 점검하고 냄새를 맡아보며 말했다. "약품 처리가 안 된 것 같아." 난은 매트리스를 쳐다보았지만 판매원이 약속을 제대로 지켰는지 어떤지 알 수 없었다. 후회하거나 불평할 시간이 없었다. 그래서 그들은 계속 집 안을 청소했다. 금세, 아파트가 번듯한 집으로 바뀌었다. 타오타오는 건조한 침실 안에 있는 매트리스 위에 올라가 뛰어놀았다. 아이는 큰 소리로 웃으며 난에게 장난을 쳤다. 아이는 아버지의 정강이를 차고 뒤에서 벨트를 잡아당겼다. 어머니는 계속 아들에게 잔소리를 했다. "가만히 좀 있어라! 좀 도와주렴!"

그날 밤, 난은 왕 씨에게 전화를 했다. 그리고 조지아로 오면서 본 풍경에 관한 단상을 적기 시작했다. 언젠가 그걸로 시를 한두 편 쓸 수 있으면 싶었다. 그는 화려한 경치에 아직도 감동을 받은 상태였다. 그러나 그것을 어떻게 해야 극적으로 묘사해 감동적으로 만들지 알지 못했다. 그사이, 핑핑은 타오타오에게 곱셈과 나눗셈이 혼합된 수학 문제를 푸는 방법을 알려주고 있었다.

6

챔블리의 차이나타운 플라자에 위치한 샹 법률 사무소에서, 우 부부와 왕 씨는 식당을 사고 파는 절차를 매듭짓기로 했다. 그런데 놀랍게도 서류에 핑핑의 이름이 없었다. 변호사는 왕 씨가 그녀를 공동 구매자라고 얘기하지 않았다고 설명했다. 난이 분명히 아내의 이름을 남겨놓고 갔지만, 노인이 그만 잊어버렸던 것이다. 그가 금궈 식당의 단독 소유주라 그랬던 모양이었다. 난은 서류상으로 핑핑이 공동 구매자로 명시되기를 바랐다. 변호사인 샹 씨는 못마땅한 모양이었다. 서류를 준비하는 데 며칠이 걸리고 다시 만나야 하기 때문이었다. 핑핑이 들어서며 그건 큰 문제가 되지 않으니 시간을 낭비할 필요 없다고 했다. 그녀는 남편에게 가능한 한 빨리 거래를 매듭지으라고 했다. 사실, 그녀는 타오타오가 걱정이었다. 아이가 왕 부인과 함께 식당에 있었던 것이다.

난은 계약서에 서명을 했다. 핑핑은 19,800달러짜리 수표를 꺼내 왕 씨에게 건넸다. 그리고 120달러짜리 수표를 써서 변호사 수임료로 건넸다. "축하합니다!" 금테 안경을 쓴 껑충한 모습의 샹 씨가 도톰한 귀를 긁적이며 난에게 말했다. "이게 당신이 백만장자가 되는 첫 단계입니다." 그는 큰 의자에 몸을 젖히고 앉아 신경이 거슬리게 웃었다. 희끗희끗한 콧수염이 꼬불거렸다. 그는 왕 씨와 난에게 계약서를 한 부씩 주고 모두와 악수를 했다.

우 부부는 왕 씨와 함께 금궈로 향했다. 핑핑은 자기는 변호사 사무실에 가지 말았어야 했다며 타오타오가 잘 있는지 걱정했다.

난과 핑핑은 감격했다. 이제 그들은 자신들만의 사업을 갖게 되었다. 그들이 그들 자신의 주인이었다. 난은 식당이 자신들을 부자로 만들어줄 수 없다는 건 알았지만, 자기 사업을 한다고 생각하자 감격스러웠다. 그는 행복감에 취했다. 그러나 동시에 차분해지려고 노력했다. 그는 평생, 돈을 버는 데 관심이 없었지만, 지금은 돈벌이 한가운데에 스스로 뛰어들어 작은 식당을 운영하려 하고 있었다. 당황스럽기도 했다. 그는 아내의 도움 없이는 그런 일을 감히 해볼 엄두도 내지 못했으리라는 걸 알았다.

왕 부부는 재신財神을 숭배했다. 식당의 작은 벽감에 미소를 머금은 부처처럼 생긴, 배는 튀어나오고 볼은 발그레하고 부드러운 모습을 한 조상彫像이 있었다. 조상의 맨발 주변에 밀감과 사과와 복숭아와 쿠키가 담긴 그릇, 쌀 술이 담긴 두 개의 작은 잔, 놋쇠 향로에 꽂혀 연기를 내고 있는 네 개의 선향이 있었다. 난과 핑핑은 그러한 미신을 보면서 복잡한 심정이 되었다. 그러나 그걸 치워야 하는지에 대해서는 확신이 서지 않았다. 그들 운명의 부침을 결정할 수 있는 초자연적인 힘이 있다면 어쩌나 싶었다. 어찌 됐건 그 신을 화내게 해서는 안 될 일이었다. 그래서 그들은 그대로 놔두고 비슷한 제물을 바치기로 했다.

여러 날 동안, 무더운 식당에서 일을 하고 있을 때조차, 난의 머릿속엔 포프의 시구가 맴돌았다. "조상이 물려준 땅에서/ 원하는 바를 해결하고/ 자기 땅에서/ 고향의 공기를 들이마시는 사람은 행복하네." 그는 이곳이 고향처럼 편할 수는 없다는 걸 알고 있었다. 그래도 그는 자신이 단단하고 독립적인 땅에 마침내 발을 딛고 서게 됐다는 걸 느꼈다.

왕 부부와 달리, 우 부부는 식당의 분위기를 조용하게 만들었다. 음악도 틀지 않았다. 그들은 사방팔방에 널린 확성기와 더불어 자란 사람들이었다. 그 시절에는 요란한 노래와 귀에 거슬리는 구호가 난무했다. 그래서 그들은 사람들의 마음 상태와는 상관없이 그것에 강제로 귀를 기울이게 만드는 여하한 형태의 소리 공해를 싫어했다. 난은 메뉴도 바꿨다. 몇 가지 요리를 첨가하고 화학조미료를 쓰지 않기로 했다. 또한 그는 요리를 다른 식으로 준비했다. 예를 들어, 전에는 '다섯 가지 양념이 들어간 소고기'라는 이름의 냉육은 접시 위에 오이 조각을 놓고 그 위에 얇게 썬 소고기를 놓는 형태로 나왔다. 그는 이걸 사람을 현혹하거나 사기성이 농후한 것이라고 생각했다. 실제로 고기보다 채소가 더 많았기 때문이다. 난은 똑같은 접시에 소고기와 오이를 따로 분리해 놓았다. 그래서 손님이 고기와 채소가 실제로 얼마만큼 나오는지 볼 수 있게 했다. 그는 정직하고 싶었다. 그는 중국에서와 다르게, 여기에서는 정직이 최고의 칭찬이라는 걸 이해하고 있었다. 그의 아내와 아들은 그가 만든 다양한 닭고기 요리를 좋아했다. 특히 '낯선 맛이 나는 닭고기'라는 쓰촨식 요리를 좋아했다. 또 한 가지 개선점은 사흘마다 기름을 교체하는 것이었다. 대부분의 중국 식당에서는 일주일에 한 번 기름을 바꿨다. 그러다 보니 가끔씩 음식에서 상큼하지 못한 냄새가 났다. 대부분의 미국 식당은 매일 새 기름을 썼다. 중국인들에게 그러한 낭비는 죄나 다름없었다. 몇십 년 동안, 식용유는 중국에서 배급 품목이었다. 도시 사람들은 한 달에 두당 백여 그램씩, 시골 사람들은 가구당 1년에 몇 킬로그램밖에 받지 못했다. 요즘 들어 난은 가끔씩 자신이 쓰레기용 플라스틱 그릇에 다 쓴 식용유를 붓는 걸 자신의 부모가 본다면 혼이 나고도 남을 거라는 생각을 했다. 매일매일 그가 쓰레기통에 닭 껍질이나 돼지 비계를 버리는 건 말할 것도 없었다.

웨이트리스인 태미는 타오타오를 아주 좋아해서 바쁘지 않으면 아이와 얘기를 했다. 아직 학기가 시작되지 않았기 때문에 아이는 매일 부모와 함께 식당에 왔다. 이른 아침이나 오후에 손님이 별로 없으면, 핑핑은 아들에게 칸막이 좌석에 앉아 책을 읽고 수학 문제를 풀게 했다. 난이 보기에 태미는 핑핑과 얘기하는 걸 종종 피하는 것 같았다. 어쩌면 그의 아내가 그녀보다 훨씬 더 예쁘기 때문일지 몰랐다. 그는 웨이트리스가 어쩌면 외롭게 살았을지 모른다고 생각했다. 그녀는 가정을 갖고 싶어 하는 것 같았다. 나이는 적어도 스물일곱이나 스물여덟쯤 되어 보였다. 널찍한 광대뼈에 두툼한 몸집의 여자였다. 돈이 많거나 영주권이 있다면 몰라도, 그녀가 신랑감을 쉽게 찾을 수 있을 것 같지는 않았다. 그녀에게는 양쪽 다 없었다. 난은 그녀를 고용하다가 연방이민국에 들키면 문제가 복잡해질지도 모른다는 걸 알았다. 하지만 이민국 요원들이 이렇게 작은 식당에 들이닥칠 리는 없을 것 같았다. 태미는 종종 부모가 그립다는 말을 했다. 그녀의 부모는 1940년대에 중국 남부에서 말레이시아로 이민을 갔다고 했다. 난은 그녀에게 시간당 3달러를 주고 모든 팁을 다 가져가게 했다. 그녀가 설거지를 하거나 부엌일을 종종 도와주기 때문이었다. 그녀가 하는 일은 주로 강낭콩 줄기를 떼어내거나 완탕이나 만두, 에그롤의 피를 싸는 일이었다. 그 덕분에 난은 다른 사람을 고용할 필요가 없었고, 태미도 그렇게 하는 것에 만족해했다. 난이 가장 마음에 들어 했던 건 그녀가 늘 영어를 써서 그와 핑핑이 영어 연습을 할 수 있다는 것이었다. 태미는 베이징어를 알아들었지만 유창하게 하지는 못했다.

첫 주에는 수입이 6백 달러쯤 되었다. 난과 핑핑은 장사가 잘되자 깜짝 놀랐다. 이 가게는 작은 금광이었고, 가을이 되면 장사가 더 잘될 게 거의 확실했다. 금궈를 잘 운영하면, 적지 않은 돈을 만질 수 있을 것 같았다.

왕 부부는 비버 힐 플라자의 다른 쪽에 살았다. 식당에서 보면 회색 페인트가 칠해진 그들의 2층짜리 벽돌집이 보였다. 난과 핑핑은 왕 부부의 집이 금궈에서 가까운 것이 부러웠다. 그들도 그렇게 가까이에 집이 있으면 싶었다. 그들은 장난삼아 왕 씨에게 집을 팔지 않겠느냐고 물었다. "15만 달러 주면 팔지." 노인이 진지하게 말했다. 너무 높은 가격이었다. 평가 금액보다 적어도 4만 달러가 많은 액수였다.

왕 부부가 가까이 살았기 때문에 난은 도움이 필요할 때마다 부인에게 와서 몇 시간씩 일을 해달라고 부탁했다. 왕 부인은 몇 달러 벌 겸해서 기꺼이 청을 들어줬다. 왕 씨도 이따금 식당에 들러 난과 핑핑과 얘기를 나눴다. 그는 '리틀 이어'라고 불리는 위성안테나를 지붕에 설치해 베이징어와 광둥어로 된 텔레비전 프로그램을 많이 보면서도 집에 있는 걸 종종 지루해했다. 근처에는 중국인도 거의 없었다. 대부분의 아시아 이민자들은 북동쪽으로 10킬로미터쯤 떨어진 덜루스에 살았다. 왕 부부는 이곳에 친구가 없는 것 같았다. 그들에게는 시애틀에 있는 타이완 항공사에 근무하는 딸이 하나 있었다. 하지만 당분간만 그곳에 가 있는 터라, 왕 부부는 그곳으로 가지 않으려 했다. 노인은 한숨을 쉬며 핑핑에게 말했다. "미국은 젊은 사람들에게만 좋은 곳이야. 늙으면 사는 게 끔찍하다네. 늙은이는 골칫거리에 지나지 않아."

"왜 중국으로 돌아가지 않으세요?" 핑핑은 그가 푸젠 성에서 태어났다는 걸 알고 물었다. "많은 사람들이 은퇴하고 살 집을 그곳에 사둔다는 말을 들은 적이 있어요."

"나도 그럴 수 있으면 좋겠네. 그런데 너무 비싸. 게다가 나는 중국 정부를 신뢰하지 않거든."

"타이완은 어때요? 그곳에서 사실 수는 없나요?"

"마찬가질세. 그곳은 법률시스템이 엉망이야. 은퇴하기에 좋은 곳은 아니지. 많은 사람들이 필사적으로 그 섬을 떠나려 하고 있네. 중국이 공격해올 경우 거기 갇히고 싶지 않은 거지."

"싱가포르는 어때요?"

"그 작은 나라는 중국의 성이나 마찬가질세. 중국 정부가 거의 모든 걸 통제하지. 여기에 싱가포르에서 출판된 〈유나이티드 모닝 포스트〉가 있네. 한번 읽어보게나. 신문은 공산주의자들의 언어를 사용할 뿐만 아니라 중국 본토의 언론이 왜곡해놓은 뉴스를 그대로 싣고 있다네."

"여기에 오래 있을 생각이세요?"

"잘 모르겠네."

난과 핑핑은 왕 부부가 처한 상황을 생각하면 어딘가 마음이 불편했다. 그래서 노부부에 대해 종종 얘기했다. 비록 아직 먼 훗날의 일이었지만, 그들은 자신들의 노년에 대해 생각하지 않을 수 없었다. 저처럼 고립된 삶을 사는 것은 두려운 일임에 틀림없었다. 그들도 결국 왕 부부처럼, 30년을 여기서 산 후에도 여전히 어울리지 못하고 허수아비처럼 주변을 배회하는 이방인 신세가 될까?

아마도 그렇지 않을 것이다. 왕 부부와는 달리, 난과 핑핑은 영어를 훨씬 잘했고 고립을 겁내지도 않았다. 그들은 이곳에 정착하고 싶었다. 달리 갈 곳이 없었다. 난이 영어를 배울려고 노력하는 이유도 바로 그것이었다. 그는 이 나라에서 언어는 그 속에서 헤엄을 치고 숨을 쉬는 걸 배워야 하는 일종의 물이나 마찬가지라는 것을 알고 있었다. 물론 그걸 사용할 때마다 이질감을 느끼는 건 어쩔 수 없었다. 만약 그가 낯선 물에 적응한 새 '폐와 아가미'를 개발하는 일을 열심히 하지 않는다면, 그의 삶은 갇히고 위축되고 결국 시들어버릴 것이었다.

난은 일을 하다가 시간이 날 때마다 《옥스퍼드 영영사전》을 읽었다. 모든 게 영어로 되어 있기 때문이었다. 하지만 영어로 설명된 특정 명사가 무엇을 가리키는지 알 수 없을 때는 여전히, 이제는 다 너덜너덜해진 영중사전을 사용했다. 그는 영어로 된 단어의 정의가 중국어로 된 것보다 대체적으로 더 정확하다는 걸 알게 되었다. 게다가 영영사전을 사용하는 것은 자신이 영어로 사고하게 만드는 길이기도 했다. 그는 사전 전체를 다 끝낸 다음 다시 복습할 수 있도록, 익숙하지 않은 단어와 구절에 밑줄을 그었다. 그는 핑핑을 위해 종이 표지로 된 《신영중사전》을 샀다. 그러나 그녀는 굳이 그걸 펼치려 하지 않았다. 그녀는 읽다가 새로운 말이 나오면 대부분, 사전을 찾아보지 않고도 문맥상으로 의미를 파악했다. 그녀는 아주 영리해 사전의 도움을 별로 필요로 하지 않았다.

7

토요일 아침, 유피에스 트럭이 짐을 싣고 왔다. 상자마다 '취급 주의'라는 딱지가 붙어 있었는데, 어떤 건 덕트테이프로 감겨 있었고 부서진 상자 하나는 스티로폼 완충제가 밖으로 나와 있었다. 난은 21번 상자가 빠졌다는 걸 알고 화가 났다. 지금 당장은 제목이 생각나지 않는 시집들이 들어 있는 상자인 게 분명했다. 배달원은 확인해보겠다고 약속하고 하루나 이틀 안으로 보내주겠다고 했다. 그러나 그런 일은 일어나지 않았다. 난은 손수레를 이용해 상자를 거실의 안전문을 거쳐 아파트 안으로 날랐다. 하지만 부부가 일을 하러 가야 했기 때문에 저녁이 될 때까지 상자를 열어볼 수 없었다.

그날 밤, 상자를 열어보니 전자레인지가 깨져 있었다. 타오타오가 아버지를 도와 컴퓨터를 설치했지만 그것도 고장 나 있었다. 산요 텔레비전만이 아직 온전했다. 그러나 그것도 전보다 잡음이 심하고 채널이 두 개밖에 잡히지 않았다. 어느 것도 보험에 가입돼 있지 않아서 피해를 보상받을 길이 없었다.

"이건 진짜 재앙을 막기 위한 작은 액땜이야." 핑핑은 아들과 남편을 위로하려고 이렇게 말했다. 그러나 타오타오는 체스를 둬야 한다며 컴퓨터를 고쳐달라고 했다. 컴퓨터는 난이 개인이 조립한 걸 뉴햄프셔 주 킨의 헛간에서 7백 달러를 주고 구입한 것이어서 다시 고칠 가치가 없었다. 타오타오는 새것으로 사달라고 했다. 그러나 부모는 앞으로 집을 사야 하기 때문에 한 푼이라도 절약해야 한다며 못 사준다고 했다.

핑핑이 아이에게 물었다. "너는 우리가 매달 550달러를 버리면 좋겠어?" 월세를 두고 하는 말이었다.

"아뇨."

"그렇다면 이런 식으로 돈을 계속 낭비하면 안 되잖니. 집을 사고 나서 컴퓨터를 사줄게."

아이는 말해봤자 소용없다는 걸 알았지만, 다시 한 번 떼를 써봤다. "그럼 식당에 다시는 안 갈래요. 집에 있을래요."

"그건 불법이란다." 아버지가 끼어들었다.

"여긴 안전하지 못해." 어머니가 걱정스레 말했다. "누군가가 쳐들어와 너를 납치해가면 어떡할래? 그 사람이 너를 낯선 사람한테 팔면 다시는 우리를 못 보게 될 텐데. 그럼 좋겠니?"

"아뇨, 그 빌어먹을 식당에 갇혀 있고 싶지 않을 뿐이에요. 그곳에서 냄새를 맡고 있는 게 지긋지긋하다고요."

"여하튼 넌 우리와 같이 있어야 해."

위층에 사는 남녀가 다시 싸우기 시작했다. 그것으로 우 가족의 말다툼은 중단되었다. 난이나 핑핑은 아침 일찍 일하러 가서 저녁 늦게 돌아오기 때문에 위층 남자와 여자를 만난 적이 없었다. 그러나 그들을 잘 안다고 생각될 만큼 그들이 하는 얘기를 들었다.

위층 남녀가 조용해질 날이 올까? 그들은 싸우지 않고는 살 수 없는 것처럼 늘 서로를 향해 소리를 질렀다. 때때로 핑핑은 그들이 싸우는 소리에 한밤중에 잠에서 깨기도 했다.

타오타오가 화가 난 얼굴로 쭈글쭈글해진 종이 상자를 걷어 찼다.

"당신은 섹스광이야." 위층 여자가 소리쳤다. "이번 주에 벌써 두 번이나 했잖아. 몇 번이나 더 해야 돼? 끝나고 나면 잠을 잘 수가 없단 말이야. 내일 아침 면접을 봐야 해. 오늘밤은 그냥 자자고, 알겠어?"

"그딴 식으로 말하지 마." 남자가 고함을 쳤다. "섹스가 싫으면 왜 나랑 살아?"

"솔직해지자고. 당신이 나한테 같이 살자고 애원했어. 나는 지금도 당신 말을 들었던 게 후회스러워."

"제기랄, 도무지 이해를 못 하겠군."

"당신은 여자를 결코 이해하지 못할 거야. 안 그랬으면 당신 마누라가 당신을 두고 딴 남자한테 가지는 않았겠지."

"입 닥쳐!"

뭔가 부딪는 소리가 났다. 바닥에 신발이 긁히는 소리가 났다. 그들이 몸싸움을 하는 게 분명했다.

핑핑은 아이가 귀를 기울이고 있는 걸 보고 말했다. "타오타오, 화장실에 가 이를 닦아라." 그건 잠자리에 들 시간이라는 말이었다.

다음 날, 그들은 식당 뒤에 있는 창고에 자리를 마련하고 작은 책상을 들여놓았다. 타오타오가 그곳에서 당분간 공부를 할 수 있게 하기 위해서였다. 핑핑과 난은 아이가 안쓰러웠다. 아이는 매일 열두 시간 이상을 그들과 같이 있어야 했다. 밤 10시가 되어서야 같이 돌아갈 수 있었다. 난은 타오타오를 편안하게 해주기 위해 13인치 텔레비전을 사주고 너무 자주 보지는 말라고 했다. 그들은 아이가 낮잠을 잘 수 있도록 굿윌 스토어에서 2인용 소파를 사 들여놓았다. 바쁘지 않으면 핑핑은 안쪽 방으로 들어가서 아들을 살폈다. 그녀는 아들이 게으름을 피우거나 텔레비전을 보면, 자기가 내준 숙제를 하라고 했다. 아이는 부모를 보러 앞으로 나오는 일이 거의 없었다.

어느 날 오후, 핑핑이 아이를 나무랐다. "그렇게 빈둥빈둥 텔레비전만 보지 마."

"피곤해서 그래요." 아이는 불만스러운 얼굴이었다.

"피곤하다고? 우리는 빠른 삶을 살고 있어. 너도 그래야 해."

"엄마, 문법이 틀렸어요."

"뭐가?"

"'빠른'이 아니라 '바쁜'이라고 하는 거예요."

"내 말은 초가 양쪽에서 탈 정도로 하라는 말이야."

"어떻게 그래요?"

"2백 퍼센트로 노력하라는 거지."

"말도 안 돼요."

"좋아. 바쁜 삶이 맞다 치고, 이 프로그램 끝나면 숙제해라."

"알았어요, 알았어!"

핑핑이 어법에 맞지 않게 말을 할 때마다 아이는 그걸 지적했다. 때로는 다른 사람들 앞에서도 그렇게 했다. 그녀는 신경에 거슬렸지만 그러지 말라고 하지 않았다. 언어를 제대로 배우기로 작정했기 때문이다. 그녀와 난이 알지 못했던 건 그것 때문에 타오타오가 짜증을 내고 있다는 사실이었다. 부모의 어눌한 영어가 종종 아이를 당황스럽게 만들었다. 특히 핑핑의 영어가 그랬다. 그녀는 'gooses', 'watermelon skin', 'deers', 'childrenhood'와 같은 잘못된 표현들을 썼다.* 어느 날 아이가 부모에게 자기 영어를 망치고 있다며 화를 냈다. 등교 이튿날 아침에 복숭아털을 'peach fuzz'라고 하지 않고 'peach hair'라고 해서 아이들에게 웃음거리가 됐다고 했다. 그것은 그의 어머니가 쓰는 표현이었다. "엄마가 내 인생을 망치고 있어요!" 그날 오후, 아이가 핑핑을 향해 소리를 질렀다. 아이가 그 이유를 설명해주자 핑핑은 까르르 웃었다. 그녀는 부엌으로 가서 혼자 더 웃었다.

*goose와 deer는 단수와 복수가 같은 명사이며, 수박 껍질은 watermelon rind, 유년 시절은 childhood가 맞는 표현이다.

핑핑은 매일 아들에게 학교 숙제 외에 수학 문제를 더 풀라고 했다. 아이가 아무리 불평을 해도 그녀는 가게 문을 닫기 전에 아들이 숙제를 끝내게끔 했다.

8

애틀랜타로 이사 갔을 때, 우 부부는 피치트리 테라스에 사는 아이들이 다른 구역에 속하는 남쪽으로 멀리 떨어진 학교에 간다는 사실을 알지 못했다. 그것은 타오타오가 릴번에 있는 초등학교에 다닐 수가 없다는 의미였다. 학교가 끝나고 타오타오를 아파트에 데려갈 어른이 있다면, 부모도 명성이 자자한 스넬빌의 샤일로 초등학교에 아들을 보내는 걸 마다하지 않았을 것이다. 그러나 아이는 오후에 버스에서 내리면 식당으로 와야 했다. 그러니 금궈 근처에 있는 학교에 다닐 필요가 있었다. 다행히 왕 부부는 타오타오가 레베카 마이너 초등학교에 다닐 수 있도록 우 가족이 그들의 주소를 사용하게 해줬다. 교장실에 근무하는 비서가 전화를 하자, 왕 부인은 타오타오가 그들의 종손從孫이라며 같이 산다고 했다. 왕 씨는 우 부부에게 날마다 오가는 시간도 절약하고 소동도 줄일 겸, 식당 근처에 사는 게 좋겠다고 말했다. 게다가 걸프 전쟁 때문에 휘발유값도 올랐다. 우 부부는 곧 릴번으로 이사를 해야 한다는 걸 깨달았다. 그런데 릴번은 아파트 월세가 비쌀 뿐만 아니라 물량도 거의 없었다. 주중에는 그들이 금귀에 가기 전에 아들을 레베카 마이너 초등학교에 내려주고 오후에는 타오타오가 비버 힐 플라자 동쪽에서 스쿨버스에서 내려 부모가 있는 식당으로 왔다.

우 부부는 일을 하면서도 아파트에 무슨 일이 생길지 몰라 불안해했다. 피치트리 테라스는 안전한 곳이 아니었다. 이따금 건물 어딘가에서 밤에 총소리가 났다. 경보등을 켠 경찰차가 도착해 경찰이 누군가를 체포하는 모습을 사람들이 빙 둘러서서 지켜보기도 했다. 그런 일이 있을 때마다 난은 곧 이사를 가야겠다고 말했다.

어느 날 밤, 우 부부가 돌아와보니 난이 서재로 사용하는 방의 창문이 열려 있었다. 난은 불을 켜고 무엇이 없어졌는지 살폈다. 컴퓨터와 전자레인지가 사라지고 없었다. 핑핑의 가죽 샌들도 사라졌다. 그것 말고는 없어진 게 없었다. 서류를 은행 금고에 넣어 둔 게 얼마나 다행이냐 싶었다. 거실 카펫에 두 사람의 흙 묻은 발자국이 나란히 나 있었다. 하나는 20센티미터가 안 되는 길이였고 다른 하나는 30센티미터 정도였다. 두 사람이 들어온 게 분명했다. 한 사람은 어른이고 다른 한 사람은 청소년 같았다. 난과 핑핑은 처음에는 화가 나서 도둑들에게 욕을 퍼부었다. 그들은 경찰에 신고해야 할지 말지 망설이다가 결국 하지 않기로 했다. 경찰은 그들을 경찰

서로 오라고 할지도 몰랐다. 그들은 지루한 절차가 싫었다. 오전이 날아갈지도 모르고 오후의 일부도 날아갈지 모르는 일이었다. 사실, 그들은 별로 도둑맞은 게 없었다. 컴퓨터와 전자레인지는 이미 고장 난 것들이었다. 마음이 진정되자, 그들은 도둑들이 그것들이 작동되도록 만들려고 고심하는 모습을 떠올리고 고소해하며 웃었다.

"그자들이 쓰레기를 치워줘서 좋네. 잘 치워준 거지." 난이 말했다.

"컴퓨터 찾아와야 해요." 아들이 울며 말했다.

"이미 부서진 거다. 더 이상 갖고 있을 가치가 없는 거야."

"찾아야겠어요. 내 거잖아요."

어머니가 끼어들었다. "타오타오, 생각 좀 해보렴. 이제는 우리가 그걸 쓰레기장에 버릴 필요가 없게 됐잖니. 그 대신, 그 바보들한테 내 낡은 신발을 줬고."

"컴퓨터는 내 거라니까요."

"그래, 집이 생기면 컴퓨터를 새것으로 사주마." 난이 말했다.

"언제 집이 생기는데요? 여기선 더 이상 살고 싶지 않아요."

부모는 서로를 쳐다보았다. 난은 핑핑도 같은 생각을 하고 있다는 걸 깨달았다. 그가 가까스로 아들에게 말했다. "곧 다른 곳을 찾아보마."

"그래, 아빠가 알아서 하실 거야. 그러니 물건 좀 어지간히 모으렴." 핑핑이 말했다.

난도 그렇고 핑핑도 그렇고, 언제부터 타오타오가 물건을 수집했는지 알 수 없었다. 아이는 한번 자기 것인 물건은 어떤 것이든 놓지 않으려 했다. 몽당연필이나 페이퍼클립까지 그랬다. 때로 부모는 문제가 뭘까 궁금했다. 난은 북부에 있을 때, 네이틱으로 일을 하러 가다가 라디오에서 우연히 정신과 의사가 상담해주는 걸 들은 적이 있었다. 전화를 건 사람은 아들이 같은 문제를 겪고 있다고 했다. 그 사람은 아들을 '진짜 심술쟁이'라고 표현했다. 그는 아들이 어렸을 때 신었던 아기 신발을 새로 태어난 사촌이 신지 못하게 한다고 했다. 남자는 아내와 별거 중이었다. 정신과 의사는 그들의 불안정한 결혼생활이 강박관념의 원인일 수 있다고 말했다. 아이가 무의식적으로 사물을 한곳에 모으려고 한다는 것이었다. 라디오에서 들었던 얘기를 떠올리자, 난은 자신과 핑핑이 옆에 없는 몇 년 동안, 아이가 겁을 먹었던 게 틀림없다는 생각이 들었다. 아이는 아직도 부모가 사라지지 않을까 두려워하고 있는 게 분명했다. 그러한 두려움은 작은 것들에 대한 집착의 형태로 나타났다. 아이의 가방은 다양한 배터리, 고장 난 손목시계, 자, 구둣주걱, 열쇠고리, 개 인식표, 연필깎이, 야구 카드, 조가비, 리비아가 준 여러 나라의 동전 등 잡다한 것들로 가득했다. 매사추세츠 주에 있을 때는 〈보스턴 글로브〉에 실렸던 만화까지 모아놓았다. 부모가 이사를 하기 전에 그런 것들을 버리게 만들었지만 타오타오는 이제 〈애틀랜타 저널 컨스티튜션〉에 실린 만화를 모으기 시작했다. 그런데 난을 더욱 당황하게 만든 건 타오타오가 그것들을 벽장 속에 던져 놓고 다시는 쳐다보지 않는다는 것이었다. 아이는 부모가 자기를 위해 구독하는《내셔널 지오그래픽》이 들어 있는 상자 옆에 그 물건들을 처박아두었다. 아이가 물건을 모으는 걸 보고, 부모는 슬펐다. 난과 핑핑은 아이 앞에서 다시는 결혼 생활의 문제에 대해 얘기하지 않기로 했다.

"도둑들이 타오타오의 망원경을 가져가지 않은 이유가 궁금하네." 아이가 화장실에서 이를 닦을 때, 핑핑이 난에게 말했다.

"컴퓨터가 훨씬 더 값이 나갈 거라고 생각한 모양이야."

"그놈들이 망원경을 가져갔으면 난리가 났을 거야."

"식당에 갖다 놓는 게 좋겠어."

그래서 그들은 다음 날 아침, 일을 하러 갈 때 망원경을 갖고 갔다. 하루 종일, 난은 아파트 정보 책자와 〈애틀랜타 저널 컨스티튜션〉에 난 부동산 광고에 어떤 아파트가 나와 있는지 살펴보았다. 안전하고 가까운 곳을 찾기 위해서였다. 하지만 전혀 찾을 수가 없었다. 릴번에 있는 몇몇 집이 새로 나왔지만 너무 비쌌다.

그런데 때마침, 왕 부인이 다음 날 오후에 오더니 남편과 함께 타이완에 가서 적어도 석 달 동안 있을 거라면서, 우 부부가 그들을 위해 '집을 지켜주면' 좋겠다고 했다. 난과 핑핑은 그녀가 어느 정도 집세를 내기 바라고 있다는 걸 알았다. 그들은 그녀에게 한 달에 6백 달러면 어떻겠느냐고 제안했고, 왕 부인은 기꺼이 그걸 받아들였다. "자네가 꼭 우리 아들 같아서 받아들이는 거야." 그녀가 진심이 담긴 어조로 난에게 말했다.

그녀의 말을 듣고, 난은 가슴이 아팠다. 왕 부부에게는 아들이 없었던 것이다. 핑핑이 쿡쿡 웃으며 그녀에게 물었다. "그럼 저는 며느리고 타오타오는 손자가 되는 거네요?"

"그렇네."

"그럼 집을 공짜로 쓰게 해주셔야 되는 거 아니에요?"

왕 부인은 당황한 것 같았다. 그녀의 작은 눈이 희미해지고, 이마가 벌레 모양으로 찡그려졌다. 핑핑이 말했다. "그냥 농담으로 한 말이에요. 저희가 집을 잘 돌볼게요."

난은 피치트리 테라스의 관리실에서 쉽게 계약을 해지해주지 않으면 어쩌나 걱정이었다. 그는 아파트를 관리하고 있는 흑인 여성 쇼나에게 얘기를 해봤다. 그녀는 난이 예치금을 포기한다면 계약을 해지해주겠다고 했다. 그는 기분이 떨떠름했지만 선택의 여지가 없었다. 하지만 우 가족이 이사를 하고 일주일이 지났을 때, 난은 쇼나에게서 275달러짜리 수표를 받았다. 그녀는 아무 말도 없이 예치금의 절반을 환불해줬다. 우 부부는 기분이 좋았다.

왕 부부의 집으로 이사한 후, 우 부부는 우체통에 있는 작고 붉은 깃발이 뭐에 쓰는 건지 알 수가 없었다. 매사추세츠에 있는 메이스필드 일가의 집에는 우체통에 그런 게 없었다. 하이디는 늘 편지를 우체국에 가서 부쳤다. 그래서 난은 매일 아침, 식당에 가기 전에 작은 깃발을 올려놓았다. 오른쪽에 앉아서 밴을 운전하는 집배원에게 보내는 환영 인사였다. 그런데 어느 날, 우체통에 종이 한 장이 있는 걸 핑핑이 발견했다. 거기에는 이렇게 쓰여 있었다. "아이들이 깃발을 갖고 장난치지 못하게 해주세요! 부쳐야 할 우편물이 있을 때만 올려놓으세요."

타오타오는 왕 부부의 집을 좋아했다. 아이는 종종 밤에 망원경을 뒤뜰에 세워 놓고 별들을 바라보았다. 마침내 자유롭게 그 기구를 사용할 수 있어서 좋은 모양이었다. 부모도 여러 차례에 걸쳐 아들과 함께 하늘을 관찰했다. 하지만 북동부에서와 다르게, 애틀랜타의 공기는 가을에도 여전히 습했다. 그래서 배율이 225인 큰 망원경조차 흐릿한 공기를 완전히 뚫고 별을 포착할 수 없었다. 타오타오는 언젠가 부루퉁하여 초점을 맞추는 손잡이와 접안렌즈를 계속 돌리고만 있었다. 난이 아들에게 말했다. "겨울이 되면 하늘이 맑아질 거다. 그때까지 기다리면 안 되겠니? 추워지면 별들이 선명하게 보일 거야."

아이가 알았다며 벽장 속에 망원경을 갖다 놓았다. 그러나 겨울이 와도, 아이는 그걸 다시 꺼내지 않았다. 가을에 느꼈던 좌절감이 별을 보고 싶은 마음을 짓눌러버린 것이었다. 아이는 망원경을 다시는 만지지 않았다. 그걸 갖고 놀기에는 너무 컸지만 그래도 아직은 갖고 있고 싶은 장난감이라도 되듯이.

9

난과 그의 아내는 종종 고향에 관한 꿈을 꿨다. 그러나 두 사람 중 아무도 부모를 그다지 그리워하지 않았다. 유치원과 기숙사 학교에서 자랐기 때문이었다. 난과 달리, 핑핑은 때때로 아버지에 대한 좋은 기억을 떠올리곤 했다. 그녀는 어머니를 그다지 좋아하지 않았다. 그녀의 어머니는 퉁명스러웠다. 특히 직장에서 좌절감을 느낄 때 그랬다. 그녀는 아이들한테 화풀이를 했다. 핑핑은 맏이로서 집안일을 도맡아 했고 동생들을 돌봐야 했다. 어머니는 그녀가 빨래를 깨끗하게 하지 않으면 혼을 냈고 동생들이 다른 아이들과 싸워 그들의 어머니가 찾아와 난리를 치면 그녀의 뺨을 때리기도 했다. 그래서인지 핑핑은 어머니를 전혀 그리워하지 않았다. 이따금 그녀는 중국에 관한 꿈을 꿨다. 때로는 꿈속에서 오줌보가 가득 차 괴로워했다. 그럴 때면 침대에서 뒤척이다 소리쳤다. "화장실이 어디죠?" 몇 번인가는 다른 침대에서 자는 난을 깨운 적도 있었다.

난은 다른 꿈을 꿨다. 한번은 악몽을 꿨는데, 나치 기장이 있는 헬멧을 쓰고 곤봉을 휘두르는 남자들한테 쫓기고 있었다. 그런데 그가 쫓기고 있는 곳은 모교인 하얼빈의 작은 대학이었다. 나치들은 모두 중국인의 얼굴을 하고 있었다. 그가 달아나는데 뒤에서 무시무시한 사냥개 소리가 들렸다. 사냥개들이 뒤에 처진 사람들한테 달려들었다. 또 한번은 친구가 경찰한테 체포돼 결박당한 채로 저수지 둑 아래의 처형장으로 끌려가는 꿈을 꿨다. 친구는 총에 맞아 죽은 게 아니라 반쯤 죽을 정도로 발길에 채였다. 난은 식은땀에 흠뻑 젖어 잠에서 깼다. 그의 꿈에 더 자주 나타나는 건 변덕스러운 베이나였다. 그녀는 킥킥거리거나 우는 모습으로 꿈에 나타났다. 한번은 그의 목을 껴안고 촉촉한 입술로 볼에 입맞춤을 하기까지 했다. 10년 전과 다른 모습이었다. 어디가 아픈 사람처럼 달갈형의 얼굴이 창백해 보였다. 그녀는 기분이 좋아 보이지 않았다. 화가 난 듯 찡그린 얼굴이었는데, 큰 눈에는 눈물이 글썽거렸다. 그녀는 그에게 한 마디도 하지 않았다. 맑고 아름다운 목소리를 가진 여자였는데, 난은 그녀가 아무 말도 하지 않는 게 이상하다 싶었다. 침묵은 그녀의 무모한 성격과는 맞지 않는 것이었다. 언젠가 한번은 그들이 다니던 대학의 강의실 뒤편에 있는 운동장에서 그녀와 조깅을 하는 꿈을 꿨다. 살이 에일 정도로 날씨가 추웠다. 그녀는 부츠를 신고 있음에도 불구하고 그를 끈덕지게 따라왔다. 몇 번이고 그가 다른 사람들과 얘기를 하고 있을 때 나타나기도 했다. 그녀는 조금 떨어졌지만 소리가 들릴 만한 거리에서 오가는 말에 귀를 기울이며 서 있었다. 그는 그런 꿈에서 깰 때마다, 가슴이 먹먹하고 아팠다. 상처를 받을 정도로 너무 심각한 사랑이 아니라, 그저 불장난을 했었더라면 싶었다. 그는 그녀도 자신에 관한 꿈을 꾸는지 궁금했다.

"당신 또 그 여자를 그리워하는 것 같네." 어느 날 아침, 타오타오를 스쿨버스에 태우고 나서 핑핑이 난에게 말했다. 이제 그들은 식당 근처에 살아서 서두를 필요가 없었다.

"무슨 소리를 하는 거야?" 그는 당황한 척했다.

"베이나 말이야. 지난 밤 꿈속에서 그 여자를 만났잖아."

"내가 일부러 그런 건 아니잖아."

"그 여자를 그렇게 사랑했다면 왜 나하고 결혼했어? 거짓말쟁이! 왜 나를 사랑한다고 한 거야?" 그녀는 돌아서서 흐느끼기 시작했다.

그는 더 이상 아무 말도 하지 않았다. 쥐가 날 듯 두통이 갑자기 몰려왔다. 그는 일어나서 녹색 레인코트를 입고 문을 향해 걸어갔다.

"돌아와!" 그의 아내가 소리쳤다.

그는 고개를 돌리지 않고 나갔다. 밖은 쌀쌀했다. 보슬비가 안개처럼 내리고 있었다. 하지만 바람은 한 점도 없었다. 대부분의 나무들은 이미 잎이 떨어지고 없었다. 낙엽이 길 옆의 잔디 위에 흩어져 있었다. 나무의 몸통에 달라붙은 것들도 있었고 상록수에 걸린 것들도 있었다. 난의 마음속에는 또 다른 보슬비가 내리고 있었다. 그와 베이나는 교실을 향해 그의 레인코트를 두르고 걸어가고 있었다. 그는 그녀의 어깨에 팔을 단단히 둘렀다. 그들의 몸에서 나는 열기가 섞여들었다. 그의 팔에 감싸인 그녀는 어린아이처럼 작게 느껴졌다. 그녀는 계속 웃고 있었다. 캠퍼스 주변의 개구리들이 관능적으로 울어댔다. 사시나무 숲 속으로 난 길은 뿌예서 먼 곳으로 통하는 길 같았다. 몇 시간이고 그렇게 걸었으면 싶었다.

난은 금궈를 향해 걷고 있었다. 비버 힐 플라자에 사선으로 주차된 차들이 빗물에 씻겨 평소보다 더 밝아 보였다. 아스팔트 이곳저곳이 기름으로 번들거렸다. 그는 식당에 들어가지 않고 북쪽으로 2백 미터쯤 떨어진 로런스빌 고속도로 쪽으로 계속 걸어갔다. 그는 지난밤에 꾼 꿈에 대해 생각했다. 베이나는 꿈속에서 다시 소리 없이 울었다. 그녀는 왜 그렇게 처량해 보였을까? 남편한테 학대라도 당했을까? 문제가 생긴 걸까? 그에게 도와달라고 하는 걸까? 남편이라는 자식한테서 구출해달라고 하는 걸까? 어째서 꿈속에선 그렇게 늘 슬픈 얼굴을 하고 있을까?

동시에 그는 환상에서 빠져나오려고 노력했다. 자신이 정말 우스꽝스럽게 느껴졌다. 꿈이란 마음이 장난을 치는 것에 불과했다. 그녀는 그를 필요로 하는 게 아니었다. 지금도 그가 필요한 게 아니었다. "나는 당신을 더 이상 견딜 수 없어!" 그녀가 했던 말을 잊었단 말인가. 여느 여자들처럼 그녀도 부나 권력을 가진 남자를 원했다. 그는 아무것도 아니었다. 쓰다가 버린 쓰레기에 지나지 않았다. 모든 환상을 버려야 했다. 절망에 빠져 허우적거리는 걸 그만둬야 했다. 용기를 내서 눈앞에 있는 것에 집중해야 했다.

그래도 여전히 고통스러웠다. 목이 조이는 것 같았다. 그는 다른 가게들이 아직 문을 열지 않아서 로런스빌 고속도로를 건너 크로거*를 향해 걸어갔다. 그는 슈퍼마켓에 들어가 커피 한 잔을 따르고 블루베리 머핀 반쪽짜리를 집었다. 둘 다 공짜였다. 그는 실제로 필요도 없는 카트를 밀고 돌아다녔다. 통로의 끝에서 그는 탁자에 걸려 비틀거렸다. 탁자에는 손목시계들이 놓여 있었다. 염가 세일을 하는 중이었다. 그는 시계가 며칠 전에 고장 나 새것으로 사기로 했다. 그는 가죽 줄이 있는 게 싫었다. 여름에 부엌에서 일하다 보면 땀을 너무 많이 흘려 1년도 안 되어 가죽이 망가지기 때문이었다. 그래서 쇠줄이 달리고 날짜가 나오는 브라질산 시계를 골랐다. 원래 가격은 140달러인데 19.99달러로 할인해 파는 것이었다. 그는 호주머니를 만져보고 지갑을 집에 두고 왔다는 걸 깨달았다. 그런데 뒷주머니에 20달러짜리 하나와 10달러짜리 하나가 있었다. 돈이 있으니 기분이 좋았다.

얼이 빠져 보이는 분홍빛 얼굴의 소년이 계산대에서 그를 살펴보며 말했다. "23달러 47센트입니다." 금전출납기에도

*미국의 슈퍼마켓 체인.

똑같은 액수가 표시돼 있었다.

난은 당황스러웠지만 그에게 돈을 건넸다. 점원이 거스름돈을 셀 때, 난이 말했다. "가격표에는 19.99라고 되어 있는데 왜 그렇게 차이가 많이 나죠?"

"6퍼센트 세금이 있어서요." 옅은 푸른색 눈을 깜빡이며 점원이 씩 웃었다.

"그래도 그 가격이 될 수가 없잖아요."

점원이 생각을 해보더니 카운터를 가리키며 말했다. "컴퓨터가 착오를 일으킨 게 틀림없어요. 고객 센터로 가보세요. 그쪽에서 도와줄 거예요. 죄송합니다." 그는 난에게 거스름돈과 영수증을 건넸다.

카운터에 가자, 사십 대로 보이는 황갈색 머리의 여자가 영수증과 시계를 보더니, 아무 말도 없이 자판을 두들겼다. 그러더니 난에게 말했다. "돈을 돌려 드려도 되겠죠?"

"좋습니다."

그녀가 그에게 23달러 47센트를 돌려줬다. 그런데 손목시계도 같이 줬다. 당황한 난이 말했다. "나는 시계가 필요해요."

"가지세요."

"그런데 돈을 돌려줬잖아요."

'세라'라는 이름표를 단 여자가 환하게 웃으며 눈을 접었다. "저희 가게는 컴퓨터 착오로 손님이 돈을 더 내는 경우가 생기면, 구입한 물건을 공짜로 주는 새 정책을 도입했답니다. 착오를 일으켜 죄송합니다, 선생님."

"와우, 고맙습니다."

난은 시계를 차고 슈퍼마켓에서 나왔다. 가게가 손님에게 신뢰를 주고자 노력하는 모습이 인상 깊었다. 기분이 나아지고 있었다. 그는 그렇게 사소한 일로 기분이 좋아지는 걸 보고 놀랐다. 자그마한 시계 하나를 공짜로 받았다고 기분이 좋아진 것이었다. 레이크사이드 드라이브를 막 건너려고 할 때, 길가의 풀 위에 버지니아 슬림스 한 갑이 놓여 있는 게 보였다. 셀로판 포장지 위에 빗물이 방울방울 떨어져 있었다. 담배 한 개비가 위로 올라와 있었다. 그는 그걸 집어 들었다. 그는 담배를 피우지 않았지만 담뱃갑은 거의 새것이나 마찬가지였다. 안에 든 담배는 조금도 젖어 있지 않았다. 그래서 그는 그걸 호주머니에 집어넣었다. 그러고는 가벼운 마음으로 집을 향해 걸었다.

10

핑핑은 난이 나가 있는 동안, 식탁에 구부정한 자세로 앉아 담배를 피우고 있었다. 보통 그녀는 담배에 손을 대지 않았다. 그러나 괴로울 때면 한 대씩 피웠다. 그녀는 늘 난이 찾을 수 없는 어딘가에 담배를 숨겨놓고 있었다. 그를 그렇게 절망적으로 사랑하지 않았으면 싶었다. 그녀의 마음은 사랑과 괴로움 사이에서 찢겨나갔다. 그를 미워하려고도 해봤지만 진짜로 미워하는 마음을 불러올 수가 없었다. 비참하고 이용을 당한 느낌에도 불구하고, 그녀는 매일 밤 잠자리에 들기 전에 속으로 되뇌었다. '나는 내 남편만을 사랑해.' 이러한 생각이 그녀와 난이 갇혀 있는 사랑의 미로를 탈출할 수 있는 유일한 길인 것 같았다. 이제 그녀가 중국으로 돌아가서 독립적인 삶을 살 수 없다는 건 분명해졌다. 하지만 그녀는 조지아에 정착한 걸 후회하지 않았다. 그녀는 오랫동안, 어쩌면 평생 동안 난과 같이 있어야 할 거라는 사실을 받아들이려 하고 있었다. 그런데 어째서 난은 첫사랑, 무정하기 짝이 없는 그 여자에 대한 감정에서 벗어날 수 없는 것일까? 어째서 그는 자신의 모든 에너지와 활력을 그 여자가 빼앗아가도록 놔두는 것일까? 미련한 사람이었다. 그녀에 대한 그리움을 접지 않는다면 그는 점점 더 쇠약해질 터였다. 어째서 그는 그 여자의 삶이 이곳에 있는 그와는 아무런 상관이 없는 다른 영역에 속한다는 걸 보지 못하는 걸까? 참으로 가련한 사람이다. 고통을 스스로 만들어내다니.

그와 달리, 핑핑은 그녀의 옛 남자 친구를 결코 그리워하지 않았다. 그와 비교하면 난이 더 좋은 사람이었다. 난은 그녀와 결혼하는 걸 머뭇거리지 않았다. 그리고 남편이자 아버지로서의 책임을 회피하지 않았다. 단지 그가 그녀의 사랑과 헌신에 좀 더 반응을 해주면 얼마나 좋으랴 싶었다. 그의 굳어버린 마음을 풀어줄 방법이 있으면 싶었다.

부엌문이 열렸다. 핑핑은 난을 보자 고개를 외면하고 담배를 짧게 한 모금 빨았다. 그가 거칠게 말했다. "집에서는 담배를 피우지 말아야지." 그는 이 말을 내뱉고 나서 바로, 어조를 바꿔 말했다. "이건 우리 집이 아니잖아." 그는 버지니아 슬림스를 꺼내 뭔가를 담뱃갑 안에 넣었다.

핑핑이 담배 연기를 내뿜었다. "신경 안 써." 말은 그렇게 했지만, 그녀는 재떨이로 사용한 접시에 담배를 비벼 껐다.

"그렇다면 여기 또 한 갑 있어. 행운의 2천 센트까지 안에 들어 있지." 그가 미소를 지으며 개봉된 버지니아 슬림스를 건넸다.

그녀는 당황한 것 같았다. 눈이 둥그레져서는 담뱃갑을 흔들었다. "이걸 나 주려고 샀단 말이야? 20달러가 들어 있네!"

"방금 말했잖아."

"어디서 난 건데? 당신도 담배 피워?"

"아니, 길에서 주웠어."

"누가 잃어버린 거 아냐?"

"모르겠어."

그는 아내에게 새 손목시계도 보여줬다. 그녀는 그가 그걸 공짜로 얻었다고 하자 놀랐다. 그녀는 서둘러 오트밀죽을 준비했다. 아침을 먹고 나서, 그들은 언제 싸웠냐는 듯 같이 식당으로 걸어갔다. 난은 공짜 손목시계 하나가 부부 사이의 위기를 막아줬다는 사실에 놀라고 있었다. 그는 전에는 이런 적이 없다는 사실을 떠올리고 자신이 다소 경박하다는 생각이 들었다. 중국에 있었을 때는 돈을 경멸하고 저축할 생각을 하지 않았다. 핑핑을 만나기 전에는 월급을 한 푼도 남기지 않고 다 써버렸다. 반면, 그는 좋은 삶이란 극적인 순간이 거의 없이 평온무사해야 한다고 생각했다. 그리고 작은 기쁨으로 가득하고, 그러한 기쁨 하나하나를 선물처럼 감사해하고 즐겨야 한다고 생각했다. 핑핑과 그의 삶에는 그러한 즐거움이 너무 없었다. 그래서 공짜 시계라는 작은 횡재만으로도 그들의 감정이 뒤바뀐 것이었다. 그는 이런 행운이 결정적인 순간에 찾아온 것이 전적으로 우연인지 궁금했다. 인생은 정말로 신비로웠다. 그가 기독교인이라면, 이것을 신이 내린 선물이라고 생각했을지 몰랐다. 그러나 그는 교회에 나가는 사람이 아니었다. 그래서 그의 생각이 하늘로 향하는 걸 용납하지 않았다.

11

최근 비버 힐 플라자에 장신구 가게가 새로 문을 열었다. 금귀에서 동쪽으로 다섯 집쯤 떨어진 곳이었다. 주인은 재닛 미첼이라는 삼십 대 후반의 여자였다. 머리가 붉고 어깨가 구부정한 여자였다. 지난해, 제너럴 일렉트릭*에 근무하는 남편과 함께 뉴저지에서 애틀랜타로 왔다고 했다. 그녀는 몸이 홀쭉했음에도 불구하고 비틀거리며 걸었다. 3년 전에 당한 교통사고 후유증 때문이라고 했다. 그런데 그때 받은 보상금으로 자기 사업을 시작할 수 있게 된 것이었다. 손님들은 대부분, 귀넷 카운티에 사는 젊은 여자들이었다. 그녀는 판매원을 고용해 카운터에서 일하게 했고, 자신은 유리문이 달린 안쪽 방에서 귀걸이와 목걸이를 만들었다. 그녀는 매주 두세 차례 금귀에 와서 점심을 먹었는데, 특히 국수와 마파두부를 좋

*세계 최대 규모를 자랑하는 미국의 첨단 기술, 서비스, 금융 기업.

아했다. 우 부부는 처음부터 그녀를 유심히 봤다. 포크를 사용하지 않을 뿐만 아니라, 젓가락으로 집히지 않으면 손으로 고기나 채소 볶음을 집어먹었기 때문이다. 그녀와 핑핑은 서로 좋아했다. 그녀가 올 때마다 두 사람은 웃으면서 수다를 떨었다. 재닛은 핑핑이 영어를 어느새 터득해 신문을 읽을 줄 안다는 사실에 놀랐다.

때때로 식당 일이 바쁘지 않으면, 핑핑은 재닛의 가게에 놀러가 장신구를 어떻게 만드는지 구경했다. 재닛은 그녀에게 기술을 보여줬을 뿐만 아니라 구슬과 조개껍질과 돌과 진주를 어디에서 구입하는지도 얘기해줬다. 심지어는 핑핑에게 재미 삼아 목걸이를 조립해보라고 하기도 했다. 핑핑이 만든 목걸이가 바로 팔아도 될 만큼 우아해서, 재닛은 놀라워했다. 그들은 같이 있을 때마다 별의별 얘기를 다 했다. 재닛은 핑핑에게 많은 질문을 했다. 중국 아이들이 왜 공부를 잘하느냐? 중국인들은 왜 살이 찐 사람들이 그리 없느냐? 아이를 하나만 낳아 기르는 중국의 육아 정책에 대해서는 어떻게 생각하느냐? 왜 어떤 집에서는 여자아이가 태어나면 버리느냐? 중국인들은 정말로 노인을 공경하느냐? 집에서 멀리 있을 때도 부모를 봉양해야 하느냐?

마지막 몇 질문에 핑핑은 "꼭 그런 건 아니에요"라고 대답했다. 그러나 그녀는 춘절*이 돌아오면 난의 부모와 자신의

*우리의 설날에 해당하는 중국 최대 명절.

부모에게 5백 달러씩 보냈다. 그들의 부모는 연금과 무상 의료 혜택을 받으며 은퇴한 사람들이었다. 그래서 보내주는 돈은 주로 휴가를 더 잘 보내는 데 쓰라는 돈이었다.

어느 날 오후, 재닛이 금귀에 와서 핑핑에게 중국 여자들이 중국 남자들보다 더 잘생겨 보이는 이유가 뭐냐고 물었다. 그 질문을 받고 핑핑은 난처했다. 그건 전에 생각해보지 못했었다. 그러나 그녀는 중국 남자들이 마른 이유는 어렸을 때 굶어서 그럴지 모른다고 말했다. 남자가 육체적으로 강해 보이지 않으면 약골로 보일 수도 있었다. 특히 미국에서는 그랬다. 그녀는 친구에게 이렇게 말했다. "그래도 중국에는 잘생긴 남자들이 많아요. 난도 잘생겼잖아요."

재닛은 아무 말 없이 웃기만 했다. 그녀는 그렇게 생각하지 않는 게 분명했다. 그러더니 다른 질문을 했다. "지난번에 텔레비전에서 보니까 중국 여자들은 서양 여자들처럼 쌍꺼풀이 진 눈을 선호한다고 하더군요. 상하이 여자들은 성형 수술을 해서 눈 모양을 바꾼다고 했어요. 이미 아름다운데 굳이 그렇게 하는 이유가 뭐죠?"

"쌍꺼풀이 진 눈을 좋아하기 때문이에요. 그러나 그것이 꼭 서양적인 건 아니에요. 봐요, 나도 쌍꺼풀이 졌잖아요." 핑핑이 집게손가락으로 자신의 짙은 갈색 눈을 가리키며 눈을 깜빡거렸다. "내 것은 타고난 거예요."

"맞아요. 사람들은 중국인들의 눈이 몽골인처럼 째졌다고 생각하는 경향이 있어요."

"중국은 큰 나라예요. 별별 사람들이 다 있어요."

난은 부엌에서 돼지고기 안심을 자르다가 식당 쪽으로 열려 있는 창문을 통해 그들이 하는 말에 귀를 기울였다. 그는 핑핑이 기운차고 행복할 때가 가장 좋았다. 재닛이 참견에 가까울 정도의 호기심을 보이는 것이 불편하고, 자신들에 관해 너무 많은 것을 얘기하지 말라고 아내에게 경고했음에도 불구하고, 그는 재닛을 나쁘게 생각하지 않았다. 그녀는 단골손님일 뿐만 아니라 타오타오를 너무 좋아해서 남편인 데이브 미첼에게 그 아이에 관해 과장된 말을 하기도 했다. 소년 같은 얼굴에 건장하고 가슴이 두툼한 데이브는 주말이면 아내와 함께 금궈에 와서 식사를 했다.

난은 목을 빼고 창문으로 핑핑과 재닛을 바라보았다. 두 사람은 가까운 칸막이 좌석에 앉아 차를 마시고 있었다. 그는 그들의 말이 더 잘 들리도록 천천히 칼을 놀렸다. 재닛이 낮은 소리로 말했다. "돈을 못 번다고 나한테 말하지 마요. 이곳이 달러 박스라는 건 누구나 알 수 있어요. 당신과 난이 이곳을 완전히 바꿔놓았어요."

"솔직히 말해줄게요." 핑핑이 말했다. "우리는 집을 살 돈이 필요해요. 그래서 이곳 벌이로는 충분하지 않아요."

"그건 당신들이 어떤 종류의 집을 찾고 있느냐에 달린 거죠."

"우리 세 사람이 살기에 충분한 작은 집이면 돼요."

"그런 집은 비싸지 않아요. 뉴욕이나 샌프란시스코에 살면 못 산다고 할 수 있겠지만, 이곳은 부동산이 싸거든요."

"정말로 돈이 별로 없다니까요."

난에게 금궈는 나쁜 편이 아니었다. 그렇다고 수익이 많이 나지도 않았다. 이제 그는 이렇게 작은 식당으로는 많은 돈을 벌 수 없다는 걸 이해했다. 그러나 감세를 통해 소득의 상당 부분을 저축할 수 있었다. 식당을 구입했기 때문에 생계비는 확 줄어들었다. 그들은 식당에서 식사를 했고, 그들이 구입하는 대부분의 것은 세금 공제였다. 전구, 커피, 차, 세제, 종이 타월, 휘발유까지 세금 공제였다. 결국 그들은 식당에서 벌어들이는 대부분의 소득을 저축할 수 있었다. 많은 미국인들이 큰 회사에 취직해 근무하면서도 작은 사업을 운영하는 것도 놀라운 일은 아니었다. 모든 사람이 국세청보다 한 수 더 앞서려고 노력하고 있었다.

12

우 부부가 금궈를 부활시킨 후로 난은 자신이 법적으로 식당의 유일한 소유주라는 사실이 자꾸 마음에 걸렸다. 자신이 아프거나 교통사고로 죽으면 어쩌나 싶었다. 국가가 식당을 가져가거나 가족의 생계를 박탈해버리면 어쩌나 싶었다. 그는 핑핑과 이 문제에 대해 얘기하면서 식당이 두 사람 명의로 되어야 한다는 사실을 그녀에게 납득시켰다. 10월 하순 어느 날, 그는 샹 변호사한테 전화를 해서 그다음 주로 약속을 잡았다.

난과 핑핑은 월요일 아침 일찍, 챔블리에 있는 법률 사무소로 갔다. 어깨에 가죽을 댄 트위드 재킷을 입은 샹 변호사는 우 부부가 도착했을 때, 커피를 마시고 있었다. 그의 책상 위에는 반들반들한 종이로 반쯤 싸인 끈적끈적한 도넛 하나가 놓여 있었다. 한 번 베어 먹은 상태라 속에 든 검은 젤리가 밖으로 보였다. 그는 부부에게 앞에 앉으라고 하고 나서 말했다. "서류는 이미 준비돼 있습니다."

"고맙습니다." 난이 대답했다.

"이 일을 어떻게 처리하는지 설명해줄게요. 내가 당신들을 위해 스트로를 신청할 겁니다."

"그게 뭔데요?" 핑핑이 물었다.

샹 변호사가 그녀를 나무라듯 쳐다보았다. 그는 엄지손가락으로 안경을 추켜올리고 말을 이었다. "스트로란 '베일 커먼'이라고도 하죠. 영국 법에서 빌린 용어입니다. 이런 과정을 거치게 되죠. 당신이 나한테 1달러에 자산을 판 다음, 내가 그걸 똑같은 값에 당신들 두 사람에게 되파는 것입니다."

난은 불안했다. "다른 방법은 없나요?"

"없습니다. 이게 유일한 방법이에요. 가족끼리는 재산을 양도하지 못하게 되어 있으니까요." 샹 변호사가 커피 잔을 들어 요란한 소리를 내며 마셨다. 큰 눈에 황갈색 머리의 뚱뚱한 비서가 들어오더니 책상 위에 갈색 폴더를 놓았다. 그가 비서에게 말했다. "캐시, 나가지 마요. 당신을 증인으로 세워야겠어요."

난은 핑핑에게 낮은 목소리로 상황을 설명해줬다. 그녀는 스트로 어쩌고 하는 것이 불안한 모양이었다. 그가 말했다. "지금 하고 가자고. 다시 오는 건 어려운 일이잖아."

놀랍게도 샹 변호사가 핑핑에게 딱딱한 베이징어로 말했다. "나를 믿으세요. 이것이 공동 명의로 할 수 있는 유일한 방법이니까요."

그래서 비서의 입회하에 난은 자신이 판매자로 되어 있는 서류에 서명을 했다. 그리고 샹 변호사가 식당을 다시 난과 핑핑에게 판매하는 다른 서류에 서명을 했다. 변호사는 등기소에 가서 곧 등록을 하겠다고 했다. 등록비와 수임료로 난은 그에게 2백 달러짜리 수표를 써줬다. 캐시는 영수증을 써줬다.

금궈에 돌아온 난과 핑핑은 스트로에 대해 얘기하면서 점점 더 불안해졌다. 변호사가 서류를 다 제출하지 않으면 어쩌나 싶었다. 달리 말해, 샹 변호사가 스트로의 두 번째 부분을 이행하지 않고, 즉 식당을 그들에게 되팔지 않고 자기를 구매자로 등록할 수 있을 터였다. 이러한 가능성을 생각하면 할수록 그들은 더 신경과민이 되었다. 서류 복사본을 달라고 하지 않은 것이 후회스러웠다. 그들이 가진 건 그들이 지불한 수수료에 대한 영수증뿐이었다. 하지만 샹 변호사가 수표를 찢어버리고 증거를 남기지 않을 수도 있었다.

다음 날 아침, 난은 변호사 사무실에 전화를 걸어 서류 사본을 요청했다. 그러나 캐시는 변호사가 사무실에 없으며 그가 서류를 갖고 있다고 말했다. 망연자실해진 난은 1달러에 식당을 판 게 아닐까 하는 생각을 지울 수가 없었다. 동시에 그는 너무 과민하게 반응하거나 샹 변호사를 나쁘게 생각하지 말아야 한다는 말을 속으로 되뇌었다. 그는 핑핑이 과민해져 있다는 걸 알 수 있었다. 그래서 자신만이라도 걱정하지 않고 쾌활하게 굴어야 했다. 변호사는 두 달 안에 등기소에서 통보가 올 거라고 했다. 그사이에 우 부부가 뭘 할 수 있겠는가? 초조해하며 기다리는 것 말고는 할 게 없는 듯했다.

13

추수감사절이 끝나고, 난은 일주일에 한 번씩 변호사 사무실에 전화를 걸었다. 그러나 비서는 늘 애매하게 답변했다. 샹 변호사가 사무실에 없다며 조만간 등기소로부터 연락이 올 테니 안심하고 있으라 했다. 하지만 그녀는 서류들을 다 제출했는지 확인해주지 못했다. 때때로 난은 자신이 전화를 했을 때, 샹 변호사가 사무실에 있으면서도 통화를 회피하는 게 아닌가 하는 생각이 들기도 했다.

이 난국에 대해 생각하면 할수록, 난은 점점 더 당황스럽고 화가 났다. 명함을 보면, 샹 변호사는 캘리포니아 법대를 다녔고 미국에서 자랐다. 타락한 관리처럼 행동할 것 같지는 않았다. 그러나 난은 중국에서 관료의 손아귀에 쥐여 있었던 시절처럼 무력감을 느꼈다. 뭘 어떻게 해야 하지? 그는 당황하고 있었다.

어느 날 정오였다. 재닛이 단단면을 먹으려고 들어왔다. 그녀는 국수를 먹으며 핑핑과 다시 수다를 떨었다. 핑핑이 우연히 그들이 처한 문제에 대해 얘기하자, 재닛이 깜짝 놀랐다. "그 역겨운 변호사를 고소하세요." 그녀가 보라색 눈을 깜빡이며 핑핑에게 말했다.

"하지만 우리는 아직 그가 죄를 저질렀는지 모르는 상태예요."

"당신들이 고통을 당하고 그가 당신들에게 정신적 손해를 입힌 것에 대해 고소하라는 거예요. 이건 터무니없는 짓이니까요."

"그러면 돈이 더 들잖아요. 그는 자신을 어떻게 방어할지 아는 변호사예요."

"그렇겠죠, 그래서 어쩌고 싶은데요?"

"우리는 가게를 돌려받고 싶을 뿐이에요. 골치 아픈 건 싫어요."

"걱정하지 마요. 그는 이런 일을 저지르고 빠져나갈 수 없어요. 데이브한테 물어볼게요. 더 좋은 생각이 있을지도 몰라요."

난은 핑핑이 그들의 문제를 재닛한테 얘기한 게 잘한 일인지 의문이었다. 재닛은 말이 너무 많은 여자였다. 그는 그녀가 그들의 이야기를 퍼뜨려 다른 사람들의 눈에 그들을 어리석은 사람들로 비치게 하지 않을까 싶었다. 하지만 그녀가 해결책을 찾아준다면 고맙기 그지없을 터였다. 그는 불확실한 상태를 더 이상 견딜 수 없었다.

재닛이 다음 날 오후에 오더니 우 부부에게 말했다. "데이브 얘기로는 별것 아니라네요. 언제라도 등기소에 가서 서류를 직접 제출할 수 있대요."

"정말인가요? 변호사는 자기가 해야 한다고 했거든요." 난은 왜 전에 그 생각을 못 했는지 돌이켜보며 멍한 느낌이 들었다.

"추가 요금을 받을 요량으로 그런 것뿐이에요. 사람들은 늘 직접 서류를 제출한대요. 데이브 말로는 그래요."

"등기소가 어디 있는지 아세요?" 난이 물었다.

"로런스빌에 있는 법원 건물에 있어요."

"확실해요?"

"그럼요."

다음 날 아침, 재닛과 핑핑은 변호사 사무실에 같이 갔다. 그들이 도착했을 때, 샹 변호사는 의뢰인을 만나고 있었다. 그래서 캐시가 곧 변호사가 나올 거라며 그들을 대기실에서 기다리게 했다. 그녀는 그들에게 커피를 대접했다.

샹 변호사가 일을 끝내고 그들에게 오자, 핑핑이 그에게 서류 제출을 했느냐고 물었다. 그가 대답했다. "요즘 너무 바빠서 등기소에 갈 시간이 없었네요." 그는 자기를 노려보는 재닛을 쳐다보았다.

"우리가 직접 서류를 제출할 수 있나요?" 핑핑이 물었다.

"물론이죠. 캐시, 내 사무실에서 서류를 가져오고 환불을 해드려요. 우 여사님, 당신이 직접 이 일을 할 수 있으시다니 기쁘군요." 어찌된 일인지 그는 안도해하는 것 같았다. 그의 말이 이어졌다. "미안합니다, 여러분. 의뢰인이 기다리고 있어서 실례해야 되겠습니다." 그가 대기실 입구에 앉아 패션 잡지를 뒤적이고 있는 젊은 여자를 향해 말했다. "미스 한, 들어오세요."

핑핑은 변호사가 양말을 짝짝이로 신고 있는 걸 보았다. 하나는 검은색이었고 다른 하나는 푸른색이었다. 샹 변호사는 얼빠진 사람이 아니었다. 그렇다면 색맹일 수도 있었다.

비서는 핑핑에게 80달러짜리 수표를 발행해주고 서류를 건넸다. 핑핑과 그녀의 친구는 사무실을 나와 재닛의 밴이 있는 곳으로 걸어갔다. "그리 나쁜 사람은 아니네요." 그들이 주차장을 빠져나올 때, 핑핑이 말했다.

"변호사들은 다 똑같아요. 그들을 고용할 때는 자기 권리를 주장할 수 있어야 해요." 재닛이 대답했다.

"나는 그가 돈을 돌려줄 거라고는 기대하지 않았어요."

"당연히 돌려줘야죠. 신청 수수료니까요."

그들은 아시안 광장에서 차를 멈추고 난을 위해 〈세계일보〉를 샀다. 난은 늘 일요판을 읽었다. 특히 일요판 신문에 부록으로 딸린, 유명한 기자들과 전문가들이 쓴 기사가 많이 실려 있는 주간 잡지를 즐겨 읽었다. 뉴욕에 살고 있는 류 선생은 잡지에 정기적으로 글을 기고했다. 난은 그 노인의 글을 즐겨 읽었다. 등기소로 가는 길에 핑핑은 샹 변호사가 재닛이 따라와 따질 태세니까 80달러를 반환해준 건 아닌지 궁금했다. 그가 의뢰인들을 대변하러 법원 건물에 자주 가니까 잊어버리고 서류를 제출하지 않았을 것 같지는 않았다. 그녀가 생각했던 것처럼 샹 변호사가 탐욕스럽고 음험하지는 않지만, 그녀와 난을 괴롭히려고 했던 것인지도 몰랐다. 그들은 오래전에 직접 등록을 했어야 했다. 그랬다면 사람을 불안하게 만들고 끔찍한 생각을 하게 만드는 의심과 비참한 느낌에서 벗어났을 터였다. 그녀는 자신이 직접 서류를 제출하겠다고 하자 변호사가 안도해하는 것 같던 이유가 뭔지 생각해보았다. 어쩌면 그는 우 부부를 괴롭힐 만큼 괴롭혔기 때문에 이제 마무리를 지을 때가 되었다고 생각했는지도 모를 일이었다. 혹은 그녀가 그렇게 요청하자, 의뢰인을 등쳐먹을 생각을 멈추게 됐는지도, 머뭇거리며 아직 실행에 옮기지 않은 범죄를 멈추게 됐는지도 모를 일이었다. 그렇다면 그것은 그에게 아직도 인간적인 감정이 남아 있으며, 대놓고 도둑질을 하려던 건 아니라는 말이었다.

핑핑과 재닛은 법원 건물에 있는 등기소를 찾아 서류를 제출했다. 그렇게 하는 데 몇 분밖에 걸리지 않았다. 핑핑은 그게 놀라웠다.

14

난은 걱정이 태산이었다. 왕 부부가 석 달 동안 타이완에 있다가 2주 후면 돌아오기 때문이었다. 다시 이사를 가야 할 판이었다. 며칠 동안 난은 어디로 가야 할지 고민하고 있었다. 그와 그의 아내는 식당 가까이 사는 것에 익숙해져 먼 곳으로 이사하는 게 내키지 않았다. 왕 부부의 집과 같은 걸 살 수 있으면 얼마나 좋을까 싶었다. 요즘 들어 난은 《귀넷 크리에이티브 로핑》에 난 광고를 자주 들여다봤다. 인근에 있는 괜찮은 가격의 안전한 아파트를 찾으려는 것이었다.

우 부부는 은행에 3만 2천 달러가 있었다. 그들은 9만 달러 이하인 작은 집들이 있는 걸 보았다. 그러나 하나같이 금궈에서 먼 곳에 있었다. 그들의 것처럼 작은 가게로는 은행 융자를 받을 수 없을 터였다. 현재로서는 집을 사는 것이 불가능해 보였다.

2월 초순 어느 날 아침이었다. 재닛이 와서 말했다. "핑핑,

마시 드라이브에 팔려고 내놓은 집이 있어요. 크지도 않고 비싸지도 않아요."

그 도로는 비버 힐 플라자에서 도보로 5분 거리에 있었다. 우 부부는 귀가 쫑긋했다. 난이 물었다. "값이 얼만지 아세요?"

"알죠. 많아야 10만 달러일 거예요."

"우리한테는 그런 돈이 없어요." 핑핑이 말했다.

"대출을 받을 수도 없는 상황이에요." 난이 덧붙였다.

"내가 당신이라면, 집주인한테 얘기해보고 해결책을 찾아보겠어요."

다음 날 아침 일찍, 타오타오가 학교에 가자, 난과 핑핑은 마시 드라이브에 있는 집을 보러 갔다. 작은 호수의 북쪽에 있는 벽돌 건물이었다. 3분의 1에이커가 넘는 넓은 대지의 한복판에 위치한 집이었다. 잔디로 덮인 뒤뜰이 녹색 물 쪽으로 살짝 경사를 이루고 있었다. 뒤뜰은 양쪽이 철조망으로 둘러싸여 있었다. 캐나다 거위 한 떼가 호수 가장자리에 앉아 햇볕을 쬐고 있었다. 열 그루 남짓한 소나무와 풍나무가 반원 모양으로 둥글게 자라난 맥문동麥門冬 위로 그늘을 드리우고 있었다. 두 개의 반원은 큰 화단 같지만 그 안에는 삼나무 묘목 몇 그루와 낙엽들뿐이었다. 딱따구리가 다른 쪽 기슭에서 나무를 쪼기 시작했다. 빠르게 나무를 쪼는 소리를 제외하고 모든 소리가 즉시 잦아들었다. 집 밖을 둘러본 우 부부는 앞으로 가서 벨을 눌렀다.

노인이 나왔다. 노인은 우 부부가 집에 관심이 있는 걸 보고 안으로 들어오라고 했다. 노인의 이름은 존 울프였다. 퇴직을 하고 혼자 사는 사람이었다. 보청기를 끼고 있었지만 건강해 보였다. 어깨는 두툼하고 배는 나오지 않았고 다리는 가늘었다. 숱이 많은 머리는 희끗희끗했다. 노인은 우 부부에게 집을 한 바퀴 돌며 반쯤 정비된 지하실, 작은 침실 두 개, 큰 안방, 화장실 두 개를 보여주고 나서, 집값이 8만 5천 달러라고 했다. 어찌 된 영문인지 집은 밖에서 보았을 때보다 작아 보였다. 난은 거실 소파에 앉아 자신들이 살 의향은 있지만 문제가 있다는 사실을 설명했다. "우리 가게가 너무 작아서 은행에서 대출을 해주지 않아서 문제입니다."

"금궈라면 나도 알고 있소. 수프가 맛있지. 왕 씨는 은퇴한 거요?"

"네, 지금은 우리가 하고 있습니다."

"주인이라는 말이오, 아니면 경영을 해준다는 말이오?"

"우리 두 사람이 공동 주인입니다." 난은 아내의 어깨에 손을 올리며 말했다.

"당신들에게 이 집을 사게 해주면 처음에 얼마를 주겠소?"

난이 핑핑을 바라보고 나서 말했다. "30퍼센트쯤 드릴 수 있습니다."

"대단하구려. 당신들이 그런 돈을 낼 수 있으리라고는 예상 못 했소. 그거면 됐소. 방안을 생각해봅시다. 나머지 돈은 어떻게 할 거요? 이자는 낼 거요? 7퍼센트?" 노인은 오른발로 베이지색 카펫을 두드렸다.

"그건 좀 높은데요." 난이 이렇게 말하고 핑핑에게 물었다. "당신은 어떻게 생각해?"

"고정이자라면 7퍼센트도 괜찮아요." 그녀가 대답했다.

"7퍼센트 고정이자로 하죠." 그가 노인에게 말했다.

핑핑이 덧붙였다. "모든 돈을 삼사 년 안에 갚도록 할게요."

식당에서 1년에 3만 달러 이상의 소득이 나니 그건 가능했다. 울프 씨는 석연찮은 모양이었다. "참견하려는 건 아니오만, 당신 두 사람이 1년에 얼마를 벌 수 있소?"

"3만 5천쯤 될 겁니다." 난이 대답했다.

노인의 얼굴에 미소가 감돌며 종 모양의 코가 흔들렸다. 노인은 중개업자한테 판매 가격의 5퍼센트를 주기 싫다고 솔직히 고백하며 양자가 직접 계약을 하는 게 좋겠다고 했다. 계산을 해본 다음, 다음과 같은 합의가 이뤄졌다. 우 부부는 30퍼센트에 해당하는 돈을 선수금으로 주고, 대부금을 갚을 때까지 한 달에 적어도 천 달러를 그에게 지불하기로 한다는 합의였다.

난이 이곳을 사고 싶었던 주된 이유는 집의 남쪽에 있는 호수가 마음에 들어서였다. 풍수 이론에 따르면, 그것은 삶의 풍요로움을 상징했다. 게다가 숲의 가장자리를 따라 구불구불 흐르는 이름 없는 시내가 울프의 집에서 2백 미터쯤 떨어진 곳에 있었다. 그것도 좋은 징조였다. 그것은 삶의 원천을 의미했다. 난은 풍수를 심각하게 생각한 적은 없지만, 이 집을 보자 신비로운 풍수 사상을 떠올리지 않을 수 없었다. 우부부는 노인과 얘기를 하면서 그가 집을 빨리 처분하려고 하는 이유를 깨달았다. 전처가 지난해에 그를 떠났다고 했다. 그런데 그의 여자 친구가 플로리다의 폼파노 해변 근처에 살고 있었다. 그는 하루 빨리 그녀한테 가고 싶었던 것이다.

하지만 핑핑은 풍수 같은 것은 믿지 않았다. 이 집은 적어도 한 가정의 결혼생활이 파탄에 이른 곳이었다. 그녀는 난처럼 열광할 수 없었고 미신적인 것도 믿지 않았지만, 계약에 동의하고 5백 달러의 계약금을 지불했다. 집은 비버 힐 플라자와 가까웠고 천장이 낮긴 했지만 어느 모로 보나 탄탄했다. 울프 씨가 직접 집을 지었다고 했다. 그래서 벽돌과 목재의 질이 좋았다. 거실 벽은 떡갈나무로 되어 있었고 차고도 가로로 구불구불한 골이 나 있는 붉은 벽돌로 지어져 있었다. 집에 사용된 것과 같은 벽돌이었다.

난과 핑핑은 울프 씨 집을 나와 금궈로 향했다. 자신들의 집을 그렇게 빨리 갖게 될 줄 몰랐던 그들은 흥분해 있었다.

15

목요일 아침이었다. 그들은 계약을 마무리하기 위해 울프 씨와 함께 샹 변호사 사무실로 갔다. 그들이 그 변호사를 다시 찾은 건 수임료가 120달러였기 때문이다. 그것은 울프 씨의 변호사가 청구하는 액수의 반값이었다. 펑펑은 한 달도 안 되는 사이에 사무실이 바뀐 데 놀랐다. 이제 사무실은 두 쪽으로 갈라져 한쪽은 미국에 거주하는 중국인들이 타이완이나 본토에 있는 가족, 친지들에게 사다줄 만한 물건들을 선반에 진열해놓은 기념품 가게로 쓰이고 있었다. 위스콘신 인삼, 종합비타민, 어유 캡슐, 말린 해삼, 최음제, 러브젤, 성장호르몬 촉진제, 화장품, 전자제품 등으로 선반은 넘쳤다. 다른 쪽 반은 아직도 샹 변호사가 사무실로 쓰고 있었다. 변호사 수입이 시원찮은 모양이었다. 최근 들어, 이 지역의 작은 가게들이 문을 닫아 차이나타운 사무실이나 가게들이 텅 빈 채로 '임대'라는 표지가 붙어 있었다. 샹 변호사는 우 부부를 다시 보자 감정을 과장하며 축하의 말을 건넸다. 그의 책상 뒤에는 뚱뚱하고 여드름투성이인 중국 여자가 헤드폰을 끼고 컴퓨터 자판을 두드리고 있었다. 마우스 패드 옆에는 작은 CD 플레이어가 놓여 있었다. 그녀는 자판을 두드리며 머리를 율동적으로 흔들었다. 샹 변호사가 난에게 말했다. "거봐요, 내가 백만장자가 될 거라고 했잖습니까." 난은 비서인 캐시가 거기에 없는 이유가 궁금했다. 어쩌면 해고당했는지도 모를 일이었다.

"그냥 조그만 집인 걸요." 핑핑이 그에게 미소를 지으며 말했다.

"하지만 큰 도약이죠." 변호사가 말했다.

울프 씨가 맞장구를 쳤다. "원래 집에서부터 부를 불리기 시작하는 거라오."

"맞습니다. 이것은 아메리칸 드림의 실현을 위한 중요한 단계예요." 샹 변호사가 말했다.

난은 울프 씨의 말이 갑자기 중국 노인의 말처럼 들리는 이유가 궁금했다. 그가 마시 드라이브에 있는 집에서 어떻게 부를 불렸다는 말인지 궁금했다. 결혼이 파탄 난 것 말고 뭐가 더 있으랴 싶었다.

거래 절차는 아주 간단했다. 울프 씨는 매매가와 지불 형태에 대한 그들의 합의사항을 이미 작성해놓은 상태였다. 그래서 변호사가 할 일은 계약을 살펴보고 증인이 되고 판매의 적법성을 확인해주는 것에 불과했다. 샹 변호사는 노인한테서 서류를 받아 자세히 읽었다. 그러고 나서 세 사람에게 말했다. "이걸로 됐습니다. 모든 게 분명히 적혀 있군요. 은행에서 대출을 받은 게 없으니 거래는 아주 간단합니다. 양자 사이의 문제입니다."

"계약서에 그냥 서명만 하면 되는 건가요?" 난이 물었다.

"그렇습니다."

울프 씨는 고개를 저었지만 아무 말 없이 서명을 했다. 우 부부도 따라서 서명을 했다. 두 사람이 공동 구매자로 서명을 한 것이었다. 그리고 핑핑은 2만 5천 달러짜리 보증 수표가 들어 있는 봉투를 꺼내 울프 씨에게 건넸다. 그걸 보자 노인은 좋아했다. 그는 수표를 자세히 보더니 다시 봉투에 넣었다. 그러고는 희미한 미소를 지으며 돈을 상의 안주머니에 넣었다.

주차장에 갔을 때, 울프 씨가 우 부부에게 샹 변호사를 칭찬했다. "좋은 변호사요. 의뢰인에게 바가지를 씌우지 않는구려. 이혼할 때 저 사람한테 갔어야 했는데 아쉽네."

16

울프 씨는 일주일 후 플로리다로 떠났다. 우 부부는 매일 아침, 식당에서 하루를 시작하기 전에 집을 청소하러 갔다. 노인은 일부 가구와 청소하는 데 편리한 도구를 놓아두고 갔다. 어느 날 아침에 보니 현관 매트에 꽃병이 놓여 있었다. 스노우 크로커스가 듬뿍 꽂혀 있었다. "이웃이 된 걸 환영합니다—로지 부인." 이런 메모가 붙어 있었다. 그들은 꽃을 거실에 있는 둥근 커피 테이블 위에 놓았다. 그러자 노랗고 흰 꽃들이 구심점이라도 되듯 집 안이 갑자기 밝아졌다. 그들은 로지 부인이 누구이며 화분에 대한 답례를 어떻게 해야 하는지 알지 못했다. 백인이 대부분인 지역에 유색인이 들어오는 걸 달갑게 생각하지 않는다는 걸 알고 있었기에, 우 부부는 그렇게 따뜻한 환영을 받으리라고는 기대하지 않았다. 그들은 로지 부인의 선물을 받고 기분이 좋았다. 이 구역에는 인도가 없어서 그들은 뒤에서 오는 차를 피하려고 도로 왼쪽으로 걸어가면서, 우체통에 적힌 이름들을 살펴보았다. 그들은 자기네 집에서 열 집쯤 떨어진 곳에 로지라는 이름이 있는 걸 발견했다. 1층의 절반이 지하로 된 2층집이었다. 현관에 커다란 고리버들 그네가 걸려 있었다. 잘 가꿔진 잔디에는 큰 떡갈나무와 어마어마하게 큰 목련이 있었다. 이슬에 젖은 넓은 목련 잎들이 햇빛을 받아 빛나고 있었다. 찌르레기 한 무리가 잔디 위를 걸어 다니고 있었다. 뭔가에 목이 막힌 것처럼 대부분이 부리를 벌리고 있었다. 갑자기 한 마리가 날아오르자 나머지도 따라 날아올랐다. 찌르레기들은 담요를 꼬아 놓은 것 같은 형상을 이루며 날아갔다. 몇 마리가 귀에 거슬리게 울었다. 난과 핑핑은 로지 부인의 집에 들어가 고맙다고 할까 하다가 너무 이른 시간인 것 같아 그만뒀다. "서두를 필요 없어. 언제든 답례는 할 수 있잖아." 난이 아내에게 말했다.

동쪽의 인접 도시인 로런스빌이 KKK단의 본거지였다는 얘기가 있었다. 우 부부는 몇몇 백인 남자들이 KKK단을 칭송하고 가난한 백인 노동자라는 데 자부심을 느낀다고 말하는 걸 들은 적이 있었다. 하지만 그들은 KKK 단원을 직접 본 적은 없었다. 그들은 이 지역이 안전하고 평화롭다고 확신했다. 물론 인종적 편견이 없는 건 아니었다. 예를 들어, 우 부부가 플라자에 있는 A&P 슈퍼마켓에서 쇼핑을 할 때, 계산대에 있는 두 여자가 종종 그들에게 소리를 지른 적이 있었다. 하나는 이십 대였고 다른 하나는 중년이었다. 어느 날인가는 호리호리하고 고수머리를 한 젊은 여자가 우 부부가 산 물건들을 계산하면서 모두 뒤집어 놓았다. 그런 일이 벌어지는 사이, 나이 든 여자는 능글맞은 웃음을 흘리고 있었다. 그 후부터, 우 부부는 두 여자를 피했다. 그러자 나이 든 여자는 당황해하는 것 같았다. 한번은 그녀가 자기 쪽으로 오라고 손을 흔들기도 했지만, 그들은 그녀를 못 본 척했다. 한 달 후, 그 슈퍼마켓은 문을 닫았다. 두 여자한테 그런 취급을 당했음에도 불구하고 우 부부는 슈퍼마켓이 없어지자 기분이 좋지 않았다. 이제부터는 더 멀리 떨어진 크로거나 윈딕시에서 쇼핑을 해야 하기 때문이었다. 큰 가게가 그렇게 쉽게 망한다면, 금궈도 경영을 잘하지 않으면 그 신세가 될 것 같았다.

핑핑은 늘 오래된 것들에 집착했다. 뭔가에 익숙해지면, 그녀는 자동적으로 그것을 자기 삶의 일부로 여겼다. 그래서 그녀는 슈퍼마켓이 없어진 것을 많이 아쉬워했다. 2년 전, 하이디가 오래된 세탁기와 건조기를 교체한 적이 있었는데, 핑핑은 이후 몇 달 동안, 잘 돌아가는데 버렸다며 아쉬워했다. 이제는 없어진 슈퍼마켓을 몇 주 동안 화제에 올리며 직원들이 어떻게 되었는지 궁금해했다. 난은 아내에게 그런 건 걱정하지 말라고 했다. 여기는 모든 것이 빠르게 오고 가는 미국이었다. 하지만 그도 속으로는 흔들리고 있었다. 그는 식당을 더 잘 경영해 울프 씨에게 매월 빠지지 않고 돈을 갚아야겠다고 결심했다.

왕 부부가 돌아오기 전, 우 부부는 그 집에서 나와 마시 드라이브 568번지에 자리를 잡았다.

17

난은 2주 전 샹 변호사 사무실에서 계약을 마무리했을 때, 울프 씨의 얼굴에 교활하고 즐거워하는 표정이 감돌았던 걸 떠올렸다. 그는 최근에 이웃인 앨런 존슨과 얘기할 때까지는 왜 그랬는지 이해할 수 없었다. 제너럴 모터스에 근무하는 쉰세 살의 엔지니어인 앨런은 앞마당의 구불구불한 울타리를 다시 배치하고 있었다. 그는 난을 보더니 하던 일을 멈추고 인사를 했다. 두 남자는 이 지역의 학교에 관한 얘기를 나눴다. 카운티에서 최근, 지역을 다시 조정하여 마시 드라이브에 사는 십 대 후반 아이들은 파크뷰 고등학교에 다니기 시작했다. 그 학교는 귀넷 카운티에서 으뜸가는 학교였다. 그래서 부모들이 좋아했다. 그것은 이 거리에 있는 집들의 값이 올라갈 거라는 의미기도 했다. 대화가 이어지면서 앨런은 화제를 바꿔 투실투실한 얼굴에 미소를 지으며 물었다. "제럴드와 얘기해 본 적 있나?" 제럴드는 우의 옆집에 사는 사람이었다.

"아뇨. 무슨 얘기를 해요?" 난이 물었다.

"그 사람한테 집을 말끔하고 깨끗하게 가꾸라고 말을 넣어야 해. 자네 집의 전 주인이었던 존은 이따금 한 번씩 그와 말다툼을 하곤 했다네. 한번은 소송을 하려고 한 적도 있어."

"무슨 일 때문이었죠?"

"제럴드는 게을러터져서 이 지역의 수치라네. 사람들은 그를 아주 못마땅하게 생각하고 있어. 그 사람 집이 어떤 꼴인지 보게나." 앨런은 제럴드의 집과 뜰을 가리켰다. 깃발도 없는 반쯤 부서진 우편함이 바람이 불면 날아갈 것처럼 아슬아슬하게 건축용 블록 위에 놓여 있었다. 잔디는 곳곳이 갈색을 띠고 있었다. 껑충한 소나무가 몇 그루 서 있었는데, 그 나무들을 야생 덩굴식물이 질식시킬 듯 휘감고 있었다. 현관은 합판으로 반쯤 가려져 있었다. 거기에 제럴드가 전기기사로 일하고 있는 공사장에서 가져온 온갖 물건이 쌓여 있었다. 전선, 페인트 통, 양탄자 조각, 회반죽 양동이, 벽돌, 타일, 못과 나사 상자, 부서진 팬, 못 쓰는 에어컨 등이 거기에 있었다. 집의 동편에는 트럭이 한 대 주차되어 있었다. 앞 유리와 앞바퀴가 없었다. 차는 각목으로 받쳐져 있었다. 우 부부는 제럴드의 집이 엉망인 걸 보았지만, 신경을 쓰지 않았다. 그들은 그 집이 난장판인 게 자기네 집 외관과 가치에 영향을 미칠 것이라고는 미처 생각하지 못했다. 전에 부동산을 소유한 적이 없었기 때문이다.

"그에게 무슨 일이 있었나요? 직장이 없나요?" 난이 앨런에게 물었다.

"아닐세, 돈을 잘 버는 사람이야. 그런데 2년 전에 이혼하는 바람에 양육비를 대야 한대."

"자식이 있다는 말인가요? 아이들을 본 적이 없는데."

"아들 하나에 딸 하나가 있네. 괜찮은 아이들이지. 가정이 그렇게 파탄 난 건 수치스러운 일이야."

난은 전 주인인 존의 아내에 대해서도 물어볼까 하다가 그만뒀다. 이 지역에 왜 이렇게 결혼이 파경에 이른 집들이 많은 걸까? 나쁜 징조일까? 그와 핑핑은 제럴드와 얘기한 적이 있었다. 제럴드는 시간당 16달러를 벌지만 고지서가 잔뜩 쌓여 있어 지붕을 수리할 엄두를 낼 수 없다고 했다. 지붕널은 썩은 것 같았다. 이미 햇볕에 바래고 우박에 군데군데 망가진 상태였다. 지붕에는 다람쥐 가족이 살고 있어서 북서쪽 처마 끝을 갉아먹고 지붕 서쪽의 지붕창 판이 빠진 곳을 출구로 사용하고 있었다.

뒤뜰에는 폐차, 드럼통, 장작과 플라스틱 파이프 무더기가 있었고 그 중앙에 트램펄린이 있었다. 호수 쪽에 있는 나무들은 덩굴로 덮여 물이 거의 보이지 않았다. 그래서 늪지대처럼 보였다. 소나무 한 그루가 호수로 쓰러져 있었는데, 그 밑동에 제럴드가 탄 적이 없는 카누가 뒤집힌 채 기대져 있었다. 제럴드가 키우는 털이 곱슬곱슬한 콜리는 긴 줄에 매어 울타리 기둥에 늘 묶여 있었다. 개집은 닭장 같았다. 제럴드는 개에게 산보를 시켜주지도 않았다. 갇혀 있는 게 개를 미치게 하는 것 같았다. 개는 종종 숨을 헐떡이고 기침을 했다. 화난 눈을 하고 짖어대는 일이 잦았다. 때로는 한밤중에 미친 듯이 짖었다. 그 개가 짖으면 호수 주변에 사는 열 마리 남짓한 개들이 따라서 짖었다. 우 가족이 이곳으로 이사를 온 날부터, 개는 그들을 향해 으르렁거렸다. 타오타오는 여러 번에 걸쳐 음식을 갖다주며 개를 달래려고 노력했다. 그런데 핑핑은 그 개가 어떤 백인이 수도계량기 검침을 하려고 뒤뜰로 들어와도 전혀 짖지 않는 걸 보았다. 정말로 그 개는 이웃이든 낯선 사람이든 백인들을 향해서는 짖지 않았다. 핑핑이 말했다. "개도 인종차별을 하네." 난과 타오타오도 그렇게 생각했다.

우 부부는 제럴드의 집이 엉망인 것에 대해 실제로 신경을 쓰지 않았다. 앨런은 얘기해보라고 했지만, 그들은 그와 얘기하고 싶은 생각이 없었다. 그들은 그를 안쓰럽게 생각하고 다른 이웃들처럼 그를 압박하지 않기로 했다. 제럴드처럼 그들도 스스로를 가난한 사람들이라고 생각했다.

난은 이제 울프 씨가 핑핑이 그에게 수표를 건넸을 때 알듯 모를 듯한 미소를 지었던 이유를 알 것 같았다. 노인은 아무도 집을 엉망으로 만들어 인근의 집값을 떨어뜨리는 제럴드와 같은 이웃과 함께 살고 싶지 않을 거라고 생각했던 게 틀림없었다. 우 부부는 자신들의 집을 곧 팔 생각이 없었다. 그래서 그러한 이웃이 옆에 살아도 괘념치 않았다. 그들이 유일하게 아쉽게 생각했던 건 그들이 협상을 할 때 제럴드의 집에 대해 언급을 하지 않았다는 것이었다. 그랬다면 집값을 상당히 깎을 수 있었을 텐데, 아쉬운 일이었다.

18

토요일 밤에 눈이 왔다. 그들이 새 집에 들어가고 한 달 후였다. 그건 조지아에서는 드문 일이었다. 8센티미터 정도의 눈이 쌓이자 아이들은 아주 좋아라 했다. 어떤 아이들은 다음날 아침에 나와 임시변통의 썰매를 만들어 타고 눈밭에서 장난을 치고, 소리를 지르며 눈싸움을 했다. 나무들의 가지가 눈의 무게에 부러져 땅으로 떨어졌다. 특히 소나무 가지가 그랬다. 전선이 여기저기 끊기고 인부들은 그걸 수리하느라 바빴다. 동력톱 소리가 사방에서 들려왔다. 집 뒤편 호숫가에 있는 풍나무에는 아직도 고드름이 달려 있어, 나무들이 호수에 드리운 그림자를 더 짙고 길게 만들었다. 물새들은 보이지 않았다. 따뜻한 곳을 찾아 반대편 기슭의 숲에 홰를 친 모양이었다. 때때로 그 새들이 무기력한 소리를 냈다.

혼자 있는 데 익숙해진 타오타오는 이웃집 아이들이 노는 데 끼지 않고 잔디 위에서 어머니와 함께 놀았다. 난은 아내와 아들이 뒤뜰에서 노는 모습을 유리 미닫이문 너머로 바라보았다. 둘은 북동부에서 겨울에 사용했던 가죽장갑을 끼고 높은 장화를 신고 있었다. 핑핑은 기다란 살색 모자를 쓰고 종아리까지 내려오는 누빔 외투를 입고 있었다. 타오타오는 청색 파카를 입고 있었다. 어머니와 아들은 벌써 60센티미터쯤 커진 눈덩이를 굴리고 있었다. 그들의 입에서 김이 모락모락 나왔다. 아이는 눈을 아껴두고 싶은 모양이었다. 그래서 그들은 눈덩이를 이리저리 굴리고 다녔다. 난은 그들을 바라보며 그 평화로운 모습에 감동을 받았다. 아내와 아들은 너무 행복하고 친밀해 보였다. 갑자기 핑핑이 엉덩방아를 찧었다. 호반 쪽으로 구불구불하게 난 길에 깔린 테라초* 타일 중 하나에 발이 걸려 생긴 일이었다. 타오타오는 어머니가 얼음으로 덮인 잔디에서 몸을 일으키는 동안, 장갑을 낀 손으로 손뼉을 치며 까르륵 웃었다. 찻잔을 들고 있던 난도 웃음을 터뜨렸다.

평화로운 그 광경을 보고 감동하면서도, 그의 마음속에는 여전히 고통이 어른거렸다. 지난 밤, 첫사랑인 베이나가 다시 꿈에 나타났다. 꿈속에서 두 사람은 대학 캠퍼스 밖을 거닐고 있었다. 달빛이 사시나무 숲 사이로 들어와, 녹아서 희끄무레해진 눈 위에서 반짝였다. 무슨 이유에선지 그들은 다시 싸웠다. 그녀가 화가 나서 기숙사 쪽으로 급히 걸어갔다. 그가 소

*대리석 따위의 부스러기를 다른 응착재와 섞어 굳힌 뒤에 표면을 닦아 대리석처럼 만든 돌.

리쳤다. "베이나, 베이나, 내가 다 설명해줄 테니 잠깐만 기다려!" 그녀는 들은 척도 하지 않고 문간의 어둠 속으로 사라졌다. 그의 친구 다닝이 아름드리 자작나무 뒤에서 나오더니 그를 끌어당기며 말했다. "사랑할 가치가 없는 여자예요. 잊어버려요. 자신을 돌봐야 해요!" 그런데 어찌 된 일인지, 잠시 후 베이나가 기차역에서 그를 껴안고 처량하게 울었다. 잠에서 깬 후, 그는 그녀가 꿈에서 왜 울었는지 이유를 생각해보려고 했지만 알 수 없었다. 그녀의 남편이 그녀에게 큰 잘못을 한 게 아니었으면 싶었다. 브랜다이스에서 물리학을 공부하고 2년 전에 베이징으로 돌아간 다닝 멩이 어째서 자신의 꿈에 나타났는지도 의아스러웠다. 다닝과 베이나가 서로에 대해 알지 못하는 건 분명했다. 별 이상한 꿈도 다 있지 싶었다.

난은 들려오는 웃음소리에 현실로 돌아왔다. 그는 아내와 아들을 계속 바라보았다. 그들이 즐거워하는 모습이 보기 좋았다. 그는 《비스와스 씨의 집》을 막 읽은 상태였다. 주인공이 자신의 보금자리를 가지려고 벌이는 노력이 아직도 뇌리에 생생했다. 그는 몇 년 만 있으면 그러한 목적을 이룰 수 있다는 사실에 자신은 운이 좋다고 생각했다. 돈은 다 갚지 못한 상태였지만 그는 독립을 향해 나아가고 있었다. 기쁘면서도 감사한 마음이 그를 가득 채웠다. 마침내 그는 가족이 평화와 안정 속에 살 수 있도록 돈을 버는 일에, 그것도 많은 돈을 버는 일에 열중하고 있었다.

그는 손등으로 얼굴을 만졌다. 오늘은 열이 없었다. 겨울 초

입부터 종종 미열이 있었다. 그는 평생 차가운 기후에서 살았다. 그런데 지금 조지아에서 온화한 겨울을 나고 있었다. 그의 몸은 추위에 적응할 준비가 되어 있었다. 그러나 추위는 전혀 없었다. 여름이면 이곳에 벌레들이 넘쳐나는 것도 놀랄 일은 아니었다. 이처럼 겨울 날씨가 온화하면 어떤 벌레도 쉽게 살아남을 수 있었다. 난은 바퀴벌레 떼가 울프 씨가 서쪽에 있는 철조망을 따라 쌓아놓은 장작 속에서 겨울을 나는 걸 보았다. 제럴드는 저번에 그와 얘기하면서 이렇게 말했다. "이 눈 때문에 벌레들이 다 죽을 테니 다음 여름에는 복숭아가 많이 열릴 거요." 추운 날이 더 많았으면 싶었다.

그처럼 상쾌한 아침이면 난은 힘이 넘치고 머리가 맑아졌다. 그는 뒤뜰에서 펼쳐지는 광경과 삶의 기쁨과 평화로움에 관한 시를 쓰고 싶었다. 그러나 어떻게 시작해야 할지 알 수 없었다. 그는 그런 시에 관해 한동안 생각해보았다. "남동부에 눈이 내리고 있다." 첫 줄을 이렇게 시작하면 어떨까 싶었다. 그러나 그다음을 어떻게 이어 나가야 할지 막막했다. 한 시간 후면 식당에 가서 닭고기를 자르고 가자미를 손질하고 스프링롤을 만들어야 했다. 일요일은 늘 바빴다. 개점 시간인 정오 이전에 모든 것을 준비해놓아야 했다. 그래서 그는 방으로 돌아가 침대에 누웠다. 일을 시작하기 전에 조금 더 휴식을 취하기 위해서였다.

19

최근 들어 타오타오는 학교가 끝나면 더 이상 식당에 와 있지 않았다. 집이 아주 가까워서 쉽게 오갈 수 있기 때문이었다. 아이가 집에 혼자 있으면, 핑핑이 전화를 걸어 아들이 뭘 하는지 확인했다. 때로는 아이가 숙제를 하고 있는지 보려고 집에 다녀왔다. 난은 타오타오가 언젠가 컴퓨터를 직접 조립하겠다고 해서 싸구려 컴퓨터를 사줬다. 아이는 컴퓨터를 막 조립한, 자기보다 나이가 많은 두 아이를 알고 있었다. 그래서 부모는 그에게 컴퓨터 부품을 사주겠다고 했다. 난과 그의 아내는 돌아가는 상황을 보고 운이 좋다고 생각했다. 그들은 빚을 청산하고 싶었다. 그러나 핑핑은 여분의 돈을 은행에 좀 갖고 있어야 한다고 우겼다. 조금씩 나아지고 있지만 경기는 여전히 침체기였다. 그녀는 경제가 어려울 때도 매월 갚을 돈을 갖고 있어야 한다고 생각했다. 대체로 그들은 매월 울프 씨에게 1천5백 달러씩 갚아 나갔다.

다행스럽게도 금궈는 장사가 잘됐다. 난은 찐만두, 소고기와 완두콩, 표고버섯, 혹은 말린 새우와 가리비를 넣은 다양한 국수들을 메뉴에 추가해 메뉴를 다양화했다. 새 메뉴가 손님들을 끄는 데 일조했다. 그들의 양저우식 볶음밥은 사람들이 점심식사로 즐겨 찾는 메뉴가 되었다. 로런스빌 고속도로 근처 아파트 공사장에서 일하는 멕시코 노동자들이 특히 좋아했다. 난은 어떻게 하면 수입을 더 올릴 수 있을까 고심했다. 확장을 하기에는 가게가 너무 좁았다. 한 가지 확실한 방법이 있었다. 식당에 바를 설치하는 것이었다. 술을 팔면 이익이 많이 날 것이었다. 그러나 난도 핑핑도 어떻게 칵테일을 만드는지 알지 못했다. 금궈는 주류 판매 허가증을 갖고 있었지만, 지금까지 맥주나 와인만 몇 병 팔았을 뿐이었다. 몇 주 동안, 두 사람은 한편에 바를 설치해야 할지 말지 망설였다. 바를 설치하면 바텐더를 고용해야 한다는 말이고, 그렇게 되면 인건비가 많이 들어갈 터였다.

뉴욕에서 일할 때, 난은 중국 식당의 바에 관한 얘기를 많이 들었다. 바텐더들은 대개 백인이었다. 대부분의 동양인이 손님들과 영어로 소통을 제대로 하지 못하는 탓이었다. ABC*라 불리는 미국 태생의 중국인들은 바텐더를 진짜 직업이라고 생각하지 않아 바에서는 일을 하지 않으려 했다. 중국 식당에 가면 바텐더와 다른 직원들 사이에 암암리에 갈등이

*American-born Chinese의 약자.

있는 경우가 허다했다. 어떤 바에서는 애피타이저를 제공해, 홀에서 하는 일을 빼앗아가기도 했다. 그리고 바텐더가 중국 식당에서 주인처럼 행세하는 일이 잦았다. 바텐더는 웨이터와 웨이트리스들이 두려워하는 존재였다. 손님들이 요구하는 음료를 살짝 바꿔버림으로써 얼마든지 그들을 골탕 먹일 수 있기 때문이었다. 손님이 불평을 하고 주인이 개입하게 되면, 바텐더는 주문을 전한 웨이터나 웨이트리스가 구사한 영어를 제대로 이해할 수 없었다고 말하면 되었다. 설상가상인 것은 주인이 바의 매상이 얼마나 되는지 일일이 아는 게 거의 불가능하다는 것이었다. 그래서 바텐더는 단골들에게 공짜로 술을 주기도 했다. 특히 젊은 여자 손님들에게 그랬다. 어떤 바텐더들은 금전출납기에 들어가야 하는 돈을 슬쩍하기도 했다. 간단히 말해, 바는 대성공일 수도 있지만 골칫거리일 수도 있었다.

핑핑은 바에 뭐가 필요한지 알지 못했다. 그래서 난이 모든 걸 그녀에게 설명해줬다. 그는 중국인을 고용해 애틀랜타에 있는 바텐더 학교에 보내 나중에 그를 활용하는 방법도 생각해봤다. 하지만 핑핑은 바를 설치하는 걸 극구 반대했다. 식당에 나쁜 영향을 미칠 거라는 이유에서였다. 식당을 더 이상 확장할 수 없는 형편에 바를 설치하게 되면 마음의 평화가 깨질 거라고 했다. 그들에게 가장 필요한 것은 안정적인 단골손님이었다. 그 수가 많을 필요도 없었다. 난도 그 의견에 동조했다.

몇 달 동안, 난은 하루에 적어도 열네 시간씩 일했다. 준비를 해놓으려고 아침 일찍 금궈에 가야 했기 때문에 한 주 내내 햇빛을 보지 못하는 때도 있었다. 그는 소고기와 닭고기를 자르고, 뼈를 삶아 국물을 우려내고, 주전자에 차를 끓이고, 브로콜리와 부추를 잘게 썰고, 밥을 하고, 돼지고기와 닭고기를 튀겼다. 오후가 되면 다리가 무거워지고 부었다. 그래서 일을 할 때도 틈만 나면 앉았다. 정맥 질환을 예방하기 위해서였다. 그는 몸과 마음을 식당일에 바쳐야 했다. 그는 잘 때도 손님을 맞고 주문한 음식을 요리하는 꿈을 종종 꿨다. 그의 머리는 부엌에서 나는 소리로 가득했고, 오랫동안 일을 한 탓에 손발은 열이 나고 아렸다. 아침에 일어나면 손이 조금씩 쑤셨다. 그의 손은 언제나 칼에 베이거나 불에 데거나 물집이 잡혀 있었다. 일이 고되고 피곤해도 만족스러웠다. 그는 성공할 작정이었다. 결국 삶이 단순하고 분명해졌다. 모든 혼란과 불확실성이 그의 마음에서 걷힌 것 같았다.

어느 날 오후, 핑핑이 난에게 편지를 한 통 건넸다. "당신한테 온 거야."

"나한테? 누가 보냈지?"

"내가 어떻게 알아? 당신 애인한테서 왔는지도 모르지." 그녀는 그의 눈에 불쾌한 빛이 어리는 걸 보며 킥킥 웃었다.

난은 샘 피셔가 답장을 할 것이라는 건 예상치 못했다. 한 달 전, 난은 그 시인에게 조지아로 이사했다는 걸 편지로 알린 적이 있었다. 그는 샘에게 금궈에 관한 얘기를 하고 시를 계속 쓰겠다고 했다. 그런데 사실, 그는 시를 쓰는 걸 거의 중단한 상태였다. 그는 시작과 관련된 기술에 대해 자문을 구하게 될 경우를 대비해 샘과 관계를 유지하고 싶었을 뿐이었다. 그는 샘에게 그의 시집 《불의 경전》을 좋아한다고 하면서, 뉴욕에 있을 때 친절하게 대해줬던 키가 큰 젊은 시인 딕 해리슨에게 안부를 전해달라고 했다. 샘 피셔는 답장에서 난에게 재능이 있으니 인내심을 갖고 시를 계속 쓰라고 충고했다. 샘은 그에게 중요한 것은 마음속에 "큰 감정을 유지하는 것"이라고 말했다. 그는 최근, 두보의 시를 좋아하게 됐으며 언젠가 번역을 해보고 싶다고 말했다.

편지는 난을 감동시키면서도 동시에 당황스럽게 했다. 그는 최근에 돈을 버는 일에 너무 매진하고 있어서 시인이 되고 싶은 생각이 거의 사라진 상태였다. 그러나 그는 밤에 잠자리에 들기 전에 여전히 시를 읽었다. 그는 《위대한 시들》이라는 두꺼운 시 선집을 아주 좋아했다. 특히 각각의 시 앞에 붙은 짤막한 설명이 좋았다. 그는 시간이 날 때마다 시 선집을 들여다봤다. 일부는 그가 아는 시였지만, 어떤 것은 전혀 읽어보지 못한 시였다. 그는 샘 피셔에게 다시 편지를 쓰며 그가 두보를 번역하게 되면 도와주겠다고 제안했다.

20

우 부부는 이 지역에 사는 중국인들을 거의 알지 못했다. 그들은 중국 교회에 가지도 않았고 차이나타운에 있는 지역 센터에도 가지 않았다. 그들은 방해받지 않고 살고 싶었다. 그래서 고립을 마다하지 않았다.

3월 중순, 어느 날 오후였다. 삼십 대 중반으로 보이는 중국인 남녀가 금궈에 찾아왔다. 그들은 태미가 인사를 하는데도 무시하고 카운터에 있는 핑핑과 난에게 곧장 다가왔다. 여윈 얼굴에 파마머리를 한 여자는 자신을 조지아 공과대학에 다니는 대학원생의 부인이라고 소개했고, 남자는 같은 학교의 중국인 학생회 회장이라고 했다. 그들은 중국 본토의 홍수 피해자들을 위한 기부금을 요청하러 왔다고 했다. 난은 가진 돈도 없고 관심도 없다고 했다.

메이 홍이라는 이름의 여자가 그를 물고 늘어졌다. "이보세요, 우 씨. 당신은 중국 출신이잖아요? 당신이 부유한 미국 사업가라 하더라도 조상과 조국을 잊으면 안 되죠. 나라를 위해 당신이 뭘 할 수 있는지 생각해보세요."

"중국은 더 이상 내 조국이 아니에요. 그리고 나는 부자도 아니고요." 난이 말했다. "나는 매일매일 이 가게를 유지하기 위해 뼈 빠지게 일을 합니다. 게다가 그런 식으로 존 F. 케네디식의 헛소리를 앵무새처럼 흉내 내서는 안 되죠. 모든 시민은 나라가 나를 위해 무엇을 해줄지 물을 권리가 있어요."

그녀가 잠시 그를 도전적으로 쳐다보더니 말을 이었다. "지난가을에 양쯔 강 홍수로 얼마나 많은 피해가 있었는지 알고 있나요?"

"알고 있어요. 하지만 그건 끝난 일이잖아요. 지금은 봄이에요."

"아니죠. 7천만 명에 달하는 사람들이 아직도 그 재앙의 여파로 신음하고 있어요. 그들 중 수만 명이 집을 잃고 도움을 기다리고 있어요. 열여덟 개의 성이 아직도 피해에서 벗어나려고 몸부림을 치고 있다고요."

"이보세요! 내가 어떻게 그렇게 많은 사람들의 구세주가 됩니까? 우리는 오래전에 중국과 단절했어요. 영원히 단절했다고요. 우리는 아무것도 빚진 게 없어요."

젊은 남자가 메이 홍의 팔꿈치를 끌며 말했다. "갑시다. 뿌리를 잃어버린 저런 구두쇠와 얘기해봤자 소용없어요." 그는 주먹으로 납작한 코를 계속 밀었다. 그 바람에 눈썹이 아래위로 움직였다.

핑핑이 난에게 말했다. "몇 달러 줘서 보내."

"싫어. 이건 원칙의 문제야. 나는 이런 식으로 돈을 허비하지 않을 거야."

메이 홍이 말했다. "당신은 미국 정부처럼 행동하네요. 창피하지 않나요?"

"나는 엉클 샘*처럼 부자가 아니에요. 다른 사람들에게서 세금을 걷는 게 아니니까요." 난이 목소리를 높였다.

"좋아요. 당신은 중국 정부가 미국한테 지난가을에 도와달라고 요청한 걸 알고 있나요? 미국 정부가 우리나라에 얼마를 줬는지 알아요?"

"얼마 줬는데요?"

"2만 달러 줬어요."

"그래요, 저런 차 하나를 살 정도의 돈이죠." 젊은 남자가 주차장을 가리키며 말했다. "세계에서 가장 부자 나라인 미국이 그렇게 하찮은 액수로 중국을 모욕했어요."

"그게 나와 무슨 상관이죠?" 난이 물었다. "내 사업이 잘못되면 중국이 나를 도와줄까요? 내가 어디에서 단 1달러라도 받을 수 있어요?"

"당신은 중국인이니까 뭔가를 해야 할 의무가 있어요." 메이 홍이 말했다.

"중국이라면 넌더리가 나요. 더 이상 관대해지고 싶지 않다

*미국 정부를 가리키는 속어.

고요."

"부모와 가족이 고향에 있지 않나요?"

"있어요."

"그렇다면 어떻게 그렇게 냉정할 수 있죠? 완전히 단절한다고요? 어떻게 조국의 동포가 고통을 당하며 죽어가는데 손가락 하나 까딱하지 않을 수 있냐고요?"

"내가 백만 달러를 기부해도 그 돈은 희생자들한테 가지 않고 관리들이 착복할 거요. 그런 기생충들의 배를 불려줄 수는 없어요."

"당신이 말하는 것이 어느 정도 사실이라는 건 알아요. 하지만 우리는 기부하는 돈이 희생자들을 위해 쓰이도록 확실히 해놓았어요. 그래서 그렇게 많은 사람들이 기부를 하는 거예요. 조지아 주립대학교에 다니는 어떤 친구는 너무 가난해서 덜커덩거리는 밴을 타고다니면서도 20달러를 냈어요."

"맞아요." 젊은 남자가 덧붙였다. "어떤 화학과 교수는 천 달러를 냈어요. 난징이 고향인 분이에요."

메이 홍의 말이 이어졌다. "우리는 중국 정부와 인민을 구분해야 해요. 우리는 희생자들을 돕는 거예요."

그 말을 듣자 난은 마음이 약간 누그러졌다. 핑핑이 끼어들었다. "50달러 어때요?"

메이 홍이 말했다. "60달러가 어때요? 나는 당신들처럼 부자가 아니지만 70달러를 냈어요. 나는 지난여름에야 미국에 왔어요. 내 딸도 12달러를 냈어요. 자기가 가진 용돈 전부를 낸 거죠."

"60달러 줘." 난이 핑핑에게 툴툴거리며 말했다.

그녀가 수표책을 펼쳤다. "누구 앞으로 써 드릴까요?"

"조지아 공과대학 중국 학생회요."

아내가 수표를 쓰는 동안, 난은 그들에게 말했다. "우리는 희생자들이 본토인들이라서 이 돈을 주는 게 아니에요. 그들이 홍콩이나 타이완이나 다른 곳 사람들이라 하더라도 똑같이 할 거예요. 우리는 그저 중국 정부와는 관련되고 싶지 않을 따름이에요."

"알겠어요. 혁명이나 정치 운동에 상처를 받은 적이 있는 해외 동포들이 그런 말들을 하죠." 메이 홍이 수긍했다.

그 말을 듣고 난은 생각에 잠겼다. 그는 핑핑과 자신이 실제로 중국에 기부를 하고 있다는 걸 알았다. 또한 그들이 중국 출신이 아니라면 저들이 기부를 하라고 찾아오지 않았을 거라는 것도 알았다.

"여기 있어요." 핑핑이 그들에게 수표를 건네며 말했다.

그들이 고개를 숙이며 수표를 받자, 우 부부도 고개를 숙였다. 메이 홍은 나가기 전에 아주 진지하게 말했다. "고통당하는 동포와 우리 정부를 대신하여 진심으로 감사드려요. 중국 영사관이 감사 편지를 드릴 거예요." 그녀가 다시 머리를 숙였다. 젊은 남자도 따라 했다.

"그들한테 그런 걸 받을 필요는 없어요. 내 여권도 연장해 주지 않은 사람들이니까요." 난이 말했다.

"당신 기분은 알아요." 메이 홍이 말했다. "우리는 조국을 위해 창피한 것도 모르고 모금을 다니고 있어요. 우리나라가 부유하고 강해져서 우리 자손들이 미래에 똑같은 행동을 되풀이하지 않게 되기를 바랄 뿐이죠."

난과 핑핑은 깜짝 놀랐다. 우 부부는 그들이 가는 모습을 아무 말 없이 지켜보았다. 그들이 문밖으로 나가자 난이 네모난 턱을 흔들며 아내에게 말했다. "정신 나간 것들! 자기들이 나라의 대리인인 것처럼 구는군. 중국 전체가 자기들 어깨에 달리기라도 한 것처럼, 염병할 정도로 진지해."

"그런 말 하면 안 돼."

"무슨 말?"

"우리가 중국과 아무 상관이 없다는 말."

"알아." 그가 한숨을 쉬었다. "화가 나서 그랬을 뿐이야. 우리 피에서 중국을 쥐어짜낼 수 있다면 좋겠어."

난은 언젠가 자신들이 이곳의 중국인 사회와 완전히 단절하고 방해를 받지 않고 숨어 살 수 있을 것이라고 생각했다. 그러나 중국이 그들을 내버려두지 않을 것이라는 게 이제 분명해졌다. 그들이 어디를 가든, 중국이 그들을 따라다니는 것 같았다.

4부

1

난과 핑핑에게 조지아의 봄은 시련의 계절이었다. 두 사람 다 꽃가루 알레르기가 있었다. 낮에는 대기가 노랗게 변했다. 길바닥도 아침이면 색깔이 변해 있었다. 나무에서 떨어진 꽃가루 때문이었다. 핑핑은 날마다 일을 하러 가기 전에 바닥에 묻은 노란 꽃가루를 깨끗이 쓸어냈다. 한번은 윈딕시의 주차장에서 차를 찾지 못한 적도 있었다. 꽃가루로 덮여 있어서 색깔이 달라졌기 때문이다. 이곳은 꽃가루 철이 뉴잉글랜드 지방보다 훨씬 더 길었다. 보통 2월 하순에서 5월 중순까지였다. 핑핑은 남의 눈에 어떻게 보일지에 구애받지 않고 외출할 때마다 마스크를 쓰고 코덮개를 했다. 난은 그렇게 하지 않으려 했다. 그래서 코가 두 배 정도 부었다. 그들은 비가 올 날을 학수고대하며 살았다. 비가 오면 며칠간 공기가 깨끗해지면서 다시 산책을 할 수 있기 때문이었다. 알레르기를 이겨내기 위해, 핑핑은 타오타오와 난에게 매일 알레르기 약을 먹게 했다. 그것이 도움이 되긴 했다. 그러나 난은 공복에 약을 먹으면 배가 쓰렸다. 그들은 알레르기에 대한 면역력을 키우려고 비타민을 많이 먹었다. 가뭄이 시작되는 5월 중순이 되어서야 알레르기 증상이 호전되기 시작했다. 기적적으로 타오타오의 알레르기가 올해는 상당히 완화되었다. 매사추세츠에 있을 때 아이는 꽃가루 때문에 애를 먹었는데, 지금은 콧물도 흘리지 않고 눈도 가렵지 않은 상태로 밖에서 놀 수 있었다. 난은 아이가 너무 적응을 잘해 언젠가 레드넥*이 되겠다는 농담까지 했다.

"나는 레드넥이 아니에요!" 그의 아들이 항의했다. 아이는 다른 아이들을 흉내 내어 마지막 음절인 '넥'을 치켜 올리며 발음했다.

"그런 식으로 말하지 마라." 아이의 어머니가 말했다.

"예스, 맴."

모두가 웃음을 터뜨렸다. 사실, 타오타오처럼 난과 핑핑도 이곳 생활에 적응하기 시작했다. 때때로 핑핑은 굵게 빻은 옥수수 가루로 아침 식사를 만들곤 했다. 때로는 케일과 콜라드와 겨자잎을 먹기도 했다. 난과 타오타오는 돼지껍질, 삶은 땅콩, 오크라 튀김, 허시 퍼피,** 바비큐 소스도 좋아했다. 하지만 아이는 북동부 치즈와 비교하면 맛이 밍밍한 이곳 치즈를 싫어했다. 옥수수빵은 일종의 패스트리처럼 그들이 즐겨

*미국 남부의 교양 없는 백인 노동자를 지칭하는 구어.
**미국 남부의 옥수수 가루로 만든 작고 동그란 빵.

먹는 것이 되었다. 그들은 세일할 때마다 그걸 샀다. 중국에 살 때, 핑핑과 난은 몇 년 동안 옥수수빵만 먹고 살았다. 그런데 그 빵은 다른 종류의 옥수수빵이었다. 설탕도 들어가지 않고 우유도 들어가지 않은 빵이었다. 백 퍼센트 순수 옥수수였다. 어느 날, 핑핑은 중국식 옥수수빵 몇 개를 만들었다. 여러 차례 그걸 만들어달라고 한 타오타오를 위해서였다. 그러나 아이는 한 입 먹어보고는 다시는 손을 대지 않으려 했다. "쓰레기 같은 맛이에요!" 아이가 말했다.

아이와 달리, 부모는 빵을 맛있게 먹었다. 그들은 태미에게 하나를 가져다주기도 했다. 그걸 보고, 웨이트리스는 흥분했다. 그러나 한 조각 먹어보더니 인상을 찡그리며 말했다. "당신네 본토인들은 늘 타이완과 통일하자고 하지만, 내 생각에 이런 걸 먹을 타이완 사람은 없을 거예요. 통일에 관해 얘기하기 전에 이런 옥수수빵부터 없애야 되겠어요. 이건 사람이 먹을 게 못되네요."

말은 그렇게 했지만, 그리고 핑핑이 권해서 훈제청어를 넣은 빵을 결국 4분의 1정도밖에 먹지 않았지만, 태미는 우 부부가 그걸 자기에게 먹어보라고 했다는 사실이 기뻤다. 그래서 나머지를 싸서 룸메이트들에게 보여주겠다며 집으로 가져갔다.

2

2년 동안, 난은 가끔씩 아내나 아들이 아프지나 않을까 두려워했다. 의료보험이 없기 때문이었다. 난은 보스턴에 있을 때, 캐나다 시민인 젊은 남자를 만난 적이 있었다. 그 친구는 의료보험에 가입하지 않았다. 아프면 몬트리올로 돌아가서 치료하면 되기 때문이었다. 난은 자기 가족도 그렇게 할 수 있으면 싶었다.

그는 인민해방군 대위였다가 지금은 애틀랜타 지역에서 동양인들과 남미인들이 이용하는 유명한 보험 중개인이 된 진솅 유와 얘기를 해봤다. 진솅은 그에게 가족을 위한 일반 의료보험에 가입하려면 한 달에 860달러가 들 거라고 했다. 우 가족이 그런 돈을 낼 방법은 없었다. 진솅의 제안으로, 난은 가족을 위한 비상 보험만 가입했다. 보험료는 한 달에 90달러였다. 이것이 그가 할 수 있는 최선이었다. 최소한의 보호책이라도 마련하자, 마음이 다소 진정되었다. 그는 많은 동양인이민자들이 아무런 의료보험에도 가입돼 있지 않다는 걸 알았다. 그들은 아프면, 한약방부터 찾았다. 거의 예외 없이 한의사들도 의사여서 아픈 곳을 치료하고 약초를 처방할 수 있었다. 애틀랜타 지역의 일부 한의사들은 중국 의과대학의 교수였던 사람들이었다. 그러나 그들은 이곳에서는 개업을 할 수 없었다. 중국 의술만 전문으로 하고 영어를 할 줄 모르기 때문이었다. 그래서 시험에 합격할 수 없었다. 상당수는 소송이 두려워 백인과 흑인을 치료하는 걸 피했다. 그들에게는 약초와 특허약과 환약만 팔았다.

우 부부는 동양 의술이 전체론적인 접근 방식을 취하고 음과 양, 체내의 뜨거운 기운과 차가운 기운 사이의 균형을 강조함에도 불구하고, 그것을 믿지 않았다. 그런데 그들의 친구인 재닛은 핑핑에게 약초에 대해 가끔 물어왔다. 재닛은 허리가 아팠을 때 침을 맞은 적이 있었고, 그래서 중국 의술에 매혹돼 있었다. 그녀는 불임을 약초로 고칠 수 있는지 알고 싶어 했다. 핑핑은 그것에 대해서는 자신할 수 없었다.

5월 말의 어느 오후였다. 재닛이 짧은 바지를 입고 두 번째 발가락에 두툼한 발가락지를 끼고 금궈에 왔다. 여느 날과 다르게, 그녀는 휴식 시간이 넘어도 가지 않았다. 태미가 자기 옆 의자 위에 더운 물이 든 대야를 올려놓고 스펀지로 식탁 위의 양념병과 소금 그릇, 그리고 창문턱 위의 물병을 닦는 동안, 재닛과 핑핑은 구석에 있는 칸막이 좌석에 앉아 수다를 떨고 있었다. 그들 위의 벽에는 말과 망아지들이 뛰노는 벽화가 그려져 있었다. 10년 전에 그려진 그림이었다. 재닛이 손가락이 긴 손으로 핑핑의 팔뚝을 잡으며 말했다. "부탁하고 싶은 게 있어요."

"뭔데요?"

"두 번째 아이를 가질 생각이에요?"

"아이들을 좋아하지만 그럴 형편이 안 돼요."

"왜요?"

"돈을 벌고 난과 타오타오를 도와야 해요. 난도 아이들을 많이 낳고 싶어 하지만 그럴 수가 없는 형편이에요."

"누군가가 당신에게 돈을 준다면 어때요? 그것도 많은 돈을 말이죠."

"무슨 말이에요?"

"당신이 데이브와 나를 위해 아이를 낳아주면 돈을 주겠다는 말이에요."

"무슨 말을 하는지 모르겠군요."

"아무리 노력해도 데이브와 나는 아이를 가질 수 없어요. 내가 문제예요. 난자가 좋지 않대요."

"내가 당신을 위해 어떻게 아이를 가질 수 있죠?"

"두 가지 방법이 있어요." 재닛의 눈에 생기가 돌았다. 눈이 커지고 반짝였다. "당신과 난이 우리에게 아이를 낳아줘요. 그러면 만 달러를 줄게요. 혹은 당신과 데이브가 아이를 가지면, 우리가 그 두 배를 줄게요."

"정떨어지는 소리 하네요. 내가 어떻게 데이브의 아이를 가질 수 있단 말이에요?" 핑핑은 얼굴이 귀까지 빨개졌다. 모욕을 받은 기분이었다.

"그렇게 화내지 마요. 내 말을 오해한 거예요. '대리모'라는 말 들어본 적 없어요?" 재닛이 주근깨가 많이 난 팔을 긁었다.

"텔레비전에서 들은 적이 있어요. 그런데 그게 정확히 무슨 말이죠?"

"의사가 남자의 정자를 여자의 난자에 인공수정을 해 여자의 자궁에 넣는 거죠. 그러면 여자가 임신을 하게 되는 거예요."

"그다음에는요?"

"아이가 태어나면 아이에 대한 권리를 아버지가 갖게 되는 거죠."

"그러면 생모는 자기 자식을 다시 볼 수 없는 건가요?"

"대부분의 경우에는 그렇죠. 여자는 인공수정을 하기 전에 남자와 그의 아내와 합의한 걸 지켜야 해요. 하지만 생물학적으로는 여전히 어머니죠." 미소를 억제하고 있는 것처럼, 재닛의 얼굴이 긴장했다. "내가 당신처럼 임신을 할 수 있다면, 이 도시를 꽉 채울 만큼 많은 아이들을 낳고 싶어요."

"재닛, 그건 어려운 일이에요." 핑핑이 이마를 찌푸리며 나직하게 말했다. "입양은 어때요? 많은 미국인들이 중국 여자 아이들을 양자로 삼고 있어요."

"우리도 그 생각을 해봤지만, 이상적으로는 당신이 아이를 낳아주면 어떨까 싶어요."

"그런 문제를 왜 나한테 부탁하는 거예요? 이건 대단히 곤란한 일이에요."

"이봐요, 핑핑. 당신이 너무 아름답고 건강해서 당신 아이를 갖고 싶은 거예요. 당신은 나보다 한두 살밖에 어리지 않지만, 잘 보세요. 피부도 몸매도 처녀 같아요. 스물다섯 살이라고 해도 얼마든지 통할 거예요."

"재닛, 당신이 잘 몰라서 그래요. 중국 여자들은 쉰 살이 되기 전에는 백인 여자들처럼 빨리 늙지는 않아요. 중국 여자들은 성장 속도가 느리니까요. 나는 열여섯에 생리를 처음 했어요. 그러나 쉰 살이 넘으면 우리는 갑자기 빨리, 아주 빠른 속도로 늙기 시작해요."

"누구든 쉰 살이 넘으면 늙은 거죠."

"하지만 쉰 살이 넘으면 백인 여자들은 아주 천천히 늙어요. 아마 영양 상태가 더 좋기 때문인 것 같아요. 로지 부인을 보세요. 여든아홉 살인데 아직도 정원 일을 하고 채소밭을 가꾸잖아요."

"좋아요. 무슨 말인지 알겠어요. 여하튼 당신이 우리한테 아이를 낳아주면 데이브와 나는 여한이 없을 것 같아요."

"미안해요, 그럴 수는 없어요."

"보통 대리모는 만 달러를 받아요. 우리는 두 배를 주겠어요. 현금으로요. 세금을 낼 필요 없게 말이죠. 당신도 알다시피 데이브는 타오타오를 좋아해요. 데이브는 그 아이 같은 아들을 갖고 싶은가봐요."

"딸은 어때요? 나는 딸이 좋던데."

"딸도 좋죠. 딸이어도 좋죠."

"재닛, 나는 확답을 못 하겠어요. 남편한테 얘기해봐야 할 것 같아요."

"그럼요. 이해해요. 이건 가족이 결정할 문제니까요. 난한테 얘기해봐요."

"알겠어요."

제안을 받아들이기가 내키지 않았지만, 핑핑은 이걸 그들이 갚아야 할 돈을 줄일 기회라고 생각했다. 갚아야 할 돈이 있다는 게 그녀는 늘 괴로웠다. 집을 사기 전에는 돈을 빌린 적이 없었다. 그녀는 늘 빚이 무서웠고 공과금도 신속하게 냈다. 사업이 하향세로 돌아서면 어쩌지? 혹은 난이 아파서 당분간 일을 할 수 없으면 어쩌지? 그렇게 되면 모든 걸 잃을지 몰랐다. 만약 그들이 매월 갚아야 할 돈을 갚지 못하면, 은행들이 파산한 저당권 설정자의 집과 차를 다시 가져가듯이, 울프 씨가 와서 그들의 집을 가져갈 게 분명했다. 생각하면 할수록 두려웠다. 그녀는 최대한 빨리 빚을 갚아야 했다.

그날 밤, 타오타오가 잠자리에 든 후, 그녀는 난에게 재닛이 제안한 것에 대해 얘기했다. "말도 안 돼." 그가 갑자기 눈을 이글거리며 말했다. "당신, 정신이 나갔군그래. 어떻게 내가 당신을 다른 남자의 씨를 갖는 대리모가 되게 할 거라고 생각할 수 있지? 나는 그렇게 파렴치한 사람이 아니야. 당신이 아이를 그렇게 좋아한다면 내가 하나 더 낳게 해줄 수 있어. 정말로 하나 더 낳길 바라는 거야?"

"내 말은 그게 아니잖아. 우리는 빚을 줄일 돈이 필요해."

"하지만 당신 몸을 그런 식으로 이용하면 안 돼. 만약 타오타오가 언젠가 당신에게 왜 자기 남동생이나 여동생을 팔았느냐고 물으면 뭐라고 할 거야?"

"아이를 팔자는 말이 아니야. 재닛이 내 도움을 필요로 해서 그럴 뿐이야. 친구니까."

"그러나 중요한 건 당신이 그녀의 돈을 받으면 아이를 양도해야 한다는 거야. 타오타오가 동생이 어떻게 됐느냐고 물으면 그 아이 얼굴을 어떻게 볼 거야?"

그것은 핑핑이 감내할 수 있는 한도를 넘어선 일이었다. 그녀는 흐느끼기 시작했다. 난은 깜짝 놀랐다. 그가 부드럽게 다독였다. "울지 마. 당신이 그런 모험을 하도록 할 수는 없어."

"그 일이 어렵고 위험하다는 건 알아. 하지만 당신과 타오타오를 위해서라면 난 할 수 있어. 우리는 최대한 빨리 빚을 갚아야 해. 너무 무서워."

"뭐가 무서워?"

"불행한 일이 생기면 우리는 모든 걸 잃을지도 몰라."

"걱정을 사서 하지 마. 사업을 잘 운영하면 아무 일도 없을 거야. 미국인들을 봐. 대부분 대출을 받고 살잖아. 그들이 우리처럼 안달해? 그들 중 상당수는 대출을 받을 수 있으면 운이 좋다고 느낄 거야. 우리는 중국식으로 생각할 게 아니라 불안정한 걸 삶의 조건으로 받아들여야 해." 그렇게 말하면서도, 그는 자기를 희생하려고 하는 아내의 마음에 감동을 받았다. 너무 고마웠다.

그녀가 훌쩍이며 말했다. "지금부터 잠자리를 너무 자주 갖지는 말아야겠어. 진짜 의료보험이 없어 아플 수도 없고 아이를 가질 수도 없으니까."

"좋아. 그러지 않도록 해볼게. 그리고 나는 늘 내 방에서 자잖아."

그녀가 얼굴을 찌푸리며 입술을 축였다. "나와 타오타오를 버리지 않겠다고 약속해줘."

"당신, 어떻게 그런 생각을 해? 나는 안 나가. 알겠어? 두 사람은 내가 가진 전부야. 내가 어디로 간다는 거야?"

다음 날 오후, 핑핑은 재닛에게 난이 반대한다고 말해줬다. 놀랍게도 그녀의 친구는 아무 감정 없이 그 설명을 받아들이고 이렇게 말하기까지 했다. "어려울 거라는 건 알고 있었어요. 잊어버려요."

그 후에도 재닛은 정기적으로 금궈로 점심을 먹으러 왔다. 핑핑은 하나에 5달러씩 받고 그녀가 목걸이를 결합하는 걸 도와줬다. 그녀는 한 주에 대여섯 개 정도를 끝낼 수 있었다. 그들은 여전히 친구였다. 핑핑과 난은 데이브와 재닛이 그들에게 아무 감정도 갖지 않는 걸 보고 놀랐다. 그들이 만약 중국인 부부의 그런 청을 거절했더라면, 우정은 자동적으로 끝났을 터였다. 난은 미첼 부부에게 전보다 더 잘했다. 그들이 오류어五柳魚 요리를 주문하면 붉은색이 도는 돔을 큼직한 걸로 골라서 요리해줬다.

한번은 핑핑이 재닛에게 왜 감정이 상하지 않았느냐고 물은 적이 있었다. 재닛의 답변은 이랬다. "당신이 우리한테 아이를 낳아주기로 하면, 우리는 아이가 태어나고 나서 달아나야 했을 거예요. 그러면 우리는 서로를 다시 보지 못했을 거고요. 그런데 지금, 나는 당신을 여전히 친구로 갖고 있잖아요."

3

난은 월요일 아침마다 아시안 광장에 있는 중국 서점에 가서 〈세계일보〉를 샀다. 이 신문은 영어로 된 다른 신문들과 달리 오후 중반이 되어서야 나왔다. 그는 매일 그것을 볼 수는 없었다. 그래서 한 주에 한 번 도라빌까지 15킬로미터 정도 차를 몰고 가서 일요판을 샀다. 그렇게 해서 중국과 중국 이민 사회에 관한 소식을 따라잡았다. 신문을 사는 것 말고도 그는 다른 가게나 슈퍼마켓에 들어가서 식료품값을 점검했다. 월요일에 쇼핑센터를 찾는 건 그에게는 일종의 기분전환이었고 사치였다. 아무 손님도 오지 않는 공휴일을 제외하고는 하루도 쉬는 일이 없었기 때문이다. 6월 초순, 어느 날 아침, 그는 〈세계일보〉가 소유한 중국 서점에 다시 들렀다. 신문사 편집부는 서점 뒤에 있는 두 개의 방을 사용하고 있었다. 여러 명의 편집자와 타이피스트가 신문의 남동부 섹션에 실을 광고와 지역 뉴스를 그곳에서 작성했다. 평상시처럼 난은 일요판 신문을 집어 들고 두 개의 탁자에 진열된 신간 서적들과 책장에 있는 잡지들을 훑어봤다. 그는 잡지 중에서는 《월간 거울》이라는 걸 가장 좋아했다. 문화적이고 시사적인 문제에 관한 좋은 글들이 실리기 때문이었다. 대부분 홍콩이나 타이완이나 북미에 사는 유명한 작가들이나 학자들이 쓴 글이었다.

그는 '성조기 밑에서'란 제목이 달린 미국 생활에 관한 새로운 책을 살펴보았다. 최근에 미국을 방문한 중국인이 쓴 책이었다. 그는 미국 땅을 밟지 못하는 독자를 겨냥한 이런 종류의 책이 싫었다. 이국적인 이야기들을 하면서 진실을 왜곡하는 일이 잦기 때문이었다. 그는 어떤 사람이 미국 부부에 관한 허풍을 떨었던 걸 기억했다. 그 글을 쓴 사람은 미국 여자들은 남편을 너무 잘 이해해서 남편이 출장을 갈 때마다 콘돔을 챙겨준다고 했다. 그 말은 그들이 다른 여자들한테 마음을 빼앗기지만 않으면 외도를 잠시 해도 된다는 의미였다. 중국 인민해방군 정치 장교 출신의 어떤 소설가는 뉴욕의 차이나타운을 아무런 두려움 없이 혼자 걸어 다녔다고 허풍을 떨었다. 그는 어떤 인터뷰에서 미국식 민주주의가 어떻더냐는 질문에 "서류만 많고 세금만 높더라"고 말했다. 어떤 여자는 미국에 6년밖에 살지 않았는데 재산이 3백 달러에서 5백만 달러로 늘어났다고 했다. 그녀는 섬유회사의 CEO이며 회사의 짐을 실은 컨테이너가 태평양과 대서양을 가로질러 끊임없이 이동 중이라고 했다. 플로리다에 사는 한 졸부는 우주에 몇 개의 위성을 갖는 게 자신의 꿈이라고 허풍을 떨기도 했다.

이런 책들을 넘겨볼 때마다 난은 가슴이 철렁했다. 책에 나오는 사람들은 거의 모두가 성공의 전형이었다. 그는 누가 실패에 대해 얘기할 것인지 궁금했다. 설상가상으로 이러한 책들은 보통 조야하게 저널리즘적인 스타일로 쓰여 있었다. 많은 경우 한자리에서 쓸 수 있는 기사들을 버무려놓은 것에 지나지 않았다. 이러한 작가들은 외롭고 불가해하고 압도적인 땅에 대한 진정한 감정이 생길 정도로 이곳에 오래 살아보기도 전에, 자그만 성취감에 대한 선정적인 소식을 전달하려고 서둘렀다. 그건 《여기에 진짜 미국이 있다》, 《미국 정복하기》, 《나는 베이 지역에서 성공한 변호사가 되었다》, 《북아메리카의 중국인 명사들》, 《미국에서의 우리의 성장》, 《월 가의 보스》, 《큰 사과 한 입》 등 선반에 있는 책들의 제목만 봐도 알 수 있었다.

난은 6월호 《수확》을 들쳐봤다. 상하이에서 격월간으로 발간되는 중요한 문예지였다. 그런데 한 작가의 이름이 눈을 사로잡았다. '알래스카 해산물 통조림 공장의 바람과 구름'이라는 제목의 중편소설에 '다닝 멩'이라는 이름이 붙어 있었다. 난은 그런 일류 잡지에 자신의 친구 이름이 나와 있는 걸 보고 깜짝 놀랐다. 그는 첫 쪽을 읽어보고 여러 단락을 대충 훑어보았다. 스토리가 미국을 배경으로 하고 보스턴이라는 지명까지 나오기 때문에 다닝이 쓴 게 틀림없었다. 그는 《수확》

을 한 권 샀다.

뷰퍼드 고속도로를 따라 돌아오는 길에, 난은 신호등에서 멈출 때마다 잡지를 들고 삽화와 목차를 바라보았다. 이름 중 일부는 낯익고 일부는 그렇지 않았다. 지미 카터 도로의 교차로에서 하마터면 새 승합차와 충돌을 할 뻔했다. 승합차에는 은색 다윈 피시* 스티커와 붉은 글씨로 '깽판 허가 있음'이라고 쓴 커다란 스티커가 붙어 있었다. 그걸 보고 난은 기겁을 했다. 그래서 금궈에 도착할 때까지 잡지를 읽는 걸 참았다.

그날 그는 식당에서 시간이 날 때마다, 다닝의 단편소설을 한두 쪽씩 읽었다. 그리고 밤이 되어 침대에 들어가 다시 읽기 시작했다. 그 소설이 대단하다는 느낌은 들지 않았다. 이야기는 흥미롭고 읽을 만했지만 글이 엉성했다. 1인칭 시점의 회고록 형태로 쓰인 소설이었다. 알래스카의 통조림 공장 사장이 베트남, 한국, 중국, 멕시코, 동유럽에서 최근에 온 이민자들을 어떻게 착취하는지 묘사되어 있었다. 다닝을 대변하는 화자는 매디슨에 있는 위스콘신 대학교에서 농업경제학을 전공하는 대학원생이었다. 그는 여름 방학을 이용하여 다음 학기 등록금을 벌려고 알래스카에 일을 하러 갔던 경험을 얘기하고 있었다. 그곳의 통조림 공장은 부지런한 사람은 종종 다른 사람들한테 욕을 먹고 곤란한 상황에 처하고, 게으른 사람들은 약삭빠른 말과 행동으로 신뢰를 받거나 보상을 받

*교회의 상징인 물고기 형상 안에 진화론 주창자인 다윈의 이름을 써 넣은 패러디 스티커.

는 중국 공장처럼 묘사되고 있었다. 게으른 사람들은 일찍 출근하고 늦게 퇴근했지만 일은 소홀히 했다. 어떤 사람들은 초과수당을 받으려고 갖가지 핑계를 대며 남아 있었다. 게다가 인종차별이 만연했다. 감독들은 골목대장처럼 행동했다. 대부분의 노동자들은 감독이 자리를 비울 때마다 해산물을 먹었다. 날마다 싸움이 일어났다. 어떤 여자들은 고깃덩어리 하나 때문에 멱살을 잡고 싸웠다. 물론 인부 중에는 점잖은 사람들도 있었다. 어떤 사람은 전직 베트남 중령이었고 어떤 사람은 루마니아 출신의 철학교수였는데 영어를 전혀 할 줄 몰랐다. 소설은 화자의 쾌활한 어조에도 불구하고 어두운 이야기였다.

불을 끄면서 난은 다닝의 소설에 대해 생각해봤다. 어찌 된 일인지 그 소설은 그를 불안하게 만들었다. 소설은 세부적인 것들이 생동감 있게 묘사되어 믿을 만했다. 다닝이 자료 조사도 많이 하고 생각도 많이 한 게 분명했다. 난은 그 친구가 알래스카에 갔다 온 적이 있다는 걸 알고 있었다. 그러나 다닝이 통조림 공장에서 일한 것 같지는 않았다. 걱정스러운 건 효과가 없는 빈정거림으로 가득한 무심한 스타일이었다. 독자를 즐겁고 감질나게 하려고 과도하게 애쓰고 있었다. 그 결과, 유머는 극적 효과에서 나오는 게 아니라 부자연스러웠고 겉만 번드르르했다. 화자가 독자보다 먼저 웃는 격이었다. 작가가 자신의 재치에 희생자가 된 격이었다. 더 큰 문제는 다닝이 사자성어를 남용하고 있다는 것이었다. 그것이 나오지 않는 쪽이 없었다. 그래도 난은 친구가 중국으로 돌아간 지 불과 2년 만에 그런 돌파구를 마련했다는 것이 기뻤다. 친구가 괜찮은 작가가 된 건 의심의 여지가 없었다. 《수확》의 소설 담당 편집자는 '유학생들의 문학 작품'이라는 제목의 특집호 서문에서 독자에게 다닝의 중편소설을 유심히 봐달라고 당부하고 있었다. 사실, 다른 네 명의 작가는 외국에 살았거나 아직도 살고 있는 사람들이었다. 잡지에 실린 소설 중에서 다닝의 소설이 중심을 차지하고 있는 것 같았다. 다른 작품들은 길이가 훨씬 짧았다. 하나는 두 쪽 반에 불과했다.

난은 잡지를 핑핑에게 줬고, 그녀는 이후 며칠 동안 소설을 읽었다. 그녀는 소설의 스타일에 관한 난의 생각에 동의했다. "경박하고 거칠게 쓸 필요가 없었는데 그 점이 아쉬워." 그녀가 말했다. "그는 인부들 중 중국인이 최악이었다는 말을 빼먹었어. 베트남인이나 멕시코인보다 훨씬 더 나쁘다는 걸 말이지." 핑핑은 최근에 이민 온 사람들을 많이 고용하는 요양소에서 일한 적이 있었다. 그녀는 그중에서 한국 여자들이 일을 가장 잘한다고 생각했다.

"다닝이 아주 잘나가는 것 같아." 난이 말했다.

"영리하니까 어떻게 해야 팔릴지 잘 알 거야. 그렇다고 그 소설을 너무 심각하게 생각하진 마."

"여보, 이건 《수확》에 실린 글이야."

"그래서? 당신이 글을 쓰면 더 잘 쓸 수 있어. 적어도 당신은 느낌표를 두 개씩이나 남발하지 않을 테니까."

"그 친구가 부러워?"

"나는 작가가 되고 싶은 생각 없어. 내가 왜 부러워해야 하지? 당신은 내 말을 믿어야 더 잘 쓸 수 있어."

"당신이 너무 오만한 거야."

"그는 지나칠 정도로 독자의 비위를 맞추려고 하고 있어. 이런 종류의 글은 미국에 가보지 못한 중국인들을 오도할 뿐이라고."

무슨 이유에선지 핑핑은 다닝을 칭찬하고 싶지 않은 것 같았다. 그런 식으로 평가하는 이유가 뭘까? 난은 아내가 한 말을 곰곰 생각해보고 자기도 같은 생각이라고 결론지었다. 그는 다닝의 소설을 문학으로 받아들일 수 없었다. 그것은 기껏해야 경험이 많은 통속 작가가 쓴 창조적인 르포일 뿐이었다. 그러나 친구는 자신과는 완전히 다른 길을 가고 있는 게 분명했다. 어쩌면 다닝은 유명 작가가 될지도 몰랐다. 중국이라는 곳은 명성이 오르고 내려가는 것이 논리에 반하는 곳이었다. 난은 친구에게 편지를 써야겠다고 생각했다.

4

난은 다닝에게 바로 편지를 하지는 않았다. 며칠 동안, 그는 지금까지 시도해보지 않은 베이징 요리인 무 슈를 실험해 보고 있었다. 그는 어렸을 때, 준비하는 방식도 그렇고 먹는 방식도 비슷한 춘병을 1년에 한 번씩 먹은 적이 있었다. 다른 점이 있다면, 그의 어머니는 호이신 소스 대신 간장을 사용했다. 중국에서 '무 슈'라는 말은 목이버섯을 달걀이나 닭고기나 새우와 같이 튀긴 요리를 가리켰다. 그것은 미국화된 무 슈와 비슷한 구석이 거의 없었다. 난은 이 요리의 강점은 어떤 재료를 써도 된다는 데 있다는 걸 깨달았다. 고기와 해산물과 달걀과 채소를 개별적으로 튀겨 나름대로 자유롭게 요리를 할 수 있었다. 그것은 다양한 종류의 무 슈가 있을 수 있다는 말이었다. 사치스러울 수도 있고, 간단하거나 가벼울 수도 있고, 채소만으로 만들 수도 있었다. 더 좋은 건 전병 대신 납작하게 구운, 질이 좋은 옥수수빵을 사용해 전자레인지로

덥혀 손님에게 내놓을 수도 있다는 것이었다. 그렇게 되면 많은 일이 절약될 터였다. 그래서 그는 무 슈를 일반 요리가 아니라 특별 요리로 메뉴에 추가하기로 했다.

그는 무 슈를 탁자 위에 놓고 잘라 아내와 태미에게 먹어보라고 했다.

"정말 맛있어!" 핑핑이 무 슈를 꼭꼭 씹어 음미하며 말했다.

태미도 좋아했다. 그녀가 창고로 휘적휘적 가더니 소리쳤다. "타오타오, 나와서 무 슈 좀 먹어봐."

아이는 스쿨버스에서 막 내려 칼로 당근 껍질을 벗기고 있었다. 아이가 손을 닦고 눈을 비비며 나와서 하품을 했다. 그러고는 콩나물과 돼지고기 조각을 싸고 있는 옥수수빵을 조금 떼어 먹더니 물었다. "타코 아니면 그 비슷한 건가요?"

"아니, 무 슈라는 거다." 난이 말했다.

"아, 기억나요!" 타오타오가 눈을 빛내며 무 슈를 씹었다. "할아버지도 이런 걸 만들어주신 적이 있어요. 그런데 할아버지는 골파를 넣었던 것 같아요. 이것보다 훨씬 더 맛있었어요."

"여기서는 손님들이 골파를 싫어하니까 넣을 수 없단다." 난이 말했다. "게다가 골파는 너무 비싸. 우리끼리 먹을 때는 가끔 넣어 먹을 수도 있겠지."

말은 그렇게 했지만, 그는 좀처럼 가족을 위해 무 슈를 만들지 않았다. 그들은 대부분 아무거나 식당에 있는 걸로 적당히 때웠다. 여하튼 타오타오는 골라 먹을 수 있어서 불평하진 않았다.

마침내 한가한 시간이 되자, 그는 다닝에게 편지를 썼다.

다닝에게

지난 호 《수확》에서 당신의 중편소설을 보고 정말 놀랐어요. 축하해요! 대단해요! 이제는 화려한 작가가 되는 길로 접어들었네요. 행운이 함께하기를 빌어요.

지금쯤 결혼했을 것 같군요. 그렇다면 부인에게 안부 전해주세요. 우리 가족은 잘 있어요. 지난여름에 조지아로 이사해서, 지금은 애틀랜타 북동부에서 작은 식당을 운영하고 있어요. 어렵고도 따분한 일이에요. 대부분, 핑핑과 나는 하루에 열두 시간 이상 일을 하죠. 그러나 아직까지는 잘 버티고 있어요. 장사는 괜찮게 되는 편이에요. 근처에 있는 집까지 샀으니까요. 뒤뜰에 호수가 있고 부지가 20에이커쯤 되는 집이죠. 나는 이제 노동자이자 전문 요리사로 살고 있지만, 불만은 없어요. 솔직히 말하면, 현재 상황에 다소 만족하는 편이죠. 마침내 우리가 집이라고 부를 수 있는 땅의 한 구석에 정착을 한 것 같아요.

지난번에 당신 소설을 읽을 때, 나는 우리가 평생 헤어져 있었던 것 같은 느낌을 받았어요. 당신은 지금쯤 다른 사람이 되었을 것 같아요. 그 소설을 출판하면서 삶이 바뀌고 미래에 대한 기대도 커졌을 것 같아요.

소설을 또 발표하게 되면 나한테 알려줘요. 중국에서 출판되는 잡지들을 취급하는 괜찮은 중국 서점이 이곳에 있어서, 지구의 이쪽 편에서도 당신의 성공을 지켜볼 수 있으니까요. 열심히 하세요. 더 많은 열정과 비전을 갖고 글을 쓰세요.

1992년 8월 3일

당신의 벗, 난 우

그는 소설에 대한 자신의 생각을 솔직하게 덧붙이고 싶었지만 다닝이 질투를 한다고 생각할까봐 그만뒀다. 그는 다닝의 주소를 알지 못해, 그에게 전해주길 바라며 《수확》의 편집부 주소로 편지를 보냈다.

비버 힐 플라자에 있는 달러 스토어* 앞에 우체통이 있었다. 난은 나가서 편지를 부쳤다. 밖은 후덥지근하고 더웠다. 얼굴에 더운 열기가 몰려왔다. 두 청년이 주차장에서 자전거를 타고 있었다. 그들은 서로를 향해 즐겁게 소리를 질렀다. 그들은 페달을 밟으며 때로 핸들을 놓고 자전거를 탔다. 더위는 그들에게 아무 문제도 안 되는 것 같았다. 요즘 들어 날씨가 너무 후덥지근했다. 운전할 때 보면, 종종 물결이 눈앞에 어른거리는 것 같았다. 그는 자신이 헛것을 본다고 생각했다. 그러나 핑핑이 자기도 아스팔트에서 그런 물웅덩이를 봤다고 했다. 그들의 말을 듣던 태미가 깔깔 웃었다. "그건 신기루에요. 여름이면 도로에 늘 나타나죠. 북쪽에서도 마찬가지일 거예요." 태미는 1년 동안 뉴욕 북부에서 산 적이 있었다. 그녀는 그곳의 겨울이 끔찍했다고 했다.

*미국의 천원 샵 같은 저렴한 생필품 가게.

"맞아요. 그런데 여기서는 더 자주 보는 것 같아요." 핑핑이 말했다.

난은 매사추세츠에서는 그런 걸 본 적이 없었다. 그러나 너무 방심해서 보지 못했을 수도 있었다. 여하튼 그는 조지아의 여름이 싫었다. 습한 열기가 사람들의 식욕을 떨어뜨리면서 손님도 줄고 수입도 줄었다. 왕 씨는 이게 정상이며 9월 중순부터 다시 활기를 띨 것이라고 했다.

5

재닛과 데이브 미첼이 어느 날 저녁 금귀에 저녁식사를 하러 왔다. 데이브는 182센티미터의 장신이었다. 최근에 몸이 불은 것 같았다. 몸무게가 적어도 백 킬로그램은 나갈 것 같았다. 머리는 약간 벗어지고, 크고 부드러운 눈이 다 가려지지 않는 안경을 쓰고 있었다. 난과 핑핑은 목소리를 높이는 법이 없는 이 과묵한 남자를 좋아했다. 그는 태미가 주문한 음식을 가져다주면 늘 어린애처럼 미소를 지었다. 난은 그들에게 소고기 볶음이나 베이징식 라비올리를 덤으로 줬다. 그러면 데이브는 난을 향해 손을 흔들며 가느다란 목소리로 "고마워요!"라고 말했다. 그가 찻잔을 들면, 손이 너무 커서 찻잔이 안 보일 정도였다. 손등은 얼굴처럼 깨끗하고 털이 없었다.

데이브는 언젠가 난에게 자신이 공화당원이라고 얘기했다. 그러나 그는 뉴저지 주 캠던에 있는 공영 주택에서 홀어머니 슬하에서 자랐다고 했다. 난은 아직 시민이 아니어서 투표를 할 수 없었다. 그렇지 않았다면 정치나 다가오는 대통령 선거에 관해 데이브와 더 자주 논쟁을 벌였을 터였다. 그는 복지제도의 수혜자인 데이브가 완강하게 그것을 반대하는 이유를 이해할 수 없었다. 그가 묻자 데이브는 이렇게 말했다. "나는 너무 많은 세금을 내고 싶지 않아요. 그리고 큰 정부가 싫고요. 민주당이 선거에서 이기면 세금을 또 올릴 거예요."

"큰 정부를 반대한다고 공화당원이어야 할 필요는 없잖아요."

"없죠. 나는 아무 때라도 자유당에 입당할 수도 있어요."

"왜 민주당은 안 되죠?"

"민주당은 백인 남성에 반하는 정책을 펴거든요."

난은 그 말을 어떻게 해석해야 할지 몰랐다.

이날 저녁, 미첼 부부는 평소보다 늦게 왔다. 손님이 너무 많아 핑핑은 재닛과 얘기할 틈이 없었고 난은 부엌에서 계속 요리를 해야 했다. 하지만 미첼 부부는 일부러 다른 손님들보다 오래 있는 것 같았다. 마침내 식당 안이 조용해지자, 재닛이 검지를 흔들며 핑핑을 불렀다. 핑핑이 그녀에게 가서 말했다. "그러지 마요."

"뭘 말이에요?"

"그런 식으로 손가락을 까닥이지 말라고요. 내가 손가락으로 부를 수 있는 노예나 하인 같은 느낌이 들어서 그래요."

"알겠어요." 재닛이 볼을 붉히며 말했다. "참 예민하네요. 다시는 그러지 않을게요. 그런데 물어보고 싶은 게 있어요."

"네, 뭔데요?" 펑펑은 대리모에 관한 얘기가 아니기를 바라며 자리에 앉았다.

"난징에 가본 적 있나요?"

"어디요?"

"양쯔 강 유역에 있다는 난징이라는 큰 도시 말이에요."

"아, 알아요. 가본 적은 없지만 친가가 그 도시 근교 출신이에요. 중국에 가려고요?"

"모르겠어요. 데이브와 나는 여자아이를 입양할 생각이에요."

"잘됐네요. 그런데 정말로 중국 아이를 키우고 싶어요?"

"아직 백 퍼센트 확신하지는 못해요. 당신 생각은 어때요?"

"그 아이가 당신 딸이 아니라는 걸 누구나 알 수 있을 거예요."

"그것도 생각해봤는데, 우리는 상관없어요. 사실, 우리는 중국 아이들이 좋아요."

"미국 아이를 입양하는 건 어때요?"

"그건 아주 어려워요. 여기에서는 선택의 여지가 없어요. 입양할 부모를 선택하는 건 친어머니예요. 게다가 오랫동안 기다려야 하고요. 때로는 몇 년이 걸릴 수도 있어요. 그리고 변호사를 고용해야 해요. 너무 복잡하고 비용이 많이 들어요. 그래서 많은 사람들이 입양을 하려고 다른 나라로 가는 거예요. 데이브와 나는 중국 아이를 입양한 몇몇 부부를 만난 적이 있는데, 모두 행복해 보이더군요."

"중국인들은 왜 여자아이를 버리죠?" 데이브가 물었다.

"시골 사람들은 밭에서 일할 남자아이가 필요해서 여자아이를 원하지 않는 거예요." 핑핑이 대답했다.

"왜 그런 아이들을 중국 사람들이 입양하지 않는 거죠?" 재닛이 물었다.

"한 가구 한 자녀 정책 때문인 것 같아요."

난이 일을 끝내고 그들의 대화를 서서 듣고 있다가 끼어들며 말했다. "한 자녀 정책과 관련이 있어요. 아이를 하나 낳으면 다른 아이를 가질 수 없으니, 아들을 낳으려고 딸을 버리는 거죠. 봉건적인 심리죠."

"아이들은 건강한가요?" 재닛이 말을 이었다.

"그건 걱정하지 마요." 핑핑이 대답했다. "시골 사람들은 마약을 하는 사람이 거의 없으니까요. 많은 사람들이 음식을 살 여유도 없어요. 마약이나 술을 살 돈은 더더욱 없고요. 부모들은 젊고 건강하고 깨끗해요. 그러나 일부는 문맹이죠."

"그 점은 염려되지 않아요." 재닛이 말했다. "우리가 키울 아이는 좋은 교육을 받게 될 테니까요."

핑핑은 아이들이 건강하지만 부모의 교육이나 지적 능력에 대해서는 아무것도 알 수 없다고 말할 생각이었지만, 재닛에게 이렇게만 물었다. "정말로 입양할 생각이에요?"

"난징에 있는 고아원에 연락을 했어요. 그들이 연락해오면 당신한테 알려줄게요. 우리는 조언이 필요해요."

"그래요. 난징의 여자아이들은 예쁘기로 유명하죠."

난이 덧붙였다. "거기 여자들은 보통 살결이 부드럽고 용모가

고와요. 학회 참석차 그곳에 간 적이 있는데, 큰 도시더군요."

"당신이 그곳을 안다니까 좋네요. 데이브와 내가 입양하기로 결심하면 고아원에 직접 갈 수도 있어요."

대화가 이어지자, 난은 조용히 그곳을 떠나 부엌을 치웠다. 그는 미첼 부부가 입양을 생각하고 있다는 게 기뻤다. 그것은 그들이 다시는 대리모 얘기를 꺼내지 않을 것이라는 의미였다.

6

난은 다닝이 한 달 안에 답장을 할 것이라고는 기대하지 않았다. 보통 1종 우편이 미국에서 중국까지 가는 덴 열흘 이상 걸렸다. 이 경우엔 난이 편지를 잡지사로 보냈으니, 친구에게 도착하는 데 며칠이 더 걸렸을 게 틀림없었다. 다닝의 필체는 구불구불하고 흐릿했다.

난 우에게

편지를 받고 정말 반가웠어요. 세월 한번 빠르네요. 당신 말이 맞아요. 시롱과 나는 지난해에 결혼했어요. 현재 베이징에 살고 있어요. 나는 인민 대학교에서 강의를 하고 있지는 않아요. 집에서 소설을 쓰고 잡지에 프리랜서로 글을 쓰며 살고 있어요. 그러나 이런 식으로 계속 살 수는 없으니 조만간 안정적인 직장을 구해볼 생각이에요. 아마 문인협회에서 일할 것 같아요. 내가 영어를 할 줄 알기 때문에 협회가 나한테 관심 있어 하거든요.

솔직히, 알래스카에 관한 중편소설이 만족스럽지는 않아요. 편집자가 너무 많은 걸 잘라내서 결과적으로 일관성이 없고 조야한 형태가 되었어요. 편집자가 여러 곳에서 자기 말을 삽입하는 바람에 앞뒤가 맞지 않게 돼버렸어요. 어떤 건 너무 거슬릴 정도예요. 잡지는 이국적인 것에 대한 독자들의 관심을 채워주려고 안달했죠. 편집부에서는 모든 이야기의 배경을 외국으로 설정하고 최대한 이국적인 것으로 만들어달라고 했어요. 양보하는 것 외에는 선택의 여지가 없었어요. 그러지 않으면 그 소설을 실어주지 않았을 거예요. 여하튼, 당신도 알다시피 이게 중국이잖아요. 아무것도 크게 변한 게 없어요. 나는 종종 눈에 보이지 않는 수많은 구멍이 있는 그물 속에서 살고 있는 것 같은 느낌을 받아요. 때때로 매사추세츠의 케임브리지에 살던 때가 그리워요. 거기에서는 아무도 나를 상관하지 않았고, 아파트 밖의 벤치에 기대고 앉아 한가롭게 햇볕을 쬐고 쏜살같이 질주하는 구름을 바라보며 혼자서 꿈을 꿀 수도 있었으니까요.

지금 두 편의 소설을 열심히 쓰는 중이에요. 둘 다 미국을 배경으로 하는 거고요. 미국 생활에 관한 이야기가 요즘 인기라서요. 《맨해튼의 중국 여자》라는 책을 본 적 있어요? 그 책이 요즘 베스트셀러로 독주하고 있어요. 나랑 일하는 출판사에서도 그렇게 초대형 베스트셀러를 출판하고 싶은 거죠. 나한테 여러 차례 원고를 달라고 독촉하고 있어요. 책을 곧 끝내야 되겠지만, 나는 대중적인 걸 어떻게 써야 하는지 모르겠어요. 아마 출판사를 실망시키게 될 것 같아요.

핑핑과 타오타오에게 안부를 전해주세요. 다시 편지 할게요.

잘 지내요.

1992년 8월 29일

다닝 멩

난은 다닝이 케임브리지에 살던 때를 떠올렸다. 그러나 그 친구는 그가 편지에서 얘기한 것처럼 한가로웠던 적이 없었다. 다닝은 언젠가 한번, 사흘 동안 실험실에 나가지 않고 빈둥빈둥 지낸 적이 있었는데, 그것은 귀 윗부분을 진드기한테 물려 미열이 나고 뼈마디가 욱신거려서 그랬을 뿐이었다. 여하튼 그 편지가 온 후부터 난은 그와 편지를 주고받았다. 물론 자주 그런 건 아니었다. 1년에 너덧 차례 정도였다. 난은 다닝이 중국에서 어떤 반향을 일으키는지 알게 되었다. 다닝은 점점 더 유명한 작가가 되어갔다. 그러나 아직까지는 알래스카에 관한 소설보다 더 좋은 작품을 발표하지는 못했다.

언젠가 다닝은 기술적인 면에서 소설 장르를 총망라한 '위대한 중국 소설'을 쓰겠다고 공언했다. 난은 그러한 기념비적인 걸작을 상상할 수 없어 그게 무슨 말인지 물어보고 싶었지만 참았다. 친구는 아무 말이나 내뱉거나 말만 그럴듯한 사람이 된 것 같았다. 그가 핑핑에게 다닝의 야심찬 계획을 얘기해주자, 그녀는 지긋이 웃으며 그건 허풍에 지나지 않을지도 모른다고 말했다. 그녀는 아무리 노력해도 그 사람의 글을 즐길 수가 없다고 했다.

7

9월 하순에 접어들며 날씨가 서늘해지자, 식당이 다시 활기를 띠기 시작했다. 많은 사람들이 여전히 실직 상태였고 비버 힐 플라자의 3분의 1 정도가 아직 비어 있었지만, 경기가 나아지고 있다는 보고가 있었다. A&P가 떠난 큰 홀에는 굿윌 스토어가 들어섰고, 주차장은 낮에는 다시 반쯤 찼다.

어느 날 오후였다. 난은 카운터에 있는 《옥스퍼드 영영사전》을 들여다보고 있었다. 그의 팔꿈치 옆에는 벽 쪽으로 작은 어항이 있었다. 에인절피시 두 마리가 헤엄을 치고 있었다. 어항 바닥에 있는 조약돌 사이에서 거품이 뽀글뽀글 올라왔다. 난이 point라는 말 밑에 나열된 숙어를 열심히 들여다보고 있을 때, 검은 머리에 키가 큰 남자가 들어왔다. 혈색 좋은 얼굴이 어쩐지 낯익어 보였지만, 난은 그를 알아보지 못했다. 검은색 티셔츠를 입은 그 남자가 웃으면서 난을 향해 고개를 끄덕이며 손을 내밀었다. "이봐요, 난 우, 나 모르겠어요? 딕 해리슨이에요." 그가 감미로운 목소리로 말했다.

그제야 난은 그를 알아봤다. 뉴욕에 있을 때 여러 차례 만났던 젊은 시인이자 샘 피셔의 친구였다. 난은 반가워하며 그의 손을 잡았다. "딕, 여기는 어쩐 일이죠? 머리를 짧게 깎아 못 알아봤어요. 너무 젊어 보여 학생인 줄 알았어요."

"고마워요. 에모리 대학교에 취직을 했어요." 딕이 팔꿈치를 카운터에 얹었다.

"어떤 일이죠? 가르치는 일인가요?"

"네, 주재 시인이죠."

"시 창작을 가르칠 거라는 말인가요?"

"맞아요, 거기에 문학까지 얹어서요. 샘이 나한테 당신이 애틀랜타 동부에 식당을 개업했다고 하더라고요. 그래서 중국 식당을 볼 때마다, 당신을 만날 수 있는지 들여다보곤 했죠."

"나를 찾으러 다녔다니 고맙군요."

"당신을 찾게 되어 너무 좋네요."

난은 딕을 핑핑에게 소개하고 나서, 그를 데리고 칸막이 좌석으로 가서 앉았다. 그는 아내에게 애피타이저를 좀 만들고 태미에게 다른 손님들에게 주는 붉은색 차가 아니라 맛이 좋은 용정차를 가져다달라고 했다. 이제 핑핑은 주로 카운터에서 일을 했지만, 난만큼 요리를 잘했다. 두 친구는 다시 얘기를 시작했다. 이따금 그들은 서로를 바라보며 자기네 외에는 아무도 알지 못하는 농담을 상대가 한 것처럼 고개를 뒤로 젖히고 웃었다.

"샘은 어떻게 지내요?" 난이 말했다.
"잘 지내요. 그런데 술을 너무 많이 마셔요."
"나는 샘이 비벌러스* 한 줄은 몰랐어요."
"뭐라고요?"
"비벌러스하다고요."
"네, 그래요. 술을 좋아하죠."
"민 니우라는 그 남자 친구는 어때요?"
"민은 많이 안 마셔요. 지난번에는 크게 싸우더니 집을 나가, 샘이 사과하고 나서야 돌아온 적이 있었어요."
"그럼 아직도 커플이겠네요?"
"물론이죠, 샘이 민에게 많이 의지해요."
난은 민 니우가 유명한 시인인 샘 피셔와 싸웠다는 얘기를 듣고 놀랐다.
"당신은 어때요?" 딕이 말을 이어갔다.
"잘 지내요. 이 부근에 집도 샀고 이 가게도 샀어요."
"대단하네요. 미국 자본가가 돼가는군요."
"무슨 소리예요. 아직도 갚아야 할 빚이 남아 있는데, 어떻게 나한테 그런 호칭을 쓸 수 있죠?"
"물론 아직 부자는 아니지만 아메리칸 드림을 실현해가는 중이잖아요, 안그래요?"
"나는 그저 독립하고 싶을 뿐이에요."

*여기에서 난은 사전에서 어휘를 공부한 탓에 일반적으로 잘 쓰이지 않는 bibulous(술을 많이 마시다)라는 말을 사용하고 있다.

태미가 찻주전자와 잔 두 개를 탁자에 놓았다. 딕은 숱이 많은 머리를 한쪽으로 기울이며 단조로운 억양의 베이징어로 그녀에게 말했다. "안녕하세요."

태미는 대답하지 않고 소리를 죽여 웃었다. 그녀가 눈을 크게 뜨고 그를 바라보았다. 입술이 벌어졌다가 약간 씰룩였다. 여전히 그녀는 아무 말도 하지 않았다. 딕은 난이 부어준 찻잔을 들고 조금 마셨다. "흠, 맛 좋은 차로군요. 고마워요!" 그가 그녀에게 말했다.

태미가 깔깔거리며 각이 진 딕의 턱과 털이 수북한 목을 바라보며 말했다. "이건 용정차랍니다. 올해 나온 새잎을 따서 만든 거죠."

핑핑이 부엌에서 부르자, 태미는 그 자리를 떠나 부엌으로 갔다. 두 남자는 에모리 대학교에 관한 얘기를 계속했다. 난은 그 대학이 '남부의 하버드'로 불린다는 걸 들어서 알고 있었다. 딕은 그 대학이 코카콜라사로부터 많은 기부금을 받아서 그에게 넉넉한 보수를 준다고 했다. 또한 지난해에 두 번째 시집을 펴냈는데 반응이 좋았다는 말도 했다. 그래서 다른 대학에서도 그에게 자리를 제안했다고 했다. 난은 대단하다고 생각했다. 딕이 이곳으로 온 게 기뻤다.

태미가 접시 두 개를 갖고 다시 왔다. 접시 하나에는 스프링롤과 에그롤이 담겨 있었고, 다른 하나에는 새우 튀김이 담겨 있었다. 그녀가 탁자에 그걸 놓자마자, 딕이 스프링롤을 하나 집어 깨물었다. "맛있네요, 난. 당신이 훌륭한 요리사라는 얘기는 들었어요. 가끔 여기 와서 식사를 해야겠어요."

"언제든 환영이죠. 친구들도 데려오세요."

딕은 애틀랜타로 이주하면서 경험한 얘기를 계속했다. 그는 벅헤드 지역에 아파트를 사서 이미 정착한 상태였다. 오늘은 레이니어 호수에 다녀왔는데, 돌아오는 길에 주간 고속도로를 빠져나와 시골길을 탔다고 했다. 그리고 우연히 금귀를 보고 들어왔다는 것이다. 그는 자신이 그렇게 쉽게 난을 찾을 것이라고는 예상치 못했다고 했다. "남부에서 아는 사람도 없이 철저히 이방인으로 살게 될 거라고 생각했는데, 이건 대단한 기적이네요."

"이제 당신한테는 내가 있어요. 사실, 애틀랜타는 나쁜 곳이 아니에요. 중국 남부에서 온 사람들 중 상당수가 뉴잉글랜드보다 이곳에서 더 편안함을 느끼죠."

"에이, 설마. 이유가 뭐죠?"

"기후가 고향과 아주 흡사하고 집값도 비싸지 않아서 그래요."

"그렇군요. 솔직히 나도 내 인생에서 처음으로 아파트를 산 거예요. 애틀랜타는 음식점도 많고 가게도 많아 살기에 아주 편한 곳 같아요."

"농산물 시장에 가본 적 있나요? 나는 그렇게 많은 과일과 채소를 본 적이 없어요."

"못 가봤어요."

"드칼브 농산물 시장에 가보세요. 정말 굉장해요."

"그런데 이 새우 맛 좋네요. 우 여사님, 감사합니다." 그가 카운터에서 쿠폰을 자르고 있는 핑핑을 향해 손을 흔들었다.

그녀가 대답했다. “맛있다니 다행이네요. 그냥 핑핑이라고 하세요. 결혼했지만 성을 바꾸진 않았으니까요.”

“그러죠. 고마워요, 핑핑.” 딕이 큰 소리로 말했다.

태미를 포함한 모두가 웃었다. 그리고 두 친구는 다시 얘기를 계속했다. 이제는 화제가 폐간이 된 잡지 《신시행》의 편집자이자 화가이자 시인인 바오 유안에 관한 걸로 넘어갔다. 딕은 바오가 뉴욕을 떠날 생각을 하고 있다고 말했다. 그런데 그의 그림이 팔리기 시작했는 것이다. 소호에 있는 갤러리에서 개인전을 했는데, 그것이 크게 성공해서 많은 작품이 팔렸다고 했다. 그럼에도 불구하고, 바오는 뉴욕에서 계속 살 수가 없어 다른 곳에 있는 직장을 알아보고 있다고 했다. 난은 그것이 어려울 거라는 걸 알았다. 그 친구는 영어를 거의 못했고 배우려는 노력도 하지 않았다. 그가 웬디와 거의 1년을 같이 살았으면서도 제대로 된 문장을 구사하지 못한다는 건 창피한 일이었다. 사람들이 생각하는 것처럼, 영어를 배우는 최선의 방법은 원어민과의 잠자리에서 배우는 것이다. 하지만 바오는 그 기회를 날려버렸다. 그가 바뀌기를 거부한다면 미국에 살아남을 수 있는 길은 없었다. “그 사람은 지나치게 영리하죠.” 난은 딕에게 말했다.

“무슨 말이에요?”

“좋은 기회가 많았지만 집중하지 않았던 거예요. 그는 영리한 것만 믿고 열심히 하지를 않아요.”

딕도 같은 생각이었다. 그러더니 뭔가 생각난 듯이 말했다. "샘 말로는 당신이 지금도 시를 쓰고 있다던데 그런가요?"

"음, 최근에는 별로 못 썼어요. 하지만 메모는 많이 하고 있어요. 그걸 어떻게 활용할지 계속 생각해보고 있어요."

"중국어로 쓰나요, 아니면 영어로?"

"솔직히 말해, 이곳에 온 후로는 많이 쓰지 못했어요."

"내 기억으로는 샘이 언젠가 당신에게 영어로 쓰라고 했던 것 같은데, 한번 써보세요. 당신 영어는 훌륭하니까요."

"그럴 수 있을 것 같지 않아요."

"왜 안 된다고 생각하는 거죠?"

"다른 나라 말로 괜찮은 시를 쓴 사람은 없는 것 같아요."

"그건 사실이 아니에요. 찰스 시믹*은 어떤가요? 그는 십대에 이 나라에 와서 굉장한 시인이 됐어요."

"누구라고요?"

"찰스 시믹."

"그 사람에 대해 들어본 적이 없는데, 한번 찾아볼게요."

"난, 당신은 더 대담해져야 해요. 다른 언어로 시를 쓸 수 없다는 '벙크'는 그만둬요. 아무도 그렇게 하지 못한다면, 더 열심히 노력하면 되죠. 그러면 당신은 독특한 자리를 차지하게 될 거예요. 독창적이 되는 거죠. 솔직히 말해, 나는 당신의

*Charles Simic(1938~). 세르비아 출신의 미국 시인. 1990년 〈세상은 끝나지 않는다The World Desn't End〉로 퓰리처상을 수상했고 이후 두 차례 걸쳐 최종 후보에 올랐다.

영어가 이렇게 좋아졌다는 사실에 많이 놀라고 있어요. 전보다 더 유창해졌어요."

"충고 고마워요. 그런데 벙크가 뭐죠?"

딕이 껄껄 웃었다. "당신은 너무 진지해요. 벙컴을 줄인 말로 '난센스'라는 뜻이에요."

"그렇군요." 난은 그 단어를 알지 못했다. 그의 입술이 달싹거렸다. 마치 자신의 말을 음미하고 밖으로 내뱉기를 머뭇거리는 것 같았다.

3시가 넘어가자, 손님들이 들어오기 시작했다. 그러자 딕은 자리를 떴다. 그와 난은 전화번호를 주고받았다. 딕은 다시 오겠다고 했다.

8

딕이 오면서 난의 삶이 약간 바뀌었다. 그는 매주, 적어도 한 차례 금궈에 와서 식사를 했다. 난은 그가 뭘 주문하든 최선을 다해 요리를 해줬다. 그들은 뉴스, 시, 책, 영화, 불교 등 다양한 주제에 관해 얘기를 나눴다. 난은 종교에 대해 많이 알지 못했다. 그런데 딕은 한영漢英 대역서로 법화경을 공부하고 있었다. 그는 '사일런트 텅스'라 불리는 일군의 번역가들을 존중하긴 했지만, 자신이 생각하기에 해석이 잘못된 것 같은 구절에 대해서는 법화경을 가져와 난에게 물었다.

난은 딕이 올 때마다 기분이 좋았다. 그는 딕의 근심 걱정 없는 태도와 시에 대한 헌신과 명상에 대한 진지한 자세가 좋았다. 그러나 난은 딕이 충고한 것처럼 영어로 글을 쓸 생각은 하지 않았다. 일에 지쳐서 그런 일에 쓸 에너지가 없는 게 주된 이유였다. 그는 아직도 남아 있는 경기 침체의 여파에 불안해했다. 최근에 비버리 힐 플라자에 있는 다른 가게가 문을 닫았다. 지난여름, 그는 식당에서 한 달에 천 달러밖에 벌지 못했다. 그래서 공과금을 내기 위해서 예금을 인출해야 했다. 태미도 수입이 전보다 훨씬 적어져 불만이 많았다. 난은 그녀에게 필요하면 돈을 더 많이 주는 다른 일을 찾아보라고 했다. 그러나 그녀는 시간이 지나면 괜찮아질 것이라며 계속 있었다. 그는 그런 그녀가 고마웠다. 여름이 지나자 손님이 더 많아졌지만, 예전처럼 좋지는 않았다. 핑핑은 재닛에게 목걸이와 귀걸이를 꿰는 일을 더 달라고 했지만, 장신구 가게도 터덕거리긴 마찬가지여서 더 이상 재고를 쌓아 둘 수 없는 형편이었다. 우 부부의 가슴을 가장 철렁하게 만든 건 월말에 울프 씨에게 지불해야 하는 천 달러를 마련하지 않으면 집을 잃을지 모른다는 것이었다. 두려움은 그들에게 최대한 빨리 빚을 갚아야겠다고 결심하게 만들었다. 그러고 나면, 식당에서 돈이 충분히 벌리지 않아도 집을 빼앗기지 않고 적당히 살 수 있을 터였다. 난은 지난 반년 동안 울프 씨에게 한 달에 1천5백 달러를 보냈던 것이 후회스러웠다. 지금부터는 한 달에 천 달러만 보내고 돈을 더 저축하기로 했다. 그들이 충분한 돈을 저축하면 빚을 한꺼번에 많이 청산할 수 있을 것이었다. 그렇게 하면, 상황이 좋지 않을 때를 대비한 예금이 늘 있게 될 터였다.

*

딕이 와 있으면, 태미는 눈에 띄게 흥분했다. 그를 아주 좋아하는 것 같았다. 그녀는 보통 때는 말이 별로 없는데 딕이 오면 말이 많아지면서 요리에 뭐가 들어가는지 설명해주기도 하고 그의 가족과 학생들과 글에 대해 묻기도 했다. 딕은 그녀에게 중국어를 몇 마디 배웠다. 그는 자신을 좋아하는 그녀의 눈길을 의식했지만 무심하게 웃었다. 핑핑은 태미의 변화를 지켜보면서 고개를 저으며 그녀가 그 남자한테 너무 쉽게 빠졌다고 생각했다. 하지만 태미한테 그 문제에 대해 얘기해야 할지 확신이 서지 않았다. 태미는 아직도 때때로 그녀와 얘기하는 걸 불편해했다.

딕이 가자, 태미는 난에게 혈색 좋은 그 남자에 관해 많은 질문을 해댔다. 어떻게 만났느냐? 그의 집안사람들은 어디에 사느냐? 뉴욕에 친구가 많으냐? 늘 그렇게 재미있고 낙천적이냐? 그가 벌써 지체 높은 교수이고, 서른다섯도 안 돼 보이는데 두 권이나 책을 출판했다는 건 대단하지 않느냐?

난은 태미를 이해했다. 그도 누군가와 사랑에 빠지는 게 어떤 것인지 알고 있었다. 누군가에게 빠지면 종종 사람이 어리석어지고 본래의 모습대로 행동하지 않는다는 걸 알고 있었다. 사랑은 병이 아니라면 중독이었다. 난과 핑핑은 태미의 집착에 대해 얘기하면서 가엾은 그녀가 상처를 받을지 모른다고 생각했다. 그러던 어느 날, 난이 그녀에게 단도직입으로 말했다. "사실, 딕은 게이예요."

"여자를 좋아하지 않는다는 말인가요?" 그녀가 믿을 수 없다는 듯 큰 눈을 반짝이며 그를 바라보았다.

"그래요. 그가 뉴욕에서 남자들과 같이 있는 걸 본 적이 있어요. 그의 친구들은 대부분 게이예요."

"아이고, 끔찍해라!"

"남자들과의 관계에서 조심하지 않으면 병에 걸릴지도 모르니 걱정이에요."

"그는 아주 건강해 보이잖아요."

"그냥 해본 소리예요. 자신을 어떻게 보호해야 하는지 아는 사람이니까요. 내가 말한 것을 너무 심각하게 생각하지 마요."

오후 내내 태미는 멍한 표정으로 조용히 있었다. 난은 그녀가 안쓰럽게 생각되었지만 마음에 상처를 받기 전에 꿈을 깨는 게 더 좋은 일이었다. 그 후, 태미는 딕이 와도 전처럼 싹싹하게 굴지는 않았다.

9

“엄마, 내일 아침에 학교까지 태워다줄 수 있어요?” 타오타오가 어느 날 오후, 식당에 들어서며 말했다. 등에는 무거운 책가방을 지고 있었다. 그런데 아이는 오늘, 마시 드라이브에서 내려 집에 가서 숙제를 했어야 했다.

“버스를 타면 되잖아.” 어머니가 물었다.

“그러고 싶지 않아요.”

“왜?”

“버스가 싫어요.”

부모는 아들이 말하지 않으려 하는 이유가 있는 게 틀림없다는 걸 알았다. 그래서 솔직히 말하라고 했다. 여러 번 다그치자, 타오타는 숀과 맷이라는 두 아이가 무서워서 그렇다고 했다. 그들은 그가 스쿨버스에 탈 때마다 귀를 비틀고 코를 잡아당긴다고 했다.

“걔들이 왜 그러는 거지?” 아버지가 물었다.

"머저리 같은 새끼들이 계속 남을 괴롭혀요."

"그럼 무시하면 되잖아?"

"안 돼." 어머니가 끼어들었다. "다른 아이들이 얘를 괴롭히게 놔두면 안 돼."

"엄마, 걔들은 누구한테나 그래요."

"그렇다면 다른 아이들은 왜 겁을 먹지 않는 거니?"

"저는 여기에 새로 왔잖아요."

"그건 이유가 안 돼. 넌 그 버스를 1년 이상 타고 다녔다. 데려다주지 않을 테니, 네가 알아서 처리해."

아이는 절망스러운 모양이었다. 입은 꼭 다물리고 눈에는 눈물이 가득했다. 아버지가 말했다. "맞서라."

어머니가 말을 이었다. "내가 내일 아침 너하고 같이 버스에 탈까? 내가 그놈들이 널 괴롭히는 이유가 뭔지 알아볼까?"

"안 돼요, 엄마, 그러지 마요. 그러면 제가 겁쟁이로 보일 거예요."

"그렇다면 너 스스로 그놈들과 맞서야지. 내일부터 그놈들이 네 귀를 잡아당기면 너도 똑같이 해."

"그러나 그들과 싸우지는 마라." 아버지가 덧붙였다. "네가 두려워하지 않는다는 것만 보여줘. 알겠니?"

아이는 대답하지 않고 훌쩍훌쩍 울기 시작했다. 태미가 다가와서 핑핑의 팔을 두드리며 카운터에서 기다리고 있는 두 손님을 가리켰다. 핑핑이 그들에게 가고, 난은 부엌으로 가서 그들이 주문한 요리를 하기 시작했다.

태미가 아이의 머리를 어루만지며 말했다. "타오타오, 무슨 일이니?"

"다들 저한테 너무하세요."

"부모님은 널 도와주려는 것뿐이야. 네 엄마는 날마다 너한테 공부를 가르쳐주시잖니. 어떤 엄마가 그렇게 해주겠니? 자, 울지 말고 씩씩한 어린이가 돼야지."

타오타오는 아무 반응도 하지 않았다. 태미는 조금 전까지 그들이 하는 얘기를 엿들어 알고 있었다. "부모님 말씀대로 해. 네가 두려워하면 그 불한당들이 널 끝없이 괴롭힐 거야."

다음 날 아침, 숀이 스쿨버스에서 타오타오의 옆자리에 앉았다. 숀의 아버지는 어머니를 버리고 막 집을 나간 상태였다. 숀은 버스가 방향을 틀 때마다 타오타오의 옆구리를 치며 치열교정기가 드러나게 히죽 웃었다. 하지만 타오타오는 그를 무시하고 어머니가 재고 정리 판매장에서 막 사준 새 벨크로 운동화를 바라보았다. 그러자 숀이 타오타오의 귓불을 잡고 비틀며 힘껏 잡아당겼다. "아이고, 귀여운 것!"

"손 치워!" 타오타오가 그의 가슴을 밀치며 말했다.

"야, 먼치킨*, 무슨 일 있냐?" 숀이 그를 밀치며 다시 히죽 웃었다.

그 말에 타오타오는 갑자기 열이 받았다. "나한테 먼치킨이

*난쟁이, 꼬맹이.

라고 하지 마!" 그러고는 숀의 뺨을 주먹으로 쳤다.

"아! 너, 날 쳤어! 입에서 피가 나잖아!" 숀이 몸을 웅크리고 손바닥으로 입을 가렸다. 피 묻은 침이 손가락 사이로 흘러나왔다.

붉은 머리의 5학년생인 맷이 다그쳤다. "타오타오, 이 미친 자식! 쟤는 그냥 너한테 장난을 친 거야!"

"나는 개 같은 짓거리에 질렸어!"

사실, 타오타오가 숀을 그렇게 세게 친 건 아니었다. 그런데 치열교정기가 안에서 안쪽 살을 찔러 피가 난 것이었다. 피를 보자, 타오타오는 몸이 떨리며 가슴이 쿵 내려앉았다.

운전기사인 던튼 부인이 버스를 세우고 다가왔다. 그러더니 타오타오에게 엄한 어조로 물었다. "네가 얘를 이렇게 만든 거니?" 얍실얍실한 입술 사이로 작은 이가 드러나 보였다.

"얘가 날마다 제 귀를 꼬집었어요. 그리고 방금, 저한테 욕을 했다고요."

"먼치킨이라고 한 거뿐이잖아." 숀이 콧물을 빨아들이며 훌쩍였다.

"그렇지만 내 귀를 잡아당겼잖아."

실제로 타오타오의 귓불이 아직도 빨갰다. 던튼 부인은 숀이 문제아라는 걸 아는터라 화장지 한 장을 뽑아 그에게 건네기만 했다. "얼굴 닦아라. 너희 둘은 교장실에 가서 자초지종을 설명해야 할 거다."

타오타오는 턱수염을 기른 하버만 교감한테 꾸중을 들었

다. 교감은 그의 부모에게 아들과 얘기를 해보고 이런 폭력을 근절할 수단을 강구하라는 편지를 발송했다. 난은 당황하여 바로 편지를 써서 사과를 하고 다시는 그런 일이 일어나지 않도록 하겠다고 했다. 또한 아이를 상담교사인 벤슨 선생님에게 보내 상담을 받도록 하겠다고 했다. 숀도 상담교사를 만나야 했다. 난은 핑핑이 아이에게 싸우라고 해서 그런 일이 생겼다며 그녀를 비난했다. 하지만 그녀는 그의 말을 인정하려고 하지 않았다. "나는 이미 이 나라에서 겁먹은 쥐새끼처럼 살고 있어. 이 집안에 또 다른 겁쟁이는 필요 없다고. 그런 불한당들한테 겁을 먹는 꼴을 보느니 차라리 아들이 없는 셈 치겠어."

난은 자신이 그녀의 생각을 바꿀 수 없다는 걸 알고 더 이상 토를 달지 않고, 아들과 얘기를 했다. 아들은 더 이상 주먹으로 싸우지는 않겠다고 약속했다.

사실, 타오타오는 약속을 지킬 필요가 없었다. 숀과 맷은 그 후로 그를 건들지 않았다. 며칠 동안, 더 작은 아이들도 타오타오 옆에 앉으려 하지 않았다. 그가 거친 아이라는 소문이 나 있었다. 하지만 그들은 곧 그 싸움에 대해 잊고 그하고 잘 어울렸다.

*

핑핑은 말은 거칠게 했지만, 그 사건 때문에 걱정을 많이 했다. 그녀는 재닛에게 타오타오가 휘두른 폭력에 대해 얘기했다. 놀랍게도 그녀의 친구는 이렇게 말했다. "별거 아니네요. 그 애들이 다시 괴롭히지 않으면 그걸로 끝난 거예요. 어떤 면에서는 타오타오가 옳게 행동한 거예요. 그 애들이 그렇게 하지 못하도록 걔가 달리 뭘 할 수 있었겠어요? 내 남동생도 언젠가 동네에 사는 큰 아이한테 괴롭힘을 당한 적이 있는데, 어머니가 거리에 나가서 그 아이와 싸워서 해결하지 않을 거면 집으로 들어오지 말라고 하신 적이 있어요."

"그래서 지금은 어때요?"

"잘 살고 있어요. 노스캐롤라이나에서 자산관리사를 하는데 돈을 엄청 벌어들이죠." 재닛이 미소를 지었다. 입술 주변의 금색 솜털이 입술에 그림자를 드리웠다.

핑핑은 재닛이 타오타오를 편애해서 그런 말을 한 게 아닌가 싶어 그녀가 한 말을 남편에게 옮기지 않았다. 그녀는 미첼 부부가 아이를 예뻐한다는 걸 알고 있었다.

10

10월 중순이 지나자, 장사가 잘되기 시작했다. 핑핑은 더 이상 저녁에 집에 가서 타오타오를 살필 시간이 없었다. 그래서 저녁식사 후에 타오타오를 식당에 잡아두고 숙제를 시키며 일이 끝날 때까지 기다리게 했다. 학교에서는 친구들이 핼러윈에 대해 얘기하고 있었다. 아이는 매사추세츠에서 했던 것처럼 과자를 얻어먹으러 다닐 수 없다는 걸 알고 아무 말도 하지 않았다. 부모가 핼러윈 옷이 필요하냐고 물었지만, 아이는 관심 없다고 말했다.

핑핑은 큰 호박을 두 개 사서 현관문 앞에 놓았다. 타오타오가 속을 도려내고 호박등을 만들었다. 그러나 양초를 안에 넣지는 않았다. 길 건너에 있는 앨런의 집 뜰에는 배나무 한 그루가 있었는데, 거기에 열 개 남짓한 작은 호박등이 달려 있었다. 모두가 플러시 천으로 만들어진 것들로 웃는 모습이 그려져 있었다. 미풍이 불 때마다 큼지막한 사과를 닮은 오렌지색 호박들이 끊임없이 움직였다.

핼러윈 저녁이었다. 어두워지자, 핑핑과 타오타오는 집으로 돌아와 접이식 탁자를 밖으로 꺼내 차고와 가까운 차도에 놓았다. 그러고는 램프와 땅콩버터 초콜릿, 토피 사탕, 달걀 모양 초콜릿을 담은 바구니 세 개를 그 위에 놓았다. 그들은 식당으로 돌아가야 했기 때문에 "다른 사람을 위해서 조금 남겨두세요"라고 쓴 직사각형 마분지를 탁자 위에 테이프로 붙여놓았다.

그날 저녁, 금궈에는 손님이 많았다. 타오타오는 저장실에서 텔레비전을 봐도 된다는 허락을 받았지만 기분이 안 좋고 어딘지 불안해 보였다. 9시쯤, 재닛이 와서 핑핑에게 말했다.

"타오타오를 기다렸는데 안 와서요. 아이들에게 주려고 사탕을 많이 준비해뒀는데 말이죠. 타오타오가 다른 아이들하고 사탕을 얻으러 다니게 놔두세요."

"당신 집은 너무 멀잖아요." 핑핑이 말했다.

"말도 안 되는 소리. 차로 5분밖에 안 돼요."

"타오타오는 숙제가 많아요."

"오, 핑핑, 핼러윈이잖아요. 나가서 재미있게 놀게 해줘요."

"혼자서는 못 나가요. 우리는 지금 바쁘고요."

"내가 데리고 다니며 사탕을 얻어줄게요. 괜찮죠?"

"당연히 괜찮죠. 그런데 이제 너무 늦은 거 아닐까요?"

"꼭 그런 건 아니에요."

핑핑은 저장실로 가서 타오타오를 불렀다. 아이는 재닛이 데리고 간다고 하자 너무너무 좋아했다. 하지만 의상이 있어야 했다. “이걸 입고 갈 수는 없잖아요.” 아이가 자신의 V자형 녹색 목깃을 가리키며 어머니에게 말했다.

“옷이 필요하냐고 물었을 때, 네가 필요 없다고 했다. 지금 와서 내 핑계를 대면 안 되지.”

“걱정하지 마요. 우리 집에 흡혈귀 가면이 있으니까 그걸 쓰면 돼요.” 재닛이 말했다.

“저도 그 가면이 좋아요.” 타오타오는 미첼 부부의 집 오락실에 걸려 있는 이상하게 생긴 가면을 본 적이 있었다.

“그래? 그걸 쓰면 되겠구나. 나도 뭘 입을지 생각해봐야겠다.” 재닛이 말했다.

난은 아들에게 일찍 집으로 오라고 했다. 타오타오는 그렇게 하겠다고 약속했다. 재닛과 아이가 가고 나서, 난과 핑핑과 태미는 아직 여섯 손님이 식사를 하고 있음에도 탁자를 닦고 마루를 닦았다.

곧 그들은 문을 닫고 집으로 향했다. 하늘은 맑았다. 별들이 평소보다 가까워 보였다. 대기에는 풀과 나무가 타는 냄새가 아른거렸다. 호수 건너의 거리에 회중전등 불빛이 깜빡거리고 유령 같은 옷을 입은 아이들이 아직도 오가고 있었다. 어떤 아이들은 개를 데리고 어른들과 어울려 돌아다니고 있었다. 멀리서 도깨비불 같은 등이 움직이는 것이 보였다. 즐거운 비명과 웃음소리가 이따금 울려 퍼졌다.

차도에 있는 램프는 여전히 꺼지지 않고 있었다. 핑핑과 난은 탁자 위에 있는 바구니가 아직도 다 비지 않은 걸 보고 놀랐다. 절반이나 남아 있었다. 그런데 초콜릿, 토피 사탕, 땅콩버터 초콜릿 사이에 다른 사탕들이 섞여 있었다. 머스커티어 캔디바 세 개, 풍선껌, 페퍼민트 파이, 젤리빈, M&M 초콜릿도 있었다. 붉은 사과가 사탕에 반쯤 파묻혀 있었다. 난과 핑핑은 그걸 보고 웃었다. 아이들이 너무 순진해서 자신들의 전리품을 다른 사람을 위해 남겨놓으라고 이해한 것이었다. 부부는 감동했다. 난이 생각에 잠긴 어조로 말했다. "여기가 중국이라면, 사탕은 물론이고 램프와 연장코드, 바구니와 호박, 심지어 탁자까지 없어졌을 텐데."

"맞아." 핑핑이 맞장구쳤다.

그때, 닌자 거북이 옷을 입고 가면을 쓴 아이들이 쫑알거리며 거리에 나타났다. 난이 동그랗게 손을 모아 입을 감싸고 아이들을 향해 소리쳤다. "애들아, 사탕 좀 더 가져갈래?"

"네." 여자아이가 떨리는 목소리로 말했다.

핑핑이 바구니 하나를 차고에 주차된 포드 차 밑에 갖다 놓았다. 타오타오를 위해 그걸 아껴두고 싶었다. 아이들이 고무칼을 휘두르고 어깨 망토를 휘날리며 몰려왔다.

한 아이가 물었다. "얼마큼 가져갈 수 있어요?"

"원하는 만큼 가져가렴." 핑핑이 말했다.

눈 깜짝할 새에 아이들은 두 개의 바구니에 들어 있던 사탕을 다 가져갔다. 그러고는 불이 밝혀진 이웃집으로 향했다.

난이 돌아서서 한 손으로 핑핑을 껴안으며 그녀의 볼에 입을 맞췄다. 깜짝 놀란 그녀가 미소를 지으며 물었다. “왜 그래?”

“행복해서 그래. 우리한테도 저런 시절이 있었다면 얼마나 좋았을까!”

11

그들이 식당을 구입한 후로 난과 핑핑은 타오타오를 위해 법적 후견인을 찾아주려 했다. 그들은 두 사람이 죽어도 아들이 안전하게 살았으면 싶었다. 보살핌과 사랑을 받으며 자랐으면 싶었다. 북부에서 알고 지낸 몇몇 중국인 부부가 어떨까 생각해봤지만, 그들에게는 이미 자기 자식들이 있어서 타오타오를 친자식처럼 대해주진 않을지도 몰랐다. 미국에 가족이나 친척이 살고 있으면 얼마나 좋으랴 싶었다. 그들은 오랫동안 고심한 끝에 두 사람이 이 세상을 떠날 경우, 미첼 부부에게 타오타오의 후견인이 돼달라고 부탁하기로 했다. 데이브와 재닛은 마음씨가 좋고 경제적으로 안정된 사람들이었다. 더 중요한 것은 그들이 아이들을 좋아하고 타오타오에게 따뜻한 가정을 제공할 수 있다는 것이었다.

난과 핑핑이 이 얘기를 하자, 재닛은 놀라면서 눈을 빛냈다. "기꺼이 아이의 후견인이 되어줄게요."

“이걸 법적으로 확실히 해두려면 어떻게 해야 하죠?” 핑핑이 물었다.

“서류상으로 명확히 해두고 싶으면, 변호사를 찾아가야 할 것 같아요. 데이브도 이 얘기를 들으면 좋아할 거예요.”

그래서 12월 첫 주 월요일에 두 부부는 차이나타운에 있는 샹 변호사 사무실에 갔다. 샹 변호사는 눈 수술을 한 직후라 녹색 보안용 안대를 쓰고 있었다. 그 모습을 보며 난은 제임스 조이스의 사진을 떠올렸다. 우 부부는 변호사에게 두 사람이 죽으면 미첼 부부가 아들과 재산을 관리하게 하고 싶다는 생각을 다시 설명했다. 변호사가 말했다. “좋은 생각입니다. 두 분은 이제 재산을 가진 계층이니까요.” 사흘 전, 난은 그에게 전화를 해서 필요한 이름과 정보를 알려줬다. 그래서 당연히 서류가 준비되어 있을 것이라고 생각했다.

샹 변호사는 이번에는 거친 억양의 중국어로 난에게 물었다. “저 사람들이 식당과 집까지 갖기를 원하나요?” 그는 자기 책상 가까이에 있는 소파에 앉아 있는 미첼 부부를 한쪽 눈으로 흘겨보았다. 입술이 일그러지며 금니가 드러나 보였다. 데이브는 자신을 배제하고 못 알아듣는 말로 얘기를 하는 게 신경에 거슬리는 듯 윗입술을 씰룩거리며 변호사를 쳐다보았다.

“그래요. 그들이 우리 아들을 보살펴준다면, 우리가 가진 모든 걸 물려받아야죠.” 난이 말했다.

샹 변호사가 영어로 말했다. “알겠습니다. 그냥 다시 한 번 확인해보는 겁니다.”

"저 사람들은 좋은 사람들이에요. 오랫동안 알고 지낸 친구들이죠." 핑핑이 끼어들었다.

"충분히 오래 알았다고는 할 수 없을 것 같은데요." 샹 변호사가 고개를 저었다.

"우리는 미국에 가족이나 친척이 없습니다." 난이 설명했다.

"아이를 믿고 맡길 수 있는 중국인 친구가 하나도 없습니까?"

"네."

"슬픈 일이네요! 당신은 정말로 경계인이로군요. 저 백인 친구들이 아들에게 적합하지 않을 수도 있어요. 누구나 그 아이가 저 사람들의 친자식이 아니라 입양한 자식이라는 걸 알 수 있을 테니까요."

"상관없습니다."

"좋습니다, 좋아요. 원하는 대로 해드리죠. 다만 나는 모든 결과에 대해 당신들이 충분히 알고 있는지 확인하고 싶었을 뿐입니다." 샹 변호사는 돌아서서 작은 창문 옆에 있는 컴퓨터로 합의문을 준비했다. 이미 초안을 작성해놓은 상태라 마무리만 하면 되었다. 그가 자판을 두들기자, 모니터의 화면이 흔들렸다. 그는 중간중간 가느다란 손가락으로 숱이 별로 없는 머리를 빗어 넘겼다. 이따금 컴퓨터 옆에 놓인 스프라이트 음료 캔을 들어 입으로 가져가기도 했다. 우 부부는 미첼 부부의 앞에 있는 소파에 앉아 있었다. 난은 변호사가 자신들에게 중국어로 얘기를 해서 당황했다. 그는 미첼 부부에게 낮은 목소리로 자신들이 무슨 얘기를 했는지 말해줬다. 그는 샹 변호사가 타오타오가 재닛과 데이브의 손에 크게 되면, 사람들이 그 애가 입양한 아이라는 걸 쉽게 알 수 있다는 얘기를 했으며, 난과 핑핑은 변호사에게 미첼 부부가 친구이며 아들을 아주 좋아하기 때문에 개의치 않는다고 했다고 설명했다.

대화가 이어지면서, 네 사람은 타오타오가 크면 어떤 대학에 보내야 할지에 대해 의견을 나눴다. "MIT가 최고예요." 데이브가 단호하게 말했다.

난은 아무 말도 하지 않았지만 아들이 인문학을 공부했으면 싶었다.

대학 얘기를 하다가 그들은 생명보험에 관한 얘기로 넘어갔다. 난과 핑핑은 생명보험에 어떻게 가입해야 하는지 알지 못했다. 또한 그것에 가입해야 하는 이유도 알지 못했다. 그들 중 하나가 죽으면 억만금이 있다 한들 무슨 소용이 있겠는가. 돈을 쓰는 걸 즐길 수 없으면, 돈으로 행복을 살 수는 없을 터였다. 그들과 달리, 재닛은 데이브를 생명보험에 가입시켜놓고 있었다.

샹 변호사는 서류 두 부를 들고 책상으로 돌아왔다. 그는 두 부부에게 한 부씩 주며 말했다. "모두가 읽어보셔야 합니다."

난은 서류를 읽었다.

조지아 귀넷 카운티의 릴번, 마시 드라이브 568번지에 거주하는 우리, 즉 난 우와 핑핑 류는 조지아 귀넷 카운티의 릴번, 브리즈우드 서클 52번지에 거주하는 재닛과 데이비드 미첼이, 우리 아들, 즉 타오타오 우가 열여덟 살이 되기 전에 우리 두 사람이 죽게 되면, 아들의 법적 후견인이 된다는 사실에 동의합니다. 우리는 재닛과 데이비드 미첼을 우리의 유언 집행자로 지정합니다. 우리는 우리가 죽을 경우, 우리의 빚과 장례 비용과 재산을 처리하는 데 소요되는 비용을 잔여 재산에서 처리하도록 그들에게 위임합니다. 우리는 재닛과 데이비드 미첼이 부부로 있는 한, 어떤 이름이나 어떤 성격의 것이든, 우리의 남은 재산 모두를 그들에게 주는 바입니다. 미첼 부부는 사랑과 정성으로 타오타오 우를 키워야 하며 그의 대학 교육에 필요한 학비를 부담해야 할 것입니다.

이 '합의'는 양자의 입회하에 작성되고 양자가 자발적으로 서명했으며, 타오타오 우가 열여덟이 되기 전에 난 우와 핑핑 류가 죽지 않으면 발효되지 않습니다.

"아주 좋은데." 난이 핑핑에게 그 서류를 건네며 말했다. 그 사이, 미첼 부부도 서류를 읽고 있었다. 두 부부는 문구에 대해 의견이 일치했다. 그래서 그들은 샹 변호사가 가게에서 증인으로 불러들인 두 젊은 여자의 입회하에 약정서에 서명했다.

변호사가 다소 신중하게 두툼한 만년필 뚜껑을 열고 세 장의 사본에 자신의 이름을 쓰고 인증을 했다. 그가 난에게 말했다. "80달러입니다."

난이 그에게 20달러짜리 넉 장을 건넸다. 샹 변호사가 한

부는 미첼 부부에게, 한 부는 우 부부에게 주고, 한 부는 기록을 위해 자기가 보관하겠다고 했다. "아무도 이 서류를 사용할 필요가 없기를 바랍니다." 그는 이렇게 말하고 성한 눈을 찡그렸다.

"우리도 그렇습니다." 데이브가 이렇게 말하고 웃으며 손가락 끝으로 벗어진 정수리를 톡톡 두드렸다. 그의 아내와 우 부부가 웃었다.

그들이 사무실에서 나오자 재닛이 펑펑에게 물었다. "절차가 왜 그렇게 간단해요?"

"무슨 말이에요?"

"미국 변호사한테 갔다면, 여러 가지 절차를 밟느라 몇 시간이 걸리고 몇백 달러를 내라고 했을 거예요."

"그래서 샹 변호사한테 가자고 한 거예요. 그는 좋은 사람은 아니지만, 늘 일을 간단하게 만들어 의뢰인이 원하는 것을 해주죠."

난이 끼어들었다. "사실, 그는 미국인 변호사예요. LA에 있는 법과대학을 졸업했죠. 그런데 가끔씩 중국식으로 일을 처리해요. 게다가 돈도 많이 요구하지 않고요."

"한 가지 분명한 건 그가 다른 변호사들처럼 글을 쓰지 않는다는 거예요. 그는 '그에 대해'나 '거기에 덧붙여'처럼 우회적이고 알아듣기 힘든 표현을 쓰지 않더라고요." 재닛이 말했다.

"중국인 의뢰인들이 알아듣기 쉽도록 단순한 말을 써야 하니까요."

"중국 변호사들은 다 그래요?"

핑핑이 대답했다. "우리는 미국에 오기 전에는 변호사를 이용한 적이 없어요. 변호사랑은 평생 알고 지낸 적이 없는 걸요."

"맞아요, 나도 그래요." 난이 맞장구를 쳤다.

"사람들이 서로한테 소송을 제기하지 않는다는 말인가요?"

"법정에 가는 경우는 아주 드물죠. 당 지도자들과 관리들과 가도街道* 위원회가 삶을 통제하는데 변호사가 필요할 리가 없죠." 난이 말했다.

"지금은 어때요? 마찬가지인가요?" 데이브가 물었다.

"변호사들이 있다는 얘기는 들었어요. 그러나 그들이 정치와 무관할 리가 없어요. 법은 자주 바뀌고요."

데이브가 생각에 잠겨 말했다. "샹 변호사가 비서를 쓰지 않는다는 게 놀랍더군요."

"파트타임이라서 그렇지. 쓰긴 써요." 난이 말했다.

변호사한테 다녀온 후로 재닛과 핑핑은 더 가까워졌다. 그러나 데이브는 금궈에 오는 횟수가 줄어들었다. 일에 더 많은 시간을 할애해야 했기 때문이다. 미첼 부부는 타오타오에게 컴퓨터용 조이 스틱을 사줬다. 그러자 아이는 게임을 더 많이 할 수 있게 되었다. 난은 핑핑과 자신이 죽으면 타오타오가 데이브와 재닛과 더불어 안전하고 행복하게 살 것이라는 걸 확신하고, 다소 마음이 놓였다.

*우리나라의 동에 해당되는 중국의 행정 단위.

12

솔직히 난은 딕이 게이라고 생각했다. 그런데 1월 중순 어느 날 저녁, 딕이 대학원생처럼 보이는 젊은 금발 여자와 함께 들어왔다. 딕이 그녀를 난과 핑핑에게 소개했다. "엘리너예요."

청바지를 입은 여자는 키가 크고 허리가 길고 상당히 남성적이었다. 여자가 남부 사람 특유의 느린 말씨로 난에게 말했다. "딕한테 얘기 많이 들었어요. 요리를 잘하신다면서요." 그녀가 미소를 짓자, 입 귀퉁이 위의 애교 점이 옆쪽으로 움직였다.

"반갑습니다." 난은 친구가 그런 식으로 얘기했다는 게 기분 좋았다.

그들이 앉자, 태미가 탁자 위에 스테인리스 찻주전자를 소리가 나게 내려놓으며 퉁명스럽게 물었다. "뭘 드시겠어요?" 핑핑이 깜짝 놀라 카운터에서 그녀를 쳐다보았다.

"안녕하세요?" 딕이 그녀를 향해 씩 웃으며 억양이 없는 중국어로 말했다. "이 사람은 내 여자 친구예요."

"이제 주문하시겠어요?" 태미가 눈을 내리깔고 물었다.

웨이트리스가 갑자기를 성깔을 부리는 데 당황한 딕이 엘리너를 향해 말했다. "뭘 먹고 싶어?"

"무 슈는 어때요?"

"좋지. 그런데 요리하는 데 시간이 좀 걸릴 거야."

"어머, 8시까지 맨리스에 가 있어야 되는데."

"그럼 다른 걸 먹으면 되지."

"상어 요리도 있다고 했는데, 왜 메뉴에는 없는 거죠?"

"난이 친구들을 위해서만 하는 요리라서 그래."

"그걸 먹을 수 있을까요? 평생 한 번밖에 못 먹어봤어요."

"태미, 난이 우리를 위해 그걸 요리해줄 수 있는지 알아요?"

"잘 모르겠어요."

"그럼 내가 직접 가서 물어보죠." 딕은 애피타이저로 완탕 튀김과 양갓냉이 수프, 오향장육, 그리고 맥주 두 병을 주문했다. 칭다오 맥주는 그의 것이고, 밀러라이트는 엘리너가 마실 것이었다.

난은 왕 씨에게서 상어 고기를 어떻게 튀기고 찌는지를 배웠다. 그러나 그걸 메뉴에 넣지는 않았다. 이 식당에서 상어 요리가 나온다는 걸 알면, 일부 아이들이 부모한테 여기 가지 말자고 할 것 같아서였다. 사실, 왕 씨는 언젠가 메뉴에 상어 요리를 포함시킨 적이 있었다. 그러나 몇몇 아이들이 왕 씨에게 상어가 가진 미덕 어쩌고 하면서 불만을 토로했다. 그럼에도 노인은 여전히 그걸 메뉴에서 빼지 않으려 했다. 그 결과, 아이들이 일부 사람들에게 상어 요리가 나오는 금귀에 대한 불매 운동을 벌였다. 곧 왕 씨는 그 요리를 메뉴에서 빼고 인근의 수백 가구에 상어 요리가 들어가지 않은 메뉴를 우편으로 보냈다.

딕이 부엌에 가서 난에게 물었다. "오늘 상어 요리 해줄 수 있어요?"

"그럼요, 스테이크용으로 새로 들어온 게 있어요. 그런데 당신 빠르네요. 여기에서 가르치기 시작하자마자 여자 친구를 사귀고 말이죠."

"남부 여자들에 관해 더 알아야 하지 않을까요? 사실, 엘리너는 우리 과의 박사 과정 대학원생이에요."

"프로답지 않네요. 학생과 데이트를 하면 안 되는 거 아니에요?" 난이 배추와 새우를 냄비에 넣으며 그를 향해 윙크를 했다.

"그래서 저 여자를 행복하게 해줘야 하는 거예요. 큰 걸로 요리해줘요."

"튀길까요, 아니면 찔까요?"

"튀겨줘요."

"15분 쯤 걸릴 거예요."

딕이 부엌에서 나가자마자, 핑핑이 들어와 태미가 두 사람에게 어떻게 했는지 얘기했다. 그들은 웨이트리스가 질투심에서 그랬는지도 모르겠다고 생각했다. 그래도 손님에게 그렇게 무례해서는 안 될 일이었다. 문제가 일어나는 걸 막을 요량으로 난은 핑핑에게 시중을 들라고 했다. 딕이 혼자 와 있다면, 이따금 나가서 그와 얘기해 일을 원만하게 수습할 수 있겠지만, 오늘은 여자 친구와 같이 와 있었다. 엘리너는 편안해 보였다. 그녀는 딕의 맥주를 마시기까지 했다. 그들은 이미 많은 걸 공유하고 있음이 틀림없었다. 그런 상황에서 난이 가서 그들을 방해할 수는 없었다.

그는 태미가 핑핑이 도와주자 좋아하는 걸 보고 마음이 놓였다. 그렇지 않아도 그녀는 다른 테이블들과 칸막이 좌석 손님들의 시중을 드느라 이미 눈코 뜰 새 없이 바쁜 상황이었다. 그러나 중간중간 딕과 엘리너를 쳐다보았다. 눈은 반짝이고 얼굴은 붉어져 있었다.

저녁을 마치고, 딕은 팁으로 5달러를 놓았다. 핑핑은 태미가 그걸 갖도록 했다. 그들이 문을 닫기 전 청소를 할 때, 난이 물었다. "태미, 오늘은 왜 그렇게 기분이 안 좋아 보여요?" 그는 그녀가 왜 그런지 이유를 알 것 같았지만, 무슨 말이든 해서 말문을 열게 하려고 그렇게 말했다.

"모르겠어요."

"딕과 그의 여자 친구한테 더 잘해줬어야 했어요."

그녀가 그를 노려보며 물었다. "사장님은 무슨 이유로 그가 게이라고 했죠?"

난은 오래전에 했던 대화를 떠올리며 깜짝 놀랐다. 그는 여전히 딕이 게이일 거라고 생각했다. 그러나 어떻게 설명해야 할지 알 수 없었다. "나는 그에게 여자 친구가 있을 거라고는 전혀 생각하지 못했어요. 조금 전에 그에게 물어봤더니, 남부 여자들에 대해 더 잘 알아야 하지 않겠느냐고 말하더군요."

"그렇다면 어째서 그 사람이 게이라는 거죠?"

"나도 당혹스럽긴 마찬가지예요."

"사장님이 나를 천박하고 어리석다고 생각하는 건 알아요. 사모님도 늘 나를 바보라고 생각하죠."

"그건 아니에요. 우리는 결코 그런 식으로 생각하지 않아요." 핑핑이 부인했다.

"아니라는 말 하지 마요! 그렇지 않으면 왜 사장님이 나한테 거짓말을 한 거죠?"

"나는 거짓말을 한 게 아니에요." 난이 말했다.

"딕이 게이라고 했잖아요."

"뉴욕에서 그가 남자들하고 있는 걸 봤어요. 나는 지금도 그가 게이일지 모른다고 생각해요."

"그렇다면 어째서 그 사람이 엉덩이가 나긋나긋한 여자와 같이 다니는 거예요?"

"여자들도 좋아하는가보죠. 내가 뭐라고 말할 수 있겠어요? 그가 애틀랜타에 오기 전에는 나는 그에 대해 그렇게 잘 알지 못했어요."

"사장님은 내가 그 사람한테 정신을 못 차린다고 생각했기 때문에 나한테 거짓말을 한 거예요. 그 사람이 무엇이든 상관

없어요. 그저 사장님의 속임수에 질렸을 뿐이에요."

"태미, 이렇게 화내지 마요. 당신은 내 의도를 정말 오해하고 있어요."

"안녕히 계세요." 그녀는 대걸레를 부엌 문 뒤에 세우고 어깨에 메는 가방을 집어 들었다. 그러더니 돌아다보지도 않고 자신의 차를 향해 달려갔다.

이튿날 태미는 출근하지 않았다. 난과 핑핑은 걱정이 되어 전화를 걸었지만 아무도 받지 않았다. 그녀에게는 자동응답기가 없었다. 우 부부는 당황했다. 당장은 바쁘지 않았다. 태미 없이도 버틸 수 있었다. 그러나 일손이 부족한 상황이 오래가서는 안 될 일이었다. 핑핑이 카운터를 보면서 웨이트리스 역할을 계속할 수는 없는 노릇이었다. 며칠 동안 계속해서 난은 태미에게 전화를 걸었지만 소용이 없었다. 그녀가 어디 사는지 알았다면, 아파트로 찾아가서 다시 나와달라고 애걸했겠지만 그녀를 찾을 방법이 없었다. 그녀의 룸메이트가 전화를 받아 난의 메시지를 전달해주겠다고 했지만, 태미는 전화를 걸어오지 않았다.

13

태미가 나가자 난과 핑핑은 난감했다. 일주일 후, 그들은 그녀가 디케이터에 있는 낙불樂佛 식당에서 웨이트리스를 한다는 얘기를 들었다. 거기서 돈을 더 많이 받는 건 분명했다. 그 중국 식당의 주인은 한국인이었다. 제대로 된 바도 있고 테이블도 마흔 개가 넘는 식당이었다. 태미가 그만둔 게 확실해지자, 난은 새 웨이트리스를 찾기 시작했다. 몇몇 여자들이 관심을 보였지만, 모두 대학생들이라 오래 있지 않을 것 같아 고용하지 않았다. 다시 그 혼란을 겪고 싶지 않았으므로 좀 더 직장이 절실한 사람을 고용하고 싶었다.

그때 문득, 뉴욕에 있는 딩스 덤플링스에 전화를 걸어 애틀랜타로 와서 일해줄 사람이 있는지 물어보면 어떨까 하는 생각이 들었다. 난은 많은 중국인이 북동부를 떠나 남부로 오는 이유가 이곳이 살기 좋고 물가가 싸기 때문이라는 걸 알고 있었다. 딩스 덤플링스 직원들은 경험을 충분히 쌓으면 다른 식당으로 옮기는 경향이 있었다. 어느 날 오후, 난이 뉴욕에 전화를 하자, 야팡 가오가 전화를 받았다. "잘 지내죠? 다른 곳으로 간 줄 알았는데 아직도 거기 있네요?" 그가 물었다.

"네. 지금은 선임이에요."

"축하해요! 가게 감독을 하는 건가요?"

"기본적으로 그렇죠."

난은 웨이트리스를 구하고 있다며 금궈에서 얼마나 벌 수 있는지를 설명했다. 장사가 잘되면 현금으로 한 주에 적어도 2백 달러는 번다고 했다. 그리고 뉴욕과 비교하면 이곳은 집세가 싸다는 말도 했다.

"내가 가야 되겠네요." 야팡이 난을 놀라게 만드는 농담조로 말했다.

"안 돼요. 당신이 거기서 받는 돈만큼은 못 줘요." 그는 선임으로서 그녀가 시간당 돈을 받는다는 걸 알았다. 게다가 딩스 덤플링스에서 하는 일이 덜 힘들었다.

"거래를 하죠. 당신이 부인과 이혼하면 내가 갈게요." 그녀가 킥킥 웃었다.

태평하게 농을 치는 걸 보니 그녀는 이제 다른 사람 같았다. 더 이상 자포자기한 헹 첸에게 속아 성인 영화관에 갔다가 잠자리까지 같이했던 소심한 여자가 아니었다. 그녀는 딩스 덤플링스에서 능력 있는 선임인 게 분명했다.

우연하게도, 야팡에게는 조지아 어딘가에서 학교에 다니는 먼 친척이 있었다. 그녀는 어느 대학인지는 잘 모르겠다고 했다. 야팡은 그 친척의 부인이 최근, 장쑤 성에 살다가 미국에 왔는데 그 일에 관심이 있을지 모르겠다며 난에게 전화번호를 알려줬다.

그러고 나서 난은 전에 같이 근무했던 사람들과 지인들에 관해 물었다. 야팡은 데이비드 켈먼과 마이유가 지난봄에 결혼했고, 친친은 코네티컷 대학교 간호학교에 들어갔으며, 아이민은 사촌과 함께 플러싱에서 작은 식당을 시작했다고 말했다.

"헹 첸은 어때요?" 난은 잠시 머뭇거렸다. "미안해요, 그 친구 이름을 상기시키면 안 되는데."

"그 인간은 중국으로 돌아갔어요." 그녀는 아무 감정 없이 말했다.

"그래요? 무슨 일이 있었나요?"

"여기에서는 살 수 없었던가 보죠. 한심한 패배자니까."

"문제가 있었나요?"

"아뇨, 돌아가야 하는 상황이었나 봐요. 마이유 말로는 미국에 질렸다며, 자기는 돈을 벌러 왔을 뿐이라고 하더래요."

"그럼 많은 돈을 갖고 돌아갔겠네요."

"한 푼도 못 갖고 갔어요. 부모와 친척들에게 선물 사줄 돈도 없었대요. 그래서 신장을 팔았다네요."

"뭐라고요? 정말이에요?"

"내가 왜 거짓말을 하겠어요?" 그녀의 목소리는 이제 조금 쾌활하게 변해 있었다.

"얼마 받았대요?"

"2만 5천 달러 받았대요."

"부모가 자주 돈을 보내라고 하는 건 알고 있었지만, 그 친구가 장기를 팔 거라고는 상상도 못 했네요."

"그치는 전형적인 '소인'이어서 미국에서 버틸 수는 없었을 거예요. 타고난 겁쟁이에요."

"그래도 신장을 팔려면 용기가 많이 필요했을 거예요."

야팡이 깔깔대며 웃었다. "능청스러운 유머 감각은 여전하시네."

그 말을 듣고 난은 당황했다. 그는 우스개로 한 말이 아니었다. 사실은 얘기를 하다보니 슬펐다. 그런데 그녀가 얘기한 친척은 도움이 되는 사람이었다. 야팡의 친척인 슈보 가오는 조지아 대학교에서 박사 과정을 밟는 대학원생으로 로런스빌 근처에 살았다. 난이 전화를 하자 그가 받아 아내인 니얀을 바꿔줬다. 니얀은 집에서 빈둥거리는 것에 질렸다며 일을 해보겠다고 했다. 다음 날, 그녀가 남편과 함께 금귀에 왔다. 핑핑은 니얀이 마음에 드는 모양이었다. 그녀는 이십 대 후반의 상당히 예쁘장한 여자였다. 속눈썹은 길고 얼굴은 달갈형이고 코는 들창코였다. 우 부부는 그녀를 고용하기로 하고 이틀 후부터 일을 시키기로 했다. 니얀은 영어를 할 줄 알았지만, 손님에게 얘기할 때 보면 무슨 연설을 하는 것 같았다. 그녀는 장모음과 단모음을 구별할 줄 몰랐다. 하지만 우 부부는 그녀를 채용하게 되어 기뻤다. 금괴의 모든 것이 다시 정상으로 돌아왔다.

며칠 동안, 난은 야팡이 전화에서 사용한 '소인'이라는 말에 대해 생각해봤다. 그것은 중국어로 출판되는 신문과 잡지에서 유행어처럼 쓰이는 말이었다. 몇 달 전 어떤 여자가 '소인 남자들을 규탄하자'라는 제목의 가시 돋친 기사에서 사용한 후로 그렇게 되었다. 그녀는 과거에 갇혀 미국 사회에 섞이려는 노력을 전혀 하지 않는 중국 남성들을 비판했다. 그녀에 따르면, 이곳의 삶에 적응할 줄 모르는 '줏대 없는 남자들'은 아내나 여자 친구한테 화풀이를 하고 자기들의 실패에 대해 미국을 비난했다. 애국심이라는 구실과 중국 문화를 보존한다는 핑계로 그들은 다른 문화에서 아무것도 배우지 않으려 했다. 그들에게는 미국 소금조차 중국 소금만큼 짜지 않았다. 그들이 미국에 대해 아는 건 스트립 바, 카지노, 창녀, MBA, CEO 같은 게 전부였다. 인종이 다른 친구도 없고 영어도 배우려 하지 않았다. 그들은 큰 통에 갇힌 게들 같았다. 서로를 향해 드잡이를 하지만 아무도 그 통에서 빠져나올 수 없는 신세였다. 일부는 이 나라에 10년 이상 살았으면서도 〈레인 맨〉, 〈늑대와 춤을〉, 〈피터 팬〉 같은 영화들을 여전히 이해하지 못했다. 그들은 박물관에 가본 적도 없고 유럽이나 남미에 가본 적도 없었다. 야구 경기가 몇 회까지 하는지도 알지 못했다. 엘비스 프레슬리의 음악을 즐기지 못하는 건 말할 것도 없고 그가 누구인지도 몰랐다. 재즈와 록, 컨트리와 가스펠을 구분하지도 못했다. 그들은 향수에 젖을 때마다 혁명

가를 불러댔다. 그들의 십팔번은 공산주의 혁명가였다. 그들은 이 세상에 자기들보다 더 고통을 겪은 사람은 없는 것처럼, 아직도 스스로를 불행 때문에 무력해지고 이민 때문에 자지러진 천재들이라고 생각했다. 본래 중국 여자들이 미국에서 강해지려고 한 건 아니었다. 다만 소인 남자들이 그들에게 더 많은 책임을 지우고 아내는 물론이고 남편 역할까지 하라고 강요했다. 양이 약하면 음이 강해져 우세하게 된다는 건 상식이었다. 그 글을 쓴 사람은 이렇게 결론을 내렸다. "이 소인 남자들은 당신들의 몸과 마음을 괴롭히는 재앙이 될 수 있습니다. 자매들이여, 그들을 바꾸거나 없앨 수 없다면, 피합시다."

《주간 세계》에 그 요란한 기사가 실린 후로, 그 문제에 대한 열띤 토론이 있었다. 많은 남자들은 화를 내며 저자가 동포로서 적어도 그들에게 동정심을 가져야 한다고 했다. 그들은 미국에 살면서 생존을 위해 벌여야 하는 엄청난 몸부림 때문에 이미 정신적으로 절름발이가 되고 사회적으로 불리한 입장이 되어 있다며, 그녀의 글과 같은 헛소리를 들을 필요가 없다는 것이었다. 그런 얘기를 들으면 스트레스만 더 쌓인다는 것이었다. 그들은 미국과 호주의 대도시에서 여러 모임을 갖고 그 저자의 생각에 대해 의견을 나눴다. 많은 남자들이 그녀를 배반자라고 비난하는 글을 썼다. 그들에 따르면 그녀는 단지 '바나나'에 지나지 않았다. 겉은 노랗고 속은 하얀 바나나라는 것이었다.

난은 일부 남자들이 실제로 약해지고 쩨쩨해졌다는 걸 알았다. 하지만 그렇기에 그들은 더욱더 과대망상증에 시달렸다. 그 자신에 대해 말할 것 같으면, 그는 자신이 전보다 나은 사람이 된 것 같았다. 반면, 그는 그런 딱지가 붙은 대부분의 남자들은 이곳에서 심하게 고통을 겪은 외로운 사람들이라는 걸 알았다. 외국인이나 이민자가 5년 동안 미국에서 가족이나 가까운 친구 없이 산다면, 정서적인 문제가 생긴다는 얘기가 있었다. 그런 식으로 이곳에서 10년을 산다면, 정신 질환이 생길 것이었다.

요즘은 여자가 중국 남자를 '소인'이라고 부르며 모욕하는 게 흔한 일이 되었다. 그것은 그런 말을 듣는 남자는 모든 여자들이 경멸해야 하는 가망 없는 패배자라는 의미였다.

14

재닛이 와서 핑핑에게 아이를 입양하기로 결정했다고 말했다. 그런데 난징에 있는 고아원으로부터 확실한 답을 들으려면 서너 달은 기다려야 한다고 했다. 최근 들어 많은 미국인 부부들이 중국인 아이들을 입양하기 시작해 입양 수속이 복잡해지고 대기자 명단이 길어졌다고 했다. 재닛과 데이브는 에이전트를 믿고 계속 진행을 해야 할지, 아니면 아이를 더 빨리 입양할 수 있는 다른 길을 찾아봐야 할지 결정을 하지 못하고 있었다. 재닛이 핑핑에게 물었다. "난징이나 그 근처에 사는 친구나 친척 없어요?"

"같은 성에 있는 난퉁에 친척이 살고 있지만, 가깝게 지낸 적이 없어서 좀 그렇네요. 그분이 자기만 살려고 문화혁명 때 우리 아버지를 배신했거든요. 자기가 공산당에 가입할 생각만 했던 거죠. 그런데 그건 왜 물어요?"

"입양을 빨리 할 수 있게 도와줄 사람이 중국에 있으면 좋겠어요. 정상적인 과정은 너무 오래 걸려요."

"친척한테 물어보겠지만 나는 그분을 신뢰하지 않아요. 난하고 상의해볼게요."

"네. 당신이 우리한테 중국에 있는 누군가를 찾아주면, 모든 게 더 쉬워질 거예요."

난이 끼어들었다. "에이전트한테는 얼마를 주나요?"

"만 달러까지 줘요. 우리는 3천 달러를 더 얹어줬어요."

"내가 당신이라면, 개인적으로 하는 것보다 에이전트를 통해 입양하겠어요. 에이전트의 명성이 괜찮다는 전제하에서 말이죠."

"왜요? 대부분의 사람들이 중국에서 일처리를 하는 데 개인적인 인맥을 이용하지 않던가요?"

"맞아요, 하지만 당신은 에이전트에게 주는 것 이상의 돈을 주어야 할지 몰라요. 게다가 걱정해야 할 게 너무 많죠. 어떤 하급 관리라도 개입해 문제를 만들 수 있어요. 중국의 공무원 세계는 블랙홀 같아요. 거기에 빨려들면 아무도 정신을 못 차리죠. 게다가 중국에 연줄이 닿는 사람이 있다 하더라도 매번 관리들에게 뇌물을 줘야 할 겁니다. 뇌물에 많은 돈을 쓸 생각인가요?"

"그럴지도 모르죠. 두 가지를 다 활용할 생각이에요. 에이전트를 통해서도 하고 인맥을 통해서도 하고."

"안 됩니다, 에이전트만 상대하세요."

"난의 말에 일리가 있어요." 핑핑이 말했다. "관리들이 끼면 문제가 복잡해져요."

그렇게 해서 미첼 부부는 수십 가정이 입양하는 걸 성공적으로 도와준 샌프란시스코의 중국계 미국 여자와 일을 계속 진행했다. 재닛은 에이전트의 이력을 핑핑과 난에게 보여줬다. 믿을 만한 여자 같았다. 핑핑은 미첼 부부 대신 그녀와 직접 통화도 했다. 그녀는 에이전트에게 미첼 부부가 자신의 오랜 친구로, 신뢰할 만하고 다정한 부부이며 최근에는 부유한 지역에 거대한 빅토리아 양식의 저택을 지었다는 말까지 했다. 또한 그녀는 자신과 남편이 사고로 죽으면 그들이 타오타오의 후견인이 돼줄 것이라는 말도 했다. 루화라는 이름의 에이전트는 감동을 받고 광둥어가 섞여 거칠어진 베이징어로 말했다. "말씀해주셔서 고마워요. 아주 유익한 정보네요. 미첼 부부의 집을 둘러볼 계획을 세워야겠어요."

"직접 여기로 오신다는 말인가요?"

"아, 아니에요. 자격을 갖춘 그곳의 사회사업가한테 연락할 거예요. 그 사람이 데이브와 재닛을 면담해서 그들이 신뢰할 수 있는 부부인지, 경제적으로 아이를 부양할 능력이 있는지 확인할 거예요. 또한 그들에게 아동 학대와 약물 남용의 전력이 없어야 해요. 연방이민국과 중국 양쪽에서 명확한 정보를 요구하고 있어요."

"알겠어요."

루화는 최선을 다해 미첼 부부를 도와주겠다고 했다. 재닛의 요청으로 핑핑은 그녀와 데이브를 위한 추천서를 써줬다.

그들이 선량하고 믿을 수 있고 정이 많은 사람들이라는 내용의 추천서였다. 난이 그걸 영어로 번역했다. 루화가 원본에 번역문을 첨부하라고 했기 때문이다. 에이전트는 베이징어를 유창하게 했지만, 글자는 읽을 줄 몰랐다. 미첼 부부는 두 장의 추천서가 더 필요했다. 재닛은 그녀의 다른 친구와 장신구 가게에서 판매원으로 일하는 수지에게 추천서를 써달라고 했다.

15

호수의 표면이 아침 햇살에 반짝이고 있었다. 추운 날씨임에도 불구하고 청둥오리 한 무리가 푸른 잎들이 없어 칙칙해진 물 속에서 헤엄을 치고 있었다. 난은 전에는 캐나다 거위들을 지켜보는 걸 좋아했는데 지금은 더 이상 참을 수가 없었다. 그 새들은 강도였고 폭식가였다. 뜰에 내려앉을 때마다 각자의 영역을 확보하고 잔디를 뜯어먹었다. 그중 한 마리가 다른 새의 영역을 침범하면, 다른 거위나 기러기가 고개를 빼고 날개를 파닥이고 부리에서 험악한 소리를 내며 침입자를 향해 달려들었다. 물새들이 풀을 다 뜯어먹어 호반에는 벌써 아무것도 없었다. 가을철부터 난의 집 뒤뜰 잔디가 줄어들고 있었고 거위들은 점점 더 집 쪽으로 접근해왔다. 때로는 지붕 밑까지 접근해 쉴 새 없이 잔디를 뜯어먹었다. 거위들이 가까이 오는 걸 볼 때마다 핑핑이 쫓아냈지만, 그것들은 금세 돌아와 잔디를 먹어치웠다. 그 새들은 언제나 여린 새싹부터 뜯어먹었다.

지난봄 초, 핑핑은 마늘과 부추를 맥문동이 반원을이루고 있는 땅에 심었다. 그런데 싹이 트고 며칠 후, 거위들이 다 뽑아 먹어버렸다. 뒤뜰이 채소밭이 될 수 있었는데 욕심쟁이 물새들이 새싹을 다 먹어치운 것이었다.

그런데 놀라운 일이 벌어졌다. 무더운 여름이 시작되었음에도 거위들이 북쪽으로 가지 않았다. 거위들은 다른 쪽 기슭에 있는 그늘진 숲에 있다가 저녁이나 이른 아침에만 밖으로 나왔다. 호수 주변에 사는 사람들이 대개 빵과 팝콘을 거위들에게 모이로 주었다. 그래서 거위들은 먹을 게 이미 충분했다. 난은 캐나다 거위들이 살이 찌고 게을러지고 편안해져서 이동 본능을 더 이상 갖고 있지 않다는 걸 깨달았다.

난은 그 생각을 하고 질색했다. 그의 얼굴에 혐오스러운 표정이 감돌았다. 거위들은 먹이를 구하기 쉽다는 이유로 그곳에 눌러앉아 안전한 삶을 살기로 한 것이었다. 난은 거위들이 인근에 있는 다른 호수로 날아가는 일도 거의 없다는 걸 알았다. 북쪽으로 15킬로미터밖에 안 떨어진 곳에 물고기와 물풀이 많은 레이니어 호수가 있었다. 350킬로그램 이상 나가는 리틀 보비라는 이름의 메기가 그곳에 살고 있다는 보도가 있었다. 매년 가을이 되면, 라디오에서는 사람들에게 그 메기를 잡으라고 종용했다. 잡는 사람은 백만 달러의 상금을 탈 수 있었다. 게다가 그 호수는 넓고 물도 깨끗했다. 그러나 캐나다 거위들은 그곳에 갈 생각은 하지 않고, 먹을 것을 주는 한,

이 연못에 머물렀다. 거위들은 무거워지고 둔해졌다. 그들의 식욕은 엄청났다. 그들은 더 이상 공중에서 삶의 일부를 보내게 돼 있는 새가 아닌 것 같았다.

"패배자들! 그런 주제에 백만장자들처럼 사는군!" 난은 거위들이 물에서 헤엄을 치는 걸 볼 때마다 핑핑에게 말했다.

핑핑은 웃으면서 그가 괜히 화를 낸다고 했다. 새들이 편하게 살면 어떻고, 이 호수에 새들이 살겠다는데 뭐가 문제냐는 거였다.

"지금부터 새들에게 먹이를 주면 안 돼." 난이 말을 이었다. "버릇이 없어져, 이제는 동물적인 본능을 잃어버렸어. 저렇게 살이 찐 것도 놀랄 일은 아니야."

"쉽고 편안한 걸 누가 싫어하겠어?"

"하지만 저 새들은 야생적인 기질을 잃어버렸단 말이야."

"왜 그렇게 새들에 관해 심각하게 생각하는 거지?"

"저들이 길들여진 닭들처럼 살면 안 되니까 그래."

"당신은 저들이 인간이라도 되는 것처럼 말하네. 그냥 거위일 뿐이야."

"여하튼 더 이상 먹을 걸 줘서는 안 돼."

이렇게 불평을 하고 거위들을 미워했음에도 불구하고, 그는 계속 남은 음식들을 가져왔다. 거위와 청둥오리들은 그의 집 뒤뜰을 너무 좋아해서 오리 몇 마리는 물가에 있는 수북한 풀 속에 보금자리를 만들었다.

난간 너머에 있는 거위 목처럼 휜 쇠막대에 새 모이통이 철사로 싸여 걸려 있었다. 우 부부는 전에는 흰 플라스틱 튜브로 된 모이통을 사용했었다. 재닛이 지난봄에 타오타오에게 선물로 준 것이었다. 미첼 부부도 새들을 좋아했다. 그들의 집 둘레에는 여섯 개의 모이통이 있었다. 여름에 우 부부는 물새들과 새들을 위해 남은 밥과 국수를 종종 집으로 가져왔다. 온갖 새가 다 몰려들었다. 찌르레기, 어치, 홍관조, 개똥지빠귀, 황금방울새, 꾀꼬리, 까마귀까지 몰려들었다. 때로는 새들의 숫자가 너무 많아 잔디 색깔이 달라 보였다. 지붕은 늘 새똥 천지였다. 새들 중에서 홍관조가 가장 우둔한 것 같았다. 특히 모이통에서 모이를 먹던 수컷들이 떨어뜨린 씨앗을 찾느라 종종 바닥을 뒤지는 암컷들이 그랬다. 뒤뜰에 있는 떡갈나무에는 다람쥐 두 가족이 살았다. 도토리가 넘쳐나서 다람쥐들에게는 먹이를 줄 필요가 없었다. 그러나 그들은 이따금 새들의 모이를 훔쳐 먹었다.

이번 겨울, 난은 일을 하러 가기 전, 모이통에 해바라기 씨를 다시 채웠다. 그는 명금을 좋아했다. 그 새들이 모이통에 앉아 모이를 쪼아 먹는 걸 볼 때마다, 그의 가슴은 즐거움으로 가득 찼다. 그는 처음에는 새들을 작은 손님들로 생각했다. 새들을 먹이는 건 친절한 주인 행세를 하는 것처럼 그에게 일종의 만족감을 줬다. 그러나 그런 마음은 오래가지 않았다. 그는 날씨가 따뜻할 때는 몇 달 동안 모이를 주지 않았다. 처음에는 특별히 들종다리, 피리새, 휘파람새, 댕기박새를 위해 모둠 모이를 사왔다. 그러나 새들은 매일, 모이를 남김없이 먹어치웠다. 그는 새들의 엄청난 식욕에 당황해 더 싼 해바라기 씨로 바꿨다. 해바라기 씨는 월마트에 가면 6달러에 10킬로그램을 살 수 있었다. 그래도 매일 아침, 모이통이 비어 있었다. 어느 날, 그는 다람쥐 한 마리가 거꾸로 매달려 발을 뻗어 구멍을 통해 씨를 먹는 걸 보았다. 그는 다람쥐를 쫓았다. 그러나 다람쥐는 아무도 안 보이면 금세 다시 와서 모이통을 공략했다. 곧 모이통에 난 구멍들이 점점 더 커졌다. 다람쥐들이 플라스틱도 먹어치울 것만 같았다. 난은 철망으로 싸인 새 모이통을 샀다. 광고에 의하면, 그것은 "다람쥐들이 부수지 못하는" 모이통이었다.

당황스러운 건 이 모이통을 설치했어도 밤사이에 모이가 없어지는 걸 막을 수 없다는 것이었다. 다람쥐들이 작은 발로 씨를 퍼내 바닥에 떨어뜨려놓고 낮에 먹는 게 아닌가 싶었다. 하지만 어떻게 그렇게 많이 먹을 수 있는지가 의문이었다. 매일 밤, 2킬로그램에 달하는 해바라기 씨가 사라졌다. 난은 데이브한테 무슨 일인지 물어봤다. 그런데 그도 당황하긴 마찬가지였다. 그도 똑같은 문제로 골머리를 앓고 있었다. 데이브는 다람쥐들을 '골칫거리'라고 했다. 그는 여러 마리를 생포해 5킬로미터 정도 떨어진 스넬빌 근처의 숲에 놓아줬다고 했다. 그런데 그중 한 마리가 다시 돌아왔다고 했다. 그러나 난은 그렇게 하는 건 너무 심하다고 생각했다. 다람쥐들이 살던 터전을 빼앗을 수는 없는 노릇이었다. 게다가 그의 뒤뜰에는 네 마리밖에 살지 않았다. 세 마리로 된 다른 다람쥐 가족은 제럴드의 지붕에 살면서 때때로 모이를 훔치러 왔다.

그러던 어느 날 밤, 난이 두보의 시를 읽고 있는데, 갑자기 우당탕하는 소리가 들렸다. 동물들이 서로 드잡이를 하고 있는 것 같았다. 그는 무슨 일인가 나가보았지만 너무 어두워서 아무것도 보이지 않았다. 맞은편 기슭의 나무들 뒤로 차 한 대가 지나가는 모습이 보일 뿐이었다. 난은 처마 밑에 있는 등을 켰다. 난간 윗기둥에 살진 너구리가 웅크리고 있었다. 너구리는 불빛에도 아랑곳하지 않고, 모이통을 잡아당기고 비틀어 해바라기 씨가 흩어지게 만들었다. 난은 주먹으로 유리문을 두드렸다. 그러나 녀석은 겁을 먹지 않고 부얼부얼하게 말린 꼬리를 흔들면서 이빨로 모이통을 물고 흔들어댔다. 난이 유리를 찰싹 쳤다. 그래도 너구리는 멈추지 않았다. 그가 빗자루를 들고 나가자 그제야 자리에서 뛰어내려 어둠 속으로 사라졌다.

그날부터 난은 매일 밤 모이통을 들여놓았다가 아침에 내놓았다. 모이가 이제는 사나흘 정도 갔다. 낮에는 많은 새들이 모이통 주변에 몰려들었다. 비가 올 때도 주변에 얼쩡거렸다. 난은 새들이 게을러지고 살이 찌고 지붕을 일종의 거주지로 생각하는 게 싫었지만, 그래도 새들에게 모이를 줬다.

뒤뜰의 잔디를 깎으면서, 난은 점점 더 많은 벌레들이 뛰어달아나는 걸 보았다. 두꺼비와 개구리와 도마뱀도 더 많아졌다. 그러던 어느 날, 그는 녹색 뱀을 보고 기겁을 했다. 90센티미터쯤 되는 뱀이었다. 뱀은 잔디 깎는 기계가 소리를 내며 잔디를 옆으로 쏟아내자 호수 쪽으로 이동했다. 독이 있는 뱀인지 어쩐지 알 수 없었다. 확실한 건 뱀이 두꺼비나 도마뱀을 잡아먹으러 뜰에 들어왔다는 사실이었다. 도마뱀과 개구리와 두꺼비가 이곳에 몰려든 건 뜰에 벌레가 많기 때문이라는 생각이 문득 들었다. 벌레가 많아진 건 새들이 그가 주는 모이를 먹으면서 자연 속에서 먹을 것을 찾는 걸 그만뒀기 때문인 게 분명했다. 결과적으로 더 많은 개구리와 도마뱀이 이곳에 들어왔고, 그것들이 뱀을 불러들인 것이었다.

이 사실을 깨닫고 나서 난은 새들에게 모이를 주는 걸 중단했다. 그는 뱀들이 뒤뜰에서 기어 다니는 걸 원치 않았다. 대부분이 독이 없는 것들이었지만 그래도 마찬가지였다. 새들은 이제부터 벌레를 잡아먹고 살아야 했다. 두꺼비와 도마뱀 수가 줄어들면서, 뱀의 수도 적어졌다. 그러나 이따금 난은 뱀들이 호수에서 물 위로 작은 머리를 내놓고 구불구불 헤엄을 치는 모습을 보았다. 녀석들은 동쪽에 있는 짧은 다리 밑에 있는 돌 틈에서 사는 것 같았다.

겨울이 되자 새들이 굶주리기 시작했다. 그래서 난은 다시 새들에게 모이를 주기 시작했다. 실망스럽게도 이제는 새들이 많지 않았다. 그럼에도 그는 매일 모이통을 가득 채워놓았다가 밤에는 들여놓았다.

16

어느 날 아침, 왕 부인이 전화를 해서 난에게 집으로 바로 좀 와달라고 부탁했다. 남편한테 심장 발작 증세가 있어 귀넷 병원으로 데리고 가야 한다고 했다. 부인이 난에게 같이 가달라고 한 건 의사와 간호사가 사용하는 일부 의학 용어를 이해하지 못하기 때문이었다. 난은 출발하기 전에 핑핑에게 니얀과 둘이서 식당을 운영하기 힘들면 자기가 돌아올 때까지 몇 시간 동안 가게 문을 닫고 있으라고 했다. 그가 왕 부부의 집에 거의 다 왔을 때, 구급차가 차도에 서더니 구급대원 두 명이 뛰어나왔다. 난은 걸음을 빨리해 그들을 따라잡았다. 왕 부인은 그들 세 사람을 들어오게 했다. 그녀의 남편은 눈을 감은 채 앙상한 손을 배에 올리고 누워 있었다. 하지만 그는 주변에 사람들이 있다는 걸 의식하고 있었다. 부인이 그에게 그들이 그를 병원으로 데려가려고 온 거라고 하자 고개를 끄덕였다. 어떤 연유에선지 왕 씨는 영어를 하지 못하고 그를 데리고 나가면서 그에게 계속 말을 거는 구급대원에게 중국어로 대답했다.

구급차에서 난은 얼굴이 핼쑥하고 쭈글쭈글해진 왕 씨 옆에 앉았다. 노인은 계속 부인에게 똑같은 말만 되풀이했다. "너무 피곤해." 노인의 입술은 창백하고 흰 머리는 땀에 젖어 엉망이었다.

마침내 부인이 울음을 터뜨리며 그렇게 갑자기 자기를 떠나지 말라고 남편에게 애원했다. 노인이 부석부석한 눈을 뜨고 속삭였다. "돌아가고 싶어."

"어디로요?"

"집에."

"곧 집에 갈 거예요."

미소를 지으려는 듯 노인의 입술이 움직였다. 협심증으로 고통스러워하는 게 역력해 보였다. 노인이 다시 숨을 헐떡이기 시작했다. 목에서 꼴록꼴록 거리는 소리가 났다. 땅딸막한 구급대원이 노인의 얼굴에 산소마스크를 씌웠다. 그러자 환자가 금세 숨을 편하게 쉬었다. 난은 노인이 '집'이라고 한 게 이곳에 있는 집인지, 타이완인지, 아니면 중국 본토에 있는 고향 푸젠인지 알 수 없었다.

왕 씨는 응급실의 중환자실로 들어갔다. 그의 부인과 난은 밖에 있는 오렌지색 의자에 앉아 기다렸다. 난은 왕 부인에게 낮잠을 한숨 자두는 게 좋겠다고 말했다. 여기에 하루 종일 있어야 할지 모르니 지금 쉬어두는 게 좋을 것 같았다. 부인은 라운지가 시끄러운데도 불구하고 곧 잠이 들었다. 그사이, 난은 실내를 거닐며 책을 가져오지 않은 걸 후회했다. 그는 10센트짜리 동전 두 개를 공중전화에 넣고 금궈에 전화를 걸어 핑핑에게 가게 상황을 물어보고 왕 씨가 위독해 보인다고 알려줬다. 아내는 그와 오래 통화를 할 수 없었다. 가게가 너무 바빠 그녀와 니얀은 일에 치여 있었다.

반시간쯤 지나자, 피곤한 눈에 고불거리는 구레나룻을 한 젊은 의사가 중환자실에서 나오더니 왕 부인에게 말했다. "상태가 그리 좋은 것 같지는 않습니다."

"우리 영감 좀 살려주세요." 부인이 애원했다.

"최선을 다하고 있습니다." 의사는 반쯤 마신 커피 잔을 간호사에게 건네고 환자에게 돌아갔다.

"의료보험에는 가입하셨나요?" 간호사가 왕 부인에게 물었다.

"여기 카드가 있어요." 노부인이 보험 카드를 지갑에서 꺼내 간호사에게 건넸다. 간호사는 부인에게 서류철에 끼워진 두 가지 서류 양식을 줬다. 왕 부인은 그걸 어떻게 기입해야 하는지 몰라, 난이 대신 작성해줬다.

부인이 다시 눈을 감고 졸려고 했다. 난은 앉아서 사람들이 돌아다니는 모습을 바라보았다. 머리가 멍했다. 무엇에도 집중을 할 수 없었다. 식당 일을 하기 위해 시동을 걸어두느라 그날 아침 커피를 두 잔이나 마신 탓이기도 했다. 한 시간 후, 목에 얇은 명패를 건 키가 큰 간호사가 나와 왕 부인에게 이제 들어가서 남편을 봐도 된다고 말했다. 부인과 난은 그녀를 따라 중환자실로 들어갔다. 젊은 의사가 그들을 보자 눈을 빛내며 미소를 지었다. 큰 코에는 땀이 맺혀 있었다. 의사가 말했다. "이제 안정적입니다. 다른 병실로 옮겨 관찰할 겁니다. 내일도 안정적이면 퇴원하실 수 있습니다. 간호사가 집에서 어떻게 간호해야 할지 알려드릴 겁니다."

"고맙습니다, 선생님." 왕 부인이 말했다.

"네, 혈관성형술이 필요한지 결정하기 전까지 복용할 약을 드리겠습니다. 혈관성형술은 작은 기구를 이용해 좁아진 동맥을 뚫는 간단한 수술입니다." 의사는 왕 부인에게 정기적으로 남편을 데리고 와서 진찰을 받으라고 했다.

난이 의사의 말을 왕 부인에게 통역해주자, 그녀가 고개를 끄덕였다. 그는 그들이 노인을 며칠 동안 병원에 있게 하지 않는 걸 보고 깜짝 놀랐다. 중국에 있는 아버지의 화가 친구인 자오 아저씨가 언젠가 가벼운 심장 발작 증세를 일으켰을 때에는 한 달 동안 병원에 입원했었다.

왕 씨는 침대에 누운 채로 있다가 쇠약해진 손을 들어 아내와 난을 향해 흔들었다. 얼굴에는 화색이 돌고 눈에도 다시 생기가 돌았다. 가느다란 호스가 여전히 그의 팔에 연결되어 있었고 노란 세동제거기가 침대 옆에 있었다. 눈물이 글썽한 아내에게 노인이 장난치듯 말했다. "이번에는 못 버틸 거라고 생각했는데. 고맙게도 그들이 날 다시 살려 놓았구먼."

간호사가 바퀴 달린 침대를 끌고 왔다. 그들은 왕 씨를 거기에 옮겨 데려갔다. 난은 병실까지 그들을 따라가지 않고,

왕 부인에게 식당에 가서 핑핑을 도와야 한다며, 퇴원할 때 차로 집에 데려다줄 테니 전화를 하라고 했다. 부인은 실망한 눈치였지만 더 있어달라고는 하지 않았다. 난은 택시를 타고 금궈로 향했다.

*

핑핑은 왕 씨의 심장 발작 증세가 호전됐다는 얘기를 듣고 안도의 한숨을 쉬었다. 그녀는 난이 이른 오후에 돌아온 게 기뻤다. 그렇지 않았다면 열 살밖에 안 된 타오타오를 카운터에 세워놓아야 할 판이었다.

왕 씨는 퇴원 후에 걸어 다닐 수 있었다. 그러나 왕 부부는 심장 발작에 충격을 먹고 누구나 무료 의료 혜택을 받을 수 있는 타이완으로 돌아가기로 결심했다. 시애틀에 사는 딸한테 갈까도 생각해봤지만, 그곳 근무가 일시적인 것인 데다 다른 곳으로 전출될지 몰라 가지 않기로 했다. 곧 그들은 집을 14만 5천 달러에 판다고 내놨다. 값을 급격히 내린 탓에 많은 사람들이 집을 보려고 들렀다. 니얀과 슈보도 집을 보러 갔다. 그들은 그 집을 마음에 들어 했는데, 특히 편리한 위치가 좋은 모양이었다. 하지만 그들에게는 값이 여전히 너무 높았다. 게다가 슈보 가오는 아직 학위 논문 심사를 통과하지 않은 상태였다. 그러니 다른 곳에서 직장을 잡을 가능성도 있었다. 그럼에도 불구하고 그의 아내는 왕 부인에게 말했다. "2

만 달러 깎아주시면 저희가 살게요."

"그건 안 돼요." 노부인은 흰머리로 가득한 머리를 흔들며 말했다. "빨리 팔려고 이미 값을 내려 내놨어요. 난과 핑핑에게 물어보세요. 2년 전에는 그들에게 15만 달러를 주고 사라고 했었어요."

니얀과 슈보는 핑핑에게 사실인지 물어봤다. 핑핑은 사실이라고 확인해줬다. 그러자 그들은 집에 대한 욕심을 단념했다. 일주일 후, 일리노이에서 온 은퇴한 부부가 그 집을 샀고, 며칠이 지나지 않아 왕 부부는 영원히 그곳을 떠났다.

그들은 조용히 떠났다. 이웃들도 거의 알지 못했다. 난과 핑핑은 슬펐다. 왕 부부는 타이완을 그다지 좋아하지 않았지만, 그래도 그곳으로 돌아갈 수 있었다. 그들과는 대조적으로 고향이라 부를 만한 곳이 없는 우 부부는 이곳에 뿌리를 내려야 했다. 그들은 조지아가 좋았다. 그러나 늙으면 그들의 삶이 외롭고 처량해질지 몰랐다. 그들은 가끔 니얀에게 왕 부부가 고립된 삶을 살았다고 말했다. 하지만 니얀은 노부부가 그러한 삶을 자초했다고 생각했다. 언제라도 지역 사회에 합류할 수 있었는데 그들 스스로 그러지 않았다는 것이었다. 니얀이 힘찬 목소리로 말했다. "그들은 교회에 나갔어야 해요. 그러면 이곳에서 다소간 편안함을 느낄 수 있었을 거예요. 그리고 타이완을 안전한 곳이라고 생각하지 않으면 가지 말았어야죠. 우리가 살고 죽는 곳이 우리의 고향이니까요."

난과 핑핑은 니얀의 말을 듣고 많은 생각을 했다. 두 사람은 교회에 나가볼까 하는 생각도 해봤지만 결국 나가지 않기로 했다. 종교를 그렇게 가볍게 생각해서는 안 될 일이었다. 사람들을 사귀려는 목적으로 하느님의 집에 가서는 안 되었다. 그럼에도 불구하고, 고독과 외로움은 종종 난의 마음을 불안하게 만들었다. 그와는 달리, 핑핑은 예외적으로 차분했다. 그녀는 가족이 같이 있는 한, 다른 사람들은 필요 없다고 했다. "누가 친구들이 많다는 거지? 대부분의 사람들에게는 동료들뿐이야. 우리에게는 많은 친구가 필요 없어."

난은 핑핑이 자신보다 훨씬 더 인내심이 많다는 걸 깨닫고 부끄러웠다. 그녀는 부모형제에게 정기적으로 편지를 썼지만, 그들을 그렇게 많이 그리워하지 않았다. 그도 자신의 부모와 그리 가깝지는 않았다. 그러나 고립된 삶이 익숙하지 않고 아직은 외로움과 고독의 차이를 구분할 수 없었다. 기질적으로 그는 사교적이었고 시끄러운 군중을 좋아했다. 그러나 삶은 그를 오롯이 혼자 존재해야 하는 자리에 놓아둔 것이었다. 핑핑이 옆에 있는 게 얼마나 다행인지 몰랐다.

17

난의 또 다른 행운은 딕 해리슨을 친구로 뒀다는 것이었다. 딕으로 말미암아 시에 대한 그의 관심이 한층 강렬해졌다. 어느 날, 딕이 유명한 시인의 낭독회에 난을 초대했다. 난은 처음에는 그곳에 가는 걸 머뭇거렸다. 어딘가로 갈 때마다 번번이 슈보에게 식당 일을 도와달라고 해야 하기 때문이었다. 슈보는 집에서 사회학 박사 논문을 쓰고 있었다. 그래서 금궈에서 그를 필요로 하면 대부분 도와줄 수 있는 상황이었다. 그래도 핑핑은 난이 없으면 싫어했다. 카운터를 봐주는 슈보에게 시간당 6달러를 줘야 하기 때문이었다. 또한 난이 없으면 핑핑이 주방에서 요리를 해야 했다. 그러나 난은 딕이 에드워드 니어리라는 시인을 칭찬하는 말에 빠져, 에모리 대학교에서 열리는 낭독회에 참석하게 해달라고 핑핑을 졸랐다. 그녀는 처음에는 그가 참석하는 걸 못마땅하게 생각했지만 나중에는 양보했다.

낭독회는 캠퍼스에 있는 화이트 홀에서 열렸다. 캠퍼스 건물들은 외관은 대리석이고 지붕은 붉은 세라믹 타일로 돼 있었다. 강당 입구에 탁자가 두 개 놓여 있었는데, 그중 하나에 에드워드 니어리의 판매용 시집들이 쌓여 있었다. 대학 서점에서 나온 건장한 남자가 책상에 앉아 있었다. 더블 재킷을 입은 난은 강당으로 들어갔다. 강당은 벌써 학생들과 교수들, 일반시민들로 가득 차 있었다. 사람들이 벽 쪽으로 난 계단까지 차 있었다. 남자보다 여자가 더 많았다. 난은 자리를 찾지 못하고 조명 조작실로 올라가는 계단의 철제 난간에 기대어 있었다.

8시쯤, 시인이 딕과 다른 교수들과 함께 입장했다. 니어리는 목이 짧고 얼굴에는 주름이 자글자글한, 호리호리한 남자였다. 매부리코와 옅은 녹색 눈을 보면, 젊었을 때는 아주 잘생긴 미남이었을 것 같았다. 그들은 자신들을 위해 마련된 앞줄에 앉았다. 잠시 후, 딕이 연단으로 나와 니어리를 간략하게 소개하고, 그가 받은 상과 기금을 열거하며 그를 "우리 시대의 중요한 시인"이라고 말했다.

그리고 에드워드 니어리가 마이크를 잡고 아직 집필 중에 있는 〈행복의 해석〉이라는 장시를 읽기 시작했다. 그의 어조는 작은 방에 있는 몇몇 친구들에게 얘기하듯 활기 없고 가벼웠지만, 청중은 긴장해 듣고 있었다. 이따금 농담 섞인 시행이나 재치 있는 말이 나오면 누군가의 입에서 "하" 혹은 "허"라는 소리가 나왔다. 니어리는 고개를 들지 않고 계속 읽었다. 집중하는 게 어려운 모양이었다. 그는 몸의 중심을 이 발, 저 발 옮겨가며 읽었다. 이따금 오른손으로 턱을 문질렀다. 그럴 때마다 목소리가 약간 둔탁해졌다.

난은 니어리가 읽는 모든 걸 이해하진 못했다. 곧 그는 멍해져 주위를 둘러봤다. 몇몇 사람들도 지루해하는 게 보였다. 시를 다 읽는 데 적어도 20분 정도가 걸렸다. 그가 다른 걸 읽으려고 시집을 뒤적일 때, 한 여학생이 소리쳤다. "〈오늘도 같은 달이네〉를 들려주세요."

"그래요, 그걸 읽어주세요." 다른 젊은 여자가 맞장구를 쳤다.

"좋습니다." 시인이 말했다. "그건 제가 오래전에 썼던 연애시인데, 지금은 그 여자 친구의 이름이 가물가물하네요." 니어리가 희끗희끗해진 황갈색 머리를 손가락으로 긁적이며 씩 웃자, 청중이 웃음을 터뜨렸다. "저는 이런 시를 쓰기에는 나이가 너무 많지만 어쨌든 읽어볼게요. 자, 읽겠습니다." 그는 한 손으로 시집을 들고 감정을 듬뿍 실은 어조로 시를 읽기 시작했다. 난은 그 시가 아주 마음에 들었다. 젊은 미망인이 비행기 사고로 세상을 떠난 남편을 그리워하며 쓰는 형식의 비가였다. 운율이 유연하고 부드러워 시의 정서와 잘 맞았다.

그 후로도 니어리는 다른 시집들에 수록된 일고여덟 편의 시를 읽었다. 그리고 서둘지 않고 시집들을 쌓으며 읽기를 끝냈다는 걸 표시했다. 딕이 일어서서 박수를 쳤다. 요란한 박수 소리가 그치자, 그가 말했다. "로비에 있는 리셉션장으로 이동하겠습니다. 니어리 시인께서 기꺼이 사인을 해주시겠답니다. 여러분, 와인 한 잔씩 드시지요. 그리고 내일 오후 3시에 바로 이곳에서 니어리 시인의 세미나가 있다는 걸 잊지 마시기 바랍니다."

로비에서 난은 펀치 한 잔을 마시고 콜리플라워와 멜론을 한 조각씩 먹었다. 딕이 와인이 있다고 얘기했는데, 식탁에는 가벼운 음료뿐이었다. 난은 딕을 제외한 아무도 알지 못해서 이질감을 느꼈다. 딕은 사인을 받으려고 줄을 서 있는 사람들과 얘기를 하면서 시인을 챙기느라 바빴다. "가봐야 할 것 같아요." 난이 그에게 가서 말했다.

"이것 끝나고 같이 가지 않을래요?" 딕이 물었다.

"뭐 하러 가는데요?"

"어딘가에 가서 술 한잔해야죠. 같이 가요. 에드와 시간 좀 같이 보내게요."

난은 그러겠다고 했다. 그는 열정이 없고 태평하고 다소 냉소적인 것처럼 보이는 시인이 궁금했다. 열정적인 샘 피셔와는 많이 다른 사람 같았다. 그는 탁자로 가서 작은 적포도 송이를 집어 들고 구석으로 가서 먹으며 기다렸다.

리셉션이 끝나자, 딕과 젊은 여자들이 에드워드 니어리와 함께 캠퍼스와 가까운 술집으로 걸음을 옮겼다. 난도 시인을 따라갔다. 딕은 그들 앞에 가는 다섯 여자와 웃으며 얘기하고 있었다. 니어리는 발을 끌며 걸었다. 그는 몇 년 전에 중국에 갔었는데, 8월의 베이징 날씨가 정말 더웠던 게 생각난다고 난에게 말했다. 그는 중국 문화부에서 통역으로 위촉한 젊은 여성이 기억에 남는다는 말도 했다.

그가 난에게 물었다. "바오 유안이라는 친구 아나? 뉴욕에서 망명 생활을 하는 중국 시인인데."

"당연히 알죠. 아는 사이랍니다. 한때 잡지사에서 같이 일한 적이 있죠."

"재미있는 친구지. 내 시를 몇 편 번역하고 있다네."

"정말인가요?"

"나를 인터뷰도 했고."

"지금은 영어를 하나요?"

"젊은 아가씨가 통역을 해준다네. 영어를 읽을 줄은 알지만 말은 잘 못하더라고."

난은 바오가 형편없는 영어 실력에도 불구하고 니어리의 시를 번역하려 한다는 사실이 놀라웠다. 번역을 하기 위해서는 누군가 그를 도와줄 사람이 필요했을 게 분명했다. 난이 물었다. "그가 시를 어떤 잡지에 보낸다고 하던가요?"

"《외국 문학》이라는 잡지에 여섯 편을 번역해 발표했다네."

"그건 아주 유명한 월간 문예지이죠."

"나도 그렇게 들었네."

"바오가 아직도 시를 쓴다는 게 기쁘군요. 그는 화가이기도 해요."

"알고 있네, 나한테 몇 점 보여줬는데 아주 훌륭하더군. 감성도 좋고 재능도 많아. 그러나 망명 생활이 발전에 방해가 된 게 틀림없네. 그는 쓰고 싶은 작품을 쓸 시간이 없다고 하더군."

그들이 대학 옆문을 지날을 때, 니어리가 난에게 에모리 지역의 집값이 어느 정도 되냐고 물었다. 그날 오후 대학에 오는 길에 집들을 보았는데, 많은 건물들이 벽돌로 지어져 호화로워 보였다고 했다. 난은 확실히 알 수는 없었지만 대충 40만 달러를 상회할 것이라고 말했다. 그런데 시인은 놀라는 것 같지 않았다. 로드아일랜드의 뉴포트에 있는 자기 집이 이런 집들보다 더 크다고 말했다. 난은 놀랐다. 대부분의 시인들이 돈이 없어 몸부림을 치면서 산다고 생각하고 있었기 때문이다.

술집에 들어서자 니어리는 맥주, 와인, 치킨 너깃, 체다 치즈를 뿌린 나초와 할라피뇨 소시지를 주문했다. 젊은 여자들은 흥분해 있었다. 모두가 니어리의 시를 좋아하는 게 분명했다. 그들 중 키가 제일 크고 양쪽 팔목에 칠보 팔찌를 찬 로라라는 여자는 시인을 향해 계속 미소를 지었고, 유일한 동양 여자인 에밀리는 눈을 빛내며 수줍어하는 것 같았다. 그러나 그녀도 즐겁게 대화에 끼었고 이따금 친구들을 팔꿈치로 살짝 쳤다. 귀여운 얼굴을 보면 십 대 같았다. 니어리는 그녀가 마음에 드는지, 애틀랜타에서 어떻게 살고 가족 관계는 어떠냐고 물었다. 그녀는 부모는 한국에서 이민 온 사람들이지만, 자신은 미주리에서 태어나 자랐다고 했다. 그리고 3년 전에 조지아로 왔는데 이곳에 사는 게 좋다고 했다. 니어리는 그녀가 중국인이라고 생각했던 모양이었다. 그녀는 자신의 성이 최이며 자신을 한국계 미국인으로 생각한다고 말했다.

그들 중 키가 가장 작은 애니타는 신진 시인이자 중학교 교사였다. 그녀는 자연스럽게 니어리의 시구를 인용했다. 그걸 보고 니어리 시인은 아주 좋아했다. 다른 두 여자도 시인의 팬이었는데 반스 앤드 노블에서 근무하고 있었다. 그들 중 다섯은 시 모임을 갖고 정기적으로 만나 서로의 시를 읽고 토론한다고 했다. 난은 거의 아무 말도 하지 않고 그들이 하는 얘기에 귀를 기울였다.

술을 마시면서 분위기가 무르익자, 니어리는 목소리가 커지고 말이 많아졌다. 그는 뉴욕에 있는 어떤 출판사를 위해 젊은 시인들의 시 선집을 편집하고 있다고 말했다. 어떤 출판사인지는 말하지 않았다. 그는 의미심장한 미소를 짓고 있는 딕을 곁눈질로 바라보더니, 여자들을 향해 말했다. "우리 집 베이비시터가 시를 선별하는 일을 도와주고 있네. 그녀의 도움이 없다면 그걸 어떻게 할 수 있을지 모르겠네. 사람들이 보내는 책과 잡지를 읽을 시간이 안 나서 말이야. 여러분도 나한테 작품을 보여줘야 해. 난, 자네도 나한테 시를 보내주게나."

"완성된 게 있으면 보내드리죠." 난은 진지하게 대답했지만, 여자들 중 아무도 그러한 제의에 열광적으로 반응하지 않았다. 그는 그들이 시를 쓰고 있고 출판을 하려고 애쓸 게 분명한데 어째서 그러한 기회가 주어졌음에도 그렇게 시들하게 반응하는지 궁금했다.

로라가 시인에게 불쑥 물었다. "선생님 댁 베이비시터도 시를 쓰나요?"

"아니, 지금은 아닐세. 십 대에는 그랬을지도 모르지만."

여자들이 서로를 바라보았다. 키가 작은 애니타가 냅킨으로 입을 가리고 억지웃음을 웃었다. 니어리가 그들에게 다시 말했다. "자네들 마음대로 작품을 보내게. 나는 시인 메이커이기도 하고 브레이커이기도 하다네. 나한테는 그런 힘이 있어."

난은 시인이 취했다는 걸 알 수 있었다. 그는 딕의 얼굴에 달갑지 않아 하는 표정이 스치는 걸 보았다. 니어리는 한 손에 치킨 너깃을 들고 뭔가가 생각난 사람처럼 혼자 미소를 지었다. 그러더니 고개를 들고 여자들에게 물었다. "내 말 못 믿겠나? 날 미치광이 노인이라고 생각하나?"

에밀리 최가 말했다. "선생님은 노인이 아니에요. 선생님의 시는 훌륭하고 힘이 있어요."

"게다가 부자이기도 하지." 니어리의 말이 이어졌다. "시인이 지난해에 연방 세금으로 6만 달러를 냈다고 생각해봐. 이 나라는 시인도 백만장자가 될 수 있는 위대한 나라야."

"놀랍네요." 에밀리가 눈을 내려뜨며 중얼거렸다.

애니타가 끼어들었다. "그럼 선생님의 조국은 더 이상 캐나다가 아닌가요?"

"그래, 나는 미국인이야."

딕이 재미있어라 하는 난을 향해 윙크를 했다. 난은 니어리가 온타리오에서 태어나 삼십 대 초반에 미국에 왔다는 걸 알고 있었다. 그는 시인이 어째서 권력과 돈에 관한 얘기를 늘어놓는지 궁금했다. 그것들이 그의 시와 무슨 상관이 있다는 걸까? 사업계의 거물처럼 행동하는 이유가 뭘까?

웨이트리스가 와서 탁자 위에 계산서를 놓자 니어리가 집어 들었다. 난은 술값이 80달러가 넘게 나왔다는 걸 알았다. 젊은 여자들이 서로를 쳐다보았다. 애니타가 말했다. "선생님, 저희가 계산할게요. 저희가 청했으니까요."

"아니, 아닐세." 시인이 윗니를 혀로 핥으며 손을 저었다. "이건 내가 내지. 다 가든 몇 명만 가든, 어디 다른 곳에 가서 한 잔 더 해도 좋네." 그가 웃으면서 영수증을 접어서 넣고, 계산서 판에 20달러짜리 다섯 장을 놓으면서 눈을 찡그렸다.

여자들은 더 이상 아무 말도 하지 않았다. 모두가 일어서서 갈 채비를 했다. 술집이 문을 닫으려 하고 있었다. 그들은 문을 향해 걸어갔다.

밖으로 나오니 공기가 깨끗했다. 거리는 흰 달빛에 빛나고 있었다. 산들바람이 불며 새잎이 움튼 사시나무를 조금씩 흔들었다. 여자들이 니어리한테 작별 인사를 하고 노스 디케이터 도로 너머의 어둠 속으로 이내 사라졌다. 딕은 그의 손님을 북쪽으로 1킬로미터쯤 떨어진 에모리 인까지 데려다주려 했다. 난은 2백 미터쯤 같이 가다가 그들과 헤어져 그의 차가 주차되어 있는 대학 도서관 뒤의 차고로 향했다. 그는 고개를 돌려 그들을 쳐다보았다.

니어리가 말하는 소리가 들렸다. "오늘밤 쓴 영수증을 줘도 되겠나."

"물론이죠." 딕이 시인에게서 영수증을 받으며 말했다.

18

이후 며칠 동안, 난은 에드워드 니어리와 그가 술집에서 했던 말에 대해 많은 생각을 했다. 금요일 오후, 딕이 식당에 왔을 때, 난은 니어리가 "시인 메이커이기도 하고 브레이커이기도 하다"라고 했던 말의 의미가 무엇인지 물었다. 일반적으로 말해, 젊은 시인들은 자기 작품이 중요한 시 선집에 실리게 되면 이름을 알리는 데 도움이 된다고 했다. 편집자로서 에드워드 니어리는 누구의 작품을 실을지 결정할 권한이 있었다. 그래서 그는 시인 메이커였다. 거꾸로, 그는 어떤 사람들은 책에서 배제해야 할 것이었다. 시인들은 일단 자신들의 이름이 빠지게 되면 좌절감을 느낄 터였다. 그런 의미에서 그는 시인 브레이커였다.

"당신 생각에 그가 고의로 누군가를 뺄 거 같습니까?"

"그럼요. 누구나 자기 적이나 좋아하지 않는 사람들에게는 그렇게 하죠."

난은 시인들이 그렇게 복수심에 불타고 악의를 품을 수 있다는 사실에 놀랐다. "그가 자랑했던 것처럼 정말로 그런 거물인가요?"

"하하하!" 딕이 웃었다. "당신은 참 재밌는 사람이에요. 그 사람 물건이 큰지 어떤지는 알 수 없지만, 그가 맥아더 기금 펠로인 건 맞아요."

"그게 뭔데요? 그가 맥아더 장군의 친척이라는 말인가요?"

"아니, 그게 아니에요. 그건 재능이 있는 사람들에게 많은 기금을 주는 재단이에요. 적어도 30만 달러씩 주죠. 에드의 나이를 감안하면 그보다 더 받을 게 틀림없어요. 나이가 많을수록 더 주니까요."

"시인이 그렇게 부유할 수 있으리라고는 상상도 못 했네요."

"어떤 시인들은 왕자나 공주처럼 살아요."

"샘은 어떤가요?"

"그도 많이 벌죠."

난은 젊은 시인들의 운명을 결정할 수 있는 막강한 권한이 니어리에게 주어진다는 것이 다소 불합리하다고 생각했다.

"그가 당신 시를 선집에 포함시켜줄까요?"

"당연하죠. 그게 아니라면 내가 그를 초청해 강연료로 3천 달러나 주지는 않았겠죠."

"정말인가요? 그렇게 쉽게 돈을 벌어요? 두세 시간만 일하고 핑핑과 내가 한 달에 버는 것보다 많이 버네요."

"인생은 불공평한 것 아닌가요? 하지만 그 정도 위상의 시인들은 그만큼 받아요."

"당신은 어때요?"

"어떤 학교에서 나를 낭독회에 초대하면 운이 좋은 거죠. 이따금 한 번씩 가는데 5백 달러쯤 받아요."

"나쁘지 않네요."

"괜찮죠. 나는 불만 없어요. 지금은 내가 돈과 권력을 생각할 수 있는 때가 아니니까요."

"맞아요. 권력이 그렇게 좋으면 주지사 선거에 출마해야죠." 난이 진지하게 말했다.

딕이 큰 소리로 웃었다. "그 말 기억해둘게요." 그는 포크로 국수 가닥을 돌돌 말며 말을 이었다. "그렇게 사소한 이해관계가 걸려 있어서 시단에서는 경쟁이 더욱 치열하죠. 사실, 무법적인 영역이라고 할 수 있어요. 그리고 대부분의 시인들은 파벌을 지어 살죠. 그렇지 않으면 생존하기 어려우니까요. 인맥은 필수적인 거예요."

"그래서 당신은 샘의 파벌에 속하는 건가요?"

"그렇게 말할 수 있죠."

난은 딕의 말에 다소 환멸을 느꼈다. 그에게 시의 세계는 상대적으로 순수해야 했다. 진정한 시인들은 정열적이지만 초연한 자유로운 정신을 갖고 있어야 했다. 그러나 딕에 따르면, 많은 시인들은 텃세가 심하고 외국인을 혐오했다. 그와 같은 사람이 그들 그룹에 낄 수 있을까? 그럴 리가 없을 것 같았다. 그는 어느 집단이 자신을 받아들이는 걸 상상할 수 없었다. 게다가 그는 자족적인 개인이 되고 싶었다.

딕이 찻잔을 들어 마셨다. 그가 각이 진 턱을 들고 난을 향해 씩 웃었다. 그러더니 은밀한 표정을 지으며 앞으로 몸을 내밀고 속삭였다. "난, 당신에게 보여주고 싶은 게 있어요." 그가 호주머니에서 두 개의 뿌리를 꺼냈다. 완전히 말라 쭈그러든 생강 뿌리 같았다. 난은 그것이 낯익어 보였지만 그걸 뭐라고 하는지 기억이 나지 않았다. 딕이 물었다. "당신도 이 약초를 사용하나요?"

"이게 뭔데요?"

"동콰이*라고 하는데 일종의 최음제죠. 나는 당신네 중국인들 모두가 이걸 사용한다고 생각했어요."

난이 웃음을 터뜨리자 친구가 당황했다. "뭐가 그리 우스워요?" 딕이 말했다.

대답 대신, 난이 물었다. "당신은 호랑이 연고도 섹스하는 데 썼나요?"

"물론이죠. 그런데 인도 신유神油만큼 좋지는 않더라고요. 그걸 바르면 활활 타는 것 같아요."

눈이 보이지 않을 정도로 난이 웃었다. "사실대로 얘기하면, 중국에서는 월경 불순을 겪는 여자들이 동콰이를 사용해요. 양기가 아니라 음기를 보하는 거죠. 나는 남자가 딕**의 기능을 강화하려고 이 약초를 사용했다는 얘기는 들은 적이

*당귀.
**남성의 성기를 뜻하는 비속어.

없어요."

딕은 놀라더니 씩 웃었다. "당신은 시인이군요."

"왜요?"

"방금 내 이름을 갖고 신소리를 했잖아요."

"아, 그렇군요." 난은 의도하지 않은 결과에 깜짝 놀랐다.

"솔직히 말해, 이건 아주 강력하더라고요." 딕이 말을 이었다. "한동안 이걸 사용했는데 정말로 효과를 봤어요. 힘이 느껴지더라고요. 글을 쓰는 데도 도움이 돼요. 그런데 호랑이 연고는 약상자에서 빼버렸어요."

"중국에서는 사람들이 그 연고를 주로, 일사병을 예방하기 위해 이마에 바르거나 두통을 완화시키기 위해 관자놀이에 바르죠. 아이들도 발라요. 우린 그걸 '상처 회복 연고'라고 해요. 성기능을 강화시키는 것이라고는 생각하지 않죠."

"이런 게 중요한 문화적 오해인 것 같네요. 당신 생각은 어때요?"

"물론 중요하죠. 이런 걸 보면, 미국 문화가 두 개의 S에 강박관념을 갖고 있는 게 드러나는 것 같아요."

"두 개의 S라고요? 그게 뭐죠?"

"셀프self와 섹스sex죠."

"맞아요." 딕이 눈을 빛내며 크게 웃었다. "이런 생각은 어디에서 난 거죠? 기사나 책을 읽었나요?"

"아뇨, 내 개인적인 생각일 뿐이에요."

"훌륭하네요."

그 대화가 있은 후로 딕은 더 자주 식당을 찾았다. 엘리너와 같이 오는 경우는 거의 없었다. 그는 난의 맥없는 유머를 아주 좋아하는 것 같았다. 게다가 난은 늘 그가 주문한 것에 뭔가를 덤으로 얹어줬다. 찐만두나 에그롤을 두어 개 주기도 했고 부추전을 주기도 했다. 핑핑은 언젠가 딕에게 엘리너는 왜 안 오는지 물었다. 그는 고개를 저으며 말했다. "어장 관리*를 하고 싶은가봐요."

핑핑은 그 숙어가 무슨 뜻인지 알지 못했다. 그녀가 묻자, 난이 설명해줬다. "엘리너가 최대한 많은 남자들과 교제하고 싶어 한다는 말이야."

"그래서 요즘 딕의 얼굴에 수심이 가득했군." 그녀가 생각에 잠겨 말했다.

"외로운 모양이야. 이곳에서는 내가 유일한 친구라고 하더라고." 난은 그 말을 하고 자신도 깜짝 놀랐다. 딕이 애틀랜타에서 외로움을 느낄 것이라고는 생각하지 못했던 것이다.

"그렇지 않을 것 같아. 에모리 대학교에 동료들이 많잖아."

"그렇다고 그들이 다 친구는 아니잖아."

"덩치만 어른이지 속은 무르네."

"여하튼 그는 내 친구야." 난이 이상한 눈초리로 자신을 바라보며 미소 짓는 핑핑을 향해 말했다. "왜 그래?"

핑핑은 아무 말도 하지 않았다. 난은 그녀의 귀를 잡아 비

*play the field : 많은 이성과 놀아나다.

틀며 말했다. “솔직히 말해.”

“이거 놔!” 그녀가 아프다며 소리를 질렀다.

난이 놓아주자, 핑핑은 카운터에 있던 파리채를 들고 그를 쫓기 시작했다. 난이 식당 중앙에 있는 탁자 주변을 그녀가 움직이는 방향과 반대로, 시계 방향으로 돌았다가 반대로 돌았다가 했다. 그들은 쫓고 쫓기는 이유가 뭔지 잊어버린 것 같았다. 숨을 헐떡거리며 얼굴이 붉어졌음에도 행복해 보였다. 니얀이 고개를 저으며 미소를 머금고 그들을 바라보았다.

19

핑핑은 많아야 한 달에 한 번밖에 안 되었지만, 난이 딕과 함께 외출하면 마음이 불편했다. 그들은 셰익스피어 연극이나 인형극을 보러 가기도 했고, 존 업다이크*의 낭독회에 가기도 했다. 그녀는 난에게 이따금 기분 전환이 필요하다는 걸 이해했지만, 식당 일이 너무 많아 그가 없으면 감당하기가 힘들었다. 슈보도 이제는 몇 가지 요리를 할 줄 알았지만, 핑핑은 난이 없으면 대부분의 시간을 부엌에서 정신없이 보내야 했다. 게다가 그녀는 난이 없으면 안절부절못했다. 식당이 다른 사람의 것인 것처럼 낯설게 느껴지기까지 했다. 그렇게 많은 시간을 시덥지 않은 딕과 보내는 이유가 뭐지? 낭독회가 끝나면 다른 곳에 갈까? 두 사람만이 같이 있는 걸까? 그들이 친구로 지내는 것은 괜찮지만, 그녀는 남편이 자신과 함께

*John Updike, (1932~2009). 미국의 소설가. 대표작으로 《달려라 토끼》 등이 있다.

식당에 있었으면 싶었다. 그는 독신처럼 행동할 게 아니라 가족한테 더 신경을 써줘야 했다. 타오타오와 더 많은 시간을 보내줘야 했다.

핑핑이 난에 대해 불평할 때마다, 니얀은 그녀의 말에 동조했다. 어느 날, 니얀이 그녀에게 말했다. "난과 함께 일요일에 교회에 나가보면 어때요? 그곳에 가면 흥미로운 사람들도 많이 만날 수 있고 즐거울지도 몰라요. 일단 교회에 소속되면 고립감이나 불안감이 사라질 거예요."

"사실." 핑핑이 말했다. "많은 사람들이 찾아와서 자기들이 다니는 교회에 나오라고 했어요. 하지만 우리는 기독교인이 아니어서 가지 않는 거예요."

"왜 한쪽으로만 생각해요? 교회에 간다고 기독교인이 될 필요는 없어요." 니얀이 펜던트가 달린 귀걸이를 만지작거리며 아랫입술을 깨물었다. 그녀는 살짝 튀어나온 눈으로 핑핑을 빤히 쳐다보았다.

"우리는 아직 예수 그리스도를 믿지 않아요." 핑핑이 말했다.

"그걸 왜 그렇게 심각하게 생각하죠? 우리 중에서 진짜로 믿는 사람들이 얼마나 돼요? 교회는 사람들이 만나고 사귈 수 있는 장소예요. 야간 학교도 있고 싱글들을 위한 댄스파티도 있어요. 중국인들과 어울리면 기분이 좋아질 거예요."

"우리는 싱글이 아니잖아요."

"내 말은 일단 교회에 가면 사람들이 당신을 도와줄 거고 당신의 삶이 더 안전해지고 편해질 거라는 거예요."

“정말로 그렇게 생각해요?”

“당연하죠. 내가 왜 당신한테 거짓말을 해요?”

“좋아요, 난하고 얘기해볼게요.”

“슈보와 내가 교회에서 즐거운 시간을 보낸다고 남편한테 얘기하세요. 일요일 아침 예배에 참석해봐요. 그러면 기분이 좋아지고 마음이 편해져요.”

핑핑은 난을 설득해보겠다고 했지만, 그건 그녀에게 다른 생각이 있어서였다. 딕 해리슨은 최근에 여자 친구와 헤어졌는데, 핑핑은 그가 양성애자일지 모른다고 생각했다. 그래서 난과 교제하기 시작한 건 아닐까 싶었다. 그녀는 난이 바람기 많은 그 남자를 그렇게 좋아하는 이유를 알 수 없었다. 두 사람이 서로한테 끌린 게 분명했다. 그녀는 남편이 게이가 되는 걸 막으려고 그에게 매일 비타민을 여러 개 먹으라고 주기까지 했다. 언젠가 읽은 낡은 책에 상당수의 동성애가 비타민 결핍 때문에 생긴 거라고 쓰여 있었기 때문이다. 그녀는 난에게 직접 자신이 염려하는 걸 얘기하지는 않았다. 난은 아무 질문도 하지 않고 그녀가 주는 비타민을 그냥 받아먹었다.

다음 날 아침, 금궈로 가면서 핑핑은 난에게 교회 얘기를 했다. 이슬비가 내리고 있었다. 나무들과 집들이 흐릿해 보였다. 그녀와 난은 줄무늬가 있는 우산을 같이 쓰고 있었다. 그녀는 축축한 바람에 몸을 약간 떨었다. 난은 그녀를 따뜻하게 해주려고 그녀의 어깨에 팔을 둘렀다. 그가 말했다. “이 문제는 가볍게 생각해서는 안 될 것 같아. 우리가 교회에 간다면 하느님을 믿어야 해. 교회는 경배를 위한 곳이야."

"예배에 참석하지 않으면 어떻게 기독교를 이해할 수 있겠어?"

"현재로서는 어떤 종교 단체에든 소속되고 싶지 않아. 나는 독립적이고 싶어. 꼭 종교가 필요하다면 시가 내 종교일 수 있겠지. 당신이 교회에 나가고 싶다면, 마음대로 해."

"융통성을 좀 부리면 안 돼? 요즘 니얀이 다니는 교회 사람들이 식당에 와." 최근에 핑핑은 일부 손님들이 웨이트리스한테 아는 체를 하는 걸 보았다. 니얀은 그녀에게 그들이 로런스빌에 있는 교회의 교인들이라고 설명해줬다.

"안 돼. 교회는 신성한 하느님의 집이야. 기독교인이 아니라면 교회에 가도 마음이 편치 않을 거야." 난이 말했다.

며칠 전, 그는 신약 성서 몇 구절을 읽어주겠다며 집에 찾아온, 딱딱한 얼굴의 흑인 신학생한테 비슷한 말을 했었다.

핑핑은 그의 마음을 돌려세울 수 없다는 걸 알고 더 이상 아무 말도 하지 않았다. 게다가 어떤 점에서는 그와 생각이 같았다. 스스로 자립하는 게 더 좋았다. 여기에서는 아무도 자신을 도와줄 수 없었다. 자신을 구할 수 있는 건 자신뿐이었다. 게다가 그녀는 사람들이 위험에 처하지 않으려고 거짓말을 해야 하는 중국에서처럼 가식적으로 살고 싶지 않았다. 6년 반 전에 미국에 왔을 때, 그녀는 몇 달 동안 편하게 얘기를 할 수 없었다. 거짓말을 하지 않고 말하는 방법을 알지 못했기 때문이다. 그 결과, 몇 달 동안 과묵한 상태로 있었다.

그녀가 자신의 마음을 얘기하는 데 익숙해지기까지 반년이 넘게 걸렸다. 이제 그녀는 난이 했던 말처럼 정직하게 살고 행동하고 싶었다.

20

핑핑이 난에게 에이전트가 재닛과 데이브에게 두 갓난애의 사진을 보내주고 둘 중 하나를 택하라고 했다고 했다. 에이전트인 루화는 미첼 부부에게 친절을 베풀 의도였겠지만, 정작 그들은 복잡한 난국에 처하게 되었다. 그들이 어떻게 한 아이를 버리고 다른 한 아이를 택할 수 있으랴 싶었다. 재닛은 루화에게 전화를 해 두 아이를 다 입양하겠다고 했지만, 루화는 안 된다고 했다. 한 아이의 입양에 필요한 서류만 제출해서 모든 절차를 새로 시작하는 건 너무 어려운 일이라는 거였다. 게다가 입양을 간절히 원하는 사람들이 많다고 했다. 미첼 부부는 괴로워했다. 그들은 그날 당장, 그 문제를 우 부부와 상의하고 싶어 했다. 그런 이야기를 하기에는 식당이 적합한 곳은 아니어서 핑핑은 재닛에게 밤 10시 반쯤 집에서 얘기하자고 했다.

난과 핑핑은 집에 도착했을 때 기진맥진한 상태였다. 타오타오는 컴퓨터로 모탈 컴뱃이라는 전쟁 게임을 하고 있었다. 그의 어머니가 말했다. "컴퓨터 끄렴. 잘 시간이야."

"이번 판만 하고요."

"이 닦는 거 잊지 마라."

난이 샤워를 끝냈을 때, 미첼 부부가 왔다. 그들은 우 부부에게 사진을 보여주면서 어떤 아이를 택해야 하냐고 물었다. 데이브는 소파에 앉아 있었다. 기분이 안 좋은지, 이따금 희미하게 한숨을 쉬었다. 그가 커피를 마시겠다고 했다. 어차피 아내와 늦게까지 결정을 내려야 하기 때문에 커피를 마셔도 상관없다고 했다. 난은 스토브에 주전자를 올려놓았다.

"재닛, 어떤 아이가 마음에 들어요?" 핑핑이 물었다.

"모르겠어요."

"데이브, 당신은 어때요?"

"둘 다 좋아 보여요. 뭘 결정하는 일이 이렇게 힘들기는 처음이네요." 그가 고통스러워하는 게 역력했다. 움푹 들어간 눈이 흐릿해졌다.

"내 잘못이네요. 내가 루화한테 당신들에게 잘해주라고 한 게 잘못이었어요." 핑핑이 말했다.

"아니에요. 우리는 당신이 도와준 걸 고맙게 생각하고 있어요. 그런데 두 아이 문제로 머리가 아프네요. 어떻게 해야 하죠? 우리가 결정하게 좀 도와줘요." 재닛이 말했다.

난은 미첼 부부를 위해 인스턴트 커피에 헤이즐넛 농축액을 약간 넣어서 주고, 핑핑과 같이 사진을 쳐다봤다. 두 아이는 비슷해 보였다. 앙증맞은 코와 아몬드 모양의 눈이 귀여웠다. 한 아이의 얼굴이 다른 아이의 것보다 약간 컸다. 난이 한숨을 쉬며 말했다. "나도 모르겠어요. 무슨 말을 해야 할지 모르겠군요. 이 아이들 중 누가 당신들에게 더 좋은 딸이 될지 어떻게 알 수 있겠어요?"

"그건 우리의 진짜 관심사가 아니에요." 데이브가 커피 테이블 위에 있는 밀짚 받침에 커피 잔을 놓으며 말했다. "문제는 우리가 죄책감을 감당하기 힘들다는 거예요. 두 아이는 서로 다른 고아원에 있어요. 우리가 남겨두는 아이가 좋은 가정에 입양된다면 괜찮겠죠. 하지만 그 아이가 좋지 않은 가정에 가거나 계속 고아원에 있게 되면 어쩌죠?"

"그래요, 그게 가장 어려운 부분이에요." 재닛이 동의했다.

난은 놀랐다. 난과 핑핑은 데이브가 흐느끼면서 화장지로 울퉁불퉁한 얼굴을 닦는 모습을 보고 더욱더 놀랐다. "미안해요. 선택해야 한다는 게 너무 고통스러워서 그래요."

난과 핑핑은 감동을 받았다. 난은 미첼 부부가 이따금 일요일 오전에 교회에 나간다는 걸 알고 있었다. 그들에게 죄의식을 갖게 하고 우 부부보다 더 아이들을 동정하게 만든 건 어쩌면 그들의 기독교 신앙인지도 몰랐다. 난은 미첼 부부가 단념해야 할 아이가 앞으로 어떻게 될지에 대해서는 생각해본 적이 없었다. 미첼 부부의 마음속에는 그에게 없는 다른 차원의 뭔가가 있는 게 아닐까 싶었다.

핑핑이 말했다. "재닛, 이렇게 생각해보는 건 어떨까 싶어요. 사진을 봤을 때, 어떤 아이한테 마음이 가던가요?"

"이 아이요." 재닛이 커피 테이블에서 얼굴이 큰 아이의 사진을 들어 올리며 말했다. "이 아이를 보자 마음이 떨렸어요."

"데이브는 어때요?" 핑핑이 말했다.

"나는 다른 아이가 그랬어요."

"맙소사, 우리가 도와줄 수 있는 길이 없군요!" 핑핑이 자기도 어쩔 수 없다는 듯 손을 들어 올렸다.

난이 끼어들었다. "내 생각에는 두 사람이 정말로 심각하게 생각해보고 스스로 해결책을 찾아야 할 것 같아요. 언제까지 에이전트한테 당신들의 결정을 알려줘야 하나요?"

"모레 오후까지요." 재닛이 말했다.

"미안하지만 우리는 도와줄 수가 없네요. 당신들과 죄의식을 나누고 싶지 않아서가 아니에요. 정보가 더 있으면 좋을 것 같네요. 하지만 충분한 정보가 있다고 해도, 둘 중 하나만 입양하면 죄의식을 느끼겠지요?" 난이 말했다.

"그럴 것 같아요." 데이브가 말했다.

이러한 난국에도 불구하고, 미첼 부부는 밤늦게까지 머물며 중국으로 가서 딸을 데려올 계획에 대해 얘기했다. 2시 반이 되어서야 그들은 떠났다.

21

이틀 후, 재닛이 얼굴이 큰 아이를 입양하기로 결정했다고 했다. 그녀가 먼저 입양을 생각했기 때문이라고 했다. 그들은 아이에 관한 더 많은 정보를 알게 됐고 아이의 영주권을 신청하려고 이민국에 연락을 취하려 한다고 했다. 이제부터 그들은 인내심을 갖고 난징으로 가서 아이를 데려올 시간을 기다려야 했다. 그들은 자기네가 생각했던 것처럼 전 과정이 위협적이고 지루하지 않다는 사실에 조금은 놀라고 있었다.

데이브가 그날 밤에 우는 걸 보고 감동을 받은 난은 며칠 동안, 미첼 부부의 죄의식에 대해 생각하다가 교회에 한번 나가봐야겠다고 결심했다. 그는 어떤 종교든 인간성을 향상시킬지 모른다고 생각하기 시작했다. 종교는 적어도 사람들을 더 온정적이고 겸손하게 만들어줄 것 같았다. 그래서 그는 가까운 북쪽 도시, 덜루스에 있는 중국 교회에 한번 가보기로 했다. 좋은지 어떤지 한번 가보기만 할 셈이었다. 핑핑은 그와 같이 갈 계획이었지만 일요일 아침, 어깨가 아파 집에 있어야 했다. 난은 출발하기 전, 아내의 등을 문질러줬다. 그러자 그녀는 상당히 좋아졌다고 했다.

교회는 회반죽을 바른 근대식 건물로, 삼나무 묘목이 심긴 낮은 언덕에 있었다. 날씨가 무더웠다. 새로 포장한 주차장에서 자주색 연기처럼 나풀거리며 열기가 올라오고 있었다. 난이 교회에 들어서자, 사람들이 호텔이나 극장의 로비같이 생긴 홀에 서서 인사를 주고받고 있었다. 몇몇 사람은 낯이 익었지만, 그는 홍수 피해자들에게 기부금을 내라고 금귀를 찾아온 적이 있는 여자를 제외하고는 아무도 알지 못했다. 그는 그녀의 이름이 메이 홍이었다는 걸 떠올렸다. 그는 그녀가 자신을 알아봤다고 확신했다. 그런데 무슨 이유에선지 그녀는 그를 한 번 쳐다보더니 돌아서버렸다. 난은 회당 안으로 들어가 뒷좌석에 앉아 찬송가집을 집었다. 수백 명이 벌써 앉아 있었다. 넓은 단에는 짙은 곤색 양복을 입고 심홍색 넥타이를 한 두 남자가 앉아 있었다. 둘 다 안경을 끼고 있었다. 다양한 꽃이 듬뿍 꽂힌 배불뚝이 꽃병이 설교대 앞의 바닥 위에 놓여 있었다.

예배가 시작되고 단에 있던 젊은 목사가 마이크가 있는 곳으로 가더니 사람들에게 일어나라고 했다. 그들은 구석에 있는 차분해 보이는 여자가 커다란 피아노로 반주를 하자 거기에 맞춰 〈내 주는 견고한 성이요〉라는 찬송가를 불렀다. 그런 다음, 고개를 숙이고 잠시 묵상 기도를 했다. 홀이 조용해졌다. 난은 이쪽저쪽을 둘러보았다. 그의 앞에 앉아 있는 여자가 앞에 놓인 성경을 넘기는 모습이 보였다. 한 아이가 소리를 질렀지만, 부모가 금세 그러지 못하게 했다. 주홍색 목깃이 달린 가운을 입은, 여자 여덟에 남자 여섯으로 구성된 성가대가 연단 계단을 올라 〈내 기도하는 그 시간〉을 노래했다. 그들의 노래는 열정적이지만 평온했다. 그들이 피아노를 이끄는 것처럼 노랫소리가 오르락내리락했다. 찬송가가 끝나자 색깔이 들어간 안경을 쓴, 비안이라는 이름의 목사가 연단에 서서 '새로운 희망'이라는 제목으로 설교를 하기 시작했다. 그의 목소리는 부드러웠지만 이따금 강렬하고 열정적이고 환희에 찬 목소리로 바뀌었다. 그는 사도 바울을 하느님의 모범적인 종이자 이상적인 인간이라고 했다. 그는 신약 성서를 인용해 바울이 처음에는 그리스도교를 박해한 죄인이었지만 너그러운 남자로 변했다고 말했다. 바울은 희망을 결코 잃지 않았고, 늘 겸손했으며 자신이 이룬 성취에 자만하지 않고 하느님만을 찬미했다고 했다. 그는 과거를 잊고 앞만 바라보았기 때문에 형제들이 그에게 술수를 부리고 잘못하고 죄를 범해도 그들을 사랑했다고 했다. 목사가 푸젠 억양 때문에 부드럽게 들리는 중국어로 말했다. "올림픽 경기에 참가하는 단거리 선수를 생각해보세요. 그들이 어떻게 그리 빨리 달릴 수 있습니까? 그들이 결승선을 향해 달릴 때 뒤를 돌아다봅니까? 당연히 안 봅니다. 형제자매 여러분, 우리는 해묵은 싸움과 반목을 옆으로 제쳐놓고 희망이 있는 미래를 생각하고 바라봐야 합니다. 그렇지 않으면 우리가 어떻게 어떤 빛을 볼 수 있겠습니까?"

난의 눈은 목사의 두툼한 턱과 긴 얼굴을 응시했다. 전에 본 적이 있는 얼굴이었다. 어디서 봤는지 기억이 나지 않았다. 그는 이 사람이 중국 본토에서 왔다고 확신했다.

비안 목사는 이제 죄를 없애는 방법에 대해 얘기하고 있었다. "물에 간장이 섞였다고 합시다. 어떻게 그 물을 다시 깨끗하게 만들 수 있을까요? 아주 간단합니다. 간장이 씻겨 내릴 때까지 깨끗한 물을 계속 붓는 겁니다. 형제자매 여러분, 우리 하느님은 깨끗한 물이 용솟음치는 샘입니다. 그 샘물을 마시면 여러분은 깨끗해질 것입니다. 새로 태어난 아기처럼 깨끗하고 사랑으로 가득 찰 것입니다."

그다음에는 지상에서 선을 행하면 천국에서 보상을 받는다고 했다. 그는 주님의 은행에 예치해 놓은 보상금을 받기 위해서 주님을 뵙는 날을 손꼽아 기다리고 있다는 말도 했다.

난은 목사의 웅변에 완전히 설득당하지는 않았지만, 그가 사용하는 추론이 대단히 흥미로웠다. 다닝 멩이 언젠가 한번 일요 예배에 참석했다가 한없이 운 적이 있다는 말을 했던 게 떠올랐다. 매사추세츠에서 다닝은 한 달에 적어도 한 번, 워터타운에 있는 성당에 갔었다. 친구가 그랬던 것과 달리, 난은 침착하고 무감각했다. 설교가 끝나자, 성가대가 다시 앞으로 나가 〈나의 생명 주께 드리니〉를 불렀다. 찬송이 끝나자, 목사가 어느 교인이 아이를 낳았다고 알렸다. 아이의 몸무게가 3.3킬로그램이며 산모와 아이 모두 무사하고 건강하다고 했다. 또한 지난번 헌금 액수를 밝히고 연간 목표인 5만 달러에 도달할 수 있도록 헌금을 더 내달라고 당부했다. 그 말이 끝나자, 젊은 목사가 다시 모든 사람을 일으켜 세우고 마지막 찬송가인 〈내 주만을 찬양하리〉를 불렀다. 사람들은 연단 뒤의 벽에 투영된 찬송가 구절을 따라 불렀다.

그들이 노래를 마치자, 젊은 목사가 말했다. "시밍 비안 목사님의 축복 기도가 있겠습니다." 사람들이 앉아서 고개를 숙였다. 그러자 목사가 두 손을 들고 마지막 말을 하기 시작했다. "주님, 이 교회가 번창하게 해주심에 감사드리나이다. 우리 사회의 모든 일원에게 축복을 내려주소서. 우리를 강하고 겸손하며, 용감하고 유순하며, 바르고 자비롭게 만들어주소서. 우리에게 멀고 깊게 볼 수 있는 눈을 허락하소서. 당신의 목소리와 무언의 진실을 들을 수 있는 귀를 허락하소서. 당신의 빛과 사랑으로 우리의 삶을 인도하시어 우리가 영원히 당신의 품에 있게 하소서……."

"아멘!" 사람들이 소리쳤다.

축복 기도가 행해지는 동안, 난은 고개를 숙이지 않았다. 그 목사의 이름을 듣는 순간, 그 사람이 중국에서 한때 유명했던 기자였고 지금은 반체제 망명객이라는 걸 깨달았기 때문이다. 그는 관리들의 타락과 권력 남용을 폭로하는 것으로 유명했던 기자였다. 해마다 그의 사진이 중국어로 발간되는 신문과 잡지에 여러 차례 실렸다. "우리는 하늘의 자유를 얻었지만 땅의 중력을 잃었다." 이 사람이 했다는 유명한 말이었다. 그것은 북미에 살고 있는 중국 망명객들의 실존적인 상황을 묘사한 말이었다. 그의 얼굴이 그렇게 낯익어 보인 것도 놀랄 일은 아니었다. 축복 기도가 끝나자, 난은 다른 사람들과 더불어 나가는 대신, 목사에게 가서 인근에서 사업을 하고 있다고 자신을 소개했다. 그는 목사에게 그가 쓴 기사들을 즐겨 읽었으며 개인적으로 그를 만나고 싶다고 얘기했다. 그러고는 목사에게 명함을 주며 말했다. "언제든지 저희 식당에 들러주세요. 친구들을 데려오셔도 좋습니다."

비안 목사가 명함을 한번 쳐다보고 놀라며 말했다. "난 우, 나도 당신을 압니다. 《신시행》에 발표한 시들이 좋더군요. 〈이건 또 하루에 불과하다〉라는 시가 특히 좋았죠. 아직도 그 잡지를 편집하고 있나요?"

"아닙니다. 지금은 요리사입니다."

"좋군요. 나도 땅에 발을 딛고 밥값을 하려고 노력 중입니다. 그런데 만핑 류 선생 아시죠?"

"물론입니다. 뉴욕에서 찾아뵌 적이 있습니다."

"다음 주 화요일 저녁, 이곳에 와서 강연을 하십니다."

"정말입니까? 무슨 강연이지요?"

"타이완과 중국 본토 관계에 대한 강연이죠. 와서 들어보세요. 당신을 보면 반가워하실 겁니다."

비안 목사는 난에게 그 연설이 알파레타의 공공도서관에서 있을 예정이라고 했다. 알파레타는 릴번에서 북쪽으로 15킬로미터 정도 떨어진, 벽돌로 된 저택이 많은 부유한 도시였다. 난은 강연에 참석하겠다고 약속했다.

22

난은 류 선생을 거의 3년 동안 만나지 못했기에 흥분했다. 그날, 그는 뉴욕에 전화까지 해서 선생에게 자기 집에 와서 묵으라고 청했다. 노인은 좋아했지만, 애틀랜타에 있는 친구들이 벌써 숙식할 곳을 준비해놓았다고 했다. 그는 난이 전화를 한 게 좋은 모양이었다. 그는 토요일 저녁에 보자고 말했다. 난은 강연회에 가겠다고 약속했다. 그러나 실은 아직 그 사실을 핑핑에게 얘기하지 못한 상태였다.

그가 그 문제를 꺼내자, 핑핑은 머뭇거리다가 나중에야 승낙했다. 그는 화요일 저녁, 가게가 가장 바쁜 8시 30분이 지나서야 도서관에 도착했다. 강연은 이미 진행되고 있었다. 류 선생은 그사이 상당히 나이가 들어 보였다. 입 주변이 푹 꺼져 있었다. 그러나 목소리는 아직도 쩌렁쩌렁 울리고 열정적이었다. 선생은 타이완이 독립을 하면, 중국은 태평양으로 나가는 관문을 잃게 되고, 미국과 더불어 일본이 중국해를 완전히 통제하게 될 것이기 때문에 중국 본토와 통일될 필요가 있다고 말했다. 난은 류 선생의 생각이 중국 정부의 것과 일치한다는 사실에 놀랐다. 망명 생활을 하면서 생각이 조금 바뀐 것 같았다.

강연이 끝나고, 청중이 연사에게 질문을 하기 시작했다. 어떤 사람들은 일어나서 자신들의 견해를 밝히기도 했다. 타이완에서 왔다는 어떤 젊은 여자는 이렇게 물었다. "류 선생님, 당신은 중국 민주화 운동의 주요 인물 중 하나이며 언젠가 중국 정부에서 요직을 차지할 수도 있습니다. 만약 당신이 중국의 주석이 된다면, 타이완이 독립 선언을 할 경우 어떻게 하시겠습니까?"

류 선생은 잠시 아무 말 없이 있다가 대답했다. "첫째, 나는 나라의 지도자가 결코 될 수 없습니다. 그러나 내가 주석이라면, 인민해방군에게 타이완을 공격하라는 명령을 내려야 할지도 모르겠습니다. 이 상황을 타개할 다른 방법은 없습니다. 중국은 영토를 지켜야 합니다. 누가 타이완을 잃든, 중국 역사에 범죄자로 기록될 것입니다."

몇몇 사람들이 박수를 쳤다. 난은 류 선생의 말에 깜짝 놀랐다. 그래서 그는 손을 들고 발언했다. 그는 다리가 후들거렸지만 차분한 목소리로 말했다. "저는 선생님의 말씀에 배어 있는 정치적 논리는 이해합니다. 그러나 우리가 이 문제를 다른 시각에서 본다면, 가령 인간애의 시점에서 본다면, 다른 결론에 도달할 수 있습니다. 개인에게 국가란 무엇일까요?

그것은 사람들을 감정적으로 묶는 관념일 뿐입니다. 만약 나라가 개인에게 더 좋은 삶을 제공하지 못한다면, 그리고 나라가 개인의 삶에 해가 된다면, 개인에게는 국가를 포기하고 국가한테 아니라고 할 수 있는 권리가 있지 않을까요? 마찬가지로, 중국의 모든 지역은 중국 가족의 일원입니다. 형제 중 하나가 따로 살고 싶어 한다고 해서, 그의 집을 쳐부수고 두들겨 패는 건 야만적인 짓 아닐까요?"

청중이 뒤숭숭해졌다. 많은 사람들이 난을 노려보았다. 난은 움츠러들지 않으려고 노력했다. 류 선생이 미소를 지으며 말했다. "내 친구인 난 우 씨, 무슨 말인지 알겠습니다. 인간애에 대한 당신의 관심에 나도 공감하는 편입니다. 그러나 당신의 주장은 실행 불가능하고 너무 순진합니다. 중국이 타이완을 다시 갖지 않으면, 다른 나라가 타이완을 취해 그곳에 중국을 위협할 군사 기지를 만들 것입니다. 때로 국가는 살아남기 위해 희생을 치러야 합니다."

키가 작고 여윈 얼굴의 메이 홍이 일어나서 날카로운 목소리로 말했다. "저는 류 선생님의 말씀에 전적으로 동의합니다. 존 F. 케네디는 '여러분의 나라가 여러분을 위해 무엇을 해줄지 묻지 말고, 여러분이 여러분의 나라를 위해 뭘 할 수 있는지 물으라'고 했습니다. 미국인들조차 개인의 이익보다 국가의 이익을 우선시합니다. 타이완이 없으면, 우리의 해안선은 반으로 줄어들 것입니다. 그리고 타이완이 독립한다면, 티베트나 내몽고나 신장 위구르는 어떻게 되겠습니까? 우리가 가만히 놔두면 중국은 여러 개의 작은 나라로 나뉘어 싸우게 될 것입니다. 그렇게 되면 우리의 조국이 혼란에 빠질 것입니다. 그리고 수많은 사람들이 집을 잃고 기아로 죽을 것이고, 세계는 피난민으로 가득할 것입니다."

난이 반박했다. "당신은 기독교인입니다. 종교가 당신에게 죽이라고 가르칩니까? 금세기에 애국이라는 핑계로 행해진 범죄가 얼마나 많습니까?"

시밍 비안 목사가 끼어들었다. "기독교는 악을 묵인하지 않습니다. 중국을 파괴하려는 자는 누구나 파멸을 당해야 마땅합니다. 난 우, 당신은 너무 감정적이어서 논리적인 사고를 할 수 없는 것 같습니다. 미국과 같은 민주국가도 나라가 갈라지는 걸 막으려고 내전을 했습니다."

난이 소리쳤다. "현 중국 정부가 바로 당신을 쫓아낸 악마적인 권력 아닙니까? 당신의 견해와 중국 정부의 견해가 일치하는 이유가 뭡니까?"

류 선생이 끼어들었다. "우리는 정부를 나라나 인민과 구별해야 합니다. 정부는 악일 수 있지만, 인민과 나라는 선합니다. 나는 우리나라에 대한 희망을 버릴 수 없기 때문에 낙관적입니다. 세계에는 염세주의자들이 너무 많습니다. 그러니 용기를 내야 합니다."

그 말에 난은 입을 다물었다. 그러나 설득당해서가 아니었다. 그는 류 선생이 종종 인용하던 "인민의 본질이 정부의 본질을 결정한다"는 헤겔의 경구를 거론하며 반박할까 하다가 그냥 가만히 앉아 있었다. 질의응답 시간이 계속되었다.

난은 강연회가 끝나기 전에 그곳을 빠져나왔다. 다음 날 아침, 그는 류 선생이 묵고 있는 비안 목사의 집에 전화를 해 자동응답기에 두 사람에게 금궈에서 저녁을 대접하고 싶다는 메시지를 남겼다. 그러나 그들은 그의 전화에 응답하지 않았다. 난은 류 선생과 목사한테 실망했다. 그래서 오랫동안 교회에 다시 발을 들여놓지 않았다.

23

애틀랜타 지역에는 수백 명의 티베트인이 살고 있었다. 그중 일부는 대학원에 다니는 학생들이었다. 그들은 주말이면 에모리 대학교 강의실에 모여 명상을 하고 승려의 불경 강론을 들었다. 딕은 이 집단과 관련이 있어 종종 난과 핑핑에게 와보라고 권했다. 그러나 주말에 일을 해야 하는 우 부부에게는 가능한 일이 아니었다. 그들이 조금만 노력을 게을리하면 문제가 생겨 손님들이 불평하기 일쑤였다. 그들은 최선을 다해 음식의 질을 유지하고, 식당을 깨끗하고 질서 있게 가꾸고, 모든 일이 순조롭게 돌아가도록 확인해야 했다.

류 선생이 도서관에서 강연을 하고 며칠 지났을 때였다. 딕은 난에게 달라이 라마가 그 주에 에모리 대학교에 와서 강연을 할 예정이라고 흥분한 어조로 말했다. 난과 핑핑은 달라이 라마의 강연에 참석하고 싶어 딕에게 표를 구해달라고 했다. 딕은 도와주겠다고 했다.

다음 날 아침, 딕이 전화를 해서 3천 장의 표가 다 팔렸다고 했다. 난과 핑핑은 크게 실망하지 않았다. 두 사람이 동시에 식당을 비우는 것은 쉽지 않은 일이었기 때문이다. 그들은 최근에 텔레비전에서 달라이 라마를 보고 존경하기 시작했다. 그의 태도는 고위 성직자의 태도와 달리 자연스러웠다. 텔레비전 속에서 달라이 라마는 어떤 기자가 내년의 중요 계획은 뭐냐고 묻자 웃으며 이렇게 말했다. "테드, 무슨 질문이 그래요? 오늘 저녁 뭘 먹을지도 모르는데 내가 어떻게 내년 일을 알 수 있겠어요?" 그렇게 말하자, 청중이 웃음을 터뜨렸다.

그날 밤 늦게, 딕이 전화를 했다. 달라이 라마가 다음 날, 오후 2시에 리츠 칼턴 호텔에서 중국 학생들과 만난다고 했다. "나라면 가겠어요. 이건 드문 기회잖아요."

그러더니 딕은 달리아 라마가 두 시간 전에 대학 경기장에서 했던 공개 연설에 관한 얘기를 해줬다. 처음에는 잘나갔다고 했다. 달라이 라마는 용서와 자비, 사랑과 행복에 관해 얘기했다. 사람들은 그의 유머와 솔직함에 매료당했다. 그런데 달라이 라마가 연설을 끝내자마자, 완강해 보이는 정치인이 연단에 오르더니 중국을 비난하기 시작했다. 그는 중국이 티베트를 불법 점령하고 있고 한국 전쟁과 베트남 전쟁을 일으켰으며, 중국 정부가 크메르 루주가 저지른 인종 학살을 후원하고 소수자와 반체제 인사들을 억압하고 쿠바와 북한 같은 독재 정권을 지지하고 있다고 했다. 그는 중국 지도자들이 매일 아침 눈을 뜨고 타이완이 아직도 중국의 일부라는 사실에 미국한테 감사해야 한다는 말까지 했다. 그의 비난 덕분에 영적인 만남의 장이 정치적 전쟁터로 돌변했다. 경기장 뒤쪽에 있는 중국 학생들이 그 사람을 향해 소리를 질렀다. "중국을 모욕하지 마라!" "연단에서 내려와라!" "중국을 비난하는 걸 그만둬라!" 그 정치가가 연설을 끝낼 때까지, 경기장은 난리였다고 했다.

다음 날, 난과 핑핑은 벅헤드에 있는 레넉스 광장으로 차를 몰았다. 니얀과 슈보가 오후 초반에는 그들 없이 가게를 운영할 수 있었기 때문에 시간이 안성맞춤이었다. 난과 핑핑이 호텔에 들어서자, 로비는 큰 강당에서 나오는 사람들로 붐볐다. 달라이 라마가 홀의 연단에 서서 몇몇 임원들과 악수를 하고 있었다. 그는 4백 명의 지역 지도자들을 대상으로 연설을 막 끝낸 상태였다. 그의 목에는 아직도 두 장의 흰 실크가 둘려 있었다. 입구에서 쏟아져 나오는 사람들이 너무 많아 우 부부는 가까이 가서 그를 볼 수 없었다. 몇몇 중국인 학생들이 복도를 따라 내려가는 걸 보고, 난과 핑핑은 자기들도 대학원생인 것처럼 뒤를 따랐다. 두꺼운 안경을 쓴 남자가 영어로 말했다. "나는 저 사람한테 손장난*은 얼마나 자주 하는지 물어볼 참이야."

핑핑은 그 표현을 이해하지 못했지만, 난은 충격을 받았다. 그때, 핼쑥한 젊은 여자가 말했다. "맞아요, 저 사람을 꼼짝

*jerk off: 자위 행위를 의미하는 비속어.

못하게 해야 해요."

그들을 따라 우 부부는 접의자가 열 줄 정도 놓여 거의 반을 차지하고 있는 방으로 들어갔다. 일흔 명쯤 되는 중국인 학생과 학자가 이미 앉아 있었다. 앞에는 작은 탁자와 안락의자 두 개가 있었다. 난과 핑핑이 앉고 조금 지나자, 달라이 라마가 넓적하고 쭈글쭈글한 얼굴의 땅딸막한 남자와 함께 들어왔다. 달라이 라마가 손을 모으고 고개를 약간 숙였다. 청중이 일어섰다. 달라이 라마가 앞에 있는 몇몇 사람과 악수를 했다. "앉으세요, 앉으세요." 그가 표준 베이징어로 말했다.

그와 통역이 의자에 앉았다. 조금 전에 짓던 환한 미소가 사라지자, 그는 다소 피곤해 보였다. "여러분을 여기에서 만나게 되어 아주 기쁩니다." 그가 더듬거리는 영어로 말했다. "우리가 의견을 교환하는 건 중요합니다. 나는 늘 티베트인들에게 중국인들하고 대화하자고 말합니다. 그들과 친구가 되려고 노력하자고 말합니다. 자, 우리가 이렇게 만나고 있습니다."

머리를 짧게 깎은 땅딸막하고 사팔뜨기인 남자가 일어나서 물었다. "당신은 1959년에 중국을 떠난 이후로 티베트를 독립시키려고 노력했지만 허사였습니다. 이제 어떤 방향으로 가실 생각입니까?"

통역이 그 질문을 옮겼다. 달라이 라마가 엄숙하게 말했다. "오해가 좀 있는 것 같습니다. 나는 티베트의 독립을 요구한 적이 없습니다. 내가 지금까지 했던 말을 조사해보면, 내가 중국으로부터 독립을 원한 게 아니라는 걸 알게 될 것입니다."

"그렇다면 뭘 원하시죠?" 남자가 다그쳤다.

"티베트의 삶과 문화를 보호할 수 있도록 자치권과 자유를 더 달라는 겁니다. 우리는 이러한 목적을 달성하도록 우리를 도와줄 중국 정부를 필요로 합니다. 티베트인들은 더 좋은 삶을 살아갈 자격이 있습니다."

난은 겸손하고 위엄 있는 대답에 놀랐다. 전에는 그도 달라이 라마가 티베트의 완전한 독립을 요구하고 있다고 생각했었다.

여자 대학원생이 일어나서 물었다. "정치 지도자로서 당신은 인도와 다른 지역에 있는 티베트인을 대변할 수는 있겠지만, 중국 안에 있는 티베트인을 대변할 권리를 누가 당신에게 줬습니까?"

어두운 그림자가 달라이 라마의 얼굴에 스쳤다. 그가 대답했다. "나는 정치 지도자가 아닙니다. 정치에 전혀 관심도 없습니다. 그러나 티베트인으로서 나는 내 민족을 정신적, 물질적으로 도와야 할 의무가 있습니다. 나는 무시당하는 사람들을 위해 발언을 해야 합니다."

키가 큰 남자가 손을 들었다. 그는 가늘고 우스꽝스러운 목소리로 물었다. "1959년 이전의 티베트에 있었던 노예 제도에 관해서는 어떻게 생각하십니까?"

달라이 라마는 아무 감정도 내보이지 않고 대답했다. "우리에게는 늘 문제도 있고 퇴행적인 것도 있습니다. 솔직히 나는 직접 나서 노예 제도를 철폐하려고 했습니다. 다른 사회가 그런 것처럼, 우리 사회도 결코 완벽하지 않았습니다."

뒤에 있는 누군가가 일어서서 허스키한 목소리로 말했다. "몇 세기 동안, 티베트는 중국의 일부였습니다. 당신의 선조들은 중국인들의 정신적인 아버지들이었습니다. 당신이 중국이 허용할 리가 없는 티베트의 독립을 추구하지 않는 건 현명합니다. 중국은 영토를 수호하려고 할 테니까요. 솔직히 말해, 티베트는 외세를 피할 수 있는 여지가 없습니다. 티베트가 중국의 일부가 아니라면 다른 나라들이 점령하게 될 것이고 그것은 중국의 안보에 대한 즉각적인 위협이 될 것입니다……." 낯익은 목소리였다. 난이 고개를 돌리자 놀랍게도 류 선생이 일어서서 얘기를 하고 있었다. 그는 노인이 애틀랜타를 떠났다고 생각했었다.

달라이 라마는 류 선생에게 바로 대답하지 않고 이렇게만 말했다. "그와 비슷한 주장을 전에 들은 적이 있습니다. 그러나 그것은 정의에 기반한 것이 아닙니다. 불의를 합리화하는 것은 어렵지 않은 일입니다."

몇몇 중국인들은 상대방에 대한 이해심이라곤 전혀 없이 너무 호전적이었다. 난과 핑핑은 당혹스러웠다. 난은 달라이 라마가 그러한 질문들을 받고 곤혹스러워하고 있다는 걸 알 수 있었다. 그는 공적인 이미지와는 너무 다르게, 고통을 당하고 있는 사람이었다. 난은 행복에 넘치는 그의 얼굴을 보려고 왔지만, 대화가 시작된 후로 그는 단 한 번도 미소를 짓지 않았다.

땅딸막한 남학생이 날카롭게 물었다. "인도로 달아나기 전에 어떤 삶을 살았는지 말씀해주시겠습니까?"

사람들이 질문한 사람을 노려봤다. 몇몇은 그의 입을 막으려고 했다. 그러나 땅딸막한 남자는 그의 질문이 경솔했다고 생각하는 사람들의 노기에 개의치 않는 것 같았다. 달라이 라마가 침착하게 답변했다. "나는 내 선조들처럼 잘 입고 잘 먹고살았습니다. 그러나 나는 일을 처리하고 밥값을 하기 위해 열심히 노력하기도 했습니다. 달라이 라마로 사는 건 때로 진이 빠지는 일일 수 있답니다."

일부가 웃었다. 달라이 라마도 웃었다. 강렬했던 분위기가 다소 가벼워졌다.

그때, 교수처럼 생기고 우울해 보이는 나이 든 남자가 일어서더니 말했다. "나는 중국 출신이지만 늘 티베트인들의 고통에 공감해왔습니다. 공산주의 통치하에서 얼마나 많은 티베트 문화가 사라졌는지 말씀해주시겠습니까?" 많은 사람들이 질문자를 쳐다보았다. 그는 현 중국 정부를 증오하는 게 분명해 보였다.

달라이 라마가 한숨을 쉬었다. "최근에 티베트에서 온 사람들이 나한테 많은 사람들이 보리와 버터를 탄 차를 더 이상 먹지 못한다고 전해줬습니다. 만두와 쌀죽을 먹는다고 합니다. 아이들조차 이제는 베이징어로 서로에게 욕을 한다고 합니다. 많은 사람들이 티베트 문자를 쓰지 못하고 한자만 쓸 수 있다고 합니다."

이때부터 모임은 활기를 띠었다. 달라이 라마가 이따금 웃었다. 청중도 그랬다. 그의 겸손한 태도와 재치 있는 말들은 전염성이 있었다. 대부분의 청중은 그에게서 발산되는 너그러움과 친절함을 느낄 수 있었다. 마지막 질문에 답변을 마친 그가 말했다. "늙고 느린 내 영어를 용서해주시기 바랍니다. 달라이 라마도 늙었답니다."

사람들이 다시 웃음을 터뜨렸다. 그리고 모두가 앞으로 나가 그와 사진을 찍었다. 난과 핑핑도 앞으로 나가 손을 내밀었다. 놀랍게도 달라이 라마는 악수를 한 다음, 자기 앞에 있는 여자가 들고 있는 책에 사인을 해주면서, 왼손을 난의 어깨에 올려놓고 있었다. 난은 갑자기 압도적인 힘을 느꼈다. 강력한 힘에 쓰러질 것만 같았다. 그는 소리 없이 몸을 떨고 있었다. 손이 거두어진 뒤에도, 그는 여전히 그 자리에 홀린 채 서 있었다. 달라이 라마는 계속 고개를 끄덕이며 많은 사람들과 사진을 찍었다. 사람들이 우 부부의 몸을 밀쳤다.

류 선생이 난에게 와서 지난번에 초대해줘서 고마웠지만 그날 저녁에 바로 떠나야 해서 금궈에 갈 수 없었다고 말했다. 그리고 달라이 라마에 대해서 말했다. "아주 기민한 사람일세."

"하지만 위대한 사람이지 않나요?" 난이 말했다.

"난 자넨 늘 그렇게 순진하군. 정치학 석사 학위를 갖고 있는 사람이 어째서 아직도 정치를 이해하지 못하는 건가?"

"그래서 박사 학위 과정을 그만둔 겁니다."

류 선생이 난의 어깨를 찰싹 때리며 웃었다. "자네는 시인이 되어야겠어." 그들은 마지막으로 다시 악수를 하고 작별을 했다.

"가." 핑핑이 난의 소매를 끌어당겼다.

그들은 팔짱을 낀 채 주유소를 향해 걸음을 옮겼다. "몇몇치들은 혐오스럽더군." 난이 청중의 일부를 두고 한 말이었다.

"맞아, 악의적이더라고."

"그런 자들은 피하는 게 상책이야." 난이 엄지손가락으로 뒤를 가리키며 말했다.

"남을 괴롭히는 것에서 즐거움을 찾는 자들이야."

"겸손함이나 동정심 빼고는 모든 걸 다 아는 것 같더군."

며칠 동안 난은 달라이 라마와의 만남을 떠올리며 감동을 받았다. 너무 감동을 받아 열이 나면서 아플 지경이었다. 그를 가장 감동시켰던 건 달라이 라마가 호전적인 중국인들과 얘기를 하면서도 전혀 화를 내지 않았다는 사실이었다. 그는 상냥하고 강인했다. 그것은 그가 파괴적인 감정을 넘어섰기 때문인지도 몰랐다. 그러나 난은 달라이 라마도 마음속 깊은 곳에서는 보통 사람처럼 고통을 느낄 거라고 생각했다. 어쩌면 속으로는 대부분의 사람들보다 훨씬 더 비참할지도 몰랐다.

24

달라이 라마를 만나고 한 주가 지났을 때, 난은 그가 쓴 책을 사러 스넬빌에 있는 보더스 서점에 갔다. 여러 권이 서가에 꽂혀 있었다. 그는 가장 최근에 나온 책을 집었다. 《지혜의 바다, 삶의 가이드라인》이라는 책이었다. 서점에 있으니 기분이 너무 좋았다. 그는 서점에 갈 때마다 한두 시간씩 머물렀다. 오늘은 책꽂이에 꽂혀 있는 책들을 살펴보며 새로 나온 책이 있는지 살펴보았다. 특히 시집이 있는 곳을 꼼꼼히 살폈다. 그는 샘 피셔가 최근에 펴낸 《모든 샌드위치와 다른 시들》이라는 시집을 발견하고 그것도 샀다.

집으로 돌아오면서 난은 이따금 옆에 놓인 책들을 만지작거렸다. 그가 금궈에 들어선 순간, 핑핑이 편지 한 통을 건네며 말했다. "아버님이 보내신 거야." 그녀가 눈알을 굴리며 가버렸다.

봉투에는 눈을 흘기는 붉은 수탉이 그려진 우표가 붙어 있었다. 난은 두 장으로 된 편지를 꺼내 카운터에 놓고 읽기 시작했다. 인도산 잉크를 사용해 붓으로 쓴 편지였다.

난에게

네게서 소식이 없으니 네 어머니가 걱정을 많이 하는구나. 이제부터 더 자주 편지를 써라. 타오타오에게도 몇 줄 쓰게 하여라.

최근, 미국에 있는 반체제 중국인들에 관한 기사를 여러 편 읽었다. 그런 치들은 교활한 사람들이니 피하도록 해라. 자기 조국과 인민을 사랑하지 않으면 좋은 사람이 될 수가 없는 법이다. 조국을 팔아서 오랫동안 잘 살 수 있는 사람은 아무도 없다. 일부 반체제 인사들은 미국 자본가들과 반동적인 해외동포들한테 후안무치하게 기대어 사는 배반자들이고 거지들이다. 그런 사람들하고 얽히지 마라. 그리고 우리나라 이미지를 훼손하는 어떤 짓도 하지 마라. 네가 중국인이라는 사실을 늘 염두에 둬라. 몸이 산산이 부서진다 해도, 네 몸 한 조각 한 조각이 중국인이다. 알겠느냐?

내가 편지를 쓰는 또 다른 이유는 자오에 관한 얘기를 하기 위해서다. 그는 최근에 거대한 그림 연작을 완성했는데, 미국에서 전시회를 하는 걸 네가 도와줬으면 하고 있다. 자오는 30년 이상 친하게 지낸 내 친구다. 어렸을 때는 어렵게 자랐고 자수성가한 사람이다. 그런 점에서 사람들은 그를 높이 평가한다. 8년 전 네가 미국으로 떠날 때, 그는 너에게 그의 가장 뛰어난 작품 네 점을 선물로 줬다. 너는 그의 너그러움과 호의를 잊으면 안 된다.

이제 그 은혜를 갚을 때가 됐다. 그의 미국 방문을 후원해줄 화랑이나 대학을 찾아보아라. 그 스폰서가 그의 여행 경비를 감당해야 하는 건 말할 것도 없다. 그리고 그가 1년 정도 머물 수 있도록 주재 작가로 그를 초청할 수 있는지 알아보아라. 그는 벌써 예순이다. 이번이 그가 국제적인 전시회를 할 수 있는 유일한 기회일지 모른다. 그는 미국에 가게 되면 그의 경쟁자들과 적들을 무색하게 만들 것이라고 하더구나. 그러니 최선을 다해 도와드려라.

잘 지내라.

1993년 8월 22일
네 아버지
도장은 생략한다

난은 한숨을 쉬며 핑핑에게 말했다. "이게 뭐지? 아버지는 내가 박물관 큐레이터나 대학 총장이라도 된다고 생각하는 걸까? 자오 아저씨가 여기에서 전시회를 하는 걸 도와줄 수 없다고 전화로 말씀드렸는데도 왜 이러실까? 나는 여기에서 아무것도 아닌데."

"아버님은 아직도 당신을 십 대로 취급하셔. 벌써 서른일곱인데 말이지."

"지긋지긋해. 답장하지 않겠어."

"어떤 식으로든 답장은 해야 해."

"당신이 해."

"내가 뭐라고 써?"

"자오 아저씨의 그림을 받은 걸 내가 후회하고 있다고 말씀드려. 그리고 날마다 막노동꾼처럼 죽어라 일하고 예술 세계와는 전혀 관련 없이 살고 있다고 해. 우리가 미국 사회 밑바닥에서 일하는 천한 일꾼에 불과하다는 걸 아버지, 어머니가 알아야 한다고 해. 우리는 그들에게 쓸모없는 존재라고."

"당신한테 많이 화내실 텐데."

"그러시라고 해. 그 양반은 내가 영원히 자기 소유라도 되는 것처럼 헛소리만 하셔. 할 일이 없으니 시간이 남아도는 모양이지. 아버지는 나를 이용하려고만 해. 사업이 잘못되면 집을 비롯한 모든 걸 잃을 거야. 부모님이 우리를 도와줄 수 있을 것 같아? 매년 돈을 보내라고나 할 걸. 그분들은 이곳에서 사는 게 어떤 건지 결코 이해하지 못해. 아직도 내가 교수가 될 거라고 믿겠지. 내가 식당에서 뼈가 빠지게 일한다는 걸 알면서도 말이야. 너무 이기적이야. 제기랄, 호적에서 팔 테면 파라지. 상관없어!"

"그러진 않으실 거야." 핑핑이 쾌활한 목소리로 말했다.

"그분들은 우리가 여기에서 엄청난 돈을 벌어 기름진 음식을 먹고 값비싼 와인을 마시며 신처럼 살고 있다고 생각하지."

난은 말을 하면 할수록 감정이 더 격해졌다. 그래서 핑핑은 그를 혼자 놔두고 수건 뭉치를 세탁하러 저장실로 갔다.

자오 아저씨가 난에게 그림을 넉 점 준 건 사실이었다. 그러나 그중 두 점은 조잡한 표구 때문에 망가졌고, 다른 두 점은 오래전에 피터슨 교수와 하이디 메이스필드한테 줘버렸다. 난은 자오 아저씨가 습기가 조금만 있어도 비틀어질 정도로 싸구려 재료로 표구를 한 이유가 뭘까 생각해보았다. 아직도 핑핑의 방 벽장에 있는 망가진 그림 두 점은 도저히 누구한테 줄 수 없는 상태였다. 그는 그걸 어찌 해야 할지 알지 못했다. 수백 달러를 들여 표구를 하고 싶지는 않았다.

난은 아버지의 편지를 받은 후, 부모에게 다시는 편지를 쓰지 않았다. 그들이 그가 얘기하는 걸 이해하거나 믿지 않을 것 같아서였다. 타오타오도 할머니, 할아버지에게 편지를 쓰지 않았다. 4년 전, 미국에 올 때만 해도 쓸 줄 알았던 한자를 아이는 대부분 잊어버렸다. 최근 들어, 핑핑과 난은 타오타오가 배우지 않겠다고 했음에도 불구하고 매일 한자를 베껴 쓰게 했다. 이곳에 사는 대부분의 중국인 부모들처럼 그들도 타오타오가 2개 국어를 병용하기를 바랐지만 그럴 것 같지는 않았다. 중국어를 말할 줄은 알지만 읽고 쓸 수는 없을 것 같았다.

난의 부모에게서 편지가 올 때마다, 핑핑이 답장을 했다. 난이 식당 일에 전념하고 있었기 때문에 그녀는 불평하지 않았다. 어떤 면에서 그녀는 서신 왕래를 자신이 담당하는 걸 즐겼다. 그들이 결혼했을 때, 난의 어머니가 핑핑에게 "원숭이는 양의 등에 올라타고 거느릴 만큼 영리하다"는 말을 자주 하곤 했다. 난은 원숭이해에 태어나고 핑핑이 양해에 태어난 걸 두고 했던 말이었다. 그녀에 따르면, 난은 핑핑을 다스릴 팔자였다. 그런데 그의 부모에게 편지를 쓰는 일을 핑핑이 맡으면서 난과 그녀의 관계가 역전되었다. 거느리고 어쩌고 하는 말을 했던 시어머니는 그게 마음에 안 들 게 분명했다. 핑핑은 시어머니가 짜증을 낼 것을 생각하니 고소했다.

최근에 난은 식당 서비스를 개편해서 주중에는 점심 뷔페를 내놓고 저녁에는 일반 메뉴를 내놓았다. 이렇게 변화를 주자 식당이 활기를 띠었다. 인근에서 일하는 많은 사람들이 두 가지 수프와 애피타이저 두 개, 열 가지 요리로 된 뷔페로 점심식사를 하러 왔다. 개인당 4달러 75센트면 충분했다. 난과 핑핑은 아침 8시 전에 식당에 와서 11시 반까지 모든 걸 요리해 놓았다. 그들은 저녁에 문을 닫은 후, 조금 더 머물며 다음 날에 쓸 고기와 야채를 손질해놓았다. 이제 그는 더 바빠졌다. 수입이 전보다 10퍼센트 더 증가했다. 니얀도 팁을 추가로 챙겼다. 우 부부는 가까운 미래에 빚을 청산하고 싶었다.

〈2권에서 계속〉

자유로운 삶 1

2014년 4월 15일 초판 1쇄 인쇄
2014년 4월 23일 초판 1쇄 발행

지은이 | 하 진
옮긴이 | 왕은철
발행인 | 이원주
책임편집 | 정은미
책임마케팅 | 조용호

발행처 (주)시공사
출판등록 1989년 5월 10일(제3-248호)

주소 | 서울특별시 서초구 사임당로 82(우편번호 137-879)
전화 | 편집(02)2046-2851 · 마케팅(02)2046-2800
팩스 | 편집(02)585-1755 · 마케팅(02)588-0835
홈페이지 www.sigongsa.com

ISBN 978-89-527-7101-8 04840
978-89-527-7100-1 (set)